在他之前，世间本无魔！

在他之后，世间同样再无真正的魔

魔前一叩三千年

回首凡尘不做仙

魔前一叩三千年　回首凡尘不做仙

长江出版传媒 | 长江少年儿童出版社

人物简介

苏铭：塑冥族族人，苏战之子。因被苏轩一利用，身魂分离，身在仙族，魂在阴死之地，为蛮族四代蛮神，夺厄苍分身，具备灭生之种，一生曲折，造化无尽。

墨桑：收养苏铭的老人，苏铭最为敬重的阿公。

天邪子：苏铭的师傅，第九峰的支柱，是南晨三大强者之一，来历身份极为神秘。

刑干：苏铭的大师兄，巫族九黎传承，这一代的巫主。

花颜月：苏铭的二师兄，以花为名，温文尔雅，其身为鬼王之念，不知存活了多久，游荡天地之间，万鬼朝拜。

虎子：苏铭的三师兄，看似愚痴，但却是封印阴死之地阵宝所化，一切禁制、一切阵法在其面前如同不存在，重情重义。

帝天：仙族五帝之一，其真实身份为道晨真界轩尊，被苏轩一所伤。

秃毛鹤：来历神秘，贪财，喜欢晶石。由于某种原因丧失所有记忆，身具奇异的能力。

烈山修：蛮族之一代蛮神，自创蛮种无心大法，带领蛮族统治万界，欲让道晨真界换天。

许慧：道晨宗凤门圣女，人称蝎女许慧，在神源星海与苏铭百年相伴。

苏轩一：塑冥族皇族之人，为报灭族之仇，更为了重振塑冥族，展开了一个疯狂的计划。利用苏铭制造了一个又一个骗局，实施了一个又一个计划。

目录

第 1 章 界蛮山！ 1

第 2 章 是他么…… 4

第 3 章 横财！ 8

第 4 章 族友，请留步 11

第 5 章 破损的袋子 14

第 6 章 一起绕圈圈吧 18

第 7 章 一个约定 22

第 8 章 我要回去！！ 26

第 9 章 焦急！ 29

第 10 章 不能！ 33

第 11 章 苏铭、叶望！ 37

第 12 章 风圳山之变！ 42

第 13 章 看到了部落…… 46

第 14 章 不舍的家园 50

第 15 章 来自黑山的追杀！ 54

第 16 章 叛徒是谁！！ 57

第 17 章 葬歌 61

第 18 章 过去的，就过去吧 64

第 19 章 殉与殇 68

第 20 章 黑山毕图！ 72

第 21 章 血月！！ 76

第 22 章 第四支箭！ 80

第 23 章 谁杀我肃儿！ 83

第 24 章 觉醒！ 87

第 25 章 风圳平原！ 91

第 26 章 叛徒是他！ 96

第 27 章 雷辰的抉择！ 100

第 28 章 追杀！！ 104

第 29 章 当面取头！ 107

第 30 章 为什么 112

第 31 章 山痕 116

第 32 章 最接近天的地方 119
第 33 章 踏月而战 123
第 34 章 邪蛮降临! 131
第 35 章 阿公之秘! 135
第 36 章 刑! 139
第 37 章 一杆幡!! 143
第 38 章 风扫初痕 147
第 39 章 苏醒于陌生 151
第 40 章 雷击木生火 155
第 41 章 遇生 159
第 42 章 南晨之地! 163
第 43 章 不犯往过! 167
第 44 章 夺灵散 171
第 45 章 走出 176
第 46 章 邯山城 179
第 47 章 是他! 183
第 48 章 和风 187
第 49 章 寒菲子 191
第 50 章 苏铭的试探 196
第 51 章 来自安东族长的礼物 200
第 52 章 许兄,快走! 204
第 53 章 和风,许某来了! 208
第 54 章 最后一个问题 211
第 55 章 邯山城的绝密! 215
第 56 章 大收获 219
第 57 章 一张兽皮 223
第 58 章 红色草地 227
第 59 章 安逸中的惊变 231
第 60 章 寒菲子! 235
第 61 章 学诈 239
第 62 章 它叫储物袋! 243
第 63 章 凝血第八层! 247
第 64 章 邯山重宝 251
第 65 章 区别的待遇 255
第 66 章 凝血后期 259
第 67 章 出关 263
第 68 章 拜访安东 267
第 69 章 客家 271
第 70 章 消失的……那些年 275

第1章 界蛮山!

雷辰离去后，房间里只剩下了阿公与苏铭二人，见阿公到来，苏铭连忙站起身，心里很是紧张，他不知道自己在大试第一关的举动，是否正确。

忐忑中，阿公脸上露出微笑，坐在苏铭的对面，看着眼前这个瘦弱的少年，看着其清秀的面孔上那依旧还存在的一些稚嫩，目中闪过了一抹追忆。

“你长大了……来，坐在阿公身旁。”许久，阿公轻声开口。

“阿公。”苏铭在阿公身旁坐了下来，看着阿公脸上的皱纹似又多了一些，那岁月留下的痕迹透着沧桑。

“在第一关里，你做得很好。”阿公笑着摸了摸苏铭的头，从怀里拿出一个小瓶，递给苏铭。

“这里面有三滴开尘境的蛮血，你收好，在适当的时候，会对你有很大的帮助，阿公能为你做的，只有这些了……”阿公望着苏铭，目中露出一种以苏铭的年纪看不懂的含义。

“吸收开尘境蛮血的方法很简单，以乌血尘之术将蛮血化作血雾，包容全身去慢慢吸收，用来滋养自身血脉，不过每次最多只能吸收一滴，不可贪多，要循序渐进，否则会有损自身。”阿公看着苏铭，严肃地叮嘱。

苏铭看着阿公，不知道为什么，心里有了一种不好的感觉，阿公的神色与话语里，他不明白的含义越加的浓郁。

“阿公……你……”苏铭下意识地接过装有蛮血的小瓶，正要说些什么，却见阿公笑着摇头，望着他，神色透着和蔼。

“不要担心，部落里的危机并非不能化解，阿公已经与风圳部落的蛮公有所商议，想来不会出现意外。

“你要做的，就是好好修行，若真有一天，你达到了开尘境……可以离开这里，去外面的天地……你要记得，去一趟界蛮山。”阿公缓缓开口。

“界蛮山……在什么地方？”苏铭一愣，隐隐觉得此事应与自己的身世有些关联，但阿公突然这么说，却让他心中那不好的感觉更浓了，化作了不安与紧张，取代了那本该涌现的震惊与茫然。

“在你心里……”阿公看了苏铭一眼，缓缓说道。

苏铭怔了一下，有些不解。

“好了，此事你记得便可以，不说这个了，阿公与风圳部落的蛮公说好，你以后用墨苏这个身份留在风圳部落，那风圳蛮公会把你与叶望一起栽培，这样对你有很大的好处，可以给你超出阿公的帮助，让你迈入开尘的可能会更大。”阿公神色凝重，看着苏铭，见苏铭神色犹豫，似要开口的样子，便严肃起来。

“可是……阿公，我不想留在风圳部落，我……”阿公的话语太突然，使得苏铭没有丝毫的心理准备，更没想到会这样，他如果早知道第一关大试的结果会发生眼下的变化，他绝对不会去争夺太高的名次。话还没说完，却见阿公双眼露出凌厉之色。

“苏铭！此事阿公已经决定，日后你必须留在这里！”阿公严厉地开口。

苏铭沉默，但其目中露出的倔强却是表露无遗。

看到苏铭眼里的倔强，阿公暗叹一声，神色缓和下来，望着苏铭，慢慢说道：“苏铭，乌山部距离风圳也不远，你随时可以回去的。”

苏铭咬着唇，不知该说些什么。

“而且，阿公已经决定了，乌山部会加入风圳部落，远离乌山，在这泥石城外修建新的部落。”阿公继续开口。

“可是阿公，我不想成为风圳部落的族人，我是乌山部的！”苏铭犹豫了一下，低声说道。

阿公默默地望着苏铭，许久之后，再次开口：“苏铭，阿公让你在风圳部落，除了为了你好，还有一个含义，你的身份提高，你的修为提高，如叶望一样后，也可以从侧面照顾乌山部。难道你不想照顾乌山部吗？”

“我……”苏铭一愣。

“这样吧，此事不着急，你也不要考虑太多，等这一切都结束后，等乌山部迁移而来，再做决定就是，到时候阿公亲自送你过去。你甚至可以不住在泥石城，而是还留在乌山部，这样可以了吧。”阿公微微一笑，摸了摸苏铭的头。

苏铭这才松了口气，想了想后，顺从地点了点头。如果是这样的话，他可以接

受，在苏铭的心里，自己的部落只有一个，那就是乌山部。

“好了，你既然不参与接下来的比试，那这几天就留在风圳，熟悉一下此地的环境，等北凌他们进行完了全部大试后，我们一起回部落。”阿公微笑着站起身，他没有去问苏铭到底如何达到了那种名次，也没有去问其对于那六个数字的明悟，而是带着微笑，深深地看了苏铭一眼后，转身离去。

望着阿公的背影，那背影似带着沧桑，渐渐远去时，让苏铭的心无端地揪了一下。

房间里只剩下苏铭一人，他默默地坐在那里，回忆之前阿公所说的每一句话，心里有了担忧。

“我的实力还不够……我一定要变强！！”许久，苏铭紧紧地咬着牙，神色露出果断。尽管看不透阿公的用意，但他却可以感受出，事情仿佛并非如阿公所说，部落的危机真的可以轻易化解。

“想要变强，血火叠燃短时间很难再进行，唯有淬炼药石……这需要很多石币……”苏铭皱起眉头，他如今最缺的，就是钱物。

“该怎么办呢……清尘散之前卖出过一次，不知有没有引起别人的注意……可若是不再去卖，就没有钱财……但若真有人已经注意了此事，则绝不能再次贩卖丹药了。”苏铭想着一切方法，最终还是没有头绪。

“罢了，只能向阿公要一些石币……”苏铭轻叹，他本不愿去给阿公增加负担，毕竟按照他的计划，这一次需要的石币，数量很大。

站起身，苏铭正要去找阿公，忽然脚步一顿，脑海中灵光一闪。

苏铭站在房门旁，目光闪闪，脑海中浮现的一个想法越加清晰起来。半晌后，苏铭索性重新坐下，仔细考虑了很久，从怀里取出了一个小瓶。

那小瓶外有丝丝光线缭绕，瓶里装着的正是他之前从邬森那里抢来的绿色血液，被他用月光化丝缠绕，不露丝毫气息出来。

此刻他拿着小瓶，双目渐渐明亮，脑中的那个念头被他推敲了很多遍，渐渐有了主意。

“此物必定对邬森极为重要！而且……听北凌说起过，邬森在风圳部落是与宸冲齐名之辈，只在叶望之下！

“这样的人，以往的大试均是前三，可这一次……他却只排到了第十二名……就算是因毕肃的出现，他无法进入前三，可绝不会掉出前十。

“如今出现这样的变化……只有一个解释，此人变得虚弱了！唯有他自身虚弱，出了问题，否则断然不会在这样的大试中有这样的表现，也不可能在如此大试里藏拙，且以他的身份，也没有这个必要！”苏铭喃喃，脑中分析起来。

“这么看来，他有五成的可能，是因失去了……此物！”苏铭双目精光一闪，看向了手中的那个小瓶，嘴角慢慢露出了微笑。

“邬森作为风圳部落的骄阳之辈，想来身家应该颇厚才对……”苏铭脸上的笑容更加灿烂。

“不过此物到底是什么，竟对他如此重要？”苏铭略一沉吟，没有轻举妄动，而是盘膝坐在那里，默默调息。时间流逝，直至外面的天色完全暗了下来，明月在天幕上高挂之时，苏铭猛地睁开双眼。

“如今，可以研究一下了。”苏铭再不迟疑，拿起那小瓶，左手在其上一挥，顿时那小瓶上的月光丝线散开。苏铭把这小瓶拿到近前，取下瓶塞，仔细看了过去。

那小瓶里的绿色鲜血隐隐有些黯淡，似因长久没有回到邬森体内，失去了色泽与灵性一般。

“要先看看此物对我有没有用处，若没有用，才可进行下一步。”苏铭毫不犹豫地倒出了此瓶内的鲜血。这鲜血漂浮在他面前，没有丝毫的血腥气息露出，仿佛不是血液一般。

盯着此物，苏铭一把抓住，慢慢地放在了眉心上。

第2章 是他么……

在这绿色的鲜血与其眉心接触的一刹那，苏铭立刻感受到了一股极为强烈的气息。就是在此刻，那绿色的鲜血仿佛灵性大起，似要从苏铭手中挣脱，想生生地冲入苏铭的眉心，进入其体内。

苏铭目光一凝，体内气血运转，将要钻入体内的绿血阻挡在外。他右手拿着那团血液，从眉心抬起，在离开了其眉心的一瞬间，苏铭双目露出奇异之芒。

“此物应是修炼特殊的蛮术后凝聚而出，称作源血，对修炼那蛮术者重要，可对外人来说，却会造成损伤。”苏铭沉吟少顷，做出了判断。邬森虚弱是因失去此血造成，看来这种分析八九不离十。

重新把这血液放入小瓶内，苏铭右手抬起向着此瓶一挥，立刻便有一缕月光来临，化作丝线缠绕其外。苏铭将此瓶收入怀里，站起身，走出了房间。

此刻天空明月在上，那月的形状不是弯弯，而是略圆了一些，看起来，似这几天里就会有真正的月圆之夜。

苏铭深吸口气，脑中再次推敲了一下之前浮现的念头，目光一闪，在这深夜里向着屋舍外走去，四周一片安静，没有丝毫的声响。

刚刚走出居所，苏铭心头猛地一跳，就在这时，一个阴冷的声音从其身后传来。

“这么晚了，你要去哪儿！”

苏铭脚步一顿，转身时看到了那在大门阴暗处走来的一个壮汉，其相貌寻常，双目眯起间似有寒光闪烁，正是乌山部的山痕！

“见过魁首。”苏铭神色不动，看着走来的山痕。

“我问你话呢！”山痕慢慢走出，站在了苏铭身前一丈外，冷冷地望着苏铭。

“听北凌大哥说起，风圳城的夜晚很热闹，所以想去见识一下。”苏铭内心有了警惕，却露出忐忑的神色，连忙开口。

山痕看了苏铭许久，这才慢慢地点了点头。

“夜晚不太安全，记得不要惹事，早些回来。”山痕缓缓说道。他身为部落猎队的魁首，更是此番随阿公而来的强者，保护部落的族人是其责任，故而这番话语倒也很是正常。

苏铭称是，向着山痕一拜后，缓缓后退，转身向着远处走去。他能感受到，后面的山痕始终在看着自己。

刚刚走出数步，苏铭全身汗毛忽然猛地竖起，他清晰地感受到一股强大的威压轰然而来，化作了一股危机之感，死死地锁定在了他的身上，他更是有种体内的气血不受控制要自行运转抵抗的感觉。

苏铭知道，这是蛮士身体本能的反应，因体内存在了气血之力，故而当遇到突然的刺激后，根本就很难去掩盖，会自然而然地产生抵抗。

若是换了普通族人，这种感觉反倒不会这么强烈，唯有蛮士，才会有如此清晰的感触，这也是试探旁人是否隐藏修为的一个方法，不过大都是凝血境高层强者对低者才会生效。

山痕的修为高出苏铭很多，故而其突然的举动，换了大试前的苏铭根本就无法抵抗，不过也不会引起注意，他身上有阿公的掩盖之术，即便是体内气血被引动了，外人也无法察觉。

但如今，苏铭已然能做到心动入微操控全身气血，他没有丝毫迟疑，在体内气血似要被触发的一刹那，随心一动间，便从容地将气血运转散开，这一点，旁人很难做到，可对于明悟了心动入微的苏铭来说，却是不难。

只是，气血可以掩盖，但那身体在突然遇到了危机后的一些下意识的举动，却往往会成为别人观察的重点。

山痕观察的，也正是这一点。

但他小看了苏铭，或者说，他不了解苏铭。几乎就是在那危机之感来临的一瞬，苏铭的身体没有丝毫的停顿，仿佛茫然不知，向前不紧不慢地走去，渐渐消失在了夜色里。

直至苏铭远去，山痕慢慢皱起了眉头。但他没有继续站在那里，而是转身，回到了部落的居所内。

山痕的举动没有出格，且等于是当着阿公的面去这么做，倒似光明磊落，让人觉得，他是有所猜疑，故而才会试探。

苏铭保持着从容的步伐，直至走出了很远，才忍不住快跑了几步。他在方才的那一瞬间，从山痕凝望自己的感觉里，找到了之前他数日的打坐时，那若隐若现的神秘观察者！

“是他！”苏铭皱起眉头，内心想起了阿公曾说部落里出现了叛徒之事，尽管阿公没有详说，但苏铭却能看出其忧虑。

“是他么……”苏铭迟疑了。魁首在部落里位高权重，掌握了整个猎队的所有蛮士，更是担当了为部落猎捕兽物的大任。

而且这些年来，在苏铭的记忆里，山痕为部落付出了很多，此人看似冷漠，但实际上苏铭曾见过他冰冷地在部落里行走时，常常会把猎来之物属于其自身的那部分，分出一些送给年老的族人。

他曾为了部落里几个喜欢兽齿的孩童，亲自上山。尽管分给那些拉苏时，他依旧显得冷漠，但苏铭却是注意到其目中的一抹善意。

在苏铭的记忆里，有一年的冬季，猎队里的几人在外出时被黑山部之人袭击，重伤逃回，还死了一人。山痕冷着脸，独自一人外出，第二天回来时，他的身上满是伤痕。

此事，若非阿公当时十分强悍，怕是会引起一场与黑山部的战争。

那往昔的一幕幕在苏铭脑海闪过，他实在找不到山痕是叛徒的理由。在他看来，这样的魁首，如何会背叛部落……

“或许……是我想多了。”苏铭暗自松了口气，默默地向前走去。渐渐地，他的容颜改变，他的身体也强壮起来，衣着也随之变化。很快，当从那黑暗中走出时，苏铭，变成了在如今的风圳城内声名赫赫、极为神秘的墨苏！

其身形一晃，爆发出了惊人的速度，向着风圳城深处疾驰而去。

邬森的居所，很好找到，苏铭化作了墨苏后，略一打探便可知晓，且如今风圳城内他尽管声名赫赫，但毕竟见过他的只有那么几百人，故而倒也没引起旁人注意。

告知邬森居所的风圳族人也丝毫不知晓，眼前此人，就是那一鸣惊人的墨苏！

之所以说出邬森的居所，是因苏铭拿出了其很少的石币中的一枚，再加上那风圳族人对此习以为常，这段日子里，有很多部落外的族人会争先恐后去拜访风圳族的几个骄阳。

只不过拜访的人不少，能真被召见的却是不多。

邬森居住的地方是这泥石城东部的一处角落，这里很安静，灯火虽有，但却很少，零零散散，唯有借助月光才可看到一些屋舍的轮廓。

在那众多的泥石屋舍中，有一处屋舍占地很大，更有独立的院子，与四周区分很是明显，这里，就是邬森的家。

邬森作为风圳部落的骄阳之辈，身份显贵，其居所自然也不同，其院子中有四处房间，在这深夜里，在那寂静中透出一股阴森的感觉。

院子很大很是空旷，在那月光中似有些萧瑟与死寂。

四间屋舍漆黑一片，仿佛里面没人，以往这里并非如此，几乎任何时间都会有邬森的跟随者在此守护，以显邬森的不同与特殊。

但如今，四周没有丝毫人影，不知是因邬森名次跌落让那些人离去，还是因其不想自己的虚弱被人察觉，故而全部轰走。

苏铭站在那院子十多丈外，在这寂静中，他的影子被月光拉得很长，渐渐模糊中与四周的黑暗融合在一起。

看着前方的院子，苏铭沉默了片刻，缓缓向前走去，临近院门，他没有丝毫迟疑，一把推开，在那木门被推开的一瞬，嘎吱之声在这寂静中蓦然响起，向着四周传开。

但那院子里的四处房间却依旧安静，仿佛没有察觉，仿佛其内真的没人。

可苏铭在外面时就一眼看出，那第二个房间里，有一股气血之感存在，从那气血的强弱上，苏铭判断出只是凝血境第五层左右，比他白天归来后目光从邬森身上扫过时的感应虽说弱了一些，但想到对方的虚弱应是持续性的，也就释然。

第3章 横财！

在房门被推开的一瞬，苏铭听到了一声闷闷的低吼，紧接着，一道绿色的身影蓦然闪现，一股透出杀戮死亡的气息更是随之扑面而来。

苏铭目光一闪，神色如常，他之前修为没有对方高时就敢出手破坏对方之事，更不用说如今修为远远高出此人。再加上此人持续的虚弱，又是于月夜里，他岂能怕了？几乎就在那绿色身影来临的一刹，苏铭右脚抬起，猛地向大地一跺！

其全身一百六十条血线轰然爆发，形成了一股强烈的威压，没有退后半点，只凭此威压，逼向那来临的绿色身影。

绿色身影被苏铭的气血威压一震中，蓦然崩溃，化作了点点绿色的晶光散开，使得这原本漆黑的房间被这绿光所映照。

邬森披头散发，面色惨白，盘膝坐在屋舍内，正死死地盯着苏铭，其嘴角有鲜血滴落，显然在苏铭来临的一瞬，他强行施展了一道蛮术。但此术，却丝毫奈何不了苏铭，反倒随着蛮术被破，伤到了邬森。

“墨苏！！”邬森目中露出不甘与疯狂，低吼一声。

苏铭神色平静，丝毫不介意邬森的癫狂，抬起脚步，走到屋舍内，与邬森间隔

数丈，冷冷看去。

“看来你真的是虚弱了，连身边那些为你提供眉心之血的随从，也都不见一人在此。”苏铭缓缓开口，声音不疾不徐。

邬森脸上青筋鼓起，更有苦涩。之前院子门的声响被他听到后，立刻让他惊疑起来。他只听到了声音，却感受不到有丝毫气血存在，似那院门如同自行打开，无人推动一般。

但他却明显有种危机之感，尤其是当他所在的屋舍之门也被人推开后，那种感觉顿时强烈到了极限，这才不顾一切地施展了蛮术……

看清了来人，他放弃了争斗之心，墨苏是那个让他极度怀疑，但却不敢招惹的强者！

与叶望齐名，让他亲眼看到了什么叫一鸣惊人，这样的骄阳，让他邬森只能苦涩。但邬森不笨，反倒极为聪明，他隐隐猜到对方来此的用意，却有些不敢相信。

“你抢走了我的源血，使得我每时每刻都在变弱，以我的身份与过往对他们的逼压，一旦他们知道我虚弱了，对我没有好处！”邬森闭上眼，深吸口气，再次睁开时，其脸上的青筋散去，神色有所恢复。

见邬森如此快速就恢复如常，没有了方才的愤怒与不甘，话语中更没有掖藏，而是直接说出了自身虚弱之事，苏铭对此人有了一些钦佩。

“之前之事，邬某多有得罪，希望墨兄不要介意。”邬森说着，站起身子向着苏铭一拜。

苏铭神色如常，但内心对于邬森的印象更深刻了不少。他看着邬森，邬森也望着他，二人注视了很久，苏铭忽然笑了。

“与聪明人打交道，的确省事不少，你开价吧。”

邬森强忍激动，他此刻早就没了寻找对方麻烦的念头，在他想来，自己如今已经没有了这个资格。修为没对方高，声名更是不如，尤其是按照他的分析，此人很有可能不久便被蛮公接引，在他们风圳部落接受栽培，这样的人，他不想继续与之为敌。

他如今唯一的期望，就是拿回源血，让自己的修为可以尽快恢复。毕竟天明后，便是第二关比试，这对他来说，极为重要。

“不知墨兄想要什么？蛮器我只有一个，却是与我蛮术相配合，是阿公赐予，不能拿来交换……"邬森犹豫了一下，迟疑着说道。在他看来，那源血的重要比之蛮器要高出数倍，却不敢以此物交换。毕竟，所有的蛮器只是属于部落，不属于个人。

"我不要蛮器，以石币交易吧，五千石，此物给你！"苏铭说着，从怀里拿出小瓶，其上的月光丝线在他用手碰触小瓶的一刻就消散开来，无人看到。

盯着那小瓶，邬森的心脏怦怦跳动，但听到了苏铭的话后，却是苦笑。

"墨兄，我……我只有三千多石……"

苏铭没有开口，而是静静地看着邬森，半晌后，默不做声地将那小瓶重新放入怀里，慢慢开口。

"既如此，那就等邬兄有了足够的石币，再来找墨某吧！"

邬森很焦急，若今夜能得到源血，明天还有希望，一旦今天无法得到，则第二关将一落千丈。

且他根本就不知道该如何去寻找这神秘的墨苏，一旦对方失去踪迹，他就算弄到了足够的石币，也很难换回源血。

"等等……墨兄，你看这样如何，你在这里稍等片刻，我现在就出去筹集石币，最多一个时辰，我必定回来，你……你等我一个时辰如何？"邬森连忙说道。

不论邬森会不会产生其他的心思，他苏铭都得谨慎些。苏铭眉头一皱，看了邬森一眼后，再不理会，转身就要离去。

"墨兄，等等！！我真的只有三千三百个石币，这样，我再加上此物，你看如何？"邬森急了，连忙上前几步，似咬了咬牙，从一旁屋舍的角落里取出了一个木头盒子。

当着苏铭的面，他心中很是不舍，将此物打开，却见在那木盒里，有一片紫色的七叶草。

此物很是奇特，每一片叶子竟同样分出七个分支，每个分支又分出七片叶子……如此生长，乍一看，不免有繁乱之感。

"这七叶草极为罕见，是我无意中得到，价值足有数千石币！"邬森望着苏铭，将此物递了过去。

苏铭在看到七叶草的一瞬，心脏立刻跳动加速，接过后又仔细地看了眼，确定了此物正是炼制南离散中那两种他没见过的草药之一！

苏铭不动声色，把那木盒盖上，看着邬森，似在犹豫。

邬森心情极为紧张，许久，当看到苏铭点头后，他脸上的激动难以掩饰，连忙取出了身上所有的石币，装入一个袋子里，恭敬地交给苏铭。

苏铭查看了一下，确定无误后，取出小瓶递给了邬森。

“你的源血很值钱，不要再弄丢了。”苏铭大有深意地看了他一眼，转身走出了房间，消失在了黑暗中。

邬森拿着小瓶，一直望着苏铭离去，神色变幻不定，许久长叹一声，彻底地放弃了寻对方麻烦的念头。

第4章 族友，请留步

“明天一早，当大试第二关进行时，趁着风圳部落的族人大都把精力放在比试之时，我去换取足够的草药。”苏铭内心暗道。

收拾完石币，苏铭取出了那小木盒，打开后看着里面的七叶草，双目露出明亮之光。此物在他看来，与石币一样重要，他没想到能在邬森那里获得此物。

“原来它叫做七叶草……可惜另一种草药没有，否则的话，可以尝试淬炼一下南离散，不知此散比之山灵，又有何种药效。”苏铭又多看了几眼，这才将其贴身放好。此刻他的胸口，任谁都能看出藏了不少东西。

苏铭颇感无奈，东西太多了，但只能随身带着。

整理好了一切，苏铭盘膝坐在那里，闭上了眼，没有去运转体内气血修炼，而是脑海中浮现那乌血尘蛮术之法，去尝试修行此术。

这是他如今能修行的第二种蛮术，与第一种嗜灵比较，更具杀伤力，且不繁琐。

时间慢慢流逝，一夜无话。

当清晨的第一缕阳光从天空落下，整个风圳泥石城似从沉睡中苏醒，鼎沸之音慢慢掀起，回旋八方。

今天，同样是一次盛典，是大试的第二关！此关考验的不是潜力，而是与修为有些关联的力速，比试的地方，同样不是在风圳泥石城，而是在那风圳山下，有九个雕像的巨大广场。

清晨刚过，风圳泥石城内居住的各个部落之人便相继离开，前往广场。乌山部这里也不例外，瞭首与山痕带着北凌、雷辰与乌拉走出了居所，却没有阿公。

直至众人离开，苏铭才从房间里走出，但他也一直没有看到阿公出现。在他想来，阿公应是与风圳部的蛮公在一起。

走出居所，苏铭没有改变相貌，他发现阿公给的这变化了样子的蛮器并非可以完全随意，如今只能维持在那天夜里从邬森手中抢夺源血时的相貌——墨苏的面容。

至于第三种样子，即便是可以变出，也总会在一些地方出现不协调，显然此物也有极限。于是他索性不去变化，而是以墨苏的样子在这泥石城内行走。只不过他也有些准备，买了几件兽皮衣衫包裹住身子，更是将头脸笼罩在内，只露出双眼。

这副样子尽管有些怪异，但泥石城内却也有不少如此装扮之人，显然都是不愿在交易时被人记住相貌。

走在风圳的泥石城内，城中的行人少了一些，大都去了广场观看第二关的比试。

因少了很多人，除了街道上行人不多外，就连那些交易贩卖的铺子里也顾客很少。苏铭走在街道上，他的目标很明确，这些日子来他对于风圳泥石城虽说没有全部熟悉，但对于那几处交易的铺子，却早就知道了所在。

尤其是有那么几家专门贩卖草药，是苏铭此行的重点。此刻在他的前方，便有这么一家，没有名字，只是一个不大的铺子，里面只有一个风圳族人趴在桌子上打着哈欠。见苏铭进来，此人扫了一眼，连忙站起来。

没等此人说话，苏铭便用沙哑的声音缓缓开口。

“我要罗云叶，一百片！”苏铭说着，隐藏在袖子里的右手轻轻在那桌子上一放，顿时就有一个白色的石币显露出来。

那风圳族人双目顿时明亮起来，对于苏铭这样的客人，他已然见怪不怪了，知道这样的人大都不愿被人打探身份，更不需自己去介绍草药，他们目标很明确。

没有丝毫迟疑，这风圳族人立刻点头，转身走到屋后，没过多久，便取来一个皮袋，放在了苏铭的面前。

苏铭拿起打开略看一眼，其内都是罗云叶，数量应该也是一百片左右。这样的草药在外界不太好买，也少有这么大的数量，但在泥石城，却是常见。

拿着皮袋，苏铭转身离开这铺子，以同样的方法，连续走了十多家，每一家都买了很多罗云叶，更是连同其他的一些辅助药草也都买了不少。

为了谨慎起见，他还买了一些不需要的草药，如此一来，就算是有人注意到，也很难想出其目的。

三千多石币，半天不到的时间，便只剩下了一千多，这种花钱的速度，让苏铭很是心疼，但又没有办法。他第一次感觉到，淬散药石，如果没有足够的钱财支撑，怕是很难完成。

“唉，要节省节省……这钱花得也太快了。”苏铭苦着脸，身上大包小裹全部都是皮袋，这些东西太多了，让他很是头痛，却没有办法。

“买得差不多了，先回居所里把这些草药放好，然后方可再溜达一番。”苏铭打定主意，连忙向着乌山部的居所走去。

刚走出没几步，忽然苏铭脚步略有一顿，眉头微不可察地皱了一下，但很快就松开，神色如常，继续向前走去。

在他的前方，有一个尖嘴猴腮的老者。这老者低着头，不知在想些什么，其脸上有得意之色，自语嘀咕中，右手更是在身前掐指，似在计算着。

苏铭平静地走去，与这老者擦肩而过的一瞬，听到了老者嘴里嘀咕的话语。

“赚了，这一次赚大了，多亏了那墨苏啊，不然这一次怕是要亏不少，好人啊，真是一个好人。”

苏铭心绪不动，继续向前走去。

但那老者走出几步后，忽然回头看了苏铭的背影一眼，目光在苏铭身上的那些大大小小的皮袋上一扫而过。

“这位族友，请留步。”那老者立刻开口。

苏铭眉头皱起，装作没有听到，不但没有停顿，反倒是快走了几步。

“哎，这位族友，你留步啊！”那老者连忙跑了过来，阻挡在苏铭身前，脸上带着苏铭曾见过的笑容。

苏铭双目寒光一闪，没有说话，就要从一旁绕过。

那老者连忙退后几步，脸上笑容不减丝毫，接着说道。

“族友，听我一句，就一句！我看族友买了这么多东西，想必也走了很多铺子，但我这里却是有一些就算是那些铺子都没有的好东西啊！”

苏铭没有理会，向前走去，但那老者却没有在意其态度，而是一直跟在旁边，不断地絮叨。

“族友，别这么冷漠啊，我这里真有好东西，你看这株草药如何，别看它样子平凡，但墨苏你知道吧，我告诉你，墨苏就是吃了我的这草药，才能在第一关声名赫赫啊！”那老者一边说着，一边从怀里取出一把药草，在苏铭身边一晃。

苏铭对这老者的絮叨不胜其烦，对方如咬住不放一般，始终跟着，大有不买一个便纠缠不断的气势，这一点苏铭之前早有体会，如今再次遇到，让他很是头痛。

“族友不信？嘿嘿，你不信就算了，不过我和你说，我这里还有呢，你看这些草药，花花绿绿多漂亮，但我告诉你啊，那叶望最后关头，就是用了这种草药。

“还有这个，你听说过毕肃吧，此人之前默默无名，你知道他为什么能成为第四？我告诉你，就是因为……”那老者的怀里好似一个无底洞，大把大把不同的草药，被他一次次地拿出，生怕苏铭不买似的，不断介绍着。

“就是因为吃了你的草药，是吧？”苏铭感觉双耳嗡嗡，打断其话语，冷声开口。

第5章 破损的袋子

“哎呀，族友聪明，没错，就是因为这草药。咳，老夫还没介绍自己，在下背穹，专门在风圳部落卖这些稀奇的草药，我和你说，叶望是我好友，宸冲是我的大客户，邬森更是经常来买草药，还有墨苏，我不骗你，我真认识墨苏！”那老者连忙又拿出大把的草药，在苏铭面前一晃。

“这些是叶望常买的。

“这些是宸冲经常需要的。

“这些是邬森修炼必须储备的。

“这些是那墨苏预定的，不能卖给你太多。”那老者双手飞快，每一次都是大把草药，来回变换之下，给人一种眼花缭乱之感。

“没有兴趣，你若再跟随，休怪我不客气！”苏铭目中寒意一闪，看了那老者一眼后，向着远处快走几步。

“咦？族友，我看你的背影比较眼熟……你……你……我想起来了，你就是……”那老者眼珠一转，他见苏铭面貌被兽皮遮盖，显然是不想被人看到样子。对于这样的人，他见过不少，知道这些人最怕什么，于是脸上露出夸张之色，似要失声出口一样。

苏铭脚步一顿，但他从小就很是聪明，再加上阿公的培养教导，在心智上岂能被这点小把戏欺骗，内心冷笑，毫不理会向前走去。

那老者眼看此计不成，脸上丝毫不见尴尬，反倒有了斗志，不肯轻易放弃任何机会，尤其是他看到苏铭全身大包小裹，认定了此人财物颇厚，就更不能放过了。

他连忙快跑几步，追上苏铭，换了一种说辞，不断从怀里拿出草药……

苏铭内心烦躁，正要展开全速把这老者甩开之时，看到那老者又一次从怀里拿出大把草药，忽然内心一动。

“这些草药，真如你说的那么神奇？”苏铭脚步停顿下来，随意望了一眼这老者的胸口，缓缓说道。

那老者一听苏铭的话，顿时兴奋起来，拍着胸口，很是严肃地点头说了起来：“族友放心，老夫童叟无欺，绝不撒谎！”

“这个……”苏铭神色露出迟疑。

那老者更为兴奋，连忙上前几步，低声说道：“这里人多眼杂，不适合交易，我们去那里，那里比较偏僻，正适合交易我这些好东西。”老者说着，还做出警惕之色，四下看了看后，指着不远处一条偏僻的小路。

苏铭犹豫了一下后，点了点头。

那老者赶紧带着苏铭快走几步，来到了那偏僻的小路深处。四周已然无人，他忍着兴奋，低声说道：“族友，你看好哪个了？是叶望的，还是宸冲的，还是毕肃的？不过族友，墨苏的那种草药，可不能多卖给你。”

“刚才没看清那些草药，也不知道哪些好，如果都不错的话，我可以考虑全都买一些。”苏铭脸上始终带着迟疑，看了那老者一眼，犹豫着开口。

“无妨，我都给你拿出来看看。”那老者顿时更为兴奋，脸上堆出微笑，立刻从怀里取出一种种草药,每种都有两三株的样子。

“就这些? 太少了。”苏铭目光一扫,摇了摇头。

“不少了啊,这些可都是罕见的草药,不可能多了啊! ”那老者一愣,赶紧解释。

苏铭也不说话,而是右手伸入怀里,直接拿出一个小袋,在那老者面前打开,露出了其内近十块白色石币。

老者盯着那些石币,双眼冒光,深吸口气后,神色极为凝重,再次四下看了看,靠近苏铭几步,低声开口:“族友既然这么有诚意,老夫也就和你说实话了,每一种草药,我都有一百多株的样子,可不是它们不珍贵,而是我有自己的方法去弄来,我看族友也是真想买,这样,我都拿出来给你看看。”

那老者说着,从怀里取出了一把、一把、一把的草药,全部放在地上,竟足有一千多株。

“就这些了,我的全部草药都在这里,一千石币,你全部拿走! ”老者很是紧张,望着苏铭。

这些草药若是放在一起,需要一个很大的袋子,根本就无法放入怀里,苏铭心脏怦怦跳动,盯着那老者的胸口,目光一闪。

“这些草药,你是怎么装入怀里的,你怀里,有什么? ”

那老者闻言露出警惕的神色,连忙退后几步,捂着胸口。

“别装了,这些草药我不会买,不过如果你有一个可以放入这么多草药的奇特袋子,我可以考虑买一个。”苏铭缓缓说道。

“不卖! ”那老者哼了一声,立刻开口。

苏铭拿着那装着石币的袋子,微微一晃,里面传来石币碰撞的声音,那声响很是清脆,颇为悦耳,让老者的神色有了挣扎。

“五千石币! 你给我五千石币,我就卖给你。”老者说着,从怀里取出了一个巴掌大小的袋子,外表很是奇特,不知如何画上了一个圆形的图案,且看似画在上面,可仔细去看又有不同,仿佛不是画上,而是以其他的方法印下。

不过可惜的是,在这布袋的一角,有一破处。

“这可是个宝贝,整个风圳部落都罕见,里面可以装下很多东西,没有五千石币,休想让我同意卖给你。”那老者死死地抓着布袋,大声说道。

“这袋子破了一角。”苏铭平静说道。

“当然，要是完整的，别说五千石币，就算是一万石币我都不卖。”那老者得意地开口。

“五百石币，你不卖算了。”苏铭略一沉思，向着老者说道。

“什么？你说什么？五百石币，不可能！！”那老者表情变化极快，此刻一脸愤怒，似苏铭说的价格，对他来说是种羞辱。

“你方才说在风圳部落里多年都贩卖草药，又见过了那么多的骄阳之辈，我不信没有人看出端倪，而至今你还能有这样的袋子，显然并非一个，五百石币，你不卖就算了。”苏铭平静地开口，说完转身就要离去。

那老者站在那里，露出迟疑与挣扎的神情。眼看苏铭真的走了，且没有回头，似要走出这条小路，他猛地一跺脚，连忙喊了起来。

“八百石币……唉，得了，五百石币，五百石币给你了！”

苏铭停下脚步，转头伸出右手，那老者很不甘心地上前，把那袋子递给苏铭。苏铭接过后，立刻感觉此袋轻飘飘的，更是在碰触此物的一刹那，他脑海中出现了一幅画面，那是一处三丈大小的空间，只不过其内只有一半可以使用，另外的一半出现了如碎裂般的痕迹。

“哼，你赚了，我告诉你，把东西在这袋子上一拍就可放入里面，取出时用手碰到，只要一想就可以拿出来。”那老者嘀咕着，告诉苏铭如何使用。

苏铭很是好奇，从身上取出一株草药，按照老者所说的方法试验了一下，见果然如此，不由得露出微笑。

“好用吧，我老人家好东西多着呢，五百石币你算是赚大了，可别出去乱说，快把石币给我。”那老者一脸郁闷，伸手就欲要钱。

“那里面碎裂的一半，是因这袋子有破损造成的？”苏铭没有立刻给钱。

“这我就不知道了，反正我就只有这一个，用了很多年，也一直是这样，你快点给钱啊！”那老者连忙避开话题。

苏铭大有深意地看了那老者一眼，把这破损的袋子扔给对方，摇了摇头。

“啥意思啊，不要了？”老者顿时愣了。

“一个破损的袋子，就算有些奇效，也不值五百石币，且最重要的是，我估计用不了多久，里面的碎裂会慢慢蔓延，最终不但无法使用，甚至一不小心，里面的东西都拿不出来，要之何用！”

“不会啊，我用了好几年了，绝对不会！”那老者赶紧连连保证。

“这个可不一定，如果我买，只能给你二百石币，几个月后如果真如你所说，剩下的石币才可给你。”苏铭很是随意地开口。

“那不行，我到时候怎么找你啊。”老者快速摇头。

“不行就算了。”苏铭没有留恋，转身就要离去。

“唉，得，卖给你了，二百石币，三个月后，你要给我余下的钱，这附近部落不多，就那么多人，你要是不给我，我怎么也能找到你。”那老者说着，一脸肉痛的样子，再次把那布袋递给苏铭。

这一次，苏铭没有再沉吟，而是取出二百白色石币，完成了交易后拿着那布袋，离开了这条偏僻的小路。

那老者等苏铭走远，脸上的心痛之色顿时消散，取而代之的则是得意，从怀里又拿出一个布袋，依旧还是破损的，将地上的那些草药收入其内，这才叹了口气。

“小娃娃很精明嘛，比那叶望还要不好糊弄，叶望买这个都用了五百石币，他可好，二百就买走了。

“哼哼，等再卖出几个后，等他们习惯了使用此物，就是我收获的时候啦。”老者嘀咕着，脸上渐渐洋溢出兴奋与期待。

第6章 一起绕圈圈吧

冬季的天空尽管晴朗，可透着凉意，只不过对于蛮士来说，这种冰冷可以承受，且如今即便是冬季，也已经快要过去。

仿佛这冬天不愿离去，想要提醒着大地上的生灵，它依旧还在似的，天空，飘起了雪花。

那雪花开始还不大，可没过多久，便大片大片地飘落，似席卷了天地，在突起的狂风中，在那呜咽的风声里，卷动八方。

晌午的时候，这雪已经很大了，虽谈不上遮天盖地，但那被风卷动的雪却使得天空昏暗下来。

苏铭走在泥石城的街道，雪花扑面而来，落在他的衣衫上、头发上，更有一些钻入那盖住头部的兽皮，落在他的鼻尖上。

雪来得突然，苏铭还没等回到乌山部在这里的居所，便被那越来越大的雪阻断了前后的路。在那雪中，苏铭快走了几步，留下了一行脚印，但很快就被雪花填满，不见痕迹。

这或许是这个冬季里的最后一场雪了。

苏铭呼出的气在那雪中如白雾，片刻后，当他确定无人跟着自己后，“换”回自己的原貌，绕了几圈，回到居所时，风更大，雪更大。在其房间门口，苏铭使劲跺了跺脚，将身上的雪花震开，走进了屋舍。

房间内比之外面要暖和不少，关上门，苏铭脱下裹着全身的兽皮，扔在一旁，又把身上那诸多装有草药的皮袋放下，体内气血运转，驱散了寒意后，盘膝坐下，拿出换来的破损小袋，仔细看了起来。

“这袋子很奇妙，竟能把那么多东西都装下……不过那背穹如此轻易就卖给了我，想来里面必定有些蹊跷……”苏铭目光一闪，他之前就有所怀疑，此刻越想越觉得那背穹的举动不大对劲。

想了想后，他取出一些不用的草药放入那袋子里，又尝试取出，没有发现丝毫不妥。

“还是要谨慎一些，毕竟这些草药是我的全部了，一旦放到里面出现了意外，就坏了……”苏铭挠了挠头，索性不再去想这个事情，准备等过些日子一切都平静下来后，让阿公帮着看看此物。

收起这个小袋子，苏铭盘膝坐在那里，运转体内气血的同时，慢慢沉浸在那乌血尘蛮术之中。他要抓紧时间修炼此术，以便让其在实战中可以施展。

他原本打算去泥石城再溜达一番，看看有没有其他要买的东西，因此刻外面的大雪，他只能留在房里。

房间外，风雪呼啸，房间里，苏铭默默盘膝，时间慢慢流逝，很快，外面的天已入黄昏，以往没有下雪的时候，黄昏时分外面还算明亮，可今天，却是有了暗意，看不清太远，所望都是那飘落的雪，只不过这种暗色因雪的存在，使得近距离的范围有银芒泛起。

此刻的雪还是很大，没过多久，盘膝的苏铭双耳一动，起身推开了房门，看见了从外走来的北凌等人。

这些人没有如昨天那样的议论，许是风雪太大，北凌扫了苏铭一眼后，就匆匆走进了属于他的房间，乌拉神色有些不振，似提不起兴致般，也回到了其屋舍。

唯有雷辰向着苏铭憨厚一笑，靠近过来，看其样子，似要把今天的见闻诉说一下。

至于瞭首，则是皱着眉头，不知在想些什么，时而看向天空，神色带着一丝忧虑，山痕依旧是那副冷漠的样子，没有再去注意苏铭，回到了其房间。

“苏铭，今天的第二关比试，非常激烈啊，这力速之比，与修为关系极大！

“叶望不愧是风圳小辈第一人，他太强了，超出了排在第二的宸冲很多！还有那黑山部的毕肃，此人绝对是我们的大敌，他排在了第三，其修为应是凝血第七层的样子，非常强！

“可惜墨苏没有出现，否则的话，应更有看头。

“唉，我没有进入前五十，乌拉也没进入，唯有北凌，获得了第四十九名，这第二关比试虽快，却很有气势！

“据说要三天后才进行第三关，那第三关实战应更激烈。”

雷辰一脸兴奋，在苏铭的房间里说了很久，把这一天的见闻与经历都说了出来，本还想再说些什么，可见苏铭似乎兴趣不大，便又说了几句，打着哈欠离去。

这一天，他也同样参与了比试，自是有些疲惫。

等雷辰离去后，在那黄昏过去，外面的风雪略小一些时，苏铭站起身，心脏怦怦跳动，有些紧张的同时，也有期待，走出了房间。

这一次，山痕没有出现，苏铭走出了乌山部的居所，天空一片昏暗，可大地却有银芒，雪花飘落，让苏铭有一种说不出的感觉。

走在风雪里，许久之后，苏铭改变了相貌，化作了墨苏，来到了乌龙部的居所之外，站在那里。他等待着。

时间渐渐流逝，风雪依旧不断地飘落，那乌龙部落的大门无声打开，从里面露出了白灵那美丽的螓首，她穿着一身白色的衣衫，领口处更有皮毛翻着，看起来很是美丽。

露头四下一看，当她看到了苏铭后，俏脸立刻有了羞涩，却难掩喜悦，快走了几步后，来到了苏铭面前，二人相视一笑。

“你等了好久了吧。”白灵轻声说道。

“没有，我也是刚来。”苏铭挠了挠头，看着眼前的白灵，这是他长这么大见过

的最美丽之人，尤其是在这雪中，白灵那微红的脸颊、忽闪的双眸，还有那目中的一缕羞涩，让苏铭心脏的跳动更快了。

“看什么……傻兮兮的，你不是说要去绕圈圈么。”白灵脸更红了，却没有避开苏铭的目光，而是眨了眨眼，轻笑起来。

“啊，是啊，呵呵。”苏铭摸了摸鼻子，在白灵的笑声中，二人渐渐在那风雪里向着远处走去。

直至二人身影消失在风雪中，那乌龙部的居所内，司空一脸复杂，有心想要出去看看，可最终还是长叹一声。

同样在这乌龙部落里，那老妪盘膝坐在其房间。她知道白灵出去了，却没有阻止，在她想来，白灵若能与这墨苏在一起，是最好的选择。

风在呼啸，雪在飞扬，那风雪里，苏铭与白灵二人走在泥石城的小路上。那雪花飘舞在二人身边，闪烁着迷人的晶光，落在了屋檐上，落在了两旁的一处处建筑上，使得这里仿佛成为了雪的世界。

雪夜里行人很少，苏铭一路很是紧张，反倒不如他之前与白灵接触时那么伶俐，直至他的手被白灵主动拉着后，他感受到了对方手心里的汗水与柔腻，这才精神一振，握住了白灵的小手。

白灵低着头，脸上红霞在那雪的映照下，很美，很美。

“我们一起……去绕圈圈吧……”苏铭轻声说道，蹲下了身子。白灵脸上露出羞涩的笑意，趴在了苏铭的背上，那种从苏铭身上传来的温暖让她很开心。

苏铭闻着身后传来的幽香，体会着白灵那同样带着温暖的娇躯，深吸口气，身子向前疾驰而去，直接从那远处的泥石墙跃过，出了城。

白灵芳心跳动，她同样感受到了苏铭的心跳，感受着苏铭在奔跑，迎着那风雪，在风圳部落外的平原上，在那四下无人的寂静里，越跑越远。

雪花落在他们的身上，却没有让他们感受到凉意，反倒是心里的温暖似弥漫在了四周。在这城外，苏铭的样子改变，从墨苏化作了自身。

“白灵，我怎么感觉你好像重了一些……”雪夜里，苏铭的笑声透出喜悦。

“你胡说！”白灵本沉浸在苏铭背部传来的温暖中，听闻此话，立刻瞪起了眼，狠狠地掐了苏铭一下。

苏铭吃痛，但笑声更加喜悦，身子猛地一跳，让白灵发出了一声惊呼后，向着前方继续跑去，那传来的笑声与白灵的嗔音交错在一起，透出一股美好。

快乐的时光总是过得很快，不知不觉已经是深夜。苏铭与白灵走在那雪中，拉着手，低声言语，似总有说不完的话。

雪依旧飘落，落在他们的身上、头发上，使得二人的头发远远一看，似快要成为了白色。

不知这雪夜里，他们二人若是一直这样走下去，会不会一路走到了白头，抑或……曾经沧海，成为了一声叹息。

“还记得我们在乌山时的那一夜么，也是下着雪……”

“记得啊，我记得那时候你的头发都被雪染成了白色。”

“你也是，成了老太婆。”

“你说，如果我们这样在雪中一直走下去，是不是会走到了白头……”白灵的声音透出柔弱，拉着苏铭的手，轻声说着。

第7章 一个约定

飞雪连绵，如美丽的银幕盖住了大地，连接了天与地，融入了岁月中，让人难以忘记。那雪花飞动，在苏铭的身前一片片飘落，在那呜咽的风中，于落地后又被吹了起来，与降临的雪共舞。

更有一些雪花在那风中于白灵的面前飘动，从她耳朵上挂着的两个骨环间穿过，落在她藏于厚厚的衣衫里的颈部，融化了。

耳边听着白灵的轻声呢喃，苏铭的心中无比温暖，那温暖散开全身，化作了一种特殊的感觉。

美好的夜，美好的雪，美好的两个人。

苏铭笑了，那开心的微笑透着少年人的纯真。他停下脚步，望着白灵，那雪中的女孩在这一刻似化作了一个永恒的画面，深深地刻在了苏铭的记忆里。

白色的雪，白色的衣，美丽如雪的女孩，还有那呢喃的话语。

白灵很美，睫毛轻颤中，沾了一些冰花，让苏铭看着看着，觉得四周的一切都

消失了，这天地间只剩下了他与她。

许久，当白灵被苏铭的目光注视得俏脸更红之时，苏铭抬起右手，将自己脖子上挂着的那串骨牙链取下，选择了其中一个最大的足有小手指长短的骨牙，将其取下，递给了白灵。

这枚骨牙通体森白，呈月牙形状，其上还刻了两个字，那是苏铭的名字。整个骨牙看起来有一股凌厉的气息。

“这枚骨牙是我七岁第一次参加蛮启时阿公给我的，是我非常喜欢之物，我把它……送给你。”苏铭脸上露出微笑，内心也略有紧张。在部落里，送这样的东西，有其特殊的含义。

白灵抿着嘴，俏脸更红了。她同样芳心加速跳动，那怦怦的心跳声让她眼前所有的一切都消失，只有苏铭。

许久，白灵轻轻地抬起玉手，接过了那枚骨牙。在碰触到这骨牙的刹那，她的手指一颤，轻轻地接住。

苏铭一脸紧张，等了半晌，见白灵只是在那里看着骨牙，没有接下来的动作，不由得挠了挠头，头发上的白雪撒落了一些下来。

白灵看了苏铭一眼，见他那傻兮兮的样子，不由得掩嘴娇笑，目中露出狡黠，还有那说不出，却可以让人融化的温柔。

“那个……咳，你是不是忘了什么？”苏铭被白灵这一笑，也脸红了起来。

“什么啊？”白灵始终在笑，那笑容很美，在这风雪里，被那雪花相衬，让人难忘。

苏铭脸更红了，但很快就一咬牙，望着白灵深吸口气，严肃地说道：“白灵，我可是你的救命恩人……我……”

“我知道啊，你是救命恩人，可这和我忘了什么有关系？”白灵眨了眨眼。

“当然有关系，呃……不说这个了，咦，你耳朵上的骨环很漂亮，摘下一个让我看看呗。”苏铭眼珠一转，立刻说道。

白灵眼中笑意更浓，随之而起的则是那性格中的狡黠。抬起手，摸了摸自己左耳下那浩白的骨环，她望着苏铭。

“这是我阿妈留给我的……不给你。”白灵娇笑，看苏铭睁大了眼，似要抢夺的样子，立刻向后跑去。那笑声在风中传出很远，如银铃一般悦耳。

只是，她虽这么说，可那苏铭给她的骨牙却是被她始终握在掌心里，似很是宝贵。

苏铭眼睛一瞪，似觉得不甘心，连忙追了上去，二人在这雪夜里欢笑着，追逐着。那骨环，白灵始终没有给苏铭，但她眼中的温柔，苏铭却是懵懂间能感受一些异样。

“苏铭，你说十年后，我们会是什么样子……还会这么无忧无虑么……”雪地上，累了的白灵坐在那里，看着天空的雪，轻声开口。

苏铭双手放在脑后，躺在白灵的身边。那雪地很柔软，他同样看着天空的雪，听着白灵的话语。

“还生气呢？”白灵转头，美丽的双眸忽闪着，含笑看向苏铭，“别生气啦。”

“我才没有生气。”苏铭哼了一声，但看着白灵始终望着自己，脸上有了笑容。

“十年后，我们一定还是会这样无忧无虑的……而且那个时候，我的修为会很高，一定会很高！”苏铭目中蕴含了期待。

“阿公昨天和我说，以后我会在风圳部落，与叶望一样，被风圳的蛮公栽培……说不定十年后，我能接近开尘呢。”苏铭笑了起来。

听着苏铭的话，白灵目中也有了期待，脸上带着开心的微笑，与苏铭在这雪夜里，似有说不完的话语。

快乐的时光总是过得很快，虽说距离天明还有一些时间，可终究还是会有结束，白灵也要早些回到其部落的居所内，他们二人回到了泥石城外。

“我送你回家吧。”苏铭蹲下身子，示意白灵上来。

白灵脸上带着开心的笑，乖巧地重新趴在了苏铭的背上，感受着苏铭的心跳，面色始终羞红。

“傻兮兮的……”白灵在苏铭的背后，随着苏铭的奔跑轻声喃喃。

一路奔跑，在那深夜的风雪里，苏铭背着白灵从偏僻的角落里跃入泥石城内，其容颜也改变成了墨苏。在那乌龙部的居所外，苏铭停下脚步，白灵带着一丝不舍，从苏铭的背上下来。

她看着苏铭，看着眼前这个男孩。尽管相貌变得陌生，但那双眼睛，她永远不会记错。

苏铭也望着白灵。二人在这街道上，在这雪中，相互凝望。

“好了，不要生气。”白灵抬起手，如上次的离别一样，为苏铭整理了一下衣衫，弹去了上面一些积雪，脸上带着柔和的微笑。

"你耳朵上的骨环,真的很漂亮。"苏铭嘿嘿一笑。

看到苏铭这个样子,白灵再次笑了起来,笑着笑着,她深深地望着苏铭,俏脸上的羞涩再次浓郁,轻轻地低下头。

"苏铭……七天后,对我来说是一个非常重要的日子……往年那一天都是奶奶与我在一起……今年,我希望和你……好么?"白灵似鼓起了勇气,声音很弱,但苏铭却是全部都听到。他目中露出惊喜,看着白灵,重重地点了点头。

"这是一个约定哦……"白灵羞笑,望着苏铭的眼。

"嗯,这是一个约定,七天后,不管我在哪里,不管我在做什么,我都一定会去找你……"苏铭认真地说道。

雪还在飘落,似见证着大地上这两个人。他们的约定……不知这是一个美好,抑或是……一声叹息。

"嗯,那一天,我会在部落里等着你……这个骨环,我会在那个时候,给你……"白灵摸了摸耳朵上的骨环,轻声说着,就连耳朵都红了起来。

"我一定会去!"苏铭微笑,很开心,很开心……

白灵咬着唇,脸上的羞涩不散,转身,向着其部落居所走去。当她推开了居所大院的门走入的一瞬,回过头看了苏铭一眼,身影消失在了门内。

苏铭站在那里,心中充满了喜悦,更有对七天之后那个约定的期待。

"七天……"苏铭开心地笑了起来,转身在那风雪里奔跑,向着其部落所在的地方疾驰而去。

天空飘落的雪似乎此刻也知道了苏铭的喜悦,在他的身边伴随,打着转,从地面随风飞起,交融在天地间。

苏铭一路跑得很快,那心中的喜化作温暖,笼罩其全身,让他忘记了烦恼,忘记了忧愁。很快,他就回到了乌山部所在的地方。

在归来时,苏铭已然散去了墨苏的样子,恢复成了自身。看着不远处雪夜中的乌山部临时的居所,苏铭深吸口气,带着心中的喜悦,向着那片居所一步步走去。

居所内一片寂静,虽是黑夜,但天空的雪使得这夜泛着银光,并不漆黑。在那风雪里,乌山部居所的大门紧闭,仿佛有一股压抑弥漫,使得苏铭在临近的一刻察觉有些异样。

尤其是当他推开了大门,看清了居所院子里的一幕后,他整个人猛地一震,之前内心存在的喜悦刹那间烟消云散,取而代之的则是神色的剧变与惊慌!

院子里，瞭首、山痕、北凌、雷辰、乌拉都在，他们大都神色慌乱，透出害怕与焦急。在他们的前方，阿公面色苍白，盘膝坐在那里，气喘吁吁，其面前洁白的积雪上，还有一团触目惊心的黑血。

在苏铭推开门的瞬间，所有的目光蓦然凝聚在他的身上。

“阿公！！”苏铭脑中轰鸣，一片空白，疯了似的快跑几步，来到阿公的面前，看着阿公那苍老的容颜第一次露出了虚弱，尤其是那积雪上的黑血甚至还有一些沾在了阿公的粗麻衣衫上，苏铭的身子一颤。

第8章 我要回去！！

“回来了……”阿公睁开眼，面容没有丝毫血色，但依旧还是露出了和蔼的笑容，看着苏铭。

“阿公……这……这是怎么了，阿公，你……”苏铭脑中轰轰，看着阿公的样子，眼泪流了下来。他很害怕，不知道该做些什么，心中一片惊慌，就连声音也都有了颤抖。

“阿公……雷辰，到底发生了什么！”苏铭猛地抬头，看向雷辰。此刻的他再也不去考虑什么隐藏修为、隐藏身份，而是心中涌现了一股滔天的愤怒。他想要知道，是谁让阿公受伤，哪怕他无力去复仇，但他一定要知道！

其话语声不高，但却蕴含了一股说不出的威压，在看向雷辰的一瞬，雷辰眼中也流下了泪水。

“我也不知道……阿公刚刚回来……”

“好了，你们听我说……”阿公深吸口气，从地面上站起，神色严肃，目光从众人身上一一扫过。

“我去了一趟……黑山部落。”阿公缓缓开口，其话语声不大，但这一句话落在众人耳中，却是如同雷鸣轰轰而起。

瞭首神色顿时一变，其旁山痕则是双目微不可察地一闪。至于北凌，则是倒吸口气，一旁的乌拉面色瞬息苍白。

苏铭同样如此，他们知道部落的危机，其重点就是黑山部，尽管不知晓全部，但这段日子部落里的压抑却是可以让他们看出一些端倪。

“在你们去参与大试第二关时，我去了黑山部落……我要看看那黑山部的毕图，他到底是什么修为！”阿公平静地开口，四周除了他的声音，一片死寂，仿佛就连那呜咽的风在此刻也都消散。

“他……的确是开尘……”阿公脸上露出苦涩。

瞭首神色阴沉，犹豫了一下，正要开口，却见阿公微微摇头，似知道瞭首要说些什么。

“我必须要去一趟，若不真正知道其修为，我不想让部落的族人……从此背井离乡，从此成为风圳的附属部落……谁，愿意离开生存了数百年的家呢……”阿公神色黯淡。

“时间有限，我已经略作调息，如今我要带你们立刻回到部落。那毕图尽管开尘，但还没完全稳固，我虽受伤，但料定他也无法即刻就出手。

“我们……迁移！！”阿公神色露出坚定，目中透着决然，右手抬起一挥间，立刻这院子里积雪轰然四散，仿佛爆开一般。声响传遍四周的同时，那些积雪仰天而起，与天空飘落的雪花碰撞，形成了一连串的轰鸣之音。

紧接着，那天空上泛起无数晶光，于刹那间赫然凝聚成了一条巨大的乌蟒，此蟒神色狰狞，幻化而出后立刻降临在了乌山部居所之上。随着它的降临，一股莫大的威压轰然扩散，让雷辰与乌拉身子隐隐颤抖，就算是北凌也是有些无法承受的样子。

“北凌、雷辰、乌拉……你三人可以选择，是留在这里，还是随阿公回到部落。如果回去，会有危险。”阿公看向北凌三人。

“阿公，我回去！”北凌没有丝毫迟疑，上前一步，目露果断。

“阿公，我雷辰不留在这里！”雷辰握紧了拳头，神色内透出一股肃杀，他要回去，他要守护部落。

“阿公，乌拉也不留在这里。”乌拉一咬牙，坚定地看向阿公。

阿公看着北凌三人，点了点头后大袖一甩，顿时一股狂风凭空而出，卷着北凌三人直奔那乌蟒而去。将他们三人带上此蟒后，却见瞭首与山痕二人身子一跃而起，同样站在了乌蟒身上。

如今的院子里，只剩下了苏铭与阿公两人。

阿公望着苏铭，那目中的慈爱很浓很浓。

苏铭心脏怦怦跳动，他有种不好的预感，不待阿公开口，他立刻说道："阿公，我也要回去，我们快走吧。"

"你不能回去。"阿公闭上眼，随后猛地睁开，断然道。

苏铭一愣，抬头望着阿公。

"你回去也没有帮助，迁移的途中或许会有危机，你留在这里，等我们回来。"阿公说完，便身子一晃，化作一道长虹直奔那天空的乌蟒而去，留下苏铭一人在那院子里。

"北凌可以回去，雷辰可以，乌拉也可以，我也是部落的族人，我要回去！"苏铭心中升起强烈的危机感，他隐隐能猜测出，部落必定存在生死危机，而阿公为了不让自己去面对危险，所以才不让自己跟随回去。他焦急中身子一晃，就要跃起。

"不行！"阿公闭上眼，右手抬起向下一按，立刻一股大力压在了苏铭身上，将其正要跃起的身子完全地凝固在了地面。

"在这里等着！不许外出半步！"阿公盘膝坐在了乌蟒上。此蟒仰天一声咆哮，渐渐升空而起，其身上的北凌等人均沉默，带着复杂的表情，看向地面上挣扎的苏铭。

"阿公，我不留在这里！"苏铭心中起了更强烈的担忧与焦虑。阿公越是如此，就越说明部落遇到了生死存亡的危机。他体内血线弥漫，这血线外人却是感受不到，可在他的体内，却形成了一股极大的威压，向外轰然扩散，似要冲破阿公的禁锢一般。

但那禁锢太强，以苏铭自身的力量，根本无法冲开。

乌蟒上，瞭首想要开口说些什么，但看了一眼阿公，便沉默下来，其旁的山痕则索性闭眼，看都不看。

乌蟒升空，其上的阿公睁开眼，目中透出悲哀。他不让苏铭去，是为了保护他，是为了不让苏铭受到哪怕半点伤害，毕竟这一次的迁移……必定会存在死亡，存在那种就算是他或许也无法庇护的危机。

"不行！"阿公右手再次一挥，却见风雪呼啸而动，直奔挣扎着要冲破这压力的苏铭而去，瞬间将其全身笼罩，直接卷着向其房间而去。

刹那间，就将苏铭从这院子里卷到了其房间。那房门砰的一声关闭后，风雪四散，弥漫在房间外，形成了一个巨大的禁锢。尤其是那房门处，更是由雪组成了一个诡异的图案，赫然是乌山部的蛮像之样！

封印禁锢的同时，更是将苏铭嘶哑的声音完全阻断。

天空风雪依旧，那条乌蟒直奔天幕，很快就消失在了天地间，以极快的速度，向着乌山部所在的方向疾驰而去。

“苏铭……阿公能为你做的最后一件事情，就是这个了……从此之后，你要自己好好照顾自己……”阿公墨桑盘膝坐在那乌蟒上，神色黯淡的同时，却蕴含了一股战意，那是一股拼死的战意！！

“毕图！！”

随着乌蟒的远去，那天空的雪依旧飘落，落在大地上，落在泥石城内，落在那一处处屋舍，落在那乌山部的居住之地。

四周一片寂静，只有那呜咽的风在回荡，仿佛除了此声，没有了其他……但在那乌山部的居所内，那一间被封印的房间里，却是有一道嘶吼声传不出来。

“我要回部落，我要守护族人！阿公，我要出去！”房间内，苏铭披头散发，展开了全部力量与速度，向着那房门不断地轰击。每一次轰击，整个房间都为之一震，但那封印却是纹丝不动。

第9章 焦急！

封印依旧还是没有丝毫的改变，直至苏铭的双拳流出了鲜血，直至他的嗓子完全沙哑，让一切听到之人揪心，他整个人跪在了那房门旁。

那门上，弥漫了无数血色的拳印……

“我要出去……阿公，我要回部落，我死也要死在部落里。我不断地要变强，不断地想要成为强者，我是要保护部落，我是要为部落而战！”苏铭哭了，他的心刺痛，阿公临走前的诀别与对部落危机的焦虑，让他感觉强烈的不安与害怕。

尤其是想到阿公的虚弱，想到族人那一张张熟悉的面孔，苏铭焦虑中猛地退后几步。

“我的修为打不开阿公的禁锢，那么我就拼了一切去提升！”苏铭面色铁青，他的双目充满了血丝，他的神色弥漫了坚定，他如今脑子里唯一的念头，就是不顾一切，用尽所有的方法，冲出这里！！

哪怕对自己造成了严重的伤害也无所谓，他如今最在乎的，就是阿公，就是部落，他哪怕是死，也要死在守护部落的战争中。

苏铭猛地转身，盯着他之前放在屋舍内的那些买来准备淬炼药石的罗云叶，还有那其他的草药。

这些草药是为了淬炼药石准备的，苏铭更是清楚地知晓，若是将其捣碎成汁吞下，那么即便是蛮士也绝不能一次服食太多，否则会对身体造成极大的伤害。毕竟修蛮要循序渐进。

但此刻，苏铭咬牙盘膝坐在地上，一把拿起装有罗云叶的袋子。他没有时间去将其捣碎，部落的危机，阿公的虚弱，那等等的一切，让他的焦急与担忧达到了从未有过的程度。

他抓起数片罗云叶，全部放入口中，狠狠地嚼碎，取其汁液，将残渣吐出。那汁液很苦，但如今与苏铭心中的苦涩比较，却根本就不算什么。

嚼碎，吞下，苏铭再次拿出大把的罗云叶放入嘴里，狠狠地将这些草药的汁液吞咽下去。慢慢地，他的身体颤抖，他的体内似有一股火焰在燃烧，使得其全身弥漫了汗水，体内的鲜血骤然间全部浮现出来。

那一百六十条血线散发出的红芒，将这房间全部笼罩，使得这里仿佛成为了血色的黄泉，那盘膝坐在血光里的苏铭，更是透出一股让人心惊的决然。

十片，三十片，五十片……直至这袋子里的一百片罗云叶全部都被苏铭咽下了汁液，残渣吐出后，他的身体传来了剧痛。这痛楚来自其腹部，他知道，这是服用了太多罗云叶后产生的恶果。若是继续下去，则那疼痛会更加剧烈，甚至最终他的全身都会弥漫这种痛苦。

但他同样感受到了随着体内的那股似燃烧的火焰不断地强烈，身体的血线似有了要增加的迹象。当有了这种感觉后，苏铭毫不犹豫，再次拿过来一整袋罗云叶。

时间一点点过去，很快就是半个时辰。在这半个时辰里，苏铭连续吞下了七百多片罗云叶的汁液，这在任何人看去都是无法置信与难以想象的，却真实地发生在了苏铭的身上。

苏铭的身体不断地颤抖，他的全身传来剧痛，尤其是胸口更是闷闷的。那些汁液在他的身体内还没有被消化，如此多的药草让他再也咽不下半点，更一阵阵作呕。但苏铭一声低吼间，却是生生地忍住。

他的体内那火热的感觉，如今更是到了巅峰，似要爆发出来。苏铭猛地抬起右手，在自己的胸口狠狠一拍。

轰的一声，他体内的那火热似被点燃，轰然爆发间，苏铭全身汗毛孔有血雾喷出。在那血雾里，传来了苏铭痛苦的闷哼，其身体上的血线却在这一瞬间增加了！！

第一百六十一条，第一百六十二条，第一百六十三条……直至达到了第一百六十七条后，这才平稳下来。

苏铭面色苍白。他蓦然站起，向着那房门一拳轰去，砰的一声巨响，房门一震，苏铭嘴角溢出鲜血，身子倒退着踉跄数步。

“不够，还是不够！！”苏铭眼前再次浮现了阿公临走前那让他焦虑的决然目光，那目光里似透出了不舍与离别，这让苏铭的心不断地剧痛着。他害怕失去阿公，害怕失去族人，他有种强烈的感觉，若自己出不去，将再也看不到阿公……泪水流出，苏明又拿出一袋罗云叶，吞咽起来。

七百片，八百片，九百片……苏铭嘴角流着绿色的汁液，身体内那种痛苦让他全身青筋鼓冒，在那身体中的痛苦与火热又一次爆发中，苏铭身体上的血线再次轰然增加。

只不过这一次增加的血线颜色并非赤红，而是透出一股褐色，显得很是灰败，这表明苏铭的身体在这疯狂的举动中，已经受到创伤。

其体内血线急速增加，一百六十八，一百六十九，一百七……还在继续，直至达到了一百七十三条血线后，苏铭冲出，向着那房门轰鸣而去，一拳，两拳，三拳，房间剧烈地震动，但这房门却依旧死死地闭合！

“给我打开！！”苏铭大吼，这一次不是用拳，而是用他的头，狠狠地撞在那房门上。轰的一声，此门在颤抖中出现了一道缝隙，其外那雪凝聚而成的乌山蛮像更是第一次散落了一些雪下来。

一缕鲜血从苏铭的额头流下，他双目弥漫了大量的血丝，趁着那房门出现缝隙时，又一次轰击而去。

但最终，却是只能让那房门出现缝隙，无法再多打开半点。

苏铭目露绝望，惨笑中抓起了剩余的所有罗云叶，双手猛地一拍间，只听轰的一声巨响，那些装有罗云叶的皮袋全部爆开，其内的罗云叶被一股大力凝聚在一起，形成了一个头颅大小的圆形。在苏铭的双手再次一拍之下，砰砰之声持续，那些罗云叶被生生碾碎，大量的汁液流淌，化作一缕缕绿雨，被苏铭猛地一吸，全部吸入口中。

这些汁液在被苏铭吸入体内的瞬间，苏铭整个身体回荡起了轰鸣，那血线急速攀升，一百七十五，一百七十七……直至达到了一百八十九条后，戛然而止。

苏铭全身浮现了病态的红润，他向前一步跨出，轰向那房门，轰鸣之声回荡八方，那房门的缝隙渐渐再增大了一些。

其外那雪组成的乌山蛮像被震落了更多的雪花，甚至隐隐还出现了一道细微的裂缝！

苏铭的双手血肉模糊，那整个房门如今已然彻底被染成了血色。此刻的苏铭，看起来极为狼狈，仿佛换了一个人，那散落的头发上还沾着血迹，那原本清秀的面孔此刻一片狰狞。眼看那房门的缝隙变大，他再次一头撞去！

“我要回去！！”

轰的一声，苏铭身子颤抖，却毫不犹豫，再次撞了过去。在这不断的撞击下，那房门的缝隙越来越大，其外的蛮像更是弥漫了一道道细密的裂缝。

似他马上就可以冲出这房间。

但那裂缝在近半指宽的时候，却是停止了蔓延，似以苏铭如今的修为只能做到这样。若仅仅如此也就罢了，可那裂缝竟于不再蔓延后，缓缓地闭合起来！

“阿公！！”苏铭悲凄地嘶吼。眼看那好不容易打开的房门再次闭合，焦急中的苏铭立刻取出了一个小瓶，那里面装着的是三滴开尘境的蛮血！

毫不犹豫，苏铭仰头倒向嘴里，却只有一滴滑落入口，其余两滴仿佛被加了某种限制，无法落下。苏铭知道，这是阿公对他的爱护。

那一滴蛮血入口，苏铭全身血液立刻沸腾，他张口将这蛮血喷出，左手抬起向其一指，顿时这蛮血轰然爆开，化作了一团雾气，在苏铭的一吸之下，顺着其七窍钻入他的体内。

在蛮血之雾融入苏铭身体的一瞬，苏铭全身皮肤刹那间成为了红色，一股磅

礴的力量在其身体中轰轰爆发。

其身体血线更是在这一刹那随之一同爆发！

一百九，一百九十五，二百零一，二百零九……直至达到了二百二十四条时，苏铭的双眼、双耳、鼻子还有嘴角，全部淌出了黑血，但他的双目却依旧透着灵魂的执着。

第10章 不能！

凝血境第七层，所需血线最底数为二百四十三！

如今的速度，其血线已然达到了二百二十四条，距离凝血境第七层只差十九条！这种攀升的速度，对任何人来说都是极为惊骇之事。这与苏铭在攀爬风圳山时的修为提高不一样，毕竟在那风圳山上，苏铭是以心动入微的方式，看似提高了很多，但实际上却依旧遵从着循序渐进的原则，一点一点地增加着血线。

可如今却是截然不同！此刻的苏铭，其体内的血线是强行提升，是以那大量的罗云汁液生生轰起，更是在罗云叶吞下到了极限后，他强行吸收了一滴开尘蛮血。

以这样的方法生生提高修为，除了他苏铭，但凡一个有理智的人都绝不会这么做，毕竟这种事情对自身的伤害是致命的！否则的话，岂不是很多人都会以这种方式去让自己的修为变强。

但他苏铭还有别的选择么……要么忍下，不去考虑部落的安危，不去考虑族人的死活，不去考虑阿公是否还能回来，不去考虑他的家或许正面临着灭族。

不去考虑任何事情，只在意自己的安生，留在这里，默默地等待，或许有煎熬，或许有迷茫与苦涩，却不会有生命危险。

这么做，或许是正确的，这也是阿公给他指出的道路。

毕竟在很多人眼里，他苏铭只是一个弱者，回去只是送死，能起到什么作用？

可苏铭不允许自己选择此路，他之前一切的变强，都是为了部落，为了阿公，他的性格也有懦弱，但这懦弱隐藏得很深，遇到如今这样的事情，这懦弱立刻消散，取而代之的则是他苏铭的坚定与执着！

从小到大，部落里的人对他大都很是和善，那里有他的朋友，有那一个个熟悉的善良的族人，有少年时照顾他生活的族中阿妈，有教他牙牙学语的阿公，还有他十六年的点点滴滴，他做不到无情无义。

他不能明明知道部落存在危机，却为了苟且偷生而无动于衷；他做不到明明知晓族人们或正面临生死而自己却退缩不前；他更是做不到在部落甚至很有可能面临灭族之时，还一个人默默地等待。

他是一个少年，一个不到十七岁的少年，他也害怕死亡……他也不懂什么大道理，但他明白，部落是他的家！

如今家园危机，他绝不能不闻不问，哪怕死，他也要死在守护家园的战争中！

这，就是苏铭。

他或许冲动，导致了疯狂；或许他的疯狂在很多人看来是无法理解的，是需要质疑的，但这一切，是他骨子里存在的，他早就把乌山部当成了自己的家啊。

他的家正面临危机，他的朋友正面临生死，他的阿公很可能再也看不到，他的那些善良的家人们，似在哭泣，他……能不疯么……

苏铭全身颤抖着，那体内不断被他吸收的蛮血正快速融入其气血内，在那人微操控下，迅速散开，使得其体内的血线再次有了要攀升的迹象。

苏铭双眼一片血红，那可怕的样子透出的疯狂使得如今的他看起来仿佛厉鬼。随着体内血线的磅礴，一股强大的力量涌现苏铭全身，让他从退后中再次猛地冲出。这一次，他不是用头，不是用拳，而是用他的身体，用他的肩膀，去撞那被封印的门。

轰的一声，苏铭整个身体猛地撞在那房门上。门一震，外面那封印形成的冰雪蛮像再次出现了数道裂缝。

但这道封印禁锢是阿公墨桑布下，岂能轻易被苏铭打开？阿公的目的非常明确，就是要限制苏铭的脚步，不让他陷入危险，而是在这里等着！

但，阿公算错了，他没有想到，苏铭竟有如此决心，竟为了走出这里，做出了如此疯狂之事。

阿公只猜出，苏铭会不甘心，但以苏铭的修为，走不出这房间！在阿公的眼里，苏铭，永远都是一个孩子。

苏铭眼中流下泪水，那泪与血融合，看起来仿佛血泪一般，但苏铭还是没有放弃，他退后几步，再一次向前猛地冲去。轰鸣不断，苏铭用身躯撞击着那房门。

在这撞击中，他体内的血线再次增加，二百二十七条，二百三十一条，二百三十三条！

轰轰轰轰！！整个房间震动，似要崩溃一般，仿佛此刻这房间化作了一个牢笼，其内封印着一头强悍的野兽，但此刻，在这野兽的挣扎中，此牢笼要无法承受一般，那房门上冰雪蛮像的裂缝越来越多，大量的雪落下，似随时可能爆开，却依旧还是存在！

“我要守护部落……”苏铭的眼前已然模糊，喃喃中，再次撞击而去。

轰鸣回荡，苏铭身体的血线因这撞击，因其体内正快速吸收的那滴蛮血，又一次增加，从二百三十三条变成了二百三十七条！

“我要回到部落……”苏铭不顾一切，又一次撞在了那房门上。轰鸣之声已经回荡了许久，那房门的裂缝被生生扩大了不少，整个房门如今全部都是鲜血。那鲜血，属于苏铭；那鲜血，代表了苏铭的执着！

“我要为部落而战！”苏铭再次撞了过去，更是用头猛地一压！轰在那房门上的一瞬间，苏铭体内的血线直接从二百三十七条轰然而起，达到了二百四十三条，苏铭的体内涌现出了一股突破的磅礴之力。

这股力量，是凝血境第六层突破，踏入第七层时的爆发，此力在苏铭体内涌现，顺着其身体的撞击，完全轰在那房门上。

却见那房门猛地震动，但听咔的一声，此门生生被推开了小半，其外那冰雪蛮像更是砰然碎开了很多，大量的雪溅出，看起来已然残破不全！

但那股封印的力量依旧还在，只不过似到了其封印的极限！

苏铭的身子踉跄退后，猛地抬头，其体内二百四十三条血线爆发出滔天血光，在那血光里的苏铭，全身充斥了带有暴虐之感的气息与威压。此刻的他，已然从那凝血第六层直接迈入了第七层！

凝血境，第七层！

从第七层进入第八层，则需三百九十九条血线，一旦踏入第八层，则代表成为了凝血中期巅峰之蛮！再迈出一步，踏入第九层，便可称之为凝血境后期！

要知道整个乌山部落里，就苏铭所知晓的，瞭首与山痕，都是凝血境第八层，至于族长，其修为要超出这二人，苏铭猜测，即便不是凝血第九层，也要无限地接近。

由此可见凝血第八层的强大，同样也说明了其下第七层的稀少！整个乌山部，凝血七层之人不是没有，但那有限的几人，都是如族长那一辈，如今大都是猎队的副魁首。

小辈之中，此刻的苏铭当之无愧为乌山部第一人！尽管这是他不顾致命的危机，强行提升而来，且非常的不稳定。

但苏铭看到了希望，看到了那房门的震动，看到了其外那封印形成的冰雪蛮像的残破，此刻又一次冲出，轰在那房门上。

可那房门尽管似要被轰开，其外那冰雪蛮像更是残破不堪，但任凭苏铭如何去撞击，在那不断的轰撞中，却依旧没有破开。显然，以凝血境第七层的修为，想要破开阿公的这封印，还差那么一丝！

但如今已经是苏铭的极限了，且那天空风雪弥漫，不见明月，这样的天气，他也不可能借月光之力再次血火叠燃！

虽然那风雪如今已经有了弱下来的迹象，似过不了太久便会停止的样子，到了那时，或许天空的月还是会显露出来，但若是等下去，时间的流逝带来的折磨是苏铭无法接受的。

他如此拼命，就是为了用最快的速度走出这个房间，要用他的极限之速回到部落里。若是耽搁下去，他不敢去想那或许会发生的灾难……

眼看那房门始终无法彻底打开，苏铭目中有了绝望。他身子踉跄着后退，脸上露出了惨笑，但他还没有放弃，全身二百四十三条血线不断地随其体内气血运转而动。

“心动入微……心动入微！！”苏铭在风圳山感悟出的这入微操控之法，于此刻完全爆发出来。却见其身体上的二百四十三条血线一条一条消散，二百一十五，一百八十六，一百六十二……直至九十三，七十五，四十七……

最终，当他全身的血线一一消失，只剩下了一条之时，苏铭抬起了头，双目露出可怕的光芒。

“阿公……你阻止不了我回部落！”苏铭慢慢闭上了眼，片刻后，在他猛地睁开的一瞬间，却见其身上那只剩下一条的血线突然以极快的速度，持续性地散发

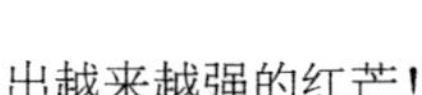

出越来越强的红芒！

这哪里是一条血线，随着其红芒越来越强烈，苏铭以入微操控之术，在这一条血线里不断地重叠出现了更多的血线，几乎瞬间，那血线的红芒似达到了极致。这血线看似一条，但实际上却是二百四十三条血线重叠在一起！

这，才是入微的爆发！

“我要回部落，我苏铭生是乌山部落的人，死，是乌山部落的魂！！”苏铭握紧了拳头，其体内那二百四十三条血线重叠所化的一条，在那血光中似扭曲蔓延起来，直奔苏铭的右拳而去。

第 11 章 苏铭、叶望！

人这一生，有长有短，有辉煌有低潮，这些道理苏铭不懂，他唯一懂的，就是自己应该这么做，部落是他的家。

那一拳轰出，苏铭的右手发出了砰砰之声，那是他的骨头无法承受，那是他的血肉正被撕裂的声音。那轰出的一拳落在这房门的刹那，轰鸣之声惊天动地，似可让风云变色，让那漫天的风雪为之一顿。

那房门以肉眼可见的速度寸寸崩溃，化作了无数的碎片，好似被一股风暴横扫，向外如一片片树叶般倒卷而去。

轰鸣之声回荡八方，在那房门彻底崩溃的刹那，其外那冰雪蛮像同样浮现了无数的裂缝，但没有随着那房门的崩溃而爆开。

此刻在苏铭的面前没有房门，只有那前方地面上的满地残片，可在他与外界之间，那弥漫了大量裂缝的冰雪蛮像却依旧漂浮在半空，散发出柔和的光芒，似化作了一道无形的光幕，始终不曾崩溃。

仿佛那房门只是承载了这无形光幕，故而才会如此难以轰开，如今房门碎裂，露出了这里——真正的封印！

但在其上，那光芒却并非刺目，也非黯淡，显然它依旧强大。

苏铭没有意外，他早就能猜测到，阿公的封印绝非如此轻易就能破开。几乎就是在那房门碎裂、这光幕显露出来的瞬间，苏铭的身体就蓦然向前一步迈出，其身体上那一条血线还在散发刺目血光，乍一看，随着苏铭这一动，仿佛血光暴起一般，再次一拳轰出。

这一拳，看似落在了虚空，实际上却是轰在了那无形的光幕上，这光幕猛地一颤，其上却光芒依旧。

苏铭红着双眼，不断地轰击，片刻后，当那光幕之芒已然黯淡到了极限之时，苏铭嘴角溢出鲜血，退后几步，右手蓦然抬起，盯着那光幕，向着右侧空无之处隔空一斩！

斩三煞！！

此术是乌山部落里极为强大的蛮术之一，据说是传自那数百年前真正的乌山部！

想要施展此术，重点不是修炼，甚至有关此术的修炼极为简单，且苏铭很早之前便时常在脑海内琢磨此术，因不具备二百条血线，故而一直都无法施展。

此术难的，是对于血线的要求，唯有达到了二百条血线，才可进行第一斩！如今，苏铭血线二百四十三条，达到了凝血境第七层，这在他脑海内始终存在的斩三煞之术，第一次被他施展出来！

斩三煞，太岁中杀也！所谓三煞，又称三杀！

天地间，绝胎养三方，绝为劫煞，胎为灾煞，养为岁煞！又可称为劫杀、灾杀、岁杀三术！

乌山部落在很早的时候，不知从何处得来此术，深刻研究之下，全族震惊。天地间时时刻刻都存在着三煞之方，但三煞虚无缥缈，看不到，触不及，它的存在，或许有，或许……没有。

但经过那个时候强大的乌山部不断的研究，却渐渐摸索出了规律，每天按照不同的时辰，这虚无的三煞会在不同的方位里，于是以此推衍出了这当年名震八方的乌山奇术——斩三煞！

乌山部的先贤认为，天地有格局，三煞只是格局的一部分，但它的确存在，一切力量都是存在这格局之内，故而一旦格局被打破，就可爆发出难以置信的强悍威力。

至于其威力，则即便是乌山部，也没有研究出具体大小。此术也颇为诡秘，时而威力惊人，时而威力寻常，但即便是寻常，也足以杀人！

故而流传下来的斩三煞之术较为粗糙，任何人只要血线足够都可以施展，但真正能摸索到此术精髓的，却是几乎没有。

这是一种乌山部落族人无法理解的力量，他们只能借用，无法掌控，甚至当年乌山部的一位蛮公曾留下话：谁能真正操控三煞，谁就可以掌握八方格局！

此刻的苏铭便是如此，他抬起的右手之所以斩向右侧，正是因为此刻深夜，按照那斩三煞的原理，这个时候，天地格局的三煞是在北方！

而苏铭的右侧，正是北方！在他右手斩落的一刹那，他身体上的那条重叠了的血线绽放出夺目的血光，那血光内的血线诡异地动了起来，按照此刻苏铭获得的传承之法，环绕其右臂九圈之后，顺着其手，似脱离了身体，融入那虚无之内。

这也正是为何斩三煞必须要二百条血线的原因，因此术诡异，血线会有瞬间似离开了身体，若是没有足够的气血，则很难完成。

在这一刹那，苏铭有种奇异的感觉，似自己的右侧虚无，仿佛全部景物都消失，成为了一片苍茫，自己那一斩的过程似以血线形成一把利刃，斩在这虚无里，仿佛斩开了淤泥。

这是很诡异的感触，他不明白为何会这样。他懂的，只是施展！

一掌斩落，方才那奇怪的感觉刹那消失，一切恢复正常，但与此同时，却见苏铭前方的黯淡光幕蓦然间剧烈地颤抖起来，若仔细看，可以清晰地看到，颤抖的不仅仅是这光幕，而是以苏铭为中心，四面八方全部都在颤抖。

可就算是这样，那光幕在颤抖过后依旧存在，仿佛苏铭的一切举动都起不到太大的作用。这毕竟是阿公布置的封印，其强悍的程度绝不是苏铭吞些草药与蛮血可以破开的！

苏铭身子一震，这是他第一次施展斩三煞之术，以他的修为只能去斩一煞，其诡异的威力，让他心神震动，但当他看到那光幕后，神色渐渐起了发自内心的绝望。他已经想到了一切方法，他已经施展了所有手段，可那光幕却如同天与地的沟壑，让人看得到，却无法跨越。

苏铭面色苍白，无力地踉跄退后一步，又一步。

几乎同时，于苏铭退后的一刹那，他神色蓦然一变，清晰地感受到，脚下的大地似在震动。

那远在风圳部落外，在那平原上被封印的风圳山，此刻黑雾缭绕中，有一声野兽的咆哮蓦然而起，那咆哮透出愤怒，在其传开的同时，被封死的天地突然剧烈地震动。轰然间，一道巨大的裂缝被凭空撕开，露出了耸立参天的风圳山。

“还不是被老夫从内破开了！”在那野兽的咆哮里，传出了一个阴森的声音。

在此山显露出来的一刹那，随着天地被撕开裂缝，似封印被触动，紧接着，远处的风圳泥石城的大地蓦然震动起来。

泥石城修建的位置与那风圳山的封印存在着奇异的联系，此刻封印被强行破开，引动了这股联系，使得泥石城震动下，所有人都心神一震。

泥石城的震动，苏铭在房间内清晰地感受到，这震动越加剧烈，到了最后，几乎大地在翻滚，苏铭立刻看到前方阿公的封印竟在这震动下第一次出现了黯淡！

他精神一振，口中低吼。吼声中，他的双目渐渐有了明月的虚影，如今外面风雪弥漫，根本就不见月，但苏铭的目中，那月影却越加清晰起来。

几乎目中有了月影的瞬间，苏铭猛地冲了出去，直奔那光幕。一次次的撞击，在那大地的震动中，这光幕越加黯淡。

片刻后，大地的震动到了极致，似泥石城都要全城崩溃的一瞬间，那光幕轰的一声，直接裂开了大半，其上光芒完全黯淡，看样子，似快要崩溃。此刻，苏铭身体一阵空虚，但很快，他左侧的虚无红芒一闪，似有一道红线凭空出现，钻入他的右手内。在他的身体上，那二百四十三条重叠化一的血线再次浮出。

其右手手臂上那鳞血矛蓦然幻化而出，形成了一只血色的大雕，在一声嘶吼下冲向那光幕。

轰鸣之声在这一霎惊天而起，那光幕颤抖着，在这大雕的冲击下直接崩溃，化作无数残破的碎片倒卷，那冰雪蛮像完全溃散开来，化作了无数雪花四散，卷动上天，似与天之雪碰撞，化作了一连串轰轰之声，回荡不断。

苏铭，轰开了封印！

他身子颤抖，喷出一口鲜血落在地面上，触目惊心。身体上那二百四十三条血线重叠所化的血芒此刻黯淡下来，仿佛无法稳固，溃散中一一隐藏在了苏铭体内。

苏铭神色憔悴，全身满是鲜血，披头散发，但他的双目内依旧闪烁着光芒，这光芒是执着，是坚定！

“我冲出来了！！要用最快的速度赶回部落！！”苏铭深吸口气。他知道，这一次冲出，多半是因为方才奇异的震动，可如今他来不及多想，身体猛地向前一

步迈出，其速之快，似化作了一道长虹，在地面上疾驰而去。

苏铭最凌厉的就是其速度，不是蛮士前便极为灵活，如今凝血境第七层，他的速度之快已然到了一种惊人的层次。

他冲出了乌山部的居所，冲出了街道，直接从那泥石城的城墙上跃起。此刻他心中的焦急仿佛火焰焚烧，让他不断地想要自己速度更快，再快！！

在这种持续的爆发中，更因之前吸收的那一滴蛮血与体内那让人难以置信的大量罗云汁液，使得他身上被阿公施展的隐藏修为之术也出现了破绽，其修为如今仿佛破堤而出的洪水，无法掩饰全部。

天空的雪弱了很多，此刻只有零星飘落，大雪似到了尽头，似这天空的月将要显露出来。

大地一片银色，但在这个夜里，这银芒却并不美丽，而是透出一股肃杀之意……远处的天空似隐隐出现了模糊的白边，仿佛新的一天快要到来了。

只是那破晓前的黑暗，不知何时才可以融化。

整个泥石城此刻一片哗然，众多的族人全部走出，带着恐惧与茫然。他们不知道发生了什么事情，甚至此刻还有一片片房屋轰然坍塌，如同末世。

苏铭没有时间去理会这些，但就在他趁乱跃出那泥石城墙的瞬间，忽然一股危机蓦然笼罩。

“你不能走！”冰冷的话语传出，苏铭脚步一顿间，其身后的黑暗处走出了一个人。

一身红衣，带着似可灼伤旁人的火热。一脸冷漠，带着从骨子里透出的孤傲。正是叶望！

“奉蛮公之名，今夜，任何非风圳族人不得离开风圳城！你很强，不过气息很是紊乱，这片区域是我负责，你……不是我的对手。”叶望平静地望着苏铭，缓缓说道。

苏铭猛地转身，盯着叶望，其双目血丝弥漫，透出狰狞与疯狂。

其目光落在叶望眼里，使得叶望心神一震。这目光，他有些熟悉……

第12章 风圳山之变！

苏铭右手抬起，红光一闪，鳞血矛立刻在其手中出现！那长矛通体血红，似沾染了无数的鲜血一般，散发出一股强烈的冲击之力。在苏铭身上，更是爆发出了一股如之前攀登风圳山时的气势，他没有说话，而是以沉默面对叶望。

“你……”叶望双目瞳孔一缩，他清晰地感受到从苏铭的身上传出了一股让他非常熟悉的气息。这股气息，他绝不会记错，在他的目中，眼前这瘦弱的少年身影似慢慢化作了另一个人，那个让他曾呼吸急促，认为是唯一具备资格与自己一战的人！

“你是墨苏！！”叶望非寻常之人，结合他今夜被蛮公安排巡视这里，他几乎一下子就有了明悟。

“乌山部有危机，我要回去，你若阻我，就是我苏铭之敌！”苏铭看了叶望一眼，转身疾驰，他已经有了决断，谁也不能阻止他！

眼看苏铭一跃之下直奔远处，叶望目光一闪，露出了一丝迟疑。此刻泥石城的剧变让他也有些焦急，但这焦急与迟疑只存在了瞬息，就立刻消散，取而代之的则是一股浓烈的战意！

若是换了旁人，他叶望绝不会有如此战意，在他看来，同辈之人无人具有这个资格。但那第一关比试之后，在叶望的心里，唯一具备资格者，就是墨苏！

第一关，他叶望看似与墨苏并列，但他明白，自己还是输了，他是昏迷归来，而对方是清醒着回到广场。

叶望期待与墨苏在第二关、第三关的较量，他想要证明自己才是同辈中的第一人。尽管他能猜到，当初墨苏之所以没有参与接下来的大试，很有可能是因其自身修为不高，但叶望是骄傲的，他若要战，绝不会凭着自身修为压人。

“墨苏！”叶望猛地抬头，声音冰冷，其右脚向前一步迈出，整个人如离弦之箭，刹那间“嗖”的一声，直奔苏铭而去。

"你走不了！"叶望一身红衫，如火一般，此刻身子跃起在半空，被大地的积雪映照，成为了这天地间最令人瞩目的身影。

其修为已然达到了凝血境第八层，但此刻却是被他生生地压制，将自身限制在了凝血境第七层里。他是骄傲的，他认为就算是要战，自己也要战得光明磊落，就算是胜，也要让对方输得彻彻底底！

砰砰之声从叶望体内传出，当其修为被限制在了第七层的刹那，他距离苏铭已然不足十丈，其身影如火，在此刻右手抬起，向着苏铭蓦然一抓。

这一抓之下，却见叶望全身似爆发出了火焰，皮肤成为了红色，甚至就连头发也都成为了赤炎。滔滔火海从他体内涌现出来，在他的面前形成了一只火焰大手，直奔苏铭而去。

此刻那火手在前，叶望在后，随着那火焰大手冲向苏铭。

苏铭脚步猛地一顿，其脚下四周的积雪瞬间融化成为了雪水，更是刹那间化作了一团白气升空，一股炽热的感觉从天而降，笼罩苏铭全身。苏铭身子在那一顿的瞬间右脚向着大地一踏，整个人拔地而起，转过了身子。远远一看，那火焰大手距离苏铭已然不足三丈，看样子，似要一把抓住苏铭的身躯，将其捏碎焚烧成灰烬一般。

"火？"苏铭身在半空，目光穿透那火焰大手，看到了其后疾驰而来的叶望。几乎就在那火焰大手来临的瞬间，苏铭咬破舌尖，喷出一口鲜血。

这口鲜血并非是苏铭拼命所化，而是其蛮术要求。却见那鲜血喷出后，苏铭全身二百四十三条血线蓦然浮现，扭曲间形成了一个奇异的图案，顿时那被喷出的鲜血轰然爆开，化作了一片血雾！

这就是乌血尘之术，将鲜血化作尘雾，爆发出气血的极强之力。只见那一团血雾直奔那火焰大手的刹那，其内竟也同样弥漫起了浓浓烈火！

看去，哪还是什么血雾，那分明就是燃烧的红色火雾！

以火，对火！

苏铭血火叠燃第三次后，其体内有了翻天覆地的变化，其中最明显的，就是他的血液里存在了炙热的火感！

此刻的天空，燃烧火雾与那火焰大手越来越近，瞬息之后，碰到了一起，爆发出了惊天轰鸣。在那轰鸣下，却见那大手直接崩溃，好似被那火雾吞噬一般，倒卷着直奔叶望。

看去，这一幕就像天空燃烧，似欲吞噬万物！

苏铭始终沉默，双目弥漫血丝，身子一晃，随着那火雾冲去。右手抬起，却见其手中拿着的鳞血矛发出了刺目的红芒，被他猛地一把抛出。

尖锐的呼啸骤然而起，那血矛化作一道红色的闪电，穿透了火雾，化为一只赤色的大雕，与那火雾一起冲向神色大变的叶望。

叶望心神剧震，双目瞳孔猛地收缩。他没想到这墨苏竟如此之强，自己若还是限制修为，此战绝无胜之可能！

他毫不犹豫，身子立刻后退，不再限制修为，全身四百三十五条血线轰然而起，爆发出了他真正的实力。

与此同时，其右手抬起，向前猛地一拳轰去。却见在他的右手上，流光闪烁间，出现了一个黑色的兽皮手套，那手套散发出森然之感，显然是蛮器！

一拳而去，轰鸣回荡，却见在叶望的前方，一股黑风凭空出现，随着其一拳，形成了一股似卷动天地的黑色飓风，横扫间，与苏铭的长矛和那火雾碰触。轰轰之声回荡，苏铭身子倒退七八步，但同样的，叶望也是身子一震，退后四五步，神色极为凝重。

叶望没有停顿，身子一跃而起，瞬间逼近苏铭。苏铭同样冲出，此刻的他，爆发出了最强的速度，移动时竟带出残影，与叶望展开了激烈的一战。

远远一看，似在叶望的四周出现了无数个苏铭，轰轰之声回荡。片刻后，在一声滔天之音下，叶望嘴角溢出鲜血，退出了十丈才停下，抬头间，看到苏铭喷出鲜血，身子同样退后了十多丈。

“好惊人的速度……他修为没有我高，但在这速度下，我伤他一次，他却可伤我数次之多……此人，不愧是唯一具备与我一战资格的同辈！”叶望心惊，但此刻他的战意却是更浓，左手抬起，一指天空。

“墨苏，接下来，我要全力以赴！”叶望话音刚落，却出现了任何人都想象不到的惊变！！

却见从风圳泥石城内那座高耸的蛮公祭坛里，此刻突然传出了一声愤怒到了极致的咆哮！

“贼子，坏我圣山，你好大的胆子！！”那声音属于荆南，其身影瞬间出现在半空，直奔那风圳山而去。与此同时，在这泥石城内又有一股强大至极的气息冲天而起，与荆南一同直奔风圳山。这第二股开尘境的气息，是属于一个女子，一个

相貌极美的中年女子!

叶望一愣,心神震动。苏铭目光一闪,没有半点迟疑,疾驰后退,向着远处而去。与叶望的交战,让他心中极为焦虑,他不想战,他要抓紧时间回到部落!

此刻借着这个机会,苏铭速度极快,刹那就远去十多丈外。

叶望面色有了变化,不再去理会已经远去的苏铭,而是转身向着城内疾驰而去。他不知道发生了什么,但有种不妙之感。

此刻在那风圳部落外,在那苍茫的平原上,那被风圳部落历代封印隐藏起来的风圳山内,却是出现了惊变!

那山下的广场上,石海九人一个个神色惊恐,更有骇然,呆呆地望着前方的天地,露出了无法置信的神色。

他们的目光所看之处,那天地不断地扭曲,似有一只大手在其内拨弄,在那天地间,有一道巨大的裂缝豁开,仿佛连接了天地。

在那裂缝内,风圳山完全显露出来,其上黑雾滔天而起,滚滚云涌间,有一声声野兽的咆哮回荡。

更是在这一刻,在那野兽的咆哮间,传来了一个阴森的笑声。

“好一个火蛮奇兽俍鹏!虽说只是一缕分神,却也有如此之力,不枉本尊多年寻找火蛮遗迹之劳!”

那声音石海等人完全陌生,在听到此话的刹那,他们九人神色立变,相互看了一眼,均毫不迟疑地冲出,直奔那裂缝内的风圳山而去。他们是风圳部落的族人,有外敌闯入圣山,此刻他们决不能退缩!

就在这九人刚刚跃起,正要进入那裂缝的刹那,却听一声冷哼从那高山的雾气内传出,紧接着,一只足有数十丈大小、通体紫红的手臂,蓦然从那雾气内伸出,向着石海九人轻轻一挥。

第13章 看到了部落……

这一挥之下，天地间轰鸣回荡，那手臂与石海九人之间的虚空立刻出现了一连串的波纹。石海九人全身一震，仿佛被一股大力扑面轰击在了身上，一个个体内气血崩断，面色瞬间苍白，喷出大口鲜血，倒卷着落向大地。尽管没有死亡，但全身好似要爆开，竟无法站起。

“竟没死？苗蛮大部的弱脉所化，倒也不容小觑，毕竟你们的血脉里多少还存在了一些苗蛮大部的传承……”那阴森的声音回荡着，不知在那雾气内施展了什么手段，使得那奇兽传出的咆哮蕴含了一丝痛苦。

“一只被封印的偍鹏，取之不难……这封印本就可以限制你大半的力量，我看你怎么抵抗！”那阴森的话语里有一丝喜悦。

就在这时，一声低吼从远处天空轰然传来。

“贼子，毁我圣山，你好大的胆子！！”随着声音而来的，正是风圳部落那愤怒的蛮公荆南。在其身后，跟着一个容颜绝美却冷若冰霜的紫衣女子，这女子已入中年，但美丽却丝毫不减，此刻目中带煞，蕴含了同样的愤怒与杀气。

他二人来临后，没有半点迟疑，蓦然冲入那裂缝内，进入到了这风圳山磅礴的黑雾里。紧接着，轰鸣之声惊天动地，从那黑雾内不断地传出，更有一声声来自荆南的低吼。

风圳山发生的一切，苏铭不知道，他就算是知道，也不会去在意。如今最重要的，就是尽最快的速度，回到部落。

他想要去看一眼部落，是否……还在……

他想要去看一眼族人，是否……安好……

他紧张、焦虑、疯狂过后，如今化作了沉默，在这大地上，在这积雪中默默地奔跑。从阿公离开至今，已经过去了很久，那天空依然微亮，苏铭知道以那乌蟒的速度，阿公他们怕是早就回到了部落。

"一定不要出事……"苏铭在那大地上不断地跳跃，绽放出了他生命中的最强之速。

其速之快，乍一看还在近前，转眼间便消失在了远处。他不顾一切地奔跑，甚至忽略了疲惫，全身弥漫的二百四十三条血线不断地爆发，换来更长久的力量，让他的速度更快。

当天空完全亮起之时，当那初阳抬头，光芒洒落大地，被地面的积雪反射出一片刺目的银芒时，苏铭跑出了风圳部落所在的这一大片平原，冲入了干枯的丛林内，接近了他当初去过的，那一处交易的部坊之地。

这段距离，若是换了之前的速度，他需要大半天的时间，但如今，在他的疯狂奔跑下，只用了不到两个时辰。

这种速度已然极快，让人难以置信，可苏铭感觉，还是太慢！

他没有再去嘶吼，而是在那安静中，双腿上鼓起了无数青筋，穿梭在那丛林内，一闪而过间，猛地跃起，借力再次冲出。在这不断的奔跑中，苏铭汗水弥漫了全身，不但双腿有了痛，全身几乎每一处位置都泛起痛楚。

时间一点点流逝，渐渐地，快要到晌午，天空的雪已经不再飘落，天幕上万里无云，一片晴朗。但在那大地上的丛林里，却有一个身影在默默地奔跑，他的汗水甚至还未顺着皮肤流下就立刻被甩在了身后。

支持着苏铭的，是一股执着，是一股坚毅。他顾虑部落的安危，担心族人的生死，那种说不出的感觉，让他仿佛身子空了，存在的，只有那执着的奔跑。

原本要整整一夜连续不停才可到达的距离，如今在苏铭这疾驰下，在晌午时分渐渐地被拉近。慢慢地，苏铭的双目露出了激动，露出了紧张。

他距离部落越来越近了，他的心跳声回荡全身，让他的焦虑之感更浓数倍不止。他害怕看到部落的崩溃，害怕看到满地的尸体。

他害怕，但他的速度却是丝毫不减，更有一股凌厉蕴含在体内。

当他的目中终于遥遥地出现了乌山部的轮廓时，苏铭的身子猛地一颤，眼泪流了下来。

远远看去，部落的大门坍塌了，四周的巨木围栏很多已碎裂，更有黑烟从中冒起，显然曾经历了一场大火。

部落内并非寂静，好似有大量的族人集结。

看到族人大都无碍，苏铭的焦虑略有缓解，但随之而起的，则是一股杀机，一股对破坏乌山部落的敌人的滔滔杀机。

苏铭身子一晃，直奔部落而去，还没接近，立刻就被部落里的猎队蛮士看到，这些人一个个顿时神色警惕，但当看清了是苏铭后，一个个松缓下来，神色中的疲惫难以掩盖。

苏铭流着眼泪，走过那被轰成了碎片的大门，走到了部落里。他看到了那些猎队族人的疲惫，看到了部落中心的地面上，有数十具尸体。

那些尸体，每一个苏铭都熟悉，那是他的族人。尸体旁，有人在哭，那是他们的亲人，哭声在部落里回荡，让苏铭的心刺痛得仿佛要滴出鲜血。

他看到了那些普通的族人们如今都是神色悲哀，透出恐惧与茫然，正快速地收拾着行李，向着部落集结的地方跑去。

他看到了那些小拉苏，此刻稚嫩的小脸上带着泪水，带着恐惧与害怕，死死地抓着阿妈的手，仿佛一旦松开，就再也触不到了……

部落里，很多兽皮帐都坍塌了，地面上很是凌乱，还有一处处惊心的血迹，显然，在不久前，这里经历了一场战争。

看着看着，苏铭的双手死死地握住，他的双眼露出仇恨——那是在一个不到十七岁的少年身上罕见的恨与杀戮！

苏铭的眼泪不断地流着，他看到了从小对自己很好的邻家阿妈呆呆地坐在成为了废墟的皮帐外，她的身边空无一人……她的孩子死了，她的丈夫死了……只剩下她，带着茫然，坐在那里。

苏铭看去时，分明感受到了那一股说不出的哀伤。

“黑山部！！”苏铭死死地咬着牙。他看到了雷辰，雷辰神色疲惫，在人群里，正帮着族人整理一些对部落非常重要的物品。

雷辰没有注意到苏铭，此刻的他，已经疲惫不堪。

苏铭还看到了乌拉，这个一向对他轻蔑，却对那墨苏隐隐爱慕的女孩，此刻似一下子长大了。她背着大弓，在人群里低声安慰的同时，也在帮助他们尽快集结。

还有尘欣，也在人群中。那柔弱的神色看起来楚楚可怜，但其目中的坚定却同样代表着——她，也长大了。

苏铭没有看到族长、瞭首，没有看到山痕与北凌，还有部落里的凝血第七层的强者，也都不在这里。

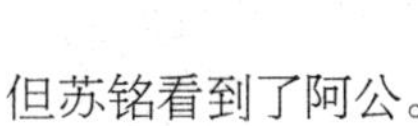

但苏铭看到了阿公。

阿公在远处，面色苍白，容颜似苍老了太多太多，仿佛这一夜对他来说如过去了几十年。此刻的阿公正低头帮助一个左腿血肉模糊的族人疗伤，那族人是一个蛮士，年纪约二十七八岁，苏铭认识，他就是经常吹奏埙曲的柳笛。

此人平时在部落里不太喜欢与人接触，在他的腰部挂着一个拳头大小的骨制之物，其上有几个小孔，看起来很是奇异。

苏铭知道，它叫做埙，是一种乐器，部落里的人很多都不会吹奏，唯有此人似具备了天赋，在部落里，时常可以听到埙的声音。

如今，在他的脸上，看不到痛苦，有的只是执着与坚定。

苏铭流着泪，一步步走去，他回到部落后所看到的一切，让他的愤怒化作了杀机，他要为部落而战！

“阿公……不要管我了，我的双腿已经废掉，但我还可以战……我……”随着苏铭的走近，他听到了那被阿公疗伤的族人沙哑的话语。

阿公神色黯淡，露出悲哀，轻轻地点了点头后，似有所察觉，抬头看到了走来的苏铭。

在看到苏铭的一刹那，阿公整个人怔了一下，神色透出强烈的意外与震惊。他了解自己的封印，他知道这封印绝非常人能如此快速地破开，但眼前的苏铭，却是让他在恍惚中产生了错觉。

阿公，第一次，在苏铭的面前露出了如此神色。他无法相信，苏铭能破开自己的封印，且能如此快速地回到部落。

此刻，不仅仅是阿公看到了苏铭，雷辰也看到了，他睁大了双眼，露出无法置信之色。与此同时，不远处的乌拉也在无意中看到了阿公前方的苏铭。

第14章 不舍的家园

"苏铭，你……" 阿公下意识地开口，但当他看到了苏铭目中的血丝，看到了苏铭满身的疲惫与那一股沉默的执着后，却是再也说不出来，因为他也同样感受到了苏铭这执着背后惨烈的代价。

在他的目中，此刻的苏铭如一支离弦的箭，此箭带着一股惊人的锐气，不染血，无人可阻！

"阿公……我回来了。"苏铭如以往寻常外出时回归一样，轻声开口。

阿公望着苏铭，其目中有欣慰，有不舍，有迟疑，还有一种苏铭认不出的复杂。

"你要为部落而战？"许久，阿公轻声开口。

苏铭默默地点头。

"哪怕死，也心甘情愿？"阿公沉默片刻，再次开口。

"人都有一死，如果我是死在了守护家园的战争中，我无怨无悔！"苏铭平静的话语说出了他的内心所想。

"好，苏铭，阿公不阻你，既然这是你的选择，我给你为部落而战的机会！"阿公闭上眼，仿佛在犹豫，半晌后他猛地睁开，露出了果断的神色。

他心里明白，他不能再阻止，否则的话，不知道这个孩子还会做出什么疯狂的事情。看着苏铭的惨烈，阿公心疼，还有欣慰。

就在这时，那些集结的族人全部安静下来，他们的目光齐齐凝聚在了此刻部落外走进的数人身上。

族长在前，其后是瞭首与山痕，还有北凌以及部落的凝血第六层第七层的强者，他们带着疲惫，身上沾染了鲜血，走了回来。

只是，在离去的时候，显然人数要更多一些，可如今，却是少了不少。且很多人身上都有伤，尤其是北凌，面色苍白，胸口处有大量的血迹透出。

北凌看到了苏铭，但此刻的他却没有以往的冷漠，而是默不做声，跟随在他父亲的身后，与部落的生死存亡相比，他的嫉妒已经微不足道了。

部落若是没了，族人若是死了，还有什么可嫉妒的……

“阿公，这附近的黑山部盯梢之人，已经被我们全部擒获，如今外面……应该很安全，可以迁移了！”一行人走到阿公面前，乌山部族长沉声开口，透出一股肃杀的语气。

苏铭站在阿公身旁，默默地看着族长等人。他看到了他们身上的疲惫，看到了那隐藏着的悲哀。

不难想象，昨天夜里阿公回来后，当部落的族人准备迁移时，必定是遇到了黑山部的第一次袭击，那一战很惨烈，使得族人无法迁移。直至第一战结束后，在阿公的命令下，清扫四周残存的黑山部盯梢之人，如此，才可安全迁移。

毕竟部落里大都是普通的族人，且妇孺不少，要保护他们的安全，那是部落的未来与希望。

阿公点了点头，目光扫过所有的族人。此刻部落的族人无论男女老少，也都在看着他，目光里蕴含了依赖，蕴含了期望。

“族人们……”阿公轻轻开口，其话语传遍四周，落入每一个族人的耳中。

“我们不想背井离乡……不想离开这居住了一代代的土地，我们不想从此依附于风圳部落……但为了乌山部的延续，我们……必须要这么做！

“我们要活下去，我们会活下去！

“告诉我们的后人，更告诉我们自己，总有一天，我们还可以回到这里，我们还可以创造自己的家园，在那一天……我们会把所有的耻辱，数倍地奉还给黑山部！！

“我有信心，你们……有吗！！”阿公大声地喊道。

所有的族人此刻全部在那悲哀中爆发出了压抑的嘶吼。那吼声惊天，乌山部的族人不多，但这吼声却是每一个人生命力的最强咆哮。

“总有一天……我们乌山部，会回来……现在，迁移！！”阿公闭上眼，那目中的悲伤却不想让人看到，大袖一甩，已经集结完的乌山部族人在相互搀扶下，在那部落的蛮士保护中，缓缓地移动起来，离开他们一代代繁衍的土地，向着那茫然未知的遥远，迁移了。

长长的队伍慢慢离开这废弃的部落，在他们身后的乌山部还有淡淡的黑烟

冒出，还有满地的残破，透出一股荒凉与悲伤。

阵阵哭泣之声从人群里传出，属于那些没有长大的拉苏，属于那些害怕的女子，也属于每一个乌山部的族人。

族中的男子保护着他们的亲人，抱着迷茫的孩童，默默地向前走去，一些年龄略大的拉苏此刻也在害怕中拉着他们亲人的手，哭泣着，回头凝望。

看着那曾经熟悉的家园，似要将这一幕，化作永恒，深深地埋在记忆的深处，生怕自己会忘记，生怕自己再也记不得……回家的路。

他们中的每一个人都会忍不住回头，看向部落，看着那往昔的家园……

人群中，有一个沧桑的老者，他，是南松。他神色平静，似把岁月都看透，此刻背着一个简单的行囊，默默地在人群里，毫不起眼。

此刻是正午时分，阳光并不强烈，地面的积雪泛着银光，可以刺痛人的眼，但就算是那光芒再强烈，也无法阻断族人们的频频回头与那带着哀伤的离别之情。

家园越来越远，部落的轮廓渐渐模糊，只能看到淡淡的黑烟升空，只能看到那残破的恍惚，但那部落曾经的美好却已然刻在了每一个族人的心中，他们……不会忘记，不舍忘记。

苏铭转身，那部落的一切同样烙印在了他的记忆里，那里存在着他的童年，存在着他的快乐，存在着他的成长。那里的每一处角落，他都熟悉，每一片土地，他都难忘，那里的一切……都在他的脑海中，一生存在。

不到万不得已，没有人愿意离开家乡，没有人愿意离开这熟悉的家园，没有人愿意去那陌生的风圳，从此成为附属。

可，这是唯一的办法，唯一可以让乌山部不灭族，能继续繁衍下去的路，这条路很远，很远，过程会崎岖不平，但，必须要……走下去。

危机并没有结束，相反，真正的危险才刚刚开始，之前有部落为凭，乌山部抵挡了黑山部第一波袭击，可如今在这迁移的过程中，人群被拉成长队，里面绝大多数都是普通的族人，他们在蛮士面前没有丝毫的抵抗之力。

这一场迁移，注定了不会平安……

一旦乌山部落败，等待他们的将是所有的蛮士战死，所有的男丁被屠杀，包括男孩；乌山部的女子将会被驱入黑山部，成为如财物一样的物品，耻辱地度过余下的岁月。

数百人的迁移，速度上不可能太快，尤其是这里面除了男丁外，还有大量的拉苏与女子。在这冬季里，在这寒冷中，他们的哭泣渐渐少了，沉默取代了一切。

他们不知道未来在何方，或许那风圳便是唯一了……只是没有人知道，自己是否能活着走到风圳部落……

这中间的过程里，会有多少人死去，会有多少人再也看不到亲人，他们不知道……

人群里，有不少年轻的族人，他们不具备蛮体，以往在部落里也很少为部落做出贡献，大都是乐于玩耍，只不过因他们家中以前出现过战死的蛮士，故而他们的一些举动只要不算太出格，也就无人理会。

此刻，这十多个青年带着恐惧与害怕，在人群里四下张望，恨不能一下子就到了风圳。

在队伍的四周，乌山部的蛮士带着疲惫，带着执着，默默地守护，时而上前帮助一些残弱的老人。在队伍的最前方，是乌山部的族长，他神色坚毅，在前警惕地走着，身后还跟着数个蛮士，全部都是神情警惕。

两侧，后方，全部都是如此。阿公走在最后，他的手中拿着白骨杖，凝重地行走，时刻注意四周。北凌拉着尘欣，在队伍的右侧，默默地行走，他面色苍白，胸口的血迹更多了一些，却毫不在意。

雷辰、乌拉，还有部落里的其他蛮士，都在四周跟随，时刻警惕。

左右两侧，瞭首与山痕责任重大，他们默默地跟随着。瞭首的右手始终握着弓，若有丝毫风吹草动，他会第一时间开弓射箭！在他的身后，人群里有一个老者，正时而以平静的目光扫向瞭首。

这老者，苏铭认识，正是那草药房内的南松！

山痕神色一如既往的冷漠，没有人知道他在想些什么，那时而从眯着的双眼内闪过的一丝复杂的神色，也同样无人注意。

苏铭跟随着部落迁移的人群，听着他们哭泣，那哭泣声渐渐化作了沉默。他的心很痛，他看着那一个个熟悉的面孔，看着他们的害怕，握紧了拳头。

“守护部落，为部落而战！”苏铭喃喃自语，他所在的位置是人群的右侧，在他前方不远便是山痕。

这个位置，不是他选择的，而是在迁移时由阿公指派的。在苏铭的怀里，抱着一个五六岁的小女孩，这小女孩叫彤彤，如今已经睡下，但那睫毛上却挂着泪珠。

她的阿爸战死，阿妈也在昨夜死去，只剩下了她一个人。

"阿妈……阿爸……皮皮……"那小女孩在沉睡中，身子颤抖，似入梦魇，流着眼泪的同时，死死地抓着苏铭的衣服。

苏铭知道，那皮皮，是这小女孩的一只宠物小兽，很可爱，经常被她抱在怀里。

"彤彤听话……"苏铭在她背上轻轻地拍着，眼中露出了悲哀。他觉得自己一下子，似乎长大了……

第15章 来自黑山的追杀！

北风呜咽，吹起丛林大地上的积雪，那雪在风中飘舞，仿佛无根，不知该去往何处，如在那雪花下的人群，慢慢远离了代代生存的部落，在这丛林内，默默地走着。

渐渐地，没有人说话，哪怕那时而传来的孩童拉苏的哭泣之声，也很快止住，或是被亲人呢喃劝慰，或是咬着牙，生生把这悲伤化作了坚定与仇恨。

数百人绝大部分都是普通族人，更有老弱病残，行走的速度无法快起来，再加上寒风刺骨，大地积雪很厚，使得速度更慢了。

环绕四周的乌山部蛮士，一个个在那悲伤中带着警惕。他们不敢有丝毫的放松，因为随时都会发生生死之战，他们一旦死去，没有了保护的族人脆弱得不堪一击。

苏铭怀里的小女孩抓着苏铭的衣服，在那寒风里似乎很冷，但更冷的，是她的梦……不过，或许是因苏铭的怀抱透着温暖，这小孩子慢慢地平静下来，渐渐地似在那梦中有了安静，只是那眼角的泪依旧还会时而流下。

轻轻地抱着这个孩子，苏铭踩着积雪向前走去。他的目光不断地看向四周，从身旁那一个个熟悉的族人身上看到了哀伤，看到了离别与不舍，更看到了执着与坚定。

咬着牙，苏铭的眼中透出仇恨，一步一步，默默向前走去，更是时而上前扶着一些老弱之人，帮助他们颤抖的身子在这雪地上走得快一些。

“按照族人们日夜不停的速度，到达风圳部落最快需要三天的时间，三天……不知走到那里后，还能活着的……有多少……”苏铭的心在滴血，他害怕，怕的不是自身的危机，而是那熟悉的一张张面孔在三天后有多少从此再也看不到了。

苏铭知道，但凡有任何方法，阿公都会使用，让族人们快速去往风圳，可那乌蟒速度虽快，但一次无法带太多人不说，更是因为在天空疾驰，普通族人根本就无法承受，需数个瞭首那样的强者守护才可。

但如今部落里，一旦离开了数个强者，余下的人将生死难料。

“阿妈……”苏铭沉默中，他怀里的小女孩于梦中喃喃，死死地搂住苏铭的脖子，仿佛一旦松开就失去了平安。

“我的确应该回来！”苏铭轻轻地拍着怀里小孩子的背。

时间慢慢流逝，当天色渐渐到了黄昏，乌山部迁移的人群已然远离了家园，在这寒冷中，在这丛林深处咬牙坚持前行时，忽然在人群的后方传来了一声惊天的尖锐哨声！

此哨声刺耳，蓦然而起间，阵阵带着兴奋的嘶吼随之而起，与此同时，却见在那后方远处的丛林里，一道道身影疾驰而来。

刹那间，整个乌山部几乎所有人都是一震。阿公双目露出寒光，其身边的蛮士，还有瞭首等人，此刻全都神色透出了杀机。

族人们一个个颤抖着，被恐惧与死亡的阴影缭绕。他们害怕，哭声不断地传出，似有了混乱。

“守护人员继续保护族人前行，其他人随我杀敌！”阿公第一时间传出了低吼命令。

苏铭把怀里的小女孩让身旁的一个普通族人抱着，正要移动，听到了阿公的话语，他脚步一顿，猛地咬牙，在族长的带领下，守护着族人快速前行，在他们的后面，阿公与七个部落蛮士站在那里，看去好似一面墙，一面阻挡敌潮的墙！

阵阵呼啸之声刹那回旋，却见在那后方的丛林里赫然冲出了二十多个黑山部之人。如此多的蛮士出现，让苏铭心神一震。

要知道他们乌山部一共就只有三十多个蛮士，可如今，黑山部的一次袭击竟出动了二十多蛮士，这让他难以置信。

这些蛮士中，绝大部分都是凝血四五层之人，但有五人达到了凝血第六层，更有三人达到了凝血第七层。

没有第八层，可在这些人的最前方，却有两个穿着黑袍的大汉。这二人的衣着与黑山部完全不同，显得格格不入，却显露出了让苏铭瞳孔收缩的磅礴气血之力。

这气血之力超出了瞭首与山痕，超出了族长，他们的修为、他们全身弥漫的……赫然竟是第十层左右的凝血后期之蛮！

苏铭却是看出这两个黑袍人的双目黯淡无神，与正常人有着明显的区别，但行动上却是颇为灵活。在他二人的带领下，这二十多个黑山蛮士疯狂地冲向阿公等人。

他们的口中还传出阵阵怪异的吼叫，那声音听在普通族人耳中，让他们身体颤抖，恐惧不已。

"快走！"阿公回头沉声开口，转身向着那些来临的黑山蛮士一步迈去，大袖一甩间，黑风凭空而去，卷动八方，使得这四周的积雪大量地掀起，直奔那二十多个黑山蛮士而去。

那两个凝血后期黑衣大汉的目标极为明确，他们没有看向旁人，而是全身血线爆发中绽放刺目血光的同时，冲入那黑风里，在那砰砰之声回荡间，直奔阿公而去。

其余的蛮士在那黑风横扫间，顿时有七八人喷出鲜血，身子在颤抖中直接崩溃……

开始了！

除了阿公外，守护在后面的乌山族人只有七人，他们神色露出决然，没有丝毫退缩之意。他们的身后，是他们的族人，是他们的亲人，他们不能退，决不能退！

带着悲凉，带着决然，这七人仰天大吼，冲向了那来临的十多个蛮士。他们要不顾一切地去拖住这些人，为身后的族人争取时间！

他们的修为不高，最强的一人是凝血境第七层，余下者大都是第五层左右。但此刻在他们的身上，却是有一股说不出的气势，这气势是守护家园，这气势是守护族人，这气势是哪怕死亡也无法磨灭，哪怕粉身碎骨，也不能允许敌人冲过一步！

这是用他们的血肉筑造的人墙，这是用他们的生命划出的沟壑，这是用他们的魂去爆发出的疯狂，这是他们的选择！

苏铭双眼红了，不但是他，四周的蛮士大都疯起来，甚至那些普通的族人里

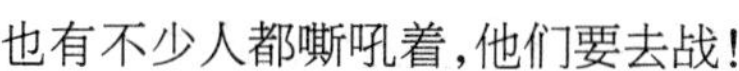

也有不少人都嘶吼着，他们要去战！

“不要去看，你们的任务是守护族人迁移，我们……走！！”就在苏铭等人要控制不住自己，欲冲回去厮杀的瞬间，走在最前方的族长眼中露出果断之色，只是那果断的深处却是一样的悲哀。

他是乌山部的族长，他的任务是让乌山部更多的人活下去，让乌山部能延续……

苏铭狠狠地握紧了拳头。他的双眼通红，他的杀机不得不压下。看着那身后数十丈外的七个族人，被十多个怪叫的黑山部蛮士如洪水一样压制，随着那阵阵轰鸣回荡，苏铭清晰地看见一个族人喷出鲜血，身子踉跄向后退出数步后生生止住。可他马上又咆哮着撞向黑山部蛮士。

那黑山部的大汉神色惊恐，一拳轰在乌山部蛮士的胸口。

乌山部族人猛地回头，看了一眼远去的人群，似也看到了人群里望着他的苏铭，嘴角露出了温和的微笑。他是一个三十多岁的汉子，在他眼里，苏铭是一个孩子。

那微笑如长辈般慈祥，与之前的凶残完全不同。那一笑之后，此人回头，闭眼的刹那，全身血线瞬间扩散，更是牵动了全身，使得他的身体在这一刹那轰然爆开，那剧烈的声响化作了一声惊天之音。距离他最近的那个黑山大汉的双眼透出无尽惊恐，想要后退，但却晚了。

这是……血线自爆！！这是用血肉发出来的生命最后的声音，这个声音告诉着所有追来的黑山部族人：要灭乌山部，你们要付出难以想象的代价！

第16章 叛徒是谁！！

同样害怕的，还有其他的黑山部之人。这样的自爆，在这短短的时间内出现了三次，三次轰然之声的代价，是他们黑山部失去了七人！

战斗，还在残酷地继续！

苏铭流着泪，死死地咬着唇，猛地收回目光，随着族人快速向前跑去。他知道，后面的族人，正在用生命换来时间，正在用血肉拖延，自己需要做的是不能让他们的血白白流淌，要在这有限的时间里，守护那些普通的族人走出更远！

阿公那里的战斗同样激烈，那两个凝血境后期的大汉仿佛不知道疼痛，此刻面无表情，全身已然多处受伤，却死死地缠着阿公。只不过，阿公的强大，莫说是苏铭，几乎所有人都没有预料到。

在其一声冷哼中，却见其四周出现了无数波纹，这波纹横扫，那两个凝血后期大汉立刻身子一震。阿公一步上前，其速之快，瞬息来到其中一人身前，一指点在其头，轰的一声，此人头颅崩溃，身子蓦然倒下的刹那，阿公一拳轰向另一人，在那惊天轰鸣中，那大汉同样身子震动间缓缓倒下。

就在这两个大汉死亡的瞬间，却见从他们的身体内立刻弥漫出了大量的黑雾。这黑雾瞬息凝聚在一起，化作一个模糊的身影，直奔阿公扑去。

“毕图！”阿公神色一凝。他知道眼前这黑雾不是毕图本体，而是其邪蛮之术所化，但如今此术出现，那么毕图显然距离这里不远，抑或正在疾驰赶来的途中！

但就在这时，却见在人群的前方，突然再次传来阵阵尖锐的嘶吼。这蓦然而起的声音，立刻让族长，让乌山部的蛮士，让那些族人们，神色大变！

更是在此刻，从人群左右两侧的丛林内，同样有尖锐之声传出，狂风呜咽，在这四周埋伏了大量的黑山部敌人！

若仅仅如此也就罢了，可以再次留下蛮士，以死亡换来部落族人的继续迁移。但几乎就是在这三个方向传来那带着兴奋的嘶吼的刹那，大地猛地一震，却见在部落的前方，在那族长前面的十多丈外，随着地面的震动，那大地猛地塌陷下去。紧接着，一排用粗大的巨木捆绑在一起，足有百丈之长、数丈之厚，如巨门一般的围栏从地底蓦然冲出，直接竖立在了前方，将部落族人前进的方向生生地堵死！

在那一排巨木围栏上，此刻更是站着三个黑山部的大汉，那当首一人的身子足有近丈之高，手中拿着一把几乎快赶上身高的大弓，嘴角带着残忍，盯着众人。

与此同时，在这部落的左右两侧，随着大地的震动，赫然再次有两排巨木围栏拔地而起，那百丈的长度，生生将乌山部死死地困在此地！

那两旁的巨木围栏上，同样分别站着数人，冷冷地盯着下方，那目中带着一

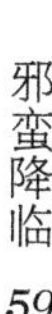

丝戏弄。

这，是一个早就布置好的陷阱！！

乌山部众人神色瞬息大变，族长面色苍白，双眼却露出了滔天杀机与战意。其余的蛮士，此刻全部都是如此。

“他们是如何知道我们准确的路线，如何能提前在这里布置了陷阱？”这是每一个乌山部的族人心中浮现的疑问。

“是谁！！谁是乌山部的叛徒！！！”苏铭身子颤抖，他的脑海中浮现出了阿公曾说部落里有叛徒之语！

与此同时，那远处与毕图邪蛮之术所化的黑雾身影交战的阿公看到了这一幕后，神色透出悲哀与愤怒。对于叛徒，他只是怀疑存在，也想尽了一切方法要去找出，可此人隐藏得太深，不露丝毫痕迹，甚至给人一种仿佛根本就没有叛徒的错觉，但如今阿公已然确定，只是直至现在，他都想象不出，这叛徒，到底是谁……又是为了什么……

在这危急之时，在那乌山部族人被恐惧与惊慌笼罩，面色惨白，似无力反抗的刹那，在那三方围栏上，此刻嗖嗖之声回旋，出现了更多的黑山蛮士，看起来足有五十多人。阿公右手抬起，猛地向远处的部落一指。

这一指之下，却见被三方围栏困住的乌山部落族人上空突然风云色变，天地震动间，一片黑芒滔天而起，闪烁中又蓦然凝聚，化作了一尊十多丈大小、惊天动地的乌山蛮像！

那是一个半身为人、半身为兽的狰狞之像，充满了一股野蛮原始的气息，它一只手抓着一条长龙，另一只手拿着一把巨大的长枪，双目露出疯狂与嗜血。

它的出现，让天空都一下子黯淡下来，仿若被它的威严生生压下。只不过这蛮像还不算完全清晰，有些模糊，似正从虚无里快速地凝实。从它身上有黑光散出，笼罩下方，将那集结在一起的乌山部族人保护在内。

“蛮士在外，族人在内，死战到底！！”此刻，那乌山部的族长一声大吼，身子一跃而起，直奔那前方的巨木围栏而去。他知道，想要离开这里，就必须要轰开这围栏，退，是绝不可能了！

“杀！！”乌山部此刻的所有蛮士全部冲出，向着各自邻近的那些黑山部敌人疯狂地冲去，乌山瞭首身子一跃而起，大弓在手，猛地开弓一箭，轰鸣之间，那一箭直奔左侧的围栏而去。

前方的族长，其后跟随两个族人，带着决然，同样杀去！

北凌、乌拉、雷辰……所有蛮士全部都疯狂起来，展开了生死一战！山痕沉默地迟疑了一下后，也同样一跃而起。

苏铭心中蕴含了杀机，他身子刚要移动，听到了身后传来的哭泣，那是他之前抱着的小女孩惊醒了，正看着他，流着眼泪。

苏铭没有回头，身子跃起间，直奔那前方的围栏。那围栏上，此刻有十多个黑山部的大汉在那古怪的叫声中扑来，与苏铭及其身旁的几个蛮士展开了死战。

此刻已是黄昏，天空上太阳黯淡，明月似有轮廓，显然很快就要进入夜间。苏铭的血液在沸腾，他的心在燃烧，他的愤怒在咆哮，他的双眼血红。他从风圳冲破封印，疯了一般赶回部落，为的就是要与部落共存亡，此刻，正是共存亡之时！

“生是乌山人，死为乌山魂！”苏铭没有丝毫保留，全身二百四十三条血线蓦然爆发，展露了其凝血境第七层的修为，只不过此地如今的混战，根本就无人去注意他这么一个少年。

在他的前方，那十多个黑山部大汉中，只有一人为凝血第七层，其余之人均是五六层之间。原本那第七层的大汉一脸狰狞，带着众人直接杀奔而来，在他看去，眼前这七八个抵抗的乌山部之蛮不足为虑，他身为黑山部的猎队副魁首，杀这些人，手到擒来。

但就在他临近的刹那，却突然双目瞳孔猛地一缩，露出难以置信之色，他清晰地感应到，前方那七八人中一个瘦弱不起眼的少年竟爆发出了让他都心神震动的磅礴气血之力。

“他是谁！！这个年纪，竟有如此气血！”这大汉还没来得及思索，苏铭已然瞬息而至，他的第一个目标，就是此人！

这一切都在瞬间，双方蓦然接触到了一起，厮杀之声滔天而起，阵阵凄厉的惨叫回旋。苏铭一拳轰出，在他这一拳轰去的刹那，他全身二百四十三条血线蓦然凝聚成了一条，随着一拳而去，与那黑山部的凝血第七层的大汉轰在了一起。

轰轰之声回荡，只不过在这激烈的战场中，这一切都是微不足道，死战之间，那些被蛮像光芒保护的族人一个个颤抖着，面色苍白中却有坚定和无畏，他们是害怕，但此刻害怕有什么用？

他们的双目里，透出了刻骨的仇恨，还有那似要焚烧天地的怒火。

沉默，所有人都在沉默，那苏醒的小女孩也不再流泪，而是望着苏铭的背影，

望着他在为部落而战！

一拳轰出，那大汉同样嘶吼一拳而来，在那轰鸣下，这大汉嘴角溢出鲜血，神色露出骇然。他的手臂似要崩溃，在那一股大力卷来中，身子不由自主地退后了几步。但他的退后，却是让苏铭猛地大吼，不顾疼痛展开那惊人的速度，蓦然冲去，瞬间临近，一拳，一拳，一拳！

转眼间，苏铭打出了八拳，每一拳都轰在那大汉身上，让其不断地退后，让其眼中骇然，让其嘴角的鲜血大量流出。这大汉怎么也没想到，自己居然遇到了这么一个强者，这么一个疯狂的强者！

大汉被苏铭完全打懵了，甚至没有丝毫反抗的时间，在他的眼里，苏铭……太快了！“砰”的一声巨响，大汉被打得直接撞在了那一排巨木围栏上。

第 17 章 葬歌

“他是谁！！乌山部没有这个年纪就具备如此修为者！！”那大汉喷着鲜血，神色带着震撼，他脑中轰鸣，内心在咆哮。

但苏铭的速度太快，几乎就在这大汉撞到了那巨木围栏的同时，苏铭再次临近，一拳轰来的同时，咬破舌尖喷出一口血。那鲜血刚一出现，就立刻轰然化作了血雾，赫然就是乌血尘之术。

此术一出，直奔那大汉而去，在这大汉无法置信的神色中扑面而来的同时，苏铭的右手以最快的速度，直接穿透了那血雾，轰在了这大汉的胸口。

黑山部的战士眼睁睁地看着他们的猎队副魁首被生生击杀，甚至都看不到苏铭的身躯，只看到一片残影闪烁。

不仅是他们，苏铭身边的那几个同族蛮士也是满脸震撼。他们知道苏铭，认识苏铭，在他们的记忆里，苏铭只是一个普通的族人，他们之前无暇去思索为何苏铭也在蛮士队伍中，但此刻苏铭的爆发，却是让他们在震撼的同时，有了强烈的振奋！！

苏铭身影闪烁，在这十多个黑山部大汉的恐惧下，展开了疯狂的厮杀。他从未有过如此的战意，从未有过如此的仇恨，此刻的他似不再是一个不到十七岁的少年，而是一名战士。

鲜血四溅中，苏铭的耳边传来了一声轰鸣，他的心在滴血——那是一个族人在重伤之际，选择了血线自爆！

这是一场战争，这是一场入侵者与守护者的厮杀，这是部落与部落的疯狂，这是乌山部与黑山部不死不休的数百年宿仇！

黑山部突然多出的蛮士，使得这场战斗越加惨烈。乌山部的蛮士不多，在数量上要少于黑山，但此刻，每一个乌山部的族人都在执著地坚守着，为了守护家园，为了保护族人，为了他们的部落，可以付出一切！

为家园而战，为部落而战，为子女而战，为父母而战，这，就是人生中最璀璨的一刻！

被蛮像光芒保护的人群，在那沉默中传来了哭泣。那哭泣之声回荡，更夹杂了一声声呼唤。他们在哭，为了那保护他们的儿郎，为了那保护他们的父亲，为了那保护他们的蛮士，哭泣……

“阿妈，天为什么是蓝的……是不是因为在那里，是阿爸在望着我们……”

“阿爸，夜里的星为什么眨眼……是不是阿妈在那里，望着我们……”不知是谁第一个轻声地呢喃，慢慢地，几乎所有被蛮像光芒保护的族人们，在那哭泣中喃喃起来。

他们的声音融合在一起，渐渐化作了低沉的音浪，透出一股柔和，透出一股悲哀，但在那柔和与悲哀中，却是蕴含了一股说不出的思绪。

这几句话独属于乌山部，是乌山部里每当有族人死亡之时，全族人围绕在火堆旁，看着那死去的族人，吟唱的悲哀之词。

“拉苏，你在天上不要孤独，不要难过，不要哭泣，阿妈阿爸在大地上看着你……每一年，每一天……都在看着你……”

“我不会哭泣，不会难过，不会孤独，我知道你们在那里，在那里看着我……我很快乐……”

那一声声话语，在哭泣中越来越大，那些奋战不畏死亡的乌山蛮士听着族人们那熟悉的话语，神色悲哀，发出了压抑的嘶吼，他们要战，要死战到底！！

苏铭身子颤抖，眼中流着泪水。他不知道疲惫，不知道恐惧，他知道的，就是要死战，当自己再也不能动弹时，当自己重伤之时，他要做的，就是血线自爆！！

“阿妈……阿爸……皮皮……”在苏铭的身后，他隐隐听到了那苏醒的小女孩哭泣的声音。

苏铭的心在刺痛，在滴血，仿佛有无数根利刺穿透，让他的速度越来越快，让他的拳头越来越“硬”。在这悲哀的气氛中，一缕呜咽的曲乐回旋而起。

那曲乐之声透出一股苍凉，透出一股悲哀，透出一股离别……在不远处的一棵大树下，乌山部的柳笛靠在那里，他的双腿已血肉模糊，他的面色惨白，目中光芒黯淡。

他颤抖的双手拿着一个用骨头做出的埙，放在嘴边，吹奏着那哀伤的埙曲。那呜呜的声音如同妈妈的哭泣，在这惨烈的战场中与那族人们的一句句喃喃交融，化作了让人心中揪痛的悲凉。

哀伤的呜声随着风飘起，融化在地面的雪中，沉浸在族人的血里，在这方战场，让每一个听到的乌山族人泪水不断。

苏铭身子颤抖，这不是他第一次听到埙曲，却从未有一次如现在这样，让他的泪水流下，让他的心似被穿透后失去，成了一个无心的人，只留下那满身的伤痕和无尽的悲哀。

他的耳边，除了这悲哀的埙曲外，还有时而传来的一声声自爆的轰鸣，那每一声轰鸣都代表着一个同族蛮士选择了血线自爆。

“黄泉路，别少我一人！”苏铭惨笑，一拳轰出，将前方的一个黑山部敌人生生轰爆。他同样喷出一口鲜血，转身看到了那不远处大树下，在死亡前吹着埙曲的柳笛。

柳笛吹奏着埙曲，满手的鲜血染在了骨做的埙上，却遮掩不住那属于他的声音，属于他的悲伤，属于他的诀别。

这是他这一生最后为族人吹奏的埙曲，这一次的埙曲是他用生命奏出……

苏铭闭上眼，收回目光的一瞬，他忽然瞳孔一缩。他看到了在另一个方向，北凌身前有三个黑山部的大汉，逼得北凌连连退后。北凌的弓断了，他的身体上有多处伤口，面色苍白，手里拿着一把骨刀，带着坚毅，带着悲壮，疯狂地厮杀着。

他不能退后，他的身后就是族人，尽管族人被蛮像光芒笼罩，但他同样不能退后。距离他身后最近的是一个女子，那女子流着泪望着北凌，望着他颤抖的身躯，望着他那如山一样的背。

这女子是尘欣,她似在凄喊着什么,似在对北凌说着什么。苏铭距离很远,他听不到,但他能看到尘欣的目中那看向北凌时隐藏的温柔。

眼角的泪水流下，当看到北凌身子一颤，那三个黑山大汉中有一人蓦然临近，手里的一把骨刀如闪电般直奔北凌头部的一刹那，尘欣发出了凄厉的悲声，她……冲了出去。

北凌惨笑,他如今疲惫得已经承受不住。从昨天夜里,他就一直在死战,他知道自己无法躲开了,正要自爆的瞬间,他看到了一把抱住自己的尘欣。

“也罢，你既来，便随我同去……”就在北凌准备自爆血线的刹那，突然天地轰鸣，一个震动四周、让所有人——包括交战的黑山部蛮士都心神一震的声音，蓦然间回荡天地。

却见一把赤色的长矛,以让人无法置信的速度轰然直奔北凌前方而去,那长矛透出一股强烈到了极致的肃杀，带着一股疯狂，化作了一只巨大的红色之雕，瞬息间越过了北凌，直接穿透了那举刀要落下的黑山部大汉胸口，轰的一声，将其身子死死地钉在了雪地上。

其余两个黑山部大汉的身子一颤,不由得退后数步。与此同时,一道闪电般的身影,蓦然间一跃而来,站在了北凌的身前,取代了其双目瞳孔中的一切!

这一幕,这个背影,在出现的一刹那,在北凌的心中掀起了滔天巨浪。他熟悉这一幕，在风圳部落，他经历过这一幕，他看到过一个人也是这样站在了自己的面前,尽管这两个人相貌与体型不同,但此刻,在北凌的目中,他们……重叠在了一起。

“苏……铭……”北凌愣在那里,同时他明白了一切……

第18章 过去的,就过去吧

他明白了，在风圳部落里，那以同样的方式出现在自己面前，能力敌邬森之人,是苏铭。

他明白了，那在风圳泥石城他们乌山部的居所里，那夜间他带着疲惫回来时，看着房间内漂浮的那一团属于其自己的眉心之血时，他心神诧异，猜测不断的人，也是……苏铭！

他同样在这一瞬间，看着苏铭站在身前的背影，恍惚中，在苏铭的身上，他似乎看到了那大试第一关归来的身影，那被万众瞩目的身影，此刻，是那么的熟悉。他明白了，那……也是苏铭！

这一切思绪，此刻如无数雷霆在北凌脑中轰鸣，似化作了大量的闪电穿透其脑海，让他身子颤抖。他难以相信，苏铭竟不知何时具备了这样的修为，竟无声无息地达到了让自己抬头仰望的程度。

这在记忆里始终被他嫉恨之人，被他从心里轻蔑甚至言辞总是冷漠相向的苏铭，如今，让北凌的心一片复杂。

那种复杂的程度，让他忘记了如今还在战场，忘记了正在厮杀，忘记了一切，脑海中一片空白与茫然。

“怎么会这样……”北凌喃喃。身边的尘欣紧紧地抱着他，眼中流着泪水，她的目中没有苏铭，有的，只是北凌那苍白的面孔，还有之前那一刻死也不退半步如山的背。

这一切说来缓慢，可实际上几乎就是苏铭那一矛来临落在大地掀起轰然气浪的瞬间，在那举刀的大汉全身崩溃的刹那。苏铭身子向前一步迈出，他速度之快，化作一片残影直奔左侧那被气浪卷动踉跄退后之人——此人年约五旬，修为只有凝血境第五层罢了。

他刚退后数步，立刻眼前一花，双目瞳孔收缩中猛地就要大步退后，一股强烈的危机感蓦然降临其全身。苏铭的速度太快，还没等此人再行退后，他就在一声破空呼啸中瞬息临近了，整个人带着狰狞的神色，带着愤怒的杀戮，不用拳头，而是用他的身体，生生地撞向这黑山大汉的胸口。

咔咔之声清脆回旋，那黑山大汉的嘴角溢出鲜血，其后背蓦然爆开，身体无法承受来自苏铭的强大之力，身体向后抛去，没等落地便气绝身亡。

苏铭眼中的仇恨不但没有减少，反而更加浓郁。他恨这黑山部的所有人！他猛地转身，死死盯着不远处三个欲杀北凌的黑山蛮士中的最后一人。

此人身子粗壮，但个子却不高，原本之前在追杀北凌时狰狞的笑容与兴奋的目光此刻已变成了骇然，蕴含了恐惧。他眼睁睁地看着苏铭以让他震惊的方式，一矛轰杀一人，自身更是一撞之下，再杀一人。

干净利落的一幕，给了这大汉一种残忍疯狂的感觉。他的心脏怦怦跳动，在苏铭的目光看向他时，立刻恐惧地尖叫起来，不顾一切地就要退后。他害怕了，在他看来，此刻的苏铭绝对是乌山部里的首领级别，这样的人不是他可以抵抗的。

但就在这大汉退后不到三步，一声尖锐的厉啸蓦然而起，却见从远处射来了一支箭，那箭如能穿透虚无，瞬间而来，从这大汉的颈部直接穿透而过，射入了一旁的大树上，发出了"咄"的一声，让那大树都为之一颤。

远处的瞭首带着疲惫迅速收回看向这里的目光，与他的敌人——那黑山部的凝血第八层的首领继续厮杀。

苏铭走向北凌，在其前方停下，抓起刺入雪地的鳞血矛，将其狠狠地拔出后，目光一闪，正要寻找其他的黑山部族人，他的耳边传来了北凌复杂迟疑的声音。

"谢谢……"这声音夹杂在这战争的厮杀与那呜咽的埙曲间，显得很微弱。苏铭似没有听到，拔出长矛后，向前走去，但他走出了数步，却是略有一顿。

"过去的，就过去吧……为了尘欣，你要好好地活下去……"苏铭开口，身子向前一步迈出，直奔那不远处厮杀的人群。

几乎就在苏铭向前疾驰而去的刹那，一道冷漠的目光蓦然从那远处的围栏旁看向了苏铭。那是一个穿着粗麻衣衫的汉子，年纪有四旬左右，身躯强悍至极，看起来如同铁塔一般。其体内气血之力磅礴，看其样子，竟似达到了凝血第八层，与曾和苏铭一战的叶望仿佛相差无几。

二人的目光在接触的一瞬间，那大汉动了，他身子一晃，整个人跃起，直奔苏铭而来。苏铭右脚向着大地一踏，身躯同样快速跃起，冲向那大汉！

这大汉能穿上粗麻衣衫而不是兽皮，显然在黑山部里地位颇高，能杀这样的人，必定会对黑山部的士气产生重击。

这大汉一动，因其身份的不同，立刻引起了此地交战中的很多黑山部族人注意，似被带动了气势，一个个怪叫着冲杀过来。

眼看二人越来越近，展开了一场激烈的生死之战。

但就在这时，乌山部人群的正前方，乌山族长喷出一口鲜血，面色苍白，连连倒退。在他的前方，黑山部死亡了大半，却有一个与之前和阿公交战的那二人一样穿着黑衣的大汉突然出现，以其惊人的修为，一举将乌山族长震伤逼退。

这黑衣大汉目光呆滞，迈着大步，带着身后跟随的两个黑山部蛮士，直奔那后退的族长追去，看其样子，似要将受伤的族长一举轰杀。族长的身边，之前跟随其奋战的族人蛮士已然战死，此刻在人群的前方，只有他一人。

就在这危急之时，在后方人群的愤怒悲叹声中，有一个人蓦然从那人群里冲出。此人是一个老者，他——正是乌山部的南松！

他走出的一瞬，似轻叹了一声，右脚向着大地一踏，没有太强烈的声响，但那前方追击乌山族长的黑衣大汉，却是身子蓦然一震，仿佛脚下一个踉跄，神色露出震惊。南松走了出去，落在了那大汉的面前，干瘦的右臂一拳打去，将其追击的步伐生生地止住，二人在这族群前战在了一起。

但那黑衣大汉的身旁，却有两个黑山蛮士跟随，其中一人更是那黑山部拿着大弓的瞭首。此人尽管惊骇于南松的来临，但有那黑衣汉子在，他便咬牙身子一跃，死死地追向乌山族长，其目中露出兴奋的神色。他可以想象得到，若自己杀了这乌山族长，他将为部落立下大功。

乌山族长惨笑。他距离身后蛮像光芒保护的人群还有数丈距离，可如今他明白，自己回不去了。

但他的目中却没有后悔，只有不舍。他不后悔战死，身为族长，为部落战死是其荣耀，只是他不舍……不舍这么快就离开了部落，他还没有带着族人走到安全的地方……

族长这里的危机被苏铭看在眼里，被很多人看在眼里，却是无人可以赶去，那毕竟是乌山族长的生死，黑山部同样为此展开了疯狂的纠缠，死死地困住每一个乌山部的蛮士。

苏铭想要赶去，可那黑山部穿着粗麻衣衫的大汉却是冷笑着阻止，使得苏铭根本就过不去，甚至就连长矛抛出的机会都没有。

就在这危急时刻，就在这乌山部族长无法避开的生死一瞬，那被蛮像光芒保护的乌山普通族人，在最前方，在最靠近族长之处，有十多个青年。

这些青年一个个身子颤抖，他们是部落里混吃等死的一群人，他们不具备蛮体，更不具备强壮的身躯，往往平日里在族人们劳作之时，大都悠闲自在，因为他们的家中曾出现过战死的蛮士，使得他们觉得自己有某种特殊的权利，无论他们怎么做，只要不是背叛部落，就会一辈子这样下去。

他们没有忘记家中曾经的荣耀，却没有选择继承这份荣耀，而是选择在这荣耀的庇护下，给自己懒惰跋扈的理由。

第19章 殉与殇

他们害怕死亡，他们恐惧一切战斗，所以他们不敢走在部落的后面。本想选择中间，可那人群中间的都是一些失去了亲人的拉苏孩童，如此一来，他们只能选择紧靠着族长，在部落人群的前方，因为他们觉得这里是安全的，一切都有族长在前守护。

可如今，他们看到了族长的危机，但只要他们不走出这蛮像光芒，暂时就不会被伤害……

在这危急的瞬间，那最前方的十多个青年里，有一个人面色苍白，身子颤抖，脆弱的身躯似要被这恐惧压倒，但他的双眼此刻却是第一次出现了战意，出现了血丝。

“我这半生都是浑浑噩噩，混吃等死，没有为部落做出半点贡献，反倒浪费了那么多的食物，我知道很多族人都看不起我，我知道就连那些拉苏也都认为我是废物……

“我的确是废物，我没有蛮体，我懒惰，我不具备强壮的身躯，我没有任何用处……我唯一有的，就是阿爸当年为部落猎取野兽时用死亡换来的荣耀……

“今天，我要告诉所有族人，我是废物，但我也是部落的族人！！！”那青年红着眼，嘶吼着猛地冲出，直奔族长而去，用他的血肉，去为族长的生死搭建一座生命之墙！

轰的一声，这青年的身体在族长的退后中与其交错，挡在了族长身前，但只是瞬间，他就被一支呼啸而来的利箭射中身子……

“阿爸……你的拉苏，不是废物……”那青年死前，惨笑着。

几乎就在这青年冲出的一瞬，其同伴，那十多个青年一个个全部嘶吼着，疯狂地冲了出来，他们要用生命去报答部落的养育，用生命去再次迎接那染了尘埃的荣耀。

“我们是废物，但我们也是部落的一员！！”那十多个青年吼着冲出，用他们脆弱的身体，用他们的鲜血，为他们部落的族长，为他们的族人，组建了血肉的沟壑。追击而来的黑山部二人显然没有料到乌山部的普通族人竟能在这个时候冲出，但这二人的目中却是透着轻蔑与不屑，在他们看去，这群普通的族人，脆弱得不堪一击。

在那轰鸣声中，这十多人纷纷倒地，但他们却依旧用生命，用他们的意志，死也要阻挡，更有的人用身体抱住了那黑山瞭首大汉，哪怕用牙齿也要死死地咬住敌人。

这十多个青年的意志撼动了黑山部追击的二人，他们没有想到，这些普通的乌山族人竟有如此的勇敢与执着，将他们追击的脚步，拖延了两息左右。

两息的时间很短，代价是那些青年的生命，可这两息却换来了乌山族长生死危机的转换。在那悲壮的一幕中，乌山族长退到了蛮像光芒内，他的心似刀割，但他知道，自己不能死，不是为了自身，而是为了部落。

他看着前方倒在地上和族人，看着那曾经让他很无奈，甚至有些反感的一群人，望着这些熟悉的面孔如今血肉模糊，乌山族长，这个四十多岁铁塔般的汉子，哭了。

他身后，更多的族人哭泣着，那十多个青年用他们的生命告诉了所有人，他们尽管是废物，但他们也是部落的成员，他们也可以为部落去死！

苏铭咬着唇，与眼前那个大汉一次次地对击着，他全身二百四十三条血线已然凝聚成了一条。

他擅长的是速度，那大汉则是力量，与叶望类似，这场交战，即便是在这战场中，也是极为显眼。雷辰看到了，乌拉看到了，很多的族人，都看到了。

那族人群中的小女孩流着泪，看着苏铭，她害怕。

就在这时，一声惊天轰隆之音从远处蓦然而起，却见那与阿公交战的黑山部蛮公毕图邪蛮之术所化的黑雾身影骤然崩溃，化作了无数黑气向着四周倒卷，阿公带着一股无法形容的气势，迈着大步瞬息间向着部落人群而来。

阿公，回来了！！

他速度极快，整个人似在天空向前走出了三步。第一步落下，阿公赫然站在了苏铭的身边，在那黑山粗麻衣衫的大汉骇然中，阿公一指点在了此人的眉心……

阿公没有停顿，走出了第二步，出现在了那最前方与南松交战的黑衣汉子身边，带着森然猛地右手一挥，那汉子立刻身躯剧震，轰然崩溃。

一股惊天动地的气势在阿公的身上冲天弥漫，其身影让四周的所有黑山部族人露出恐惧，纷纷退后。

苏铭目中露出激动，不仅是他，所有的乌山族人此刻全都激动得嘶吼起来。却见阿公此刻迈出了第三步，正是踏向那阻挡在前方的巨木围栏。一脚落下，那围栏轰的一声，四分五裂，化作无数碎片正要扩散，但却在阿公的大袖一甩间，这些碎片如同利箭，穿梭过乌山部族人身旁，直奔那些后退的黑山部蛮士。

一时之间，惨叫之声回旋。

三步落下，阿公的面色起了病态的红润，但很快就消散。他回头平静开口："不要停留，走！！"

那些黑山部之人死伤众多，也不敢阻拦。乌山部的人群在族长的带领下，向着前方快速移动起来，那靠在大树旁处于弥留之际的柳笛也被人扶起。

苏铭在那人群里，满身伤痕，默默地快速走着。他旁边那被族人抱着的小女孩此刻也不再哭泣，懵懂的双眸内有了坚强。

她还小，她不懂很多事情，但在这个夜里，她似也长大了。

月光洒落在大地上，为这没有了家园的乌山族人照亮了前方的路，让他们不再迷茫，不再无助。

"族长，蛮公……我们几个老头子就留下吧，不要让族人为了照顾我们，影响了迁移的速度……"

迁移中，忽然从人群里传出了带着咳嗽的苍老声音，那是部落里的一个普通老人，他的年纪已经很大，跟不上部落的队伍。在他想来，与其让人搀扶而影响族人的速度，不如自己留下。

"让年轻的族人们走吧，我也留下……其实我们本该在部落时就选择留下……唉。"又一个老者停下了脚步。

部落中的几乎所有的老人全部在沉默了片刻后，一一从人群里走出，总共有四十多人。他们固执地选择了留下，他们残余的生命无法对部落产生帮助，但他们可以不拖延部落的前进。

"你们……"乌山族长一愣，闭上了眼，但他很快就睁开，向着这群部落的老人深深地一拜。

"走吧……我们累了……"那些老人带着微笑，向着部落的族人挥手，他们的亲人在人群里，眼泪流下，但无法阻止，有一些壮年族人同样选择要留下，却没有被允许。

“蛮公，有没有一种我们这些老家伙可以使用，会如那些小伙子一样以血肉爆开伤人的方法，告诉我们。”那些老人中走出一人，带着微笑看向阿公。

阿公沉默片刻，走上前，在那老者手中放了一物后，轻叹着拍了拍他的肩膀。他知道此刻不是软弱之时，更多的族人需要快速迁移。他猛地转身：“余下族人，继续迁移！”

在那沉默的泪水与频频回头中，这些老人看着族人远去，他们露出慈祥的微笑，坐下来共同回忆起他们年轻时的往事，说着过往的辉煌。

人群因没有了这些老人，迁移的速度一下子快了很多……

在乌山部人群的后面，越来越远的乌山部落已然残破不堪，成为了废墟。

那里似没有了丝毫的生机，在岁月里，会化作残骸，渐渐地或许还会有一些草木生长，慢慢地会将这里重新化作丛林的一部分，使得一切存在的美好与回忆都将难以再找到。

此刻有风吹来，如埙曲一样呜咽，卷着地面的雪，在这大地上扫去，更是把那些族人离开前散落的很多杂物卷动，在地面上移动着，发出沙沙的声音，透出一股萧瑟。

那些杂物里，有孩童拉苏的玩具，有族人的一些来不及带走的兽皮，有熄灭的火堆，有一些散落的药草，还有很多的锅碗与残破的兽皮帐。

除了风声，这部落的废墟一片寂静，但那其中一处塌陷下来的兽皮帐却在此刻动了一下，一只全身毛绒绒的圆形小兽从那皮帐内露出了头。这小兽很是可爱，其毛发原本应是白色，可此刻却是灰扑扑的。它的双眼露出害怕的神情，快速跑出皮帐，在那风雪里瑟瑟发抖。

一声声嘶鸣从它的口中传出，仿佛在呼唤着它的主人。它的名字叫做皮皮，是那小女孩的宠物。

可是这嘶鸣，它的主人听不到……它孤独地留在这部落的废墟里，却始终不愿离开那塌陷下来的皮帐太远，因为那里是它的家。

嘶鸣中，这小兽慢慢后退，似在那寒冷里承受不住，要回到皮帐中。但就在这时，阵阵脚步声从外传来。

带头者是一个强壮的大汉，神色很是阴森，若是苏铭在此，可以认出此人正是那黑山部的族长。

其身后跟着一个同样阴沉的少年，那少年舔着嘴唇，看着四周，他，是毕肃！

“走得倒快！追上去，阿公应也快要赶来了，这一次，一定不能放过乌山部！”那黑山部族长缓缓开口，走出了这片废墟。

毕肃收回看向四周的目光，转身正要跟随离去，忽然其目光一闪，看到了那瑟瑟发抖不敢移动的小兽，嘴角微微一笑，右手抬起向那小兽一挥。

立刻这小兽身子一颤，目中黯淡下来，一念意识出现在毕肃的脑海中。

“叫做皮皮么……很思念你的主人，那么我会送她与你团聚的。”

第20章 黑山毕图！

深夜早已降临，如今天边泛着微弱的白芒，淡淡的月光洒落在丛林内的积雪上，起了冷冽的光。随着那嘎吱嘎吱的错乱之声，乌山部迁移的人群在这黎明前的夜里匆匆赶路。

四周很是安静，除了踩压积雪的声响，几乎再无其他。那些乌山族人，无论是老人、女子还是拉苏，全部都在这夜里的迁移里，沉默了。

距离之前那场大战已经过去了数个时辰，那场战争的惨烈程度，让所有的乌山族人都深深地记在了脑海里，刻在了灵魂中，一生不会忘记。

离开前，不算阿公在内，乌山部共有三十多个蛮士，如今，在那场大战后，只剩下了十四人。这十四人身上敌我难分的鲜血已然干枯，透出悲哀的同时，带着一股肃杀，默默地守护着族人向前走去。

他们死去了近二十人，可黑山部却付出了更大的代价，这与修为有关，但更重要的是，入侵而来的黑山部远远没有不得不离开家园的乌山族人那股执着，那股叫做守护的勇气，一次自爆，或许带给黑山部入侵者的是轻蔑，但两次、三次、四次……却给了那些黑山部之人一股发自内心的恐惧。

乌山部是弱小，但这弱小里，却是存在了一股强大！

苏铭默默地走着。从方才那一战后，这数个时辰里他一句话都没有说，原本很开朗的他，本拥有少年人冲动的他，如今终于学会了沉默，而不是去咆哮。

只是，学会沉默的代价，其惨重的程度让人心酸。

时间流逝，很快便天明，走了一夜的族人，在那疲惫中没有停顿，所有人都咬紧牙关，相互扶持，近乎奔跑般，快速地迁移着。

白天的时间，在这迁移中渐渐消逝，途中部落的人实在无法承受这种疲惫，休息了小半个时辰后，便再次赶路。

直至第二天的深夜降临，直至那月光又一次洒落在丛林的积雪大地上，乌山部的族人仍在那沉默中快速地走着。

"苏铭哥哥……"苏铭的耳边传来一个怯生生的柔弱声音，他侧过头，看到了身边那被族中之人抱着的小女孩。

看着小孩子那干净的双眸，苏铭的脸上挤出了微笑，只是那笑容在其脸上的鲜血映衬下，看起来有些可怕。

但那小女孩却没有感受到可怕，而是睁着大眼睛望着苏铭，犹豫了一下后，抬起了有些脏的小手，为苏铭擦去了脸上干枯的鲜血。

感受着小女孩那娇柔的手抚摸着自己的面庞，苏铭的心在那滴血的痛苦里有了温暖。

"苏铭哥哥不怕……彤彤也不怕……"那小女孩收回小手，手上沾了些血迹。她望着苏铭，明亮的双眸里，有小孩子少有的坚定。

苏铭摸了摸这小女孩的头，没有说话，而是看向了前方，那前方的路隐藏在丛林里，看不清未来在何方。

雷辰在远处人群的另一边，始终握着拳头。他背后的鲜血已经干枯，疼痛被他忽略，其目中有仇恨，更有悲痛。他不会忘记昨天夜里的那一战，若非族中一个长辈蛮士在重伤临死前自爆血线救下了自己，怕是如今自己的尸体，会留在那处战场中。

在他的前方，是乌拉，这个女孩面色苍白，神色带着浓浓的疲惫。她的左臂上有干枯的鲜血，似抬不起来了；她的脸上，有一大片血肉模糊，其姣好的容颜如今已经不再。

但她的目中依旧带着乌山部族人固有的执着。

后方，北凌与尘欣，他们拉着手，似永远也不愿分开，守护着人群，向前走去。

阿公依旧还是在最后面，他头上的白发，满脸的皱纹，看在苏铭的眼里，让苏铭的心更痛。他能看出阿公的疲惫。

这第二天的夜，空中的月，并非弯弯，而是向着满月蔓延，但今天显然不是月圆之夜，或许就在明天，或许，是在后天。

随着部落的迁移行走，时而有族人蛮士从四周疾驰而来，人数不多，只有四人。这四人，是部落里派出的探查者，他们冒着生死，要将四周任何存在的变化在固定的时间内赶回告知。

若是他们没有回来，则代表——出现了变故。

时间流逝，很快又是一个时辰，天空漆黑，仿佛正有一道可怕的目光在凝望着大地，望着乌山的族人快速地行走。

就在这时，原本应该按时归来的那四人却只有三人回来，那后方探查之人没有丝毫踪影。苏铭全身汗毛竖起，目中露出凌厉，转身停下脚步，同样察觉不妙的，还有其他的人。阿公目光一闪，握紧了手中的骨杖。

突然，一声微弱的轰鸣之声从那后方隐隐传来，这声音传入所有的乌山部族人耳中，让苏铭的悲哀更浓。

他知道，这是血线自爆。

他知道，黑山部的追敌再次来临！

“不要停，加快速度迁移，所有蛮士守护，边战边退！”阿公手中骨杖向着大地一跺，左手抬起，向着部落上空一挥，立刻部落上空天地再次扭曲，那之前出现过的乌山蛮像又一次幻化出来，漂浮在部落人群之上，散发守护的光芒。

它随着人群的移动而飘行，有它存在，只要其不破损，便可保其光芒下的族人平安。

几乎就在那乌山蛮像出现的瞬间，阿公猛地抬头，神色露出前所未有的凝重，双目透出森芒，直勾勾地盯着那漆黑的天幕。

却见这漆黑的天幕此刻突然剧变，一片红芒凭空而出，与那黑色融合后，看起来仿佛成为了紫色。那红芒蔓延，如鲜血般瞬间就扩散了大半个天幕。

一个沙哑阴沉的声音在这天地间回旋而起，向着八方传出。

“墨桑……”随着那声音的回荡，一股莫大的威压从天空轰然降临。这威压之力降临大地的瞬间，立刻让地面上所有的乌山部族人清晰感受到，甚至就连那乌

山蛮像都为之一震。

苏铭的心脏怦怦加速跳动，这股威压之强，他只在风圳部的蛮公荆南身上感受过。这威压，是属于开尘！！

这是开尘境对凝血境的一种自然而然的压力，在这股压力下，凝血境蛮士将会全身气血不受操控般地运转。

但，随着这股威压的出现，随着那天幕上血芒的蔓延，随着那天空的月在这血色下依稀成为了血月时，在苏铭的感受里，出现了此刻除了他外，任何人都不曾拥有的一种说不出来的感觉。

那种感觉，如他在血火叠燃时看到的血月，甚至有一种让他极为熟悉的错觉，仿佛此刻在那天空上隐藏的是一只巨大的月翼。

这种难以置信的错觉，使得苏铭心神一震。紧接着，他看到在那天幕上，在那血芒里，慢慢走出了一个人。

此人穿着一身黑袍，身子干瘦，神色很是阴沉。他背着手，一步步走出，站在那天空上，俯视大地。

在他的眉心上，有一个月翼的图腾，那图腾活灵活现，极为逼真，闪烁着妖异的红光。

毕图！

黑山部蛮公，毕图！！

"墨桑，你不用等待荆南与文嫣了，他们……自身难保，更无暇来理会你乌山部的死活！"毕图阴沉一笑，看着阿公。

阿公沉默，他的确在等荆南，但这一路上荆南始终没有出现，他心中隐隐有些明白——风圳部或许出现了变故。

"南松，当年仅次于墨桑，惊艳绝伦的你，逃到了乌山部后，依旧还是废物一个。这么多年来，我始终在想，你阿爸死亡前，那神色很值得回味，他哀求我放你一条活路，可惜，我本不想满足他，但还是被你逃了，南松，我黑山部当年的蛮子，我们……又见面了。"毕图微笑，但那笑容很快就扩大，最终狂笑起来。

人群中，白发苍苍的南松望着那天空上的毕图，没有被其话语激怒，而是把世间之事看透了一样，轻叹一声。

"比起毒死上代黑山蛮公、追杀黑山老蛮公之子、贡献黑山部当年大半族人换来邪蛮之法的你，我不如……"南松始终平静，但脸上的皱纹却一下子仿佛更多了一些。

“当年的恩怨,今日也该了结了。墨桑,南松,我给你二人一个机会,给你们一个一同与我一战的机会!”毕图大笑,右手一挥,立刻天地轰鸣,却见其身后那天幕上的无穷血光顷刻间化作了一团浓郁至极的血雾,那雾气翻滚间竟化作了一只巨大的月翼!

这月翼翅膀张开,似遮盖了天空,遮住了月。

“南松,毕图交给我……我会拖住他,部落……交给你了!”阿公墨桑深吸口气,目光在族人中扫过,看着那一个个沉默的族人,似想要找出叛徒,但最终却是一叹。他看到了瞭首的悲哀,看到了山痕颈部一道深深的伤口,每一个族人都满身鲜血与疲惫,他如何去怀疑这些为部落而战之人?

“或许,真的没有叛徒……”阿公收回目光前,深深地看了苏铭一眼,其身蓦然而起,一条巨大的乌蟒凭空幻化,与他一同如流星般直奔天幕。

轰鸣之声回旋天地,随着阿公的接近,那毕图大笑中,天空被红雾笼罩,将二人包裹在内,让人看不清里面的究竟,但那轰鸣的声音却是惊天动地。

第21章 血月!!

苏铭的心脏加速跳动。他看着阿公离去,看着阿公那临走前的目光,那里面蕴含了一种让他害怕的含义。

“月翼……月翼……火蛮之术……”苏铭看着那天空的红雾凝聚而出的月翼之身,于害怕的同时,隐隐似有一个模糊的念头在脑海中浮现,只不过这个念头有些纷乱,他还没有理出头绪。但他却有种感觉,这个纷乱的念头一旦清晰,那么很有可能将会起到极大的作用。

在那天空轰鸣传来的同时,后方的丛林黑暗处,一声声怪叫呼啸而来,十多个身影疾驰接近。那十多人是黑山部第三拨追兵,带头者赫然就是那黑山部的族长,在其后,苏铭看到了阴沉的毕肃!

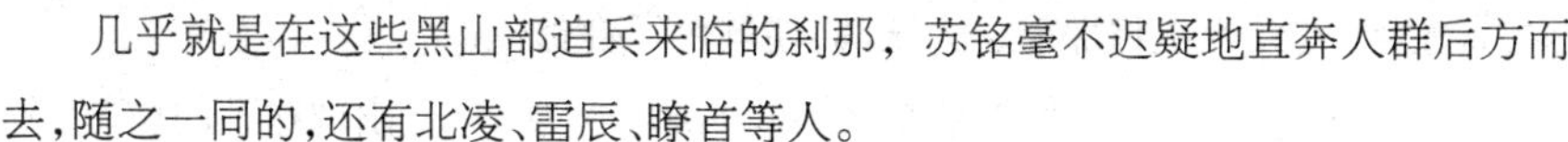

几乎就是在这些黑山部追兵来临的刹那，苏铭毫不迟疑地直奔人群后方而去，随之一同的，还有北凌、雷辰、瞭首等人。

剩余下来的乌山蛮士，除了族长与三人外，其余此刻全部冲出！他们要在族人后面，且战且退！

乌山族长目中含着眼泪，蓦然收回看向身后的目光，带着族人在那蛮像的光芒保护中继续前行。族人们在奔跑，相互扶持，不让任何一个落下。守护他们的除了族长外，还有乌拉，她修为不高，被留在了人群旁。

最后一个留在人群迁移队伍旁的是山痕，他没有选择去战，而是默默地在人群外抱起几个疲惫得无法走路的孩童，跟上了部落。

苏铭没有回头，而是带着杀机，在那沉默中冲了上去，与黑山部来袭的那十多人展开了血战！

黑山部追兵中的最强者就是那黑山族长，与他迎战的是南松，其苍老的容颜此刻爆发出了极强的气血之力，厮杀惊天。

苏铭全身气血翻滚，二百四十三条血线在那入微下化作一条，带着杀气，以惊人的速度，长矛猛地一甩而出，轰向黑山部的一个族人。不等对方中招倒地，苏铭一晃，如残影般逼近，一把抓起长矛，猛地转身，与身后来临的骨刀蓦然碰到了一起。

苏铭全身一震，右手隐隐发麻，身子退后一步，那一刀被他长矛挡住的黑山大汉则是嘴角溢出鲜血，身子踉跄退后三步。

还没等其身子站稳，苏铭就猛地冲出，丝毫不去在意体内的伤势，疾驰间追近，左手握拳，全力轰出。

那黑山大汉来不及闪躲，只能用骨刀在前一挡，那刀刃面向苏铭，但苏铭的左手没有丝毫停顿，直接就与那骨刀碰触，却听“咔”的一声，那骨刀无法承受来自苏铭的大力，直接化作了无数碎片。那黑山大汉一脸骇然，口喷鲜血，身子借力急速后退。

但苏铭的速度更快，猛地逼近，正要将此人击杀，一股强烈的危机感蓦然而起。他神色不变，身子在这刹那间向旁挪移了半步，其胸口一痛，似有一股大力从背后传来，化作利锋，穿透了他的背部，从他的右胸喷出鲜血，一支利箭贯穿，似要穿透其身，那股大力更是将其身子带着向旁猛地推出。

但就在那利箭要穿透的同时，苏铭的左手一把抓住了右胸处冒出的半截箭支，其左手一震，生生将那箭之力抵消，使其停留在体内。

苏铭知道箭伤最严重的就是穿透，那种破坏之力，一旦出现穿孔的伤口，鲜血会大量地流失。但若是箭还在体内，则可起到堵住伤口的作用，使得血液流出没有那么多，他便还可以继续一战。

猛地回头，苏铭看到了远处那在方才的战场上要杀乌山族长不成，而后逃走的黑山瞭首。眼看他正要再次拉弓，却见乌山部的瞭首低吼着临近，一箭射出，这两个以弓擅长之人在这丛林里展开了生死较量。

苏铭收回目光，此刻月光正排除层层阻碍隐隐穿透而来，在无人察觉中，融入苏铭体内。这是月夜，夜，属于苏铭，唯独可惜如今月被战气所遮盖。

他身子向前一晃，左手在前猛地一挥，却见一道月光无形而去，那前方原本逃过一劫的黑山大汉身子不由得一颤……

此刻的雷辰遇到了生死危机，他修为不够，再加上受伤，已经是强弩之末。

眼看着两个黑山部族人渐渐靠近，雷辰内心似有声音在呐喊："再近一些，再近一些，让老子用身体的血肉拉你们上黄泉！"就在雷辰欲血线自爆的瞬间，一道身影从远处以极快的速度蓦然来临，是苏铭！

苏铭双眼布满血丝，他要救雷辰，其速之快，牵动了伤口，鲜血不断涌出。苏铭右手猛地向前一挥，立刻月光如丝，吓退雷辰身旁的黑山族人，一脚踢在了雷辰那血线膨胀，似要爆开的身体上。

苏铭修为高于雷辰，这一脚踢出，顿时将雷辰那气血生生震散，使得其自爆戛然而止。在雷辰一愣中，苏铭毫不犹豫，将其一把抱起，背在了身上，以月光为绳，捆绑于自身背部。

"苏……"

"不要说话，要死，也是我们一起闭目！"苏铭猛地转身，再次加入战团。

雷辰的眼中流下泪水，他望着苏铭的侧脸，许久没有开口。一把样子古怪的骨角被苏铭递给了他，他握住后，与苏铭一同奋战！

与苏铭这里比较，战场上的南松与黑山族长之战更为惊人，南松凭自身之力，不是战黑山族长一人，而是战连同毕肃在内的五人，不落下风！

但若论惨烈的程度，当数黑山与乌山的瞭首之战！

那一箭箭的呼啸快速且惨烈，到了最后，二人已然是数箭齐发。北凌之父杀机四溢，他一定要杀了这个黑山瞭首，此人若在，对部落的威胁实在太大！

最终，乌山瞭首以双腿为代价，换来了那黑山瞭首胸口穿心而过的一箭！

这一次阻击战只进行了片刻，就出现了死伤，乌山部的九人如今只剩下六人，这六人以南松为首，边战边退。

北凌虽已重伤，在看到其父失去了双腿后，背起了父亲，踉跄着跟上了队伍，但实际上其自身也是到了极限。

黑山部也有损失，如今只有九人，那黑山族长也受了伤，嘴角溢出鲜血，看着南松，他没想到南松竟这么强！

此刻必须赶尽杀绝，在他的带领下，黑山部急速追杀而来，其中那毕肃目光闪闪，他已经注意到了苏铭的存在，更是心惊其修为。他了解乌山部，在乌山部的小辈中，根本就没有这样的人。

他看着苏铭背着雷辰退后，看着其双目，忽然一股熟悉之感蓦然涌现。那对方的双眼内透出的执着，让他想到了一个黑山部怎么调查也没有查出的神秘之人！

"墨苏！！你是墨苏！！"毕肃双目猛地一凝，指着苏铭失声叫道。

他话语一出，那些追杀而去的黑山部之人大都没有多少反应，但族长却是一愣，猛地看向苏铭，双眼冒出了强烈的光芒。

"杀他者，赏……"那黑山部族长蓦然开口。此言一出，刹那间，这些追击的族人一个个猛地全部把目光凝聚在了苏铭身上。

此刻，天空中的交战还在持续，那轰鸣之声惊天动地，血雾不断地翻滚，却是将那天空的月露出了大半。

此刻的月，正是光芒最盛之时！

在其露出的一瞬，大量的月光蓦然洒落，降临在了苏铭的身上，使得他的身体在这一刻竟急速地恢复着。那月光缭绕在其身，使得他的双眼于这一刹出现了血月之影！！并非模糊，而是极为清晰，取代了其瞳孔！

与此同时，整个乌山五座山峰仿佛一震！在那山峰内部，无数的月翼嘶吼，激动中似要疯狂地冲出。

尤其是今天，虽非满月，但却相差无几！那月光之浓，降临的一刻，一股说不出的气势从苏铭的身体内爆发出来。

第一个感受到的，就是雷辰，紧接着，乌山部退后的所有人全部清晰感受到了。与此同时，那黑山部向其凝望的众人也均是心神一震，看到了苏铭目中的血月。

“那是什么……他的眼里是什么！！”

“月……是血月！！”

“他眼睛里出现了血月！！”

第22章 第四支箭!

血月!

在苏铭的双眼内,出现了惊人的血月,这月散发妖异,让此地所有看到之人纷纷心神一震,更是在这一刹那,天空上那红雾内与阿公交战的毕图心中突然出现了一股说不出的烦躁,这烦躁凭空滋生,却不是第一次于他身体内出现。他清晰地记得,数月前曾有一次,自己同样出现了这种烦躁不安之感。

仿佛自身的气血不受操控,要离开身体,要去向着什么膜拜一般。

与毕图交战的墨桑本已不支,但此刻却是目光一闪,察觉到了毕图体内气血的变化,蓦然一步迈出,其身边乌蟒咆哮,趁此机会展开了蛮术之威。

一时之间,天空上的那大片血雾剧烈翻滚,似乎毕图正在倒退。

这一幕,让大地上的众人在心惊苏铭目中血月的同时,更是震撼于那天幕上的最强之战。

“退！”南松双目精光一闪而过，大袖甩动，带着身边乌山蛮士向后急速退去。在他们退后之时,那黑山部的九人纷纷压着心惊,不再去看天空,而是向前疾驰追击。

退后百丈之时，南松咬破舌尖，喷出一口鲜血，蓦然化作一只巨大的血色手臂,向着那追来的黑山部九人一挥而去。

轰鸣回荡，大地似猛地一震，那巨大的血色手臂，生生地将黑山部追击之人阻在了五十丈外。

“我能感受到，黑山部的蛮士还有一些，正在赶来的路上……我要施蛮术，你

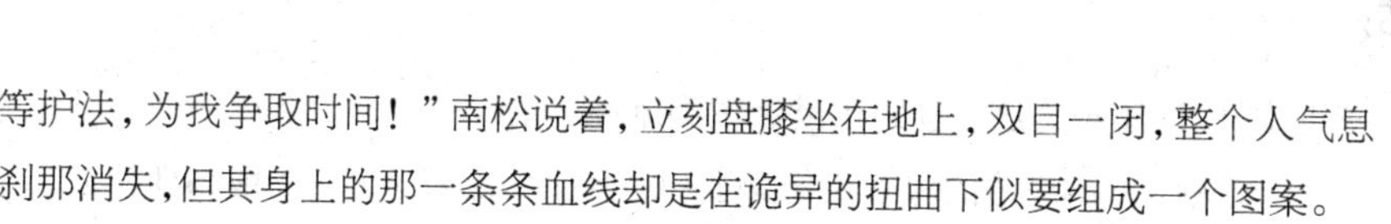

等护法，为我争取时间！”南松说着，立刻盘膝坐在地上，双目一闭，整个人气息刹那消失，但其身上的那一条条血线却是在诡异的扭曲下似要组成一个图案。

北凌背着其父，此刻他已经没有了战力，即便是奔跑都极为艰难。至于瞭首，失去了双腿的他强行不让自己昏迷，但看其样子也快要坚持不住了。

雷辰从苏铭背上挣扎着走下，相比于北凌等人，他尽管也是强弩之末，却还可以一战，守护在了南松身旁。

此刻，除了苏铭外，还有一个年约三旬的汉子，他面无血色，左臂已经血肉模糊，其右手仍紧紧地握住一把长矛，看了苏铭一眼后，与苏铭一起站在了最前方。

“苏铭！”在苏铭的身后，传来瞭首虚弱的声音。

“这把弓，给你！”在苏铭回头看去时，瞭首望着苏铭，示意北凌将其弓拿下，连同剩余的三支箭，抛向苏铭。

“从此之后，你就是我乌山部落的瞭首！你的箭艺，我曾看到过，很好……”瞭首微笑，慢慢地闭上了眼，他没有死去，而是支持不住，昏迷了。

苏铭一把接过那弓与箭。此弓很重，其上透出一股煞气，上面更沾了不少鲜血。苏铭握住后，默不做声地将那箭筒挎在背上，向着北凌点了点头，转身看向前方那被南松鲜血所化的巨手阻挡的黑山部之人。

时间快速流逝，一息息间，从南松的身上渐渐有一股极为恐怖的气势正慢慢地酝酿着，可以想象得出，一旦他完成了这个过程，施展出的蛮术必将极为惊人。

但就在这时，那巨大的血色手臂轰然间出现了碎裂，其内黑山九人全部冲出，带着狰狞直奔苏铭与其身旁族人而来。

苏铭双目杀机一闪，持弓的左手猛地抬起，右手在背后迅速取出一支箭，瞬间拉开弓弦，在阵阵颤音中，使得那弓弦成了满月之形。一股难言的气息从苏铭身上爆发出来，他全身血线轰然而出，似凝聚在这一箭上，猛地松手间，一声尖锐的呼啸惊天而起。

却见那一支箭带着一股绝杀的疯狂，在那呼啸间似要穿透虚空般，直奔前方。

苏铭知道此刻绝不能浪费哪怕一箭，故而此箭不是取黑山族长抑或是毕肃，而是一个修为在凝血境第五层的黑山族人。一箭离弦，轰然中化作一道乌光，刹那间，那黑山部族人被一箭穿透，其身被拉扯退后数步，蓦然倒下。

与此同时，就在苏铭拿出第二箭开弓之时，黑山部剩下的八人已然逼近到了三十丈，估计还没等这一箭射出就会攻到近前。

但此刻，苏铭身边的那个三旬汉子却是大笑中迈着大步，向前猛地冲去，在敌人靠近前，他毫不迟疑地，全身散发出了刺目的红芒，身体上血线膨胀，他，要血线自爆！

要用身体的自爆来拖住黑山部，来为苏铭的箭争取更多的时间。

苏铭沉默着。对于族人的牺牲，他用行动来表达内心的悲哀与愤怒。当那第二箭开弓射出的一刹那，他听到了一声轰鸣——那是族人的死去。

那三旬汉子并非不留恋生命，但此刻，生命与族人比起来，他选择了族人的安全。随着其自爆，那轰鸣之声回旋间，生生地将黑山的八人，阻挡了三息的时间！

这三息的时间，苏铭的第二箭呼啸而去，再次射中一个黑山族人。

与此同时，苏铭的第三箭射出！

此箭离弦，苏铭不去看结果，而是把弓一背，身子毫不迟疑地向前冲去。他的右手上血光一闪，鳞血矛直接出现，被他握在手中。

苏铭没有咆哮，而是向前疾驰而去。他的后面，是正在酝酿强大蛮术的南松，是没有太多战力的雷辰，是重伤的北凌与昏迷的瞭首，如今能战的，只有他苏铭一人。

他，不能后退，只能前进！他的眼前有些 模糊，胸口穿透的箭还在，他不敢拔，一旦拔下，或许伤势会更重，且之前强行提升修为的隐患如今也隐隐出现。

他的前方，黑山部包括其族长在内，还剩下六人！这六人尽管全部都带着伤势，但此刻却是疯狂地逼近。

雷辰握紧了拳头，他知道，自己是最后一道防线，自己哪怕是死，也要死得其所。他走出几步，站在南松的身前，看着苏铭在战，他的眼泪流下。

“苏铭，你说过，我不能先死，要死，我们也一起闭目……我会的！”

没有太强烈的轰鸣之音，苏铭似成了哑巴，但他的出手却是狠辣得超出了他这个年纪能具备的全部。那长矛在手，与黑山部族长一战！

黑山部的族长是凝血第八层的强者，甚至比之叶望都要强悍一些，他虽说受伤，但也绝非苏铭可以抵抗，在相互接触的刹那，苏铭嘴角溢出鲜血，硬生生地用身体承受了黑山族长的一拳，其身却是诡异地扭转，手中长矛横扫，其目标赫然是旁边的另一人。

那是一个凝血境第六层的蛮士，他正跟随在族长身旁，本在狞笑，他的目中似能看到接下来苏铭的悲惨结局。但这一幕他看不到了，那鳞血矛呼啸临近，在此人一愣中，直接将他钉在了大地上。

与此同时，苏铭的身体喷出鲜血，倒向后摔在了地上。黑山部剩下的五人正要疾驰越过，苏铭却沉默着挣扎站起，惨笑中双臂伸开。天空的月光降临在其身体上，环绕成一道道丝线，被他一甩间，这些丝线直奔五人而去。

那黑山部族长眼中杀机一闪，右手抬起猛地一推毕肃，让其借力一跃而起，带着杀机，冲向雷辰。

而这黑山部族长自己则是低吼一声，全身爆发出了红芒血光，在其身后赫然出现了一道十多丈大小的血色熊之身影，那是他没有凝固的蛮纹所化。此熊一出，咆哮惊天，以其身躯生生地阻挡了苏铭挥去的月光之丝。

但他小看了苏铭的这独特之术，尤其是今天的月虽未满，却已然相似，这月光之威在碰触那血熊的刹那，立刻穿透进入其内，使得那血熊发出了凄厉的嘶吼。但那黑山族长却是目光一闪，只见这血熊轰然爆开，他借着其爆开之力，生生地将那些月光之丝碎裂，更有一股冲击力向着四周横扫，落在了苏铭的身上。

苏铭被抛向半空，他的神志有些恍惚：他看到了在那丛林内，此刻又有十多道黑山部的身影正疾驰而来，他看到了在南松身前的雷辰正嘶吼冲出，其面对的是那残忍的毕肃。

“结束了么……可我……还能战……我还有一支箭！”他眼中的一切在这一刻似缓慢下来，他的耳边听不到任何声音，但他的双眼却是盯着那逼近雷辰的毕肃。苏铭的身体被月光笼罩，他左手抓起弓，右手一把握在胸口的那支箭上，猛地一拽，剧痛化作了杀机，他把那支染着血的箭放在了弓上，对着那毕肃猛地一箭射出！

第23章 谁杀我肃儿！

这一箭，上面带着苏铭的鲜血，在呼啸而出间，似有月光凝聚在了其上。远远一看，仿佛那不是箭影，而是月的血光。

毕肃此刻刚刚至雷辰身前，其阴沉的狞笑还在脸上，却刹那凝固。他感受到了一股让他骇然的危机从身后蓦然来临，这危机出现得太快，让他根本就没有太多时间思索。在那一瞬间，箭临！

但在毕肃的身体上，却于此刻突然出现了大量的血色雾气，这雾气直接凝聚成了一只月翼的样子，将毕肃笼罩在内。这月翼之雾可以阻止一切开尘下的攻击，这一点，毕肃知道，是其阿公毕图亲口说出之话。

可眼下，那箭在碰触这月翼雾影的一瞬，此雾气组成的月翼却发出了尖锐的嘶鸣，仿佛害怕那箭上的血，以肉眼可见的速度，刹那融化，使得那箭呼啸间穿透这雾气，直奔其内的毕肃。

毕肃胸口一阵剧痛，鲜血四溅中，那来临的箭矢从其身躯穿透而过，落在了雷辰的脚下。

毕肃身子颤抖，轰然倒在了地上。他睁大双眼，如离开了水面的鱼，急促地呼吸，捂着胸口，似要将那鲜血与生命堵住，不让它们流逝。

“不……可能……阿公说……我不会……”毕肃眼神中透出无法形容的恐惧，他不敢相信这一切，不敢相信自己竟会死去。他的身体发凉，他的目中露出了绝望。

他不想死，他害怕死，他还年轻，还不到二十岁，他是黑山的骄阳，不应该这样死去，他还要成为凌驾于风圳之上的最强者……

他有太多太多的事情要做……他从未想过自己竟会死在这里，死得那么突然，死得那么让他意外，让他没有丝毫的准备。

他睁着眼，倒在地上，那眼里能看到血红的天，血红的月，还有那血红的雾气里，阿公毕图的身影。

毕肃，死了！

在其死亡的一瞬，黑山部的族长愣了，露出无法置信与恐惧。他恐惧的不是乌山，而是黑山蛮公，他知道，蛮公毕图为人冷漠凶残，喜怒无常，族人在其眼里根本就不是平等的人，而是为奴一般，其唯一在意的，就是毕肃！

对这毕肃，毕图几乎倾注了全部，如今毕肃……死了……黑山族长的面色立刻惨白下来。

不但是他愣在那里，其身旁的两人也愣住了，面色瞬间被恐惧惊慌取代，甚至都忘记了去攻击。

苏铭的身体落在了地上，“砰”的一声，胸口冒出的鲜血更多，但他的脸上带着微笑。

杀毕肃，是苏铭始终存在的想法，杀他，不但是为了不让其接近雷辰与南松，还因为此人在风圳部落广场上看到白灵后，那目中露出的眼神。

此刻，在黑山族长后面的丛林里，又一拨黑山族人呼啸而出，距离这里约有数百丈的距离。

但就在这时，天空上的血雾内传出了一声愤怒悲哀到了极致的嘶吼，那声音，属于毕图！

“肃儿！”这声音如雷霆轰轰而起，震动大地，地面积雪爆开。随着声音的传出，那天空的血雾里，一个带着悲凄神色的身影疯狂地冲出，他的目中只有那地面上一动不动的毕肃。

“是谁杀了我的肃儿！！！你们都要死，整个乌山部，全部都要死！！”毕图急速而来，带着滔天的杀意，但还没等他临近，一声冷哼从那雾气内回旋，却见阿公墨桑嘴角带着鲜血，右手抬起间，天地色变，其旁那乌蟒咆哮而去，生生地将那毕图阻拦，使得其无法冲下去。

在那毕图的嘶吼中，黑山部族长打了个冷战，清醒过来。他心中一阵惊恐，他知道，自己必须戴罪立功，否则难以承受蛮公的怒火。

此刻的他已然不去在意那南松，而是猛地转头，死死地盯着不远处的苏铭，迈着大步迅速靠近。他要杀了苏铭，以此在毕图面前立功，方可保住性命。

他身边二人也同样反应过来，直奔苏铭而去。

苏铭脸上依旧带着微笑，看着那逼近的三人。他知道，自己成功了，接下来要做的，就是血线自爆，为南松争取到最后的时间。

但就在这时，那远处的南松猛地睁开双眼，其身体颤抖间，从他的眉心处蓦然有一道裂缝出现，一道青色的光影从那裂缝内迅速飞出。在其飞出后，南松神色立刻黯淡，仿佛失去了生机一般。

那光影一片模糊，向前一步迈出，刹那就临近了苏铭身前，向着来临的黑山部三人一挥手。

立刻轰鸣之声骤然而起，黑山族长喷出鲜血，身子倒卷而去，另外两人则是直接倒地而亡。

那倒卷的黑山族长在落地的一刹那，其后那十多个黑山族人已然来临，领头的赫然是两个目光呆滞的黑衣大汉。

“你们终于到了……”那光影传出南松的声音，它漂浮在苏铭身前，同时双手抬起，猛地向大地一拍。

这一拍之下，地面如波浪般瞬息起伏，砰砰之声回旋间，却见两只巨大的泥手从地面上蓦然冲出，向着那包括黑山族长在内的十多个敌人直接并拢，在一声声闷闷的惨叫中，将他们困在了其内。

那光影转身，看向苏铭的同时，右手抬起，竟脱离了其身躯，化作点点青光融入苏铭体内，使得苏铭那恍惚的神志立刻清醒起来，其身体的剧痛泛起暖洋洋的感觉，快速地恢复着。

那光影一下子黯淡，飘回到了南松身躯所在的地方，顺着其眉心裂缝进入体内。在那裂缝愈合中，南松睁开了眼，目中露出疲惫，神色灰败。

“这些黑山部之人不是重点，蛮公之战才是部落存亡的关键……毕图还没有施展的邪蛮之术非常之强……快走，他要施展邪蛮之术了！”南松站起身，一声低喝后，带着雷辰等人，向后疾驰而退。苏铭此刻伤势恢复了不少，他知道是南松所救，还来不及道谢，便立刻感受到一股死亡的气息从天空蓦然降临，大地的积雪瞬间成了黑色，四周的树木更是转眼干枯成灰。

苏铭神色变化，迅速展开速度，跟上南松等人，帮助扶着雷辰与北凌他们，向着乌山部离去的方向快速跑去。

在他们的身后，那丛林瞬间枯萎，一缕缕黑色的气息钻出，直奔天空而去，而那地面黑雪的蔓延也在向着四周迅速扩散，似追着苏铭等人不放一样。

时间快速流逝，不久之后，当苏铭等人身后那黑雪不再蔓延之时，天空上传来了剧烈的轰鸣，整个天空都在颤抖，一股死亡的气息蓦然缭绕天地之间。

苏铭担心阿公，可此刻却不能回头，与南松带着雷辰等人疾驰，终于追上了前方赶路的族人。待看到族人没有损伤，苏铭内心松了口气。

乌山部的族人也看到了苏铭几人的归来，神色悲哀的同时，也有些激动。

瞭首因失去了双腿而昏迷；北凌重伤，鲜血不断从嘴角溢出；雷辰失去了右眼，神色满是疲惫；南松尽管如常，但那灰败的脸色却是露出了死亡的迹象。

苏铭全身是伤，胸口处更是血肉模糊，若非南松为他疗伤，怕是如今已经死去。

在他们回来后，立刻部落里有凡医上前接过了昏迷的瞭首，将其带入人群里，立刻救治。北凌护送其父回到了此地，坚持不住，倒在了尘欣的怀里。

“黑山部有外援相助……他们必定还有追兵，我祭献生命，无法将他们全部杀死，却可困住他们，为部落争取时间……快走！”南松喘息着，看向部落前方的族长。

族长没有开口问询什么，而是露出果断的神情，带着族人用更快的速度向着前方迁移而去。

但没走出多远，突然天空上轰鸣之声惊天，天幕出现了大量的波纹扩散，一条巨大的乌蟒从天空落下，其全身多处破损，“轰”的一声落在了部落人群的不远处，挣扎着似要重新抬头，掀起了大片的雪花。一个苍老的身影从天空坠落，那身影被苏铭看得很清楚，正是阿公！

阿公口喷鲜血，身子急速落下，在其身后，有一只巨大的血色月翼狰狞着追击而来。那月翼后则是毕图，其面色苍白，嘴角也有鲜血，眼中满是愤怒与杀机，随之逼近。

似无人能救阿公，危机迫在眉睫！！

第24章 觉醒！

毕图之强，其蛮术所化月翼就已经让所有看到之人都露出恐惧，毕竟生活在这里的人对于月翼极为熟悉。

此刻毕图杀机弥漫，以其开尘境的修为，就连阿公都败退落下，谁能抵抗！

那追在阿公后面的月翼，此刻狰狞中越来越近，估计还没等阿公落入部落族人的蛮像光芒内，就会被追上。

在这一瞬间，所有的乌山族人都露出悲哀的疯狂，但他们……什么也做不了，这一刻，就连乌山族长都难以去帮助阿公……

南松猛地一拍额头，其眉心裂缝再现，那黯淡的青色身影疾驰而去，似要助阿公脱困。但距离略远，即便是那青色身影速度极快，可那月翼已然临近阿公不到三丈！

苏铭脑中一片空白，他的至亲之人如今正面临生死，他却什么也做不了，眼看那月翼不断地接近，张开了其森森之口，正要吞噬，始终沉默的苏铭，发出了一声凄厉的嘶吼。

这凄厉的喊声爆发出了苏铭如今全部的力气，令他的伤口再次崩裂，鲜血流出，但他却完全没有注意，他的眼中只有那月翼要吞阿公的一幕。

他的身体似不受自己控制，疯狂地向前冲去，那凄厉的嘶声回旋天地，落在了阿公的耳中，也落在了那正要吞噬的月翼耳中。

苏铭的双目，那血月之影在这一刻似燃烧起来，那种血火叠燃的感觉再次弥漫，似要将其全身焚烧，随着他那一声嘶吼，苏铭脑海只有一个想法，那就是——这月翼决不能伤害阿公！

这股意志在其脑中化作了轰的一声巨响，苏铭眼前一阵模糊，七窍流血。他感觉自己飞了起来，越过大地，以难以置信的速度临近了那天空上坠落的阿公，临近了那张口欲吞的月翼，更是冲到了那月翼体内！

诡异的一幕，突然出现！

那巨大的月翼全身蓦然一震，神色露出挣扎，但这挣扎只是瞬间就消散，取而代之的则是一片明亮。它看着就在近前的阿公，猛地翅膀一扇，竟调转方向，直奔其后那错愕的毕图而去。

阿公全身一震，在方才的那一瞬间，他看着月翼的眼，那眼中有一抹熟悉……

苏铭此刻也不知道为什么，他感觉自己就是这月翼，转身直奔那毕图，在那毕图的错愕下，轰然撞击而去。

毕图根本就不知发生了什么，他以气血蛮术所化的月翼，竟不受自己控制，此刻来临间，他双目一闪，急速后退，就要驱散这蛮术所化的月翼，却骇然地发现，他的蛮术居然没有了丝毫作用。

那月翼蓦然而来，与其轰然撞在了一起，月翼崩溃，化作大量的血滴爆开，那毕图喷出鲜血，身子更是连连退后数十丈，一脸震撼。

在那月翼爆开的同时，苏铭感觉自己被弹开，急速地坠落，直至回到了身体里。他身子一颤，似恢复了神志。

此刻，阿公已然安全地落在了人群内，在那蛮像的光芒里，盘膝间右手抬起取出了七根骨针，准备一一刺入身躯。

与此同时，那天空上的毕图披头散发，擦去嘴角的鲜血，盯着那在蛮像内的阿公。尽管方才那一瞬的诡异变化让他心惊，但此刻他却顾不得去深究，他要杀墨桑，要杀了乌山部所有人。

其身形一晃，瞬息间直奔大地呼啸而来，其速之快，转眼就临近。而此刻，阿公的骨针才刺入体内三根。

“墨桑，就算你如今祭献生命，也不是我的对手！”毕图刹那来临，右手抬起，就要轰在那漂浮于人群半空的蛮像之上。但此刻，南松眉心飞出的那青色身影刹那临近，直奔毕图。

“南松，青索之蛮，这一式你学得不错，但还没领悟精髓！”那毕图狂笑，大袖一甩，立刻一股青光蓦然从其手臂内钻出，竟也形成了一个虚影，直奔那南松的青影而去。轰然间碰触，南松的青影直接崩溃，唯有一丝倒卷回到了其身躯内，南松整个人一下子枯萎，皮包骨一样，喷出黑色的鲜血。

一声咆哮从大地的人群中传出，却见乌山族长这铁塔般的汉子一跃而起，直奔那毕图而去。他不能允许毕图毁掉蛮像，打断阿公的祭献。

此刻，阿公已经在身上刺入了五根骨针，其全身颤抖，一股强大的气息蓦然间从他体内爆发出来，这股气息连那毕图都感到心惊。

“给我滚开！”毕图不再理会其他，而是直奔那蛮像而去。对于来临的乌山族长，他直接一拳轰出，那乌山族长全身一震，喷出鲜血倒卷而去，身体瞬间枯萎，与南松一样。

但他的退下，却不是乌山族人的退缩，只见人群里守护部落的蛮士，此刻不顾一切地冲出，用血肉去阻挡毕图的道路，但在毕图挥袖间，此人立刻成为了骷髅一般，烟消云散。

人群中的山痕，此刻目中露出挣扎，他向前冲出，却又生生地止住，双手死死地握着拳。

苏铭也在向前冲去，他身后是雷辰，但二人距离略远。距离毕图很近的北凌，因其重伤，之前被尘欣带入人群里，接受凡医的治疗，他不知何时苏醒，此刻怒吼着推开尘欣，一跃而起。

但还没等他接近，立刻被毕图右手一指之下，右臂瞬间化作了血水。他发出了惨叫，重新倒在了地上。

此刻，阿公身子颤抖，第六根骨针落下，第七根已然抬起，苏铭与雷辰，距离还有十多丈，他二人疯了一样冲来。

但那毕图临近了，其右手猛地拍向那乌山蛮像。这一掌落下，那乌山蛮像爆发出了滔天的光芒，其外表出现了大量的裂缝，然后轰然爆开，化作无数碎片，在半空中向着四周横扫而去。

乌山蛮像是乌山部落的象征，此刻在整个乌山族人面前崩溃了。一同崩溃的，还有乌山的意志……

在那蛮像爆开的同时，毕图狰狞地冲向正要把第七根骨针刺入天灵内的阿公，但突然看到那人群里有一个面孔血肉模糊的女子，这女子，是乌拉。

她目中带着不舍，带着悲哀，她距离阿公最近，此刻整个人冲出，用她的身体，挡在了阿公的面前，目中露出坚定。

毕图冷哼，大手向前猛地一扇，似有大力轰击在乌拉的身躯上。她喷出鲜血，身躯被生生地卷起，向着苏铭来临的方向落下。

而此刻，阿公的第七根针完整地刺入到了天灵内。若非族人一个个不顾生死，为他争取了足够的时间，他无法完成这一次的祭献。

猛地睁开眼，阿公发出了一声惊天之吼，这吼声里有对族人死亡的愤怒，还有一股滔天的杀气。其身一冲而出，与那来临的毕图再次战了起来，直奔天空而去。

这一切都是刹那间发生，快得让人难以想象，苏铭的右侧脸颊一痛，那是蛮像碎片激射而来，划出了一道血痕。鲜血流淌，但苏铭却感受不到痛，他看到了乌拉，其身躯急速枯萎，还没等落下，就化作了干瘦的样子。

苏铭脑中一片空白，上前抱住了落下的乌拉。乌拉的容颜已毁，此刻已成皮包骨，鲜血从嘴角不断地溢出，她望着抱着自己的苏铭，却露出了微笑。

“你……是……墨苏么……”她挣扎着似要抬起手去抚摸苏铭的脸，却没有了力气。

“是。”苏铭神色悲伤，轻声说道。

“你……不是……”乌拉喃喃，双目失去了光泽，成为了空洞，那手也放了下来，摇晃着，渐渐不动了。

就在这时，天空中与毕图死战的阿公传来了一声大吼。

“苏铭，带着族人，走！！”随着其吼声，一道璀璨至极的光芒从天空蓦然落下，看起来好似一把巨大无比的光刀，生生地斩在了人群外面。大地一震，咔咔之声惊天而起，却见一道巨大的沟壑，蓦然裂开，足有数十丈宽。

其长度一眼看不到尽头，似把部落的人群与那随时可能出现的黑山部追兵，生生地分割开来，在这裂缝沟壑内有一道光幕冲天而起。

苏铭眼中没有了泪水，而是一片可怕的死寂。他身边的雷辰似要说些什么，但看到苏铭的双目后，却是生生地咽下。此刻的苏铭，让他觉得恐惧。

那目中一片空洞，如死人一般，但在那空洞内却有月影闪烁。轻轻地放下乌拉的尸体，苏铭从地上捡起了一块乌山蛮像的碎片，小心地放在了怀里。

他的脸上，那道被蛮像碎片划出的伤口触目惊心，他没有去擦鲜血，而是将目光落在族人身上。

"走！"苏铭只说了这一个字，扶起南松，扶起了弥留中的族长，交给了雷辰等人后，走在了队伍的最前方。

北凌没有死，他失去了一只手臂，此刻挣扎着站起，默默地看着前方苏铭的背影。他觉得在这一刻，苏铭有了让他陌生的变化。

那种变化，让他觉得可怕，仿佛某种气息从苏铭的身上觉醒……或许，这气息本不该觉醒，也不会出现，但如今……它，出现了。

苏铭的神色平静，目光冷冽，他学会了去承受痛苦，去承受悲伤。他的脚步很稳，一步一步，如之前的族长一样，带着族人，向前走去。

第25章 风圳平原！

苏铭拿着长矛，走在人群的最前方，他的身后是没有蛮像保护的族人，里面……没有老人。

前方的路还有大半，但苏铭的脚步却是越来越稳。这片丛林里，留下了太多乌山部落的血，留下了那一个个亡魂。

如今，能继续战下去的蛮士，除了苏铭、雷辰，便只有山痕。至于族长与南松，则在族人的搀扶下，一边赶路，一边疗伤。他们内心焦急，想用最快的速度恢复。

而北凌则彻底地失去了战斗力。他失去了一只手臂，鲜血大量地流出，此刻若非尘欣，早已支持不住。

此刻的山痕也是全身满是鲜血，沉默地走在部落的最后面，神色时而恍惚。那里面有复杂，还有一种说不出的思绪，每当这种思绪显露出时，他都会死死地按住胸口，仿佛在那里有一股力量，可以支撑着他继续走下去。

天空上，阿公墨桑与黑山毕图的交战化作了轰鸣之声，久久不散，直至深夜过去，天空明亮，那战斗依旧在继续，仿佛不死不休。

因那大地的沟壑，因那滔天而起的光幕，因那南松祭献生命施展的蛮术，这种种的一切，为部落的迁移争取到了大量的时间。

当天亮的时候，如今的乌山部族人均疲惫不堪。他们已经连续走了两天两夜，在这寒冷中，他们已坚持不了多久，却依旧咬牙用最快的速度迁移着。

天空已然明亮，阳光洒落大地，落在丛林内族人的身上，略有暖意，可那大地积雪的寒冷仍是刺骨。

“按照我们的速度，大概明天的这个时候，就可以到达风圳部落！”在苏铭的身边，雷辰轻声开口。

“还有最后一天！”雷辰握紧了拳头。

“不是一天，是半天！”苏铭沉默了片刻，行走间，沙哑地开口。

听到苏铭终于不再沉默，雷辰暗自松了口气，他对于苏铭处于那沉默的状态里很是担心。

“今天夜晚，应可走入风圳部落的势力范围。离开了这片丛林，会安全很多。”苏铭平静说道。

“希望这一天能安全……”雷辰回头看了一眼族人们，看着他们疲惫的样子，内心暗叹。他又看了看前方的苏铭，其瘦弱的背影，此刻让他有种如山脊一般的错觉。

时间慢慢流逝，一个时辰后，人群里传出了一个微弱的声音，那声音透出坚定，飘摇而起。

“苏铭，让我留下。”

说话之人，是那之前本已受重伤，吹奏埙曲的柳笛。他被族人们带走，可如今他无法再继续，不想拖累族人的脚步。

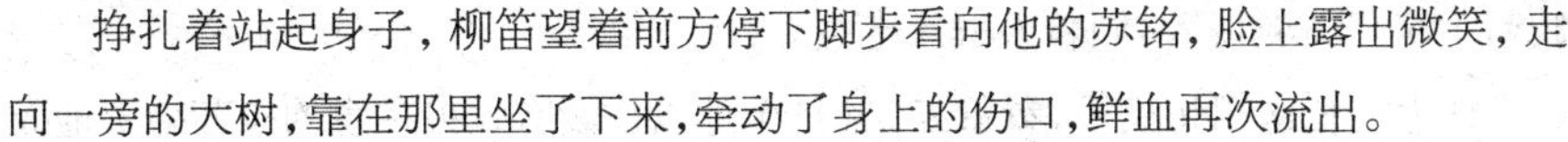

挣扎着站起身子，柳笛望着前方停下脚步看向他的苏铭，脸上露出微笑，走向一旁的大树，靠在那里坐了下来，牵动了身上的伤口，鲜血再次流出。

“你们……走吧……”柳笛取出那骨埙，放在嘴边，似要吹出曲乐，却没有了力气，在那里看着天空，等待死亡的来临。

苏铭沉默，同样闭上了眼，但很快就睁开。他没有说话，而是深深地看了柳笛一眼，转身带着族人们继续前行。

一路上，又有几个族人陆续含笑留了下来，不愿拖累族人。其中北凌也想如此，但尘欣在哭泣中强行背着他，他的话语最终没有说出。

瞭首也在途中苏醒，他虽说失去了双腿，却还有勉强一战之力。他让一个族人背着，准备把自身凝血第八层的血线自爆，留给那随时可能追来的敌人。

苏铭一直沉默，对于每一个要留下的族人，他没有去阻止，但他的手却是越握越紧。他知道，阿公把乌山部交给了自己，是让自己带着他们走到安全地带，他必须要完成。

当这一天的天色慢慢进入黄昏之时，苏铭始终提着的心才隐隐有了放松。他们走出了这片苍茫的丛林，走到了那属于风圳部落范围的广阔平原上，这里要比丛林安全很多，毕竟此地是风圳范围，黑山部若是在没有召令的前提下强行闯入，风圳绝不会允许。

在乌山部的族人全部都进入这平原后，族长与南松也恢复了一些修为，似乎一切灾难都将要过去。

但就在这时，忽然整个大地隐隐震动了一下。这震动的中心应在很远的地方，但其强烈的程度，即便是传递到了这里，也依旧让人能清晰感受。

“蛮公的封印，破了……”南松闭上眼，片刻后睁开，缓缓开口。

随着其话语的传出，乌山部的人们再次紧张了起来。

“按照黑山部的速度，他们追上来，需要一些时间……但一定可以在我们到达风圳部落前追临。

“如果我们赌黑山部不敢踏入这风圳平原，则可不去理会……”南松轻声说道。

“我们赌不起。”苏铭停下脚步，看向身后那黑暗中的丛林，转头看向那恢复了一些修为的族长。

“族长，一路上留下了很多人，我没有去阻止，那是他们的选择……现在，该

我留下了。”苏铭说着，向着人群后走去。

乌山族长这四旬汉子，看着苏铭。这个他以往没有太去在意的拉苏给了他极深的震撼，他轻叹一声，点了点头。

“我也留下。”雷辰没有犹豫，走了出来，站在了苏铭的身边。

苏铭看着他，他也看着苏铭，咧嘴憨笑。

“你说过，我不能先死，要死，也是我们兄弟一起闭目。”

“我也留下吧。”南松深吸口气，其苍老的面孔如今皱纹更多，一片灰败中，却是隐隐有了病态的红润。

“还有我！”失去双腿的瞭首此刻沉声开口。

“我也留下！”北凌让自己转过头，不去看尘欣的眼泪，望着苏铭，坚定地说道。

“瞭首，你不能留下，族人的安危还需要你来协助族长保护……且当你们平安到达风圳部落后，你还要去教那些拉苏弓箭之术……”说话的，是山痕。

这个始终沉默寡言的汉子从人群里向外走出，他平日话语不多，但此刻开口，却是不容置疑的果断。

“至于你，北凌……”山痕走到了北凌的身边，神色再次有了复杂。

“山痕叔叔，我……”北凌正要开口，却见山痕右手蓦然抬起，在他的颈脖上一砍，立刻让他话语停止，整个人倒下，昏迷过去。

“你是部落未来的希望，你不能去……我留下。”山痕平静地说道，走向了南松，站在了那里，看着部落里那一个个熟悉的面孔，许久，低下了头。

乌山族长沉默，走上前，从怀里取出一个婴儿拳头大小的兽骨。这兽骨颜色森白，看起来很是寻常，族长将它递给了苏铭。

“拿着它，此骨是一对，有奇妙的作用，当它的颜色变红时，代表我们已经到达了风圳，且安全了。”

苏铭默默地接过，郑重地放入怀里。

乌山族长深深地看了一眼留下的这几人，轻叹一声，转身带着族人们坚定地向着风圳的方向走去。乌山部的普通族人并没有损失太多，但这一路上见到的那一幕幕，却是让每一个族人在离去时，回头看着站在那里的四个身影，眼泪止不住奔涌而出。

也不知是谁第一个挥起了手，很快，所有的族人都在那泪水中向着苏铭四人挥手告别。他们知道，这四人或许无人可以活下去，他们与牺牲的那些族人一样，准备用生命去筑建保护族人的最后一道血肉屏障。

“苏铭哥哥。”人群前行中，一个稚嫩的声音传出，却见那叫做彤彤的小女孩跑了出来。苏铭向前走出几步，蹲下身子，摸了摸小女孩有些干枯的头发。

“苏铭哥哥，等一切都过去后，阿公也回来了，那个时候，你能帮彤彤把皮皮找回来么？”

苏铭脸上露出微笑，在小女孩的额头亲了一下，点了点头。

小女孩的脸上绽放甜美的笑，望着苏铭，忽然轻声在其耳边开口。

“苏铭哥哥，我有一个秘密，连阿妈阿爸都不知道，皮皮都不知道，你一定要回来，回来后，我把这个秘密告诉你。”小女孩说着，咬了咬唇，忍着不让眼泪流下，转身向着人群跑去。

苏铭看着她进入到了人群里，向着自己挥手，渐渐随着族人远去后，脸上的微笑慢慢收起。

四周一片寂静，天空的月慢慢地清晰起来。那月，在今夜，是满月……那圆圆的月高挂在天幕，与这大地的静融合后，似起了肃杀。

月光也要比以往明亮很多，洒落在这平原上，将四人的影子映照出来，孤独中却有决然。

苏铭盘膝坐下，他的身旁是雷辰，他们的前面则是闭目的南松。至于山痕，则是在不远处，一个人坐在那里，看着天空，不知在想些什么。

“雷辰，坐在我的身后，你修为不足，让我借你气血，也可保你平安。”南松缓缓开口。

雷辰没有迟疑，立刻起身来到了南松身旁，在其身后盘膝而坐。也不知南松施展了什么手段，却见一片血光在他二人身上浮现，将二人笼罩在内。

此后，再没有人说话。他们在等，等黑山部追兵的来临。苏铭默默地坐着，左手抓了抓地上的积雪，将他没有伤口的左手掌心清洗了一下，使得左手很干净后，从怀里取出一个小瓶，倒出一粒血色的丹药，握在了左手里，闭上眼。

时间慢慢地流逝，两个时辰后，当那天空的月色达到了最浓之时，闭目的苏铭有种体内血液似要沸腾之感。

“他们来了！”南松开口。

苏铭猛地睁开眼。

第26章 叛徒是他！

十一人！

从那漆黑的丛林内冲出了十一道身影，这十一人以那黑山族长为首，正疾驰而来，其内只有一个穿着黑衣、神色呆滞的大汉，显然之前的那光幕与沟壑，还有南松的蛮术，起到了很大的作用。

他们的神色带着疲惫，没有了之前的兴奋与怪叫，这一场双方部落之战，死亡的不仅仅是乌山部，更多的是他们黑山部之人。

黑山部瞭首战死，猎队副魁首战死，魁首同样战死，更重要的是，他们的天之骄子毕肃，也已然战死！

大量的蛮士死伤，这给黑山部带来了一次重创，若非有那几个黑衣大汉的存在，还有一些毕图用邪蛮之法强行提升的族人，这一次他们很难成功。

黑山部根本就无法提前预料到乌山部竟如此难以灭杀，让他们付出了极为惨重的代价，或许这一点就连那黑山的蛮公毕图也没有料到。

他完全被阿公墨桑牵制住，其开尘修为在这部落的战争中根本就起不到太多的作用。

若是时间倒流，若是他们黑山部可以知晓这个结果，或许……他们不会立刻就开战，而是再多准备一些时间。

这一战如今就算是黑山部胜了，也是胜得极为惨烈，更关键的是，一旦让乌山部的族人到达了风圳，那么黑山部就平白地死伤，得不到丝毫战利品。

黑山部追来的这些人，除了那黑衣大汉外，心中都有后悔。但此刻已经战到了这种程度，却是没有了选择，只有坚持下去，尤其是毕肃的死亡更是让那黑山族长必须要杀了苏铭。

望着那来临的十一人，苏铭神色平静，目中起了寒光，右手死死地握住鳞血矛，站起了身子。

南松，山痕，均都在沉默中露出了杀机。

唯有雷辰没动，但他的眼中却同样有了疯狂与杀戮。

几乎就在那黑山部十一人接近百丈的刹那，南松猛地向前迈出一步。他的身体上血光滔天，却有一丝始终与身后的雷辰联系在一起，且雷辰身上那血光更浓，似形成了一道血幕屏障。

一声低吼，南松上半身衣服全部爆开，其苍老的容颜在这一瞬间仿佛变得年轻，尤其是双臂更是肌肉瞬息鼓起，随着其吼声向着大地猛地一按。

这一按之下，前方那来临的十一人脚下顿时出现了一个巨大的漩涡，这漩涡内满是淤泥，更有一只只泥手伸出，抓向他们的双脚。

南松的身子向前猛地冲去，其后苏铭展开全速，一闪直奔前方。山痕眼中露出杀机，右手抬起间，立刻一把弯月骨刀蓦然幻化，被他握在手里，其身形如鬼魅般急速掠去。

至于雷辰，此刻则是身子颤抖，其容颜似一下子衰老了。

那大地的淤泥可以牵制大半的黑山族人，却无法对那黑衣大汉起到作用。此人右脚向地面一踏，立刻这淤泥有不少轰然爆开，其身形直奔南松而去。

血战，就此展开。

苏铭始终默不做声，没有理会那黑衣大汉，更没有选择黑山族长，而是向那余下的九人一跃而去。这九人的修为最高也就是凝血第七层，大都是处于六层左右，在苏铭的速度下，只要那黑山族长被山痕牵制，给他苏铭足够的时间，他可以完成击杀。

山痕身形诡异，蓦然临近，他选择的也正是那黑山族长。二人瞬息接触，轰鸣回荡，展开了厮杀。

苏铭速度极快，忽略了自己身体的痛楚，在那天空的满月下，他整个人似被月光笼罩，双目里露出了清晰的血月之影，瞬间临近一人，手中长矛呼啸而起。在与那人交错而过的刹那，他的身上多出了一道深深的伤口，但那与其交错之人却倒在了地上。

苏铭的身子落在地上，呼吸急促，没有半点停顿，向前猛地一冲，月光在其身体外缭绕，顺着其伤口钻入其内，似让其身体在这种状态下持续地恢复。随着其向前冲去，其余的八个黑山部族人中有五人临近，另外三人则是快速绕开，竟要远离这里，向平原内继续追击。

眼看那三人身影疾驰远去，苏铭四周那五个黑山蛮士迅速逼近，苏铭毫不迟疑，身子向上跃起间，手中长矛向着自身脚下的大地一矛而出。

那长矛刹那间血光四散，化作一只血色大雕直奔大地，轰的一声，落在了苏铭身体下方的地面，掀起了一片气浪与冲击，让那临近的五人，身子不由得一顿。

苏铭借着这一股冲击之力，松手放开那鳞血矛，整个人直奔远处那绕开前行的三人而去。

其速度极快，随着全身二百四十三条血线的红芒爆发，他如一道红色的流星，刹那间就临近那远处疾驰的三人。这三人也非寻常，没有丝毫迟疑，留下一人阻挡，其余二人全身血光一闪，竟速度更快，那血光下的磅礴气血竟展现出了凝血境第六层巅峰之力。

那阻挡之人同样不知用什么方法隐藏了修为，因这交战很短，苏铭也没有察觉。只见此人身体血光闪烁间，赫然爆发出了凝血境第七层的气血之力，其神色露出疯狂，要死死地拖住苏铭。

在他的身上，于此刻，那血线急速膨胀，似欲血线自爆！

同阶自爆，苏铭距离又近，身上更有疲惫与伤势，定然无法抵抗。但若是他退避，则只能眼睁睁看着那两人远去，为部落的迁移带去灾难。

几乎就是在这阻挡苏铭前行的大汉要选择自爆的刹那，其身体上的一些伤口被再次撕裂开来，流出了鲜血。

“不是你乌山部之人会自爆，我黑山部同样可以！”那大汉嘶吼着向苏铭狞笑而来。苏铭目光一闪，不但没有后退，反而速度更快，在临近那大汉的瞬间，在这大汉全身血线就要爆开的刹那，苏铭始终握着拳头的左手猛地张开，向着那大汉身体上的伤口一挥。

却见一片红色的碎末闪电般飞出，眨眼间落在了那大汉身体的伤口上，这大汉全身猛地一震，睁大了双眼，体内的血线轰然燃烧起来，于苏铭从其身旁一闪而过的同时，整个人直接化作了一团红雾升空而去。

这一幕被那后面的几人目睹，一股汗毛耸立之感蓦然浮现。

“邪蛮！！”

“他是邪蛮！！”

惊呼之声在这战场上突然出现，就连南松与山痕也都立刻注意到，那与山痕交战的黑山族长神色大变，露出震撼。

甚至那始终神色呆滞的黑衣汉子也愣了一下，但很快，其双目就忽然爆出了强烈的光芒，似发现了什么。

但他正在与南松交战，这一愣的刹那，给了南松机会。

轰鸣之声骤然而起，苏铭的身子没有半点停顿，直奔那前方被他方才的手段震撼的二人而去。那二人咬牙之下，立刻分散开，但就在这时，苏铭却是喷出一口鲜血，其血液一出顿时化作了雾气，向着左侧散开那人呼啸蔓延。

那血雾内蕴含了苏铭磅礴的气血之力，是其乌血尘之术的施展。与此同时，其身直奔右侧，与那右侧疾驰的黑山族人展开厮杀。

片刻后，苏铭的身上再次多了数道伤口。他喘着粗气，血光沐浴全身，双目血月闪烁，向着众人交战之处奔跑而来。

在他的身后左右两个方向的大地上，倒下两名黑山族蛮士。

此刻的战场上，黑山部还剩下七人！

除了那黑衣大汉与黑山族长外，其余五人已然被苏铭和“邪蛮”所震撼，相互看了眼，罕见地有了退意。

可突然，与黑山族长交战的山痕口中喷出鲜血，其身倒卷，似被那黑山族长一拳重创，身子被抛出，直奔南松所在的地方而去。那黑山族长一脸杀气，身后有血熊幻化而出，咆哮中猛地追出，挥出血雾组成的大手就要给山痕致命一击。

眼看那血熊的大手就要落在山痕身上，因他此刻距离南松很近，南松神色一变，没有丝毫迟疑，身子一跃而起，立刻勾住山痕，同时一拳轰向那追临的血熊之爪。轰鸣声起，南松身子倒退。

“退后疗伤，这些人，我来……”南松说着，突然整个人一震，嘴角溢出鲜血，身体迅速枯萎下来，其神色露出悲哀，猛地一掌轰向了山痕。

却见那山痕在被南松救下的瞬间，低着头，右手弯刀直接斩在了南松与那雷辰之间的血线上，不知施展了什么手段，竟将这血线直接斩断，更是顺势一刀深深地刺入了南松的后背。

第27章 雷辰的抉择！

在那血线一断的刹那，雷辰身子颤抖，喷出鲜血。

山痕被这南松一掌拍出，面色苍白，落地后踉跄着退出数丈，鲜血从嘴角溢出，神色复杂，露出愧疚的痛苦，似不敢面对南松，低下了头。

这一切发生得太快，转眼间，一切逆转，苏铭盯着山痕，惨笑起来。

山痕面色苍白，嘴角不断地溢出鲜血，忽然仰天大喊，其喊声凄凉，猛地转身，不再去看南松与苏铭，而是向着那丛林疯狂地奔跑，转眼就冲入丛林，随着那痛苦的嘶吼消失在了丛林内。

与此同时，那黑山族长狞笑，似对这一幕早有预料，直奔南松而来。方才那与南松交战的黑衣人此刻也是带着伤势，向着南松一拳袭来。

南松神色带着悲哀，面无血色，身体枯萎成骷髅一般。他的后背上，那把弯刀深深地刺入，不断地流着鲜血。

在那黑山族长与黑衣大汉临近的刹那，南松突然大笑，其笑声透出苍凉，全身猛地一震，眉心裂开一道长长的缝隙，一道黯淡的青色虚影蓦然而出，直奔那来临的敌人而去。

在临近黑衣人与那黑山族长的一瞬，这青色虚影轰然爆开，化作一股惊人的冲击力向着四周席卷而去。那黑衣人本就受伤，此刻在这冲击下更是无法承受，脆弱的双眼立刻碎裂，惨叫着后退。

至于那黑山族长，同样没有预料到南松在重伤下还能展开如此手段。他知晓南松背上的那把弯刀蕴含了一种剧毒，此毒可以使得鲜血凝固，可以防止强者血线自爆，故而他之前才敢临近。

此刀，本是黑山部为了乌山蛮公而准备的，却出现了意外，用在了这南松身上。

黑山族长喷出鲜血，他这一路追击而来，体内伤势如今再也无法压制，鲜血

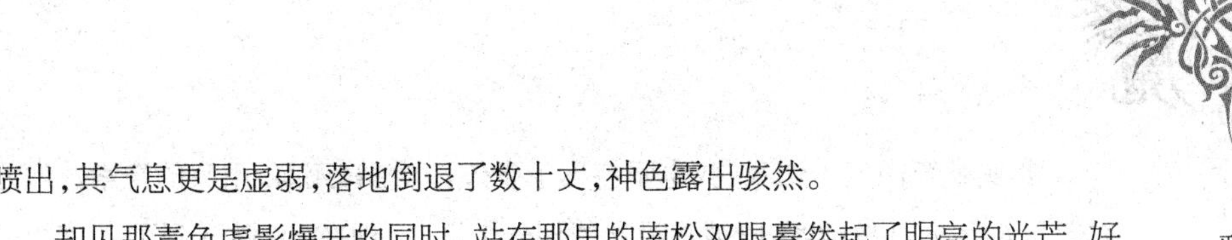

喷出，其气息更是虚弱，落地倒退了数十丈，神色露出骇然。

却见那青色虚影爆开的同时，站在那里的南松双眼蓦然起了明亮的光芒，好似伤势全部好了一样，身子向前一步迈出，直接就来到了那倒退重伤的黑衣人身前，一拳轰在其胸口上。

轰的一声，这黑衣大汉身子一颤，双目逐渐黯淡……

南松没有停顿，猛地看向那不远处的黑山族长，神色平静，直接一晃而去。那黑山族长一脸惊恐，尖叫中快速后退，向那剩余的五个黑山族人靠近。眼看南松已然来临，他毫不犹豫地一把抓住身旁的一个族人，似送入了一股力量，将这族人猛地扔向南松。

这黑山族人惨叫的声音没能阻住南山的身影。黑山族长带着惊恐与慌张，低吼起来。

“退！！”话语间，便与剩下来的四个黑山族人，不顾一切地冲向丛林。他们已然彻底地怕了，尤其是南松的强悍，让他们无法置信。

在那黑山族长看来，他自己的生命宝贵，不能留在这里。且他知道，下一拨的黑山援兵已在路上，只要他们会合后，就安全了。

“想走！”南松的身子落地后，双手向着大地猛地一按。

顿时在那黑山族长等五人疾驰逃遁的脚下，地面立刻震动，一只巨大的泥手轰然而出，向着黑山族长抓去。那黑山族长又一次将身边的族人推了过去，避开了这一抓，但其早已吓破了胆，头都不回，与另外的三个族人冲向了丛林，急急逃去。

“丧失了荣耀的黑山部，给老夫滚！！”南松没有去追，而是站在那里，向着丛林发出了一声惊天之吼。

方才的一切都是在数息间发生，苏铭此刻快速赶来，看着南松站在那里，看着其身体竟在那些黑山族人逃走后，以肉眼可见的速度虚弱下来。

“部落，应该安全了……下一拨的黑山族人不会那么快追来，他们死了很多人，已经有了退意。”南松依旧站在那里，其眉心处出现的裂缝中散发出了灰色的光芒。

“我完成了与你阿公的约定……报了他当年救命之恩……”南松看向苏铭，脸上露出了微笑。

“南松爷爷……”苏铭轻声开口。

“其实就算山痕不伤我，我也坚持不了多久。本打算死前，用我的青索之术为你们几人疗伤，更补偿雷辰被我吸走的部分生机，可现在，我做不到了。”南松轻叹，抬头看着天空，那远处的天空依旧红雾弥漫，隐隐传来轰鸣。他知道，那是墨桑还在坚持。

“如果你能再看到山痕……帮我问问他，为什么！”南松背着手，闭上了眼，站在那里，一动不动。他的身体似在这大地上扎根，他的前方是那黑暗中的丛林，他的背后是那乌山部族人走过的痕迹。

月夜下，他的背影拉得很长，很长……一股悲壮弥漫在苏铭全身，他望着没有了生机的南松，没有去碰他的身体，而是退后几步，跪在那里，向着南松磕了三个头。

“苏铭……”雷辰挣扎着站起身，来到了苏铭身旁，同样跪在那里，神色带着哀伤。此刻的他看起来已经不是少年的样子，而是苍老了许多，仿佛四十多岁。

许久，有轻柔的风吹来，吹动了大地上的雪，吹动了南松的发丝，吹动了苏铭与雷辰的心。

“部落应安全了……雷辰，你回去吧。”苏铭默默地站起身，其目中有寒光，望着那前方漆黑的丛林。

雷辰摸了摸自己已经瞎了的右眼，沉默了片刻，摇了摇头。

“我不回去了。

“我要去寻找，可以让我变强的力量……只有自己成为了强者，才可以不受屈辱，才可以保护我想要保护的家园与族人。

“我听说，在平原的另一边，翻过了一些大山后，还有一个部落，那部落很遥远，但却比风圳还要强盛……我要去那里，不管付出什么代价，我也要成为强者！！

“哪怕成为邪蛮，我也心甘情愿！！”雷辰的神色极为坚定，更有一股疯狂，只不过那疯狂只在眼神深处。

“苏铭，你与我不一样，你回到了风圳后，会有更好的发展，但我们是兄弟……一辈子的兄弟……等着我，总有一天，我成为了强者后，一定会回来！”雷辰闭上眼，喃喃着，上前一把抱住苏铭。两个人默默地抱着，许久，雷辰大笑，转身带着其略显苍老的背影，向着远处，向着他的梦想与执着的地方，一步步走去，越来越远，直至完全消失在了苏铭的视线中。

苏铭望着雷辰，他没有去劝说，而是目送着对方远去。他不知道能否再看到雷辰，对于未来，苏铭产生了迷茫。

许久，他甩了甩头，在这天空的满月下，他的迷茫被一股寒杀取代。望着那隐藏在黑暗中的丛林，苏铭深吸口气。

“现在，该我追杀你们了！”

“还有山痕……”苏铭回头看了一眼风圳的方向，那里，在途中隐藏着他的族人，或许白灵如今也还在风圳。

“约定……”苏铭苦涩地闭上眼，当他再次睁开时，眼里是一片可怕的平静。他身子向前猛地一步迈去，月光缭绕全身，在这满月里，他如同一个带去死亡的阴影，消失在了那丛林内，疾驰追杀而去。

没有了追兵，族人们会安全地到达风圳泥石城，这一点苏铭可以确定。他更是知道，在这场迁移里，已经不需要自己再为族人去做什么了。

他已经做到了自身的全部，但此刻的他却还有更重要的事情。他清晰地记得在那黑山蛮公出现时，自己脑海浮现的模糊念头。

这个念头，在他之前看到阿公被那巨大的月翼追击时爆发了。当感觉自己那一瞬间好似飞起，化身成为了那月翼改变方向直奔黑山蛮公而去的一刻，苏铭脑中那模糊的念头清晰了。

“火蛮之术……我修炼了火蛮，而月翼是由火蛮族人所变幻而成，故而在功法上，我可以压制！且因三次血火叠燃，我的血液里似也有了火焰，所以……我应能帮到阿公！”苏铭平静的双目内有赤红月影闪烁，在这黑夜里显得分外妖异。

他身子如一缕烟，在这丛林内疾驰。

“在这之前，我更要让黑山部痛！让他们也感受到族人死亡的悲伤……如今那黑山族长重伤，其身边三人更不足为虑……还有山痕！”苏铭握紧了拳，低着头，在这丛林内一闪即逝。

从被追杀到反追杀回去，从身为猎物到变成了狩猎者，苏铭在不知不觉中，被改变了很多。

第28章 追杀！！

属于少年人的冲动，如今已经被磨平了不少，苏铭此番前行，是因为血月火蛮之术或能帮助阿公。

他判断出，黑山族长重伤，失去了斗志，其身边的三个族人更是如此。但那黑山族长毕竟非寻常蛮士，此人能坐到族长这个位置，除了是毕图亲信与自身修为外，也定心智过人。

南松能震慑住其一时，但很快此人或就反应过来。到了那个时候，这黑山族长有两个选择：第一，便是等待后续援军来临后一同逼近；第二，则是不待那援军来临，而是略作调息后再次追击而来。

“从毕肃死亡后此人的表现来看，他会选择第二条路！”苏铭目中露出精芒，前行中不时搜寻四周的一切蛛丝马迹。这些散乱的脚印与折断的枯枝，或许在别人眼里没什么特别，但在从小于丛林穿梭的苏铭看去，却极为清晰地表露出黑山族长四人逃遁的方向。

那地面积雪上的脚印尽管错乱，但大都是向着苏铭这里，唯有不多的一些则是向着前方丛林，且其深浅也能告诉苏铭很多事情。

“还有山痕……是他泄露了族人迁移的方向，使得黑山部设置了陷阱，但他这一路上也经历了厮杀，身上的伤势不像作假……甚至为了逼真，他与黑山族长一战的伤也是真实的。

“唯有这样，才可以让南松爷爷被瞒过，但此人最终又承受了南松爷爷愤怒的一掌，如今也是强弩之末。

“只是，山痕，你到底为什么背叛乌山部……”苏铭目中有痛苦的恨意，他不明白，这到底是为什么。

他始终记得山痕曾经为族人们所做的一幕幕：将其自己的食物给了部落的老人，因孩童拉苏的一句话便入丛林取下很多野兽的牙齿。在孩童们快乐地欢呼

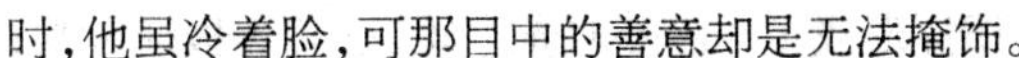

时，他虽冷着脸，可那目中的善意却是无法掩饰。

这样的人，苏铭想不出他到底因为什么背叛了乌山部，背叛了族人。

“或许在他的心里，也是复杂与挣扎的，他一路上也杀了不少黑山族人，之前更是不让北凌与瞭首留下，只是他到底在想些什么……”苏铭的拳头死死地握住。

“但这些，不足以补偿他的叛变，他……必须要付出背叛的代价！”苏铭目光冷冽。他恨黑山部，但此刻更恨的，则是这叛徒山痕！

在这丛林中循着蛛丝马迹死死追击，苏铭身子如幽影，瞬息变化，速度越来越快。从地面的脚印与四周的一些痕迹来看，苏铭可以确定，那黑山族长四人已然距离不远。

且那地面的脚印越来越深，代表着他们四人的伤势越来越重。

“他们会寻找一处认为安全的地方疗伤……”苏铭脚步一顿，低下身子，盯着那雪地上脚印中的一滴鲜血落下后融化的积雪，伸出手指按了按后，嘴角露出冷笑。

“血还没结冰……就在前面！”苏铭猛地起身，正要追击，身子却又一顿，脸上流露出哀伤。

他看到了前方不远处，有一个之前选择了留下而不愿拖延部落迁移的族人，这族人如今已经死亡，倒在那里，缩着身子，已经僵了。

轻步走了过去，苏铭望着这个熟悉的面孔，那面孔上的双目仍旧睁着，若非是其身子倒下，那么他的双眼在死前一定是看着族人离去的方向，祈求着苍天保佑他的族人可以安全到达风圳。

这是苏铭返回丛林后看到的第一个死去的族人，他知道，这不会是最后一个。在这条道路上，在这一天的迁移里，有很多族人选择了留下，不想让自己受伤的身体影响部落的速度。

“部落会安全的……”苏铭轻声开口，看着那族人睁着的眼，右手抬起，轻轻地合上。他脸上的悲哀已经被深深地隐藏，猛地起身，带着更浓烈的杀机，疾驰而去。

他速度之快，已然到了肉眼很难看见的程度，只能看到有一道血虹在动，似画出了一道弯曲的线条，扭曲着奔向前方。

那血虹，是苏铭双目血月的光芒，那是此刻天幕满月的倒影所化！在他前行

中，一缕缕月光降临，环绕在他四周，形成了一圈圈月光之丝，随着其极速奔跑，在身后被拉出了无数的丝线，看起来仿佛一件月光披风落在了苏铭的身上。

时间快速流逝，半炷香后，在苏铭的前方近百丈外，一片枯木极多的雪地上，黑山部族长盘膝而坐，其身边那三个跟随的族人将其环绕在中心，闭目疗伤。

方才，那黑山族长在面色阴晴不定中喝止了他们的前行，死死地盯着风圳部落的方向，神色恼怒。

他反应过来，那南松分明就是故弄玄虚，如回光返照一般，实际上，他们只要再拖延片刻，不但不用如此狼狈逃遁，更可乘胜追击，一举将乌山部落截留！

他恼怒，更恨自己方才的恐惧。但他为人毕竟谨慎，尽管已经想明白了这些，依旧还是盘膝先行疗伤。在他想来，乌山部最快也要天亮才可以到达风圳，而自己四人若是全力追击，只一个时辰便可追上。

且他极为放心的，就是自己四人在这丛林内不会遇到丝毫危险，在他的人生经历中，猎物永远只会死命地逃遁。

他根本就不觉得乌山部在这样的情况下还能有人反追击而来，整个乌山部如今最在意的，就是迁移！

就在他们四人盘膝坐下还不到半炷香的时间，一股寒风吹来，卷动大地的积雪扬起，落在了四人的身上。与此同时，在他们不远处的丛林里，红芒乍现，以难以想象的速度蓦然而来，其速之快，这几人甚至都来不及反应，唯有那黑山族长猛地睁开眼。

他只看到那红芒一闪而过，一声凄厉的惨叫在耳旁戛然而止，却见其旁一个盘膝而坐的族人倒在了地上。

一股让黑山族长头皮发麻、全身汗毛耸立的感觉瞬间而起。他神色大变，猛地站起身子，眼中露出震惊与无法置信。另外两人此刻也是带着恐惧快速起身，不断地看向四周。

“谁！！”

“是谁，我看到你了，出来！”

那二人立刻大吼，身子隐隐颤抖，方才的那一瞬实在太快，他们还没等睁开眼，就听到了那凄厉的惨叫……

一种无法言明的恐惧，在此刻如潮水一般弥漫他们全身。这恐惧的根源，除了同族的死亡外，更多的是一股对神秘的害怕。他们没有看到丝毫人影，四周一片死寂，没有半点声息。

那黑山族长面色苍白，目光向四周黑暗的丛林里不断地搜寻。渐渐地，他的恐惧越来越深，那漆黑的丛林里仿佛隐藏了一个怪兽，正死死地盯着他们。

“退！”黑山族长一咬牙。对于未知，他不敢冒险，他方才所看到的那刹那消失的红芒，在他感觉不像人，反倒像是某种红色的蛇。

一声令下，另外两个族人连忙靠近，三人渐渐后退，几步之后立刻拔地而起，快速退后。

他们没有发现，此刻在丛林内，苏铭蹲在那里，双目血月之影闪动，他有一个让族人彻底安全的念头。

黑山族长心脏怦怦加速跳动，他如今身受重伤，尽管是凝血境第八层的修为，但此刻只能发挥出大半而已，达不到巅峰，且身边的那两个族人都是凝血境第六层左右，起不到保护的作用。

尤其是方才的那一瞬间，在他看到红芒一闪的刹那，他心底升起的那种危机感让他心惊肉跳。此刻他没有了再去追击乌山人群的念头，而是要快速后退，与他们黑山的援军会合。

疾驰中，他身边的那两个族人神色惊恐。对于神秘的恐惧，对于未知的害怕，让他们此刻丧失了一切斗志，只想逃命。

但就在这时，一声尖锐的怪叫从他们身后蓦然传来，这怪叫透出一股凄厉，让人听到——尤其是在这紧张恐惧中听到，顿时就会心神一颤。

几乎就是这怪叫之声还在后方回荡的刹那，一道血色之虹以极快的速度蓦然来临，其速之快，这逃遁中的三人只看到红芒一闪，还有那红芒后无数如月光的丝线，紧接着，便有一个族人蓦然惨叫，倒在地上。

第29章 当面取头！

红芒从其身旁一闪而过，消失无影。

黑山族长身子颤抖，他旁边那仅剩的一个族人同样颤抖着，他们相互看了一眼，都看出了彼此的恐惧。他们还是没有看到对方到底是人是兽，但那方才所见到的红芒后漂浮的无数丝线却给人一种好似头发的错觉。

“谁！！你是谁，出来！！”那剩下的黑山族人立刻嘶吼起来。

在这黑山族人嘶吼中，那黑山族长面色苍白，右手蓦然抬起，在其胸口一按，顿时他全身血光爆发。他在受伤的情况下，不顾伤势换来了短暂的气血磅礴，却并非以此去战，而是展开全速向着那丛林疾驰，刹那间就消失在了丛林的黑暗里。

那剩余下来的黑山族人在咆哮中正要回头逃遁，身体猛地一颤，只见一道红芒突然出现，环绕其身一圈后，化作了苏铭的身影，站在此人的身后。

这黑山族人感受到了死亡，此刻的他能隐隐听到身后传来的呼吸，挣扎着想要回头去看一看，那让他恐惧的神秘物到底是什么。

但他却无法回头……

苏铭气喘吁吁，他从部落迁移开始就一直在战，体内之前存在的隐患被他一再地压制，若非是月夜下他的身体可以缓缓地恢复，早就已经不支倒下。

今夜是满月，那月光中的神秘力量达到了巅峰，让苏铭的血液好似燃烧沸腾，可以让他坚持得更久，可以让他把一切隐患生生压下，可以让他去完成他的使命。

他望着远处的丛林，平静地一步步走去。

“只剩下了你一个人，黑山部的族长，你的身份如此高贵，我会让你得到同等的待遇，不过，前提是你要快点跑，快点找到你的援军。”苏铭舔了舔嘴唇，向前一闪，化作血色的虹，与那被拉出的无数月光丝线直奔前方。

黑山部的族长，这个四旬左右的大汉，其地位尊崇，整个部落里除了蛮公与毕肃外，就要属他。是他在蛮公令下，发动了对乌山部的战争。

但此刻，他却是狼狈不已，身体受伤，满身鲜血，更没有了斗志。他先是被乌山的反抗震撼，又被南松所伤，而后在那逃遁中，却又遇到了那如噩梦般的神秘物。

那死在他面前的族人，让他感觉到了深深的恐惧。他看不到对方，只能看到那血色长虹。

他疲惫不堪，他没有勇气去回头拼死一战，他更没有勇气去血线自爆，因为，

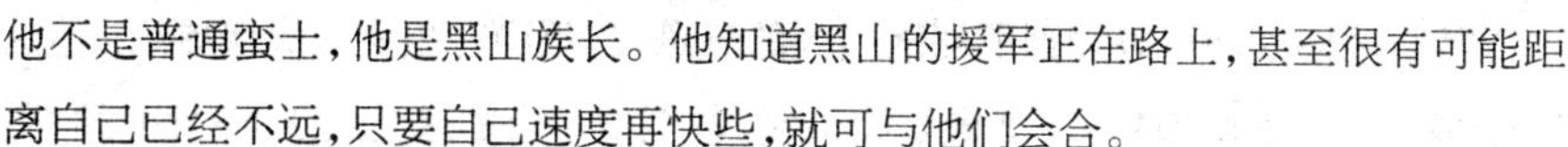

他不是普通蛮士，他是黑山族长。他知道黑山的援军正在路上，甚至很有可能距离自己已经不远，只要自己速度再快些，就可与他们会合。

此刻他口中不断地溢出鲜血，身体的疲惫之感加倍涌现，那方才的爆发如今随着其身体的血光黯淡，也到了极限。踉跄疾驰中，他不敢停下，但速度却是不受控制地慢了一些。

就在这时，在他速度刚刚慢下的刹那，他的身后那让他恐惧到了极致的怪叫之声再次传来，这怪叫与他们黑山部去追杀乌山族人的声音很相似，却更为凄厉。与此同时，一道呼啸之声蓦然而至，远处一闪而来的血色长虹，那长虹后面拉着无数的丝线，诡异莫测。

在那红芒闪烁间，黑山族长眼睁睁地看着自己的右臂支离破碎。

恐惧彻底笼罩了黑山族长，他咬破舌尖，鲜血顺着嘴角流出，其身后赫然出现了一道模糊的巨大血熊之影，一把抓着其身，向着远处的丛林狠狠地抛去。借着这股力量，黑山族长不顾一切地逃遁。

那血熊在抛出了黑山族长后，立刻全身被月光之丝笼罩，几圈之后，这血熊崩溃，消失在了大地上。苏铭的身影显露出来，其面色苍白，但双眼依旧平静，只不过嘴角却满是讥笑。

“算算时间，应该差不多了。”苏铭深吸口气，月光从其满身的伤口处融入，在滋润着其身体，维持着他接下来要做的很多事情所需的体力。

看着那黑山族长逃遁的地方，苏铭身子向前一晃而去，再次追击。

苏铭不疾不徐，目中闪动奇异的光芒。他知道部落的危机还未完全解除，从这黑山族长的举动中，他不难猜测，黑山还有援军。

所以，他没有急于杀这黑山族长，而是在其后紧紧地跟随着。部落之间彼此居住时间长了，会产生一种血脉的相连之感，可以彼此隐隐感觉到对方的存在。这一点，苏铭知晓，他不知道这黑山的援军在哪里，但这黑山族长一定知晓。

通过他就可找出这批援军，将他们全部歼灭后，方可让族人的迁移彻底安全。且还有一点，就是这黑山族长死亡的时机也需巧妙一些，若能让他死在那些援军的面前，对这些人的斗志将会产生毁灭性的打击，方便疲惫的苏铭战斗。

时间流逝，两炷香的时间过后，那黑山族长仍在发狂地奔跑。其右臂已经失去，但此刻他却无法顾及，奔跑中，他的目中露出对生命的渴望。他不想死，他能隐隐从血脉上感受到，部落的援军已经不远了，就在前面。

甚至他模糊间可以闻到那部落族人的气息，其目中对生命的渴望更浓。他这四十多年从未如此狼狈过，从未如此恐惧，甚至他如今的感受比之面对南松时更重。

因为南松他能看到，可身后那神秘的追杀者却是自始至终都没有看到其样子，唯一看到的就是那如血的红芒，还有那无数拉长的丝线。

可就在这个时候，那让他发狂的凄厉怪叫再次于身后回旋。这声音仿佛死亡的丧钟，每一次出现，都给这黑山族长带来无法抵抗的痛苦与恐惧。

甚至于他此刻乍一听到此声，便立刻喷出鲜血，体内的伤势与疲惫似无法承受，如带着箭伤的鸟儿，在听到了弓鸣后，会害怕得坠落在地一样。

“你是谁！你到底是谁！！”黑山族长大声地嘶吼，其惨白面色中再次看到了他那恐惧的根源，那一道疾驰而来的血色长虹与那无数的丝线在他身体外一绕……

惨叫中，黑山族长充满了绝望，但他的绝望却在浮现的同时化作了强烈的对生存的渴望，因为他的耳边再次听到了一声声怪叫，只不过这怪叫没有让他恐惧，而是让他狂喜。

那是属于他们黑山部族人的声音！

他大声嘶喊起来，展开了其生命的全部力量，向着那传来族人声音的地方，疯了一般地跑去。他的意识已经模糊，此刻脑海中唯一存在的念头，就是与族人会合。

很快，在前方一片枯木不多的空旷雪地上，他看到了那丛林里疾驰而出的五个身影，这些身影，他是那么的熟悉。

在他看到这些族人的同时，这些赶来的黑山援军也同样看到了他们部落里一向高高在上、地位尊崇的族长！

只是，此刻的族长在他们眼里却是从未有过的狼狈。那目中的恐惧，那满身的鲜血，那失去了双臂的身躯，让这些黑山援军一个个神色大变，更是如临大敌般，自然而然也出现了恐惧。他们无法相信，族长带着那么多人追击，此刻竟只剩下他一人，且那恐惧的样子仿佛是遇到了什么极为可怕的事情。

“救我！！”黑山族长在看到了族人后，那绝望里浮现出了强烈的惊喜，但在那些族人正要赶来的刹那，却有一道血色长虹从那黑山族长身后蓦然而来，其速之快，转眼就临近。在那些赶来的族人眼睁睁的注视中，在那黑山族长的凄厉惨

叫与不甘心中，红芒环绕黑山族长一扫……

那几个黑山的援军此刻一个个心神震撼，神色带着惊慌，全都面色苍白。族长死在他们的面前，这种他们一辈子没有经历过的事情，让他们此刻的心颤抖起来，恐惧弥漫了全身。

他们看到那杀了族长之后的红芒一闪间化作了一个瘦弱的身影，这身影背着一张大弓，手里拿着一把长矛，身后月光化作丝线，如披风在后飘动，竟扩散了十多丈的范围。

气势惊人！

这是一个少年，最起码看起来是一个少年，其神色平静，瘦弱的身躯在那平静的目光下，却是仿佛隐藏了欲吞噬众生的可怕，让那些黑山族人在族长死亡的震撼中，把一切的恐怖都凝聚在了他的身上。

连族长都死在此人手里，那些黑山族人的心神弥漫着惊恐。

他的双目里有血月之影，妖异的同时，却是蕴含了让人颤抖的平静与可怕。在他看向这些黑山族人的刹那，这些族人一个个下意识地全部后退了数步，他们仿佛失去了意识，那目光让他们的恐惧达到了更深的程度。

族长都恐惧此人，且死在了面前，他们能不怕么？尤其是此刻的苏铭身后那漂浮了十多丈的月光丝线，泛着冷冽的寒光。

他们五人中有一个四旬左右的汉子，他身子颤抖着，双眼红了，他的样子与那死亡的黑山族长很是相似。

“族兄！”这汉子大吼一声，蓦然一步迈出，直奔苏铭而去，在其身后，剩下的那些黑山族人纷纷强压着恐惧，直奔前方。

苏铭站在黑山族长尸体旁，目光冷冽，在那大汉冲来的瞬间，左手向后随意一挥，一片红色的粉末被其气血一震之下洒落而去。

与此同时，那走在最前方的大汉在靠近的一刹那，忽然全身猛地一震，脸上出现了一道无形月光之丝划破的伤口。那伤口瞬间血液燃烧，还没等此人发出任何声息，他的身体就蓦然间化作了一片红雾升空。

“邪……邪蛮！”

“他是邪蛮！！”阵阵哗然惊呼骤然而起，却见那四个本要冲来的黑山族人一个个神色再次剧变，身体立刻停顿下来，满脸骇然。之前所见的族长死亡的一幕不由得浮现，还有那族长死前恐惧的表情，让这些人仿佛在这一瞬恐惧到了极致。

就在这四个黑山族人退后的同时，苏铭的身体蓦然动了！

其身后那月光丝线飘散，在那天空的满月下，在这四个黑山族人的惊慌骇然中，他冲了上去。

第30章 为什么

他用黑山族长的脚步作指引，找到了这黑山部的援军，又当着这些人的面，击杀了黑山族长，再配合他此刻满月下的妖异之身，立刻让他的优势在瞬间达到了极致。

苏铭必须要这么做，他很疲惫，尽管有月光滋养，但他还要去“找”山痕，对于这个如今受伤逃入丛林内的叛徒，苏铭恨之入骨。

如何在有限的体力下完成全部的目标，是苏铭如今不得不面对的问题，所以，他才会做出这些攻心的行为。尤其是那与黑山族长样子相似的大汉的死亡，更让苏铭的这般行为染上了一层神秘。借着“邪蛮”二字所代表的恐怖，苏铭向前一冲的刹那，黑山的援军四人已然失去了斗志，骇然地快速后退，就要逃离这里。

实际上即便是没有与这黑山族长样子相似的大汉，苏铭也会在交战中以同样的方法震慑人心，以达到其攻心的目的。

这不大的丛林空隙内，在接下来的时间里，呼啸之声中夹杂着阵阵死亡前绝望的声音，许久，随着此地慢慢重新归于寂静，苏铭拖着身子，一步步走出。

他的身体上再次多出了几道伤口，尤其是其中一道似已入骨一般，在那月光下渐渐不再流出鲜血，可苏铭的面色却是与那地面的积雪一样苍白。

在他的身后，倒着四具尸体。实际上，此刻的黑山部已经后悔了。他们错误地估计了乌山的反抗，更是过度地高估了他们蛮公的强大。

这种后悔，实际上在丛林里陷阱处，他们就已经有了感受，但已经战到了那种程度，蛮公不发令，他们不敢退，唯有错下去。

尽管如此，依旧还是有一些受伤的黑山部族人没有继续追杀，也没有回到黑山部，而是散了开来，在这丛林里远远退开，试图以伤为由，给自己找到不继续战下去的借口。

乌山部的疯狂，让他们刻骨铭心。

苏铭疾驰在这丛林内，他喘着粗气，循着地面上的蛛丝马迹，按照他从小于丛林内自然而然学会的追踪之术，寻找着山痕！

他要找到此人，代南松，代整个乌山部的族人，代那些在陷阱中死去的所有熟悉的面孔，去问山痕一个为什么！

天空上的轰鸣还在持续，苏铭知道，那是阿公拼着祭献生命，死死地拖住那黑山毕图，与其交战，至今还在继续。

他用他能做到的一切来守护着族人的安全。苏铭沉默着，但目中的执着与坚定却没有丝毫减少。

循着山痕留下的线索，苏铭疾驰追击。在这途中，于此丛林内，苏铭看到了一具具尸体，那些尸体全部都是之前一路上选择留下的族人。

看着这些族人，苏铭的心里在悲伤的同时，也有深深的敬意。从那一个个族人的尸体旁走过，苏铭的脚步在远处的丛林内停了下来。

他的前面是一棵大树，那大树下靠着一个青年，他的双手垂下，在他的右手边，有一个骨做的埙，那埙上染着变成了褐色的血。

苏铭来到近前，望着死去的柳笛。他的尸体已经僵硬，无神的双目望着天空，不知道他死前在看着什么，或许，如那乌山的葬歌一样，他在问着那天空的蓝是谁的目光，那黑夜的星光眨眼，又属于谁。

看着柳笛，苏铭慢慢蹲下身子，捡起了那骨做的埙，放在了怀里。

他忘不掉很多个夜里，那在安静的部落中回荡的让他有些不满的呜呜埙曲之声。甚至有那么几次，他都想要去找这个家伙，却忍住了。

可如今，苏铭闭上眼，他很想很想再去听一缕埙曲，可吹奏的人，已经逝去。

苏铭，离开了。

带着其速度，带着其月光下身后飘舞的无数丝线，在这丛林内，向着前方疾驰，循着山痕的足迹，苏铭追出。

那地面属于山痕的足迹很是凌乱，这代表了山痕不但重伤，且其心似也乱了，所以才会在逃遁中忽略了掩盖。

亦或许，他也没有预料到，有这么一个人，会对他死死追击。否则的话，以山

痕身为乌山猎队魁首的身份，他对丛林的熟悉，绝不比苏铭差上半点。

这场追击随着时间的流逝，一直在继续，当天空已然完全黑暗，那满月在天，其光芒映照下，四周的星光都黯淡下来，即便是那天空轰鸣中的滚滚雾气似都无法遮掩的时候，苏铭走到了阿公之前划出的阻挡黑山追杀之人脚步的沟壑之处，那光幕已经破损消失了。

于此地，苏铭看到了乌拉，她安静地躺在那里，似在微笑。

看着乌拉，苏铭轻轻地走到其近前，望着其苍白模糊的脸，耳边似浮现了乌拉死前的话语。

“你……是墨苏么……”

站在乌拉的尸体旁，许久之后，苏铭猛地抬起脚步，走了出去。

走过这里，苏铭来到了那杀死毕肃的地方，毕肃的尸体已经不见，显然是被人移走。

这一路疾驰，苏铭看到的一幕幕，让他好似重新回顾了部落战争的惨烈，让他深深地记在了心里，直至他来到了让其身子一颤的地方。

这里，还是属于丛林，在苏铭的前方，他看到了地面上那一些苍白的发丝，对应着苏铭熟悉的那一个个苍老的身影。

此地是部落迁移中，那些老人选择留下的地方。这些老人已经不在了，苍凉的风吹过大地，吹起了地面上的雪，还有那一些零散的白发。

苏铭向着这片血地深深一拜，这些普通的族中老人与战死的蛮士一样，让人敬重。沉默地抬起脚步，苏铭走过这片雪地。这一路上，他找到了瞭首的五支箭，将它们放在了身后，

随着其追击，他来到了此番交战死亡最多的一处地方，也是最惨烈之地，这里是那黑山部的陷阱所在。

看着这片陷阱之地，苏铭对于山痕的杀机更重了。

他追寻着山痕的足迹，那足迹告诉着苏铭，他所看到的这一切是山痕在逃遁中也看到的，甚至在这些地方，山痕的脚印明显地重了不少，似乎他也曾在这里停顿过。

“山痕，你要去的地方……会是那里么……”苏铭喃喃，神色带着复杂。在他很小的时候，山痕就是部落里猎队的魁首了，甚至与瞭首一样，都是部落的拉苏们崇拜的长辈与强者。

两个人不同的性格，使得瞭首虽说更受拉苏们喜爱，但山痕的冷漠，却是同样让那些拉苏们在害怕的同时隐隐能感受到其庇护。

或许，他是不得不冷漠，身为猎队的魁首，守护乌山，提供足够的食物，这使得他很多的时间都在外与野兽厮杀。见到了太多血腥的山痕，或许也有微笑，但这微笑往往都是在族人们因有足够的食物而爆发出的欢呼中，才能出现在隐藏于暗处的他的脸上。

他的微笑，族人们大都看不到。

这样一个人，为什么要背叛族人？苏铭沉默着走过了这处陷阱，他不再去看地面的足迹，他已经猜到此刻的山痕在什么地方了。

月夜下，苏铭向着前方化作一道血色的长虹。渐渐地，随着时间的流逝，在苏铭的前方出现了一个模糊的轮廓。

那里，曾经有欢笑，曾经有快乐，每天的夜里都会有篝火照亮四周，有族人们的舞蹈，有拉苏们于夜晚中的玩耍。

那里，承载了苏铭十六年的记忆，可如今却是一片萧瑟，一片残破，一片废墟。

那里，是他们乌山部的部落。

月光下，苏铭看到在那没有了大门的部落中心，在那雪地上，在那满地的杂乱中，有一个汉子跪在那里，正哭泣着。

他的哭声在这安静的夜里很清晰，回荡四周，那哭声中透出的悲哀让苏铭的脚步一顿。

“这悲哀，是真的么……”苏铭握紧了拳，坚定地走了过去。当他走过了那残破的部落之门，距离那哭泣的汉子百丈距离之时，苏铭停了下来。

他看着那汉了的背影，听着其痛苦的哭声，看着眼前这往昔的家园，苏铭的心，似被刀狠狠地刺中。

“为什么！”

第31章 山痕

苏铭站在成为了废墟的部落里，看着那哭泣的汉子，他的话语没有得到答案。这汉子正是山痕，他流着泪，跪在那部落的中心，其神色露出痛苦，其内有复杂，有愧疚，有悲伤。

苏铭沉默，他没有出手，似在等待山痕的答案。

许久，当寒风吹过地面，继续打着转，使得那部落散落的杂物飞旋时，山痕停止了哭泣。他慢慢站起身，回头看向了苏铭。

那双眼，透着血丝，带着疲惫。

那熟悉的目光，此刻变得有些陌生。这熟悉的人，如今也成为了乌山的叛徒，若非是他，部落的死伤绝不会如此惨烈。

“是你告诉了黑山部，我们迁移的路线？”苏铭望着山痕，神色哀伤，走了过去。

“我回来时，你们正在外面清除四周盯梢的黑山族人，那个时候，你们是分散开的，没有人注意到你的踪迹，你没有杀那些属于你的区域内的黑山族人，而是把部落的行踪透露了。”苏铭继续走去。

山痕面色苍白，惨笑中踉跄着退后几步，似不敢面对苏铭的质问。

“那处陷阱，我们死了很多的族人……

“此后，你一直隐忍不发，直至在最关键的时候，我、雷辰、南松爷爷和你留下，你才出手，将南松爷爷重创，打乱了布局……

“你真的想看到，那黑山部追杀上去，屠戮族人么……”苏铭迈着脚步，沙哑地开口。

山痕神色更为痛苦，再次退后了几步。

“我有两点不解。其一，背叛部落，为了什么？其二，你不让北凌与其父在之前选择留下，是因你没有把握在重创了南松爷爷后这些人可以抵挡黑山族长的脚步，还是因为你在那个时候，良心发现？”苏铭身子一晃，直接逼近至山痕二十丈内。

“告诉我，为什么！”

“不要说了！！”山痕面色惨白，猛地大声咆哮，他的痛苦、悲伤此刻也随之轰然爆发出来，他退后几步，盯着苏铭。

“不要……说了！没有为什么，没有！”山痕流着泪，右手抬起，其手中立刻有血光一闪，似光芒缭绕其手臂，一指苏铭。

“你是苏铭也好，墨苏也罢，给我滚开这里，我还不能死，给我十年的时间，十年后，我会自裁于此地。

“你若继续纠缠，休怪我不念族人之情！”山痕没有了往昔的冷漠，此刻的他如同一只咆哮的凶兽，嘶吼中，其身一晃，就要离开这部落。

“连族人你都已经选择了背叛，还提什么族人之情，当你伤了南松爷爷之时，可曾想过，若我们都死在那里，迁移的族人被追兵追上，等待他们的是什么！！”苏铭猛地咬牙，右手持着那鳞血矛，直奔山痕而去。

苏铭之身化作那血色的长虹，带着身后漂浮的无数月光丝线，刹那临近山痕，轰鸣之声在这曾经美好的部落里蓦然而起。

在那轰鸣间，山痕咆哮，其右手血光蓦然化作了一把血色的刀，与那长矛碰到一起，形成了一股冲击，向着四周倒卷扩散。

“乌血尘！”山痕身子后退几步，面色苍白间喷出鲜血，其鲜血在半空立刻砰砰爆开化作一片血雾，直奔苏铭而去。

山痕修为高深，这乌血尘之术更远非苏铭可比，此术一出，顿时弥漫了四周数丈范围，一旦落在苏铭身上，将会如利箭般透体而过。但就在那漫天的血雾带着穿透之力临近苏铭的一刹那，苏铭双目月光之影蓦然闪烁。今天，是月圆之夜！今天，是满月之夜！

苏铭身后那漂浮的无数月光细丝瞬息间倒卷而来，几乎就是那团血雾来临的一刹那，这些月光丝线在苏铭的面前赫然凝聚在一起，形成了一道丝线的光幕，与那血雾相碰。

“轰”的一声巨响，苏铭身子一颤，其面前那些月光丝线寸寸碎裂，那血雾同样也是如狂风扫过，烟消云散。

与此同时，那山痕嘴角溢出鲜血，身子连续后退数丈，猛地跃起，竟不再交战，而是要疾驰离开此地。

苏铭岂能让他走掉，其身一晃，蓦然追出。但他刚一靠近，山痕便猛地转身，目中露出痛苦的同时，更有杀机。

“苏铭，这是你逼我的！”山痕一声嘶吼，却见其手中血刀猛地举起，瞬息间，在他的脸上立刻就有一个刀形的蛮纹幻化而出，这是属于他的蛮纹！

那蛮纹出现的同时，在山痕身后，虚无扭曲间，一把红色的大刀蓦然幻化出来，随着其一刀落下，那红色的大刀之影穿过其身体，带着一股磅礴的杀机，对着苏铭斩下。

这一刀惊艳绝伦，是山痕身为乌山猎队魁首，最强的一击！死在他这一刀之下的人与兽，极多！

在苏铭身旁，那倾洒下来的月光顿时化作一道道丝线，缠绕着那斩来的一刀，但在碰触此刀影的一瞬却是齐齐断开。

眼看那一刀就要落下，苏铭的双目突然有了火焰弥漫，似他的双眼瞳孔被点燃。那火焰出现的同时，苏铭体内气血立刻有了燃烧之感，似在他的体内存在一团欲焚烧天地的火！

在这月圆之夜，这股火强烈的程度超过了以往任何一天。苏铭没有咆哮，而是在那双目燃烧中右手抬起，向着那迎头而来的血刀，一掌按去。

这一瞬火焰轰然爆发，笼罩其身体后，在其上方形成了一个巨大的火焰之人。那火焰巨人向着天空的满月似吸了一口气，在这一刻，仿佛这天地间的月光都被其吸了过来，使得四周一下子变得黯淡。

“火！”苏铭轻声开口。他在追击而来的途中已经感受到了在这满月下体内存在的火，似只要他心念一动，此火就会爆发出来。却见那火焰巨人随着苏铭的右手一掌，猛地一头撞向那来临的血刀。在撞去的过程中，其身影不再似人，而是化作了一团火海，焚烧而去。

“轰轰”之声在这一瞬惊天动地，那火海与血刀同时崩溃。山痕露出无法置信之色，他本就重伤，此刻更是无法承受，身子倒卷之下，在半空中口喷鲜血，踉跄中疾速退去。

苏铭嘴角溢出鲜血，那鲜血落在地上的积雪中，立刻使得雪地似有火焰燃烧，大片大片融化。眼看那山痕要逃，苏铭猛地向前迈出一步，手中的鳞血矛向前狠狠地一击。

呼啸回旋，那鳞血矛化作了一只血色大雕，在山痕逃遁的前方落地，发出砰的巨响，掀起一股冲击，生生使得山痕的身子一顿。

在其一顿的同时，苏铭抬脚在大地一踏，立刻其身旁的雪地上，一把族人迁移时遗落下的石制匕首弹起，被他一把握在手中，身子瞬息而去，眨眼接近了山痕，一刀刺去。

“我不能死！”山痕神色狰狞，在苏铭那一刀刺来的刹那，右手五指微弱的红芒一闪，赫然也化作了一把红色的刀。几乎同时，二人的刀刺入彼此的身体内。

“给我十年时间，就十年！！”山痕喘着粗气，在那身躯的痛苦中嘶吼。

“小时候，你是我很崇拜的长辈，我知道你的冷漠是不得不做出来的，因为你的责任重大，你要守护部落，部落里需要瞭首那样的和蔼，也需要一个冷酷之人。

“所以，你选择了冷酷……你刺我的这一刀，是我谢谢你对部落曾经的守护。

“但我，绝不会原谅你，在你背叛下，死去的那些族人也不会原谅你！”苏铭嘴角溢出鲜血，贴着山痕的身体，右手拿着的那把石刀猛地抽出，再次刺入……

四周一片寂静，整个部落里只有他们两个人，似抱在一起。苏铭闭着眼，许久之后，他轻轻地退出几步。山痕的身体歪倒在地，他的双目没有了光芒，似已看不到苏铭的存在，挣扎着抬起颤抖的右手，从怀里取出了一块骨头。

那是一块很小的骨头，看起来好似婴儿的腿骨。抓着那骨头，山痕无神的目中流下了泪水。

在那泪水中，他停止了呼吸，失去了生命。

第32章 最接近天的地方

苏铭默默地站在那里，看着倒在自己面前的山痕。对于这个乌山族的叛徒，苏铭心里很是复杂，杀他并没有带给苏铭快慰，反倒是更深的沉重。

若非此人犯下了不得不死的错误，谁愿同族相残？若非此人的错误造成了大量的死伤，谁愿眼睁睁地杀死自己少年时崇拜的强者？

苏铭望着山痕仍睁着的双目，那黯淡的双目似望着苏铭看不到的地方，不知在死前想着什么。

其手中的那块婴儿的小腿骨沾染了山痕身上的血，被他死死地握住，仿佛那是他死前最深的执着。

苏铭不知道山痕到底为了什么背叛部落，他轻步走上前，蹲下身子，看着死去的山痕，眼前似浮现出了此人为部落的拉苏们取来兽齿，在拉苏们欢呼中，他目中的善与笑。

苏铭抬起右手，向山痕睁着的双目抹去，将其双眼闭合。他的动作很柔和，似怕打扰到了山痕归去的魂。

轻叹一声，苏铭正要起身，目光却是落在了山痕手中那握住的婴儿腿骨上。

“是因为这个么……”苏铭沉默中将此骨拿起，他看不出此物有什么端倪，默默地将其放在了怀里。

站起身子，苏铭看着四周往昔熟悉的部落。此刻天色已过深夜，但天幕上的月光依旧浓郁，那明亮的月芒洒落大地，与地面的雪反衬，使得这天地间并不漆黑，隐隐可见。

正要离去，其胸口处有微热之感传来，苏铭低头从怀里取出一物，此物同样是一块骨头，却是兽骨，正是乌山族长与他们离别前所送之物。

“若此物成为了红色，则代表乌山部已经彻底安全……”苏铭脸上露出很久没有过的微笑，他手中那骨头散发出红芒与微微的炙热。

“族人，安全了……”苏铭深吸口气。但就在这时，从远处的乌山黑炎峰上却是有一声惊天轰鸣蓦然传来。

苏铭猛地抬头，立刻就看到那在乌山部落远处的乌山黑炎峰的山巅，此刻随着那轰鸣巨响，竟直接爆开，那山巅的尖峰碎石崩溃，声响向着八方回荡。因那山尖碎裂，苏铭站在那里，目光顺着那坍塌的山尖，看到了其后的天幕上与毕图交战的阿公。

阿公正在倒退，其身影看起来仿佛受了重伤。

在阿公身后，那滔天的红雾翻滚，隐隐出现了月翼之影，在那月翼上似站着一个人。

这场大战已经持续了很久，那黑山蛮公本以为凭着自身的开尘修为，可以很快结束这场厮杀，但让他没有想到的是，直至现在，那墨桑竟还在与其死战。

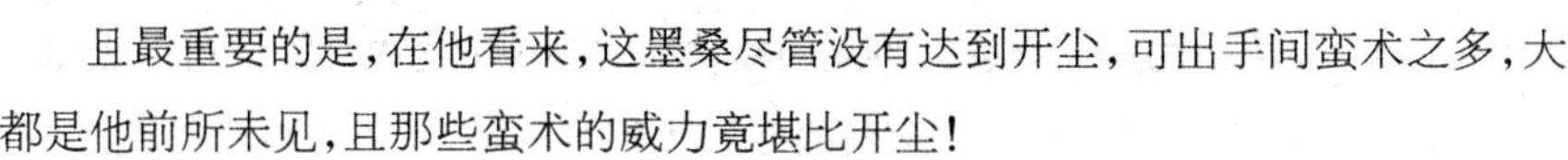

且最重要的是，在他看来，这墨桑尽管没有达到开尘，可出手间蛮术之多，大都是他前所未见，且那些蛮术的威力竟堪比开尘！

若非他掌握了邪蛮之法，交战中不断地从大地吸收生机，这一战将更为艰难。

此刻在那墨桑被卷出的一瞬，毕图猛地从那月翼上冲出，直奔墨桑而去。他如今不敢用蛮纹所化的月翼出手，毕竟之前曾出现过月翼失控的事情，此事在他心里留下了阴影的同时，更有一丝惶恐。

甚至他自己都不知道为什么，体内的蛮血越加的躁动，仿佛不受操控，要冲出他的身体。这还是其次，最让毕图感觉恐惧的，是他心中不断滋生的一股冲动，这股冲动不是他的神智所来，而是身体的血脉牵引，似想要向着大地的某个方向去膜拜一样。

若非是他以开尘修为强行压下，这场战斗根本就进行不下去。

苏铭站在部落里，看到这一幕后，向前猛地一冲，直奔那乌山而去。苏铭无法飞行，参与不了天空上的交战，但他可以去那乌山，站在最顶峰，因为那里是此地最接近天的地方。

只有在那里，他才或许能帮得上阿公，苏铭在那默不做声的疾驰里，双目闪动着奇异的光芒，身后无数月光丝线飘舞，如同月光在飞。

“部落已经安全，我可以了无牵挂……以我的修为，根本无法参与这场蛮公之战，去了很有可能会让阿公牵挂，难免分心。”苏铭神色平静，他没有了曾经的咆哮，尽管依旧焦急，但却能冷静地面对如今出现的状况。

“若非是经历了之前我意志操控了月翼的事情，我不会去，但眼下我或许……真的可以帮上阿公！”苏铭整个身子化作血色长虹，带着那无数月光之丝，在那丛林里呼啸而过。

“在最接近天的地方，也就是最接近满月的地方，去血火叠燃！”那红芒以极快的速度在这丛林里穿梭。

这个念头，不是苏铭刚刚浮现出来，而是他在之前第一次看到黑山毕图出现时那身后的红雾月翼，还有毕图眉心的月翼图腾蛮纹时，就模糊存在。

经历了那意志操控月翼之事后，这念头渐渐不再模糊，而是清晰了。

“整个乌山五座山峰里有大量的月翼，我曾在乌山血火叠燃时隐隐感受到月翼在躁动……若我所料没错，那么在这满月下，在那乌山上，我去尝试血火叠燃，可以引起月翼更强的躁动之感，可以间接地影响到……这显然是修行了火蛮之术的黑山毕图！”苏铭在这几天部落的惨烈战争中，学会了不去冲动，学会了冷静与思考。

他没有选择那黑炎峰，而是向着乌龙峰疾驰，那血色的长虹在这丛林内往往闪烁间就是很远的距离，乍一看，如一条红色的丝带晃动不断。随着时间的流逝，很快，血色的长虹就穿过了这片丛林，按照其熟悉的路线靠近了那乌山五座山峰里的乌龙峰。

这座山峰，苏铭不记得自己爬了多少次，几乎对于其上每一处位置都极为清晰。在临近的刹那，却见其所化的血色长虹蓦然而起，几个跳跃间，就爬上了此峰，没有丝毫停顿，向着那山峰顶部疾驰而去。

苏铭展开了全部的速度沿那山峰背侧而上，所以天空上交战的毕图与阿公墨桑根本就没有注意到。

处于激烈交战的二人，也无法去分神四周，但那毕图也不知为什么，突然出现了心惊肉跳之感，那体内的蛮血不受控制的程度一下子大了不少，似血液在体内沸腾，让他心神骇然下连忙后退，再次分出一些力气去强行压制，其神色变化，透出一种惊恐。

“到底发生了什么事情！”毕图心惊，但他来不及多想，阿公墨桑趁此机会蓦然临近，再次与其展开轰杀。

他如今已经是强弩之末，疲惫不堪，但已经战到了这种程度，也不是他想要离开便可以离开的，尤其是风圳的荆南始终没来，这让墨桑的心中有了不安与危机。

此刻的苏铭在那乌龙峰上疾驰跃动，向着山峰而去。当他路过此山那一处处裂缝时，他隐隐再次感受到了那裂缝深处，月翼的躁动。

“我的想法应该没错！”苏铭目光一闪，继续攀爬，不久之后，当他站在了这乌龙峰的最顶端时，山风呼啸，吹起他的头发，将其破损的兽皮衣衫吹得哗哗作响。他却笔直地站在那里，看着天空上那黑炎峰旁的漫天红雾与其内两个急速闪烁分分合合，夹杂了轰鸣与乌蟒嘶吼的身影。

深吸口气，苏铭盘膝坐了下来，猛地抬头，望着那天空的明月，这月圆圆的，光芒很亮，落在苏铭的目中，让他体内的血液渐渐似欲燃烧。

“阿公，苏铭陪着你！”苏铭双目血月之影清晰显露，随着体内鲜血沸腾，那火热的感觉弥漫全身。就在这个时候，他右手抬起，咬破指尖后蓦然按在了左目瞳孔上。

血火叠燃！

在他手指的鲜血抹在其左目瞳孔的一刹那，立刻，苏铭身下的这乌龙峰，轰然一震，随之整个乌山五座山峰全部都震动起来。

与此同时，那乌山五座山峰内的所有月翼都激动地嘶吼，想要冲出它们所在的那血色大树。它们的爪子疯狂地抓在那大树上，一个个红着眼，带着难以形容的兴奋嘶鸣着。

它们要冲出，要去朝拜它们的王！

更是在此刻，那天空上红雾里与墨桑交战的毕图蓦然一颤，身子快速后退，神色露出骇然与惊慌。他体内的蛮血竟很难操控，不断地冲撞，他的心更是被一股强烈的冲动弥漫，使得他不由自主地，要向着那冥冥中感受到的乌龙峰的方向，去跪地膜拜。

“怎么会这样！！”毕图披头散发，嘴角溢出鲜血，强行阻止了这股让自己恐惧的冲动。与此同时，他看到了那乌龙峰上盘膝坐着的瘦弱身影！

第33章 踏月而战

毕图眼中露出强烈的杀机，他一眼就看出，让自己有如此恐慌之感的，就是那乌龙峰上的身影。

阿公此刻察觉到了毕图的异常，更是看到了乌龙峰上的苏铭，双目一凝间，猛地迈出一步，阻挡了毕图前进的步伐，以疲惫的身躯再次与其交战起来。

在毕图愤怒的嘶吼中，其身后那磅礴的雾气此刻竟快速凝聚，赫然化作了一只伸开翅膀似可以遮天的月翼！

那月翼望着苏铭所在的地方，神色露出剧烈的挣扎，似在它的体内有两种意志存在，一种是来自毕图，另一种则是来自那冥冥中的火蛮亡魂，让它去向着那点燃了血火的身影膜拜！

苏铭双目望着天空的月，那月在他的目中已经赤红一片，他身子颤抖，右手食指的叠燃一如既往的艰难。

“万古岁月前的火蛮一族……我苏铭学得火蛮之术，今日在此乌山血火叠燃……重现火蛮之辉……你火蛮若有灵，何不助我！”苏铭神色透出坚定，喃喃中，右手食指猛地一划，其左目剧痛间直接爆发出了滔天之火——他苏铭，叠燃了左目！

在其左目被叠燃的一瞬，乌山五座山峰再次震动起来，这一次的震动要比之前强烈数倍之多，甚至有大量的岩石砰然碎裂，向着下方滚动，仿佛这乌山内有什么东西在挣扎，就如一个巨人在那乌山下要崛起！

与阿公墨桑交战的毕图此刻发出了凄厉的惨叫，其七窍流血，整个人倒卷后退，双目一片血红，似有模糊的月影在其瞳孔内浮现而出。

如今的他看起来极为凄惨，披头散发，鲜血弥漫中，阿公墨桑目光一闪，死死地追近。与此同时，那天空的巨大月翼更是身子颤抖，发出了尖锐的嘶吼，仿佛其体内那两股意志正进行着激烈的碰撞。

“杀了他！我蛮血所化的月翼，杀了他！！”毕图厉声大吼，右手抬起在自己胸口猛地一拍，顿时其眉心那月翼的图腾散发出刺目的光芒，天空那巨大月翼的双目渐渐不再挣扎，而是露出与毕图一样的凶光，翅膀一扇，直奔乌龙峰的苏铭而去。

紧接着，那毕图退后中双臂伸开，立刻这大地上冒出了一丝丝的白气，直奔其全身而来，其体内的伤势正快速地恢复，猛地一步迈出，与来临的墨桑战在一起。那轰鸣之声回旋下，墨桑面色苍白，却咬牙硬抗。

远处那天空上巨大的月翼速度极快，如一团磅礴的云雾，带着一股杀机刹那间临近了乌龙峰，其嘶吼化作狂风呼啸，仿佛要将乌龙峰拔起一般。但就在它临近的一瞬，盘膝中的苏铭蓦然站起，双目透出那血月之影，猛地看向那逼近的巨大月翼。

“退下！”苏铭话语平静，其右手指尖从左目上挪开，放在了右目瞳孔上，冷冷地看着那堪比山峰般大小的月翼。

苏铭的身子瘦弱，与这巨大的月翼比较，丝毫不起眼。但如今他那冷漠的声音传出，那月翼庞大的身躯却是颤抖起来，生生地停在了距苏铭十丈之外，目中的杀机化作了挣扎，露出痛苦。

这一幕，让阿公墨桑露出难以置信之色，更是让毕图身子剧烈地颤抖，仿佛他如今就是那月翼，感受到了一股无法形容的威慑之力，从那乌龙峰瘦弱的身影上惊天而起。

毕图在颤抖中一拳轰开纠缠的墨桑，咬破舌尖，喷出鲜血，眉心被喷出的鲜血笼罩在内，蓦然燃烧起来，散发出大量的红雾。

与此同时，那距苏铭十丈外的月翼迅速燃烧，弥漫出了一片火海，在那火海中，其目中没有了挣扎，而是直奔苏铭而去。十丈的距离，它瞬间就可到达，看其样子，似要吞噬了苏铭！

苏铭神色依旧平静，几乎就在那月翼扑来的一刹，他的右手食指在右目上猛地一抹而过，天地色变，风云倒卷，他脚下的乌龙峰震动轰鸣之声蓦然响起！

血火叠燃！这一次叠燃，苏铭的体内没有血线增加，但是在他脚下的乌龙峰剧烈无比的震动中，天空的月，不仅在苏铭看去成为了红色，而且在所有人的目中，都成为了红色！

血月之夜！

在这血月出现的一刻，乌山附近八方，那连绵不绝的丛林里，躲藏着不愿再战的黑山族人，一个个当看到这血月后，立刻发出了恐惧到了极致的惊呼。

“血月，怎么会出现血月！！”

“不是前段日子刚刚有血月出现么，竟……竟再次有了血月！！”

不仅是这些丛林里的黑山族人，在那黑山部落里，同样有惊恐绝望之声回旋，这些留下来的族人一个个颤抖着快速躲藏起来。

风圳部落外，迁移中的乌山族人四周，有数十个属于风圳的蛮士，以叶望宸冲为首，他们接到了族长的命令，前来帮助乌山，在途中遇到后，便护送乌山族人前行，此刻也同样看到了那天空的血月，纷纷神色一变。

还有那乌龙部落，也同样看到了这血月！

一片惊惧的哗然！

乌山半空，毕图在看到那血月的一瞬，整个人愣了一下，但立刻目中有了喜色。他，不怕血月，身子一动，冲向墨桑，墨桑连连后退，嘴角鲜血溢出，飘落开来，化作血滴四溅，被毕图不知以什么蛮术落在身上，身子倒卷而去，那毕图正要追上。

但就在这个时候，一个愤怒的声音从那乌龙峰上蓦然传出，如滚滚雷霆一样。

“毕图！！”

乌龙峰剧烈地震动，山石大量地滚落，形成了轰鸣巨响，山脚下的丛林更是有阵阵尘土扩散，吹动那些积雪，形成了一个以乌山为中心的巨大环形冲击。

一声声嘶吼回旋，却见从此峰山体的大量裂缝内，在那嘶吼与翅膀扇动的声音下，露出了一双双血红色的眼，紧接着，一只只月翼猛地冲出，它们目露红芒，远远一看，遮盖了天地一样，无穷无尽。

紧接着，那黑炎峰，还有其余的三座山峰，这整个乌山全部都在震动轰鸣，其山内的月翼撕破了笼罩它们的红色树干，蓦然冲出！

这一幕，如同末世，那是数年一次的血月再现！

漫山遍野全部都是疾驰的月翼，其数量看起来足有数万之多，回旋在苏铭的四周，把苏铭的身体掩盖在内，那一声声嘶吼惊天动地！

它们的目中带着激动，带着兴奋，在回旋间，那嘶吼仿佛是朝拜之声，围绕着苏铭，似乎苏铭就是它们的王！

毕图心神颤动，猛地抬头，在看到这一幕后，其神色变化，露出从未有过的震撼，他看着那弥漫在天地间的无数月翼，甚至连呼吸都忘记，如雷霆轰入脑海，完全呆住了。

他能感受到，在苏铭的身上有强烈的火蛮之术存在，那是极为正宗的火蛮，与自己依靠外人帮助下获得的有天与地一样的差距。

“这……这……”他嗓子里发出咽下唾沫的声音，说不出完整的话语。他的双目里，那模糊的月影与苏铭比较，相差太多太多。

那临近苏铭的巨大月翼，在此刻更是目中的杀机完全散去，露出了狂热与激动，同样回旋在苏铭脚下的乌龙峰。

苏铭目光一闪，神色没有露出意外。他耳边尽是激动的嘶吼，眼前全部都是那一道道闪烁而过的月翼之影，甚至当他抬起手，还有一只月翼立刻飞来落在他的手心里，似跪在那里，目中的狂热清晰显露。

此刻他有种奇妙的感觉，似自己可以操控这些月翼，可以让它们为自己一战！

他可以感受到这些月翼的兴奋，可以感受到它们的激动，可以感受到它们那渴望已久的荣耀。

苏铭握紧了拳，向前一步迈去，立刻身边的月翼自动让开一条道路，使得苏铭这一动之下直接走到了那乌龙峰的边缘。他没有停顿，而是向着那虚空一步迈去。

在他脚底落下的瞬间，他没有坠落，在他的脚下立刻有一只月翼飞来，让他踏在其身，支撑着苏铭的身躯，使得此刻的苏铭可以在天上行走！

苏铭没有停顿，而是猛地抬头，目中露出坚定与执着。他要帮助阿公，他要与阿公同战那该死的毕图！

对于毕图，苏铭已然恨之入骨，正是此人发动了战争，正是此人让族人在悲哀中离开家园，迁移中拼死反抗，这毕图是一切的罪魁祸首！！

带着这股仇恨，带着其执着，苏铭在这半空中，整个人化作一道血色长虹，身后无数月光丝线飘舞，向着远处的毕图冲了出去。

他不会飞，但他每一步迈出，都会有月翼出现在脚下，极为精准地让苏铭如履平地，展开了他全部的速度！

在他的四周，更是随着其冲出，那无穷无尽铺天盖地的月翼，还有那本属于毕图的巨大月翼，全部随着左右，疯狂嘶吼着冲去。

远远一看，这一幕如同在天空用笔快速地画出一条线，那组成这线的，便是一只只月翼，使得苏铭就此踏空而去，让人看去触目惊心，难以置信！

那月翼无数，以苏铭为首，在其速度带动下直接在这天空上出现了一道直线，似一支离弦之箭，蓦然而去。

苏铭眼中杀机毕现，其速之快远超毕图所想，更是连阿公也没有预料到。几乎是刹那间，他就在这半空中踏着月翼来临，直接站在了倒卷中止住身子的阿公前方，用他的身躯，用他的执着，守护在了此刻疲惫不堪的阿公身前！

阿公尽管不知道这些月翼为何因苏铭而突然出现，为何似对苏铭激动膜拜，但他看着苏铭，却是脸上露出了微笑。尽管他已经疲惫不堪，尽管他已经祭献了生命，尽管他的嘴角还有鲜血流下，但他此刻却是非常开心，因为——苏铭真的长大了！

他可以帮助阿公了。那瘦弱的身影，此刻阿公看去，是真的长大了，如山一样。

“毕图！”苏铭知道自己修为不够，他没有狂妄地认为自己可以战胜毕图，他

要动用的是这数量众多的月翼，以他的意志，让这些月翼为他而战！

这，就是他脑中那之前出现，从模糊到清晰的念头！

几乎就是喊出毕图二字的瞬间，站在阿公身前用身躯守护的苏铭，右手握着那鳞血矛，身体上二百四十三条血线刹那间凝聚重叠成为了一条，向着毕图猛地用力一抛而出。

那鳞血矛发出了惊人的呼啸，把苏铭的全部气血之力凝在一起，融入这鳞血矛内，使得此矛划破长空，若一道红色的闪电冲出，冲向毕图。

与此同时，苏铭的意志凌驾在了所有的月翼身上，使得其四周的月翼一个个尖锐嘶吼，疯狂地冲出。那铺天盖地的月翼在冲出的一瞬间，似在这天空上勾勒出了难以书写的画面。

那画面里，一个个月翼疾驰，与那长矛一同直奔毕图，甚至就连那本属于毕图的巨大月翼也同样嘶吼着一同而去。

无数的月翼，以那长矛为尖在这天空上形成了一支箭的形状，刹那间临近了神色骇然的毕图，似要将其毁灭！

他从月翼上得到了开尘之力，此刻，又由月翼来讨回，似躲不过的命运。

毕图面色惨白，他急速后退中，体内那股要向着苏铭身体外月翼膜拜的感觉越来越强烈。他痛苦中右手抬起，猛地一指刺入自己的胸口，似有黑气瞬间扩散，环绕其全身，那种感觉才略有散去。但显然这样做让他身子一个踉跄，神色更为黯淡，其目中露出疯狂，面对那遮天盖地而来的无数月翼与鳞血矛，他仰天大吼。

随着其吼声，却见一道乌光从其口中蓦然飞出，在他的面前赫然化作了一只足有一人多高的黑色大鼎。

此鼎四壁雕刻着无数痛苦的人脸，有哀嚎，有狰狞，有哭泣，也有愤怒的无声咆哮，整个大鼎散发出一股阴冷的气息，顿时让四周仿佛凝固一般。

“留意此鼎，他之前用过一次，此物蕴含了奇异之力，若非我七针祭命，无法抵抗，但他似不能发挥全力，动用之后立刻虚弱！”阿公神色一变，立刻开口。

“你们，给我死！”毕图神色狰狞，喷出鲜血落在那大鼎上，此鼎立刻散发幽光急速膨胀。随着其膨胀，毕图身子立刻枯萎下来，似血肉与生命被这大鼎的那些痛苦的人脸吸走。

刹那间，此鼎就膨胀到了十丈多高，那沧桑的气息更是浓重了数倍之多，其上随着幽光闪动，那雕刻的大量人脸似活了一般，成群地从鼎内涌出。

这些人脸在出现后，那阵阵痛苦的声音回旋天地，与此同时，苏铭的鳞血矛与那大量的月翼也正呼啸临近。

双方都是成群成片，在这一刹那，如两团黑云碰撞到了一起，形成了一股强烈的震动与轰鸣。

在这轰鸣中，那些人脸一个个如气泡般破开，被月翼冲入后疯狂地撕碎，但即便是如此，单体的月翼也并非很强，往往在撕破了这人脸的同时，也化作了一团红色的气息升空消散。

不过那些人脸在被撕碎后，神色却不再痛苦，而是露出解脱之意，仿佛它们的出现不是为了战下去，而是来寻死一样，寻找不再痛苦下去的根源。

这些人有一部分曾经属于黑山，也有属于乌龙与乌山部落这多年来失踪、死亡之人，更有一些则是毕图不知从何处弄来，融入此邪蛮之器里，祭祀成了冤魂之物。

轰鸣之声不断地回荡，似要将此处的一切都摧毁，那鳞血矛凝聚了苏铭的全力，在四周月翼扑击与撕开前方的一张张痛苦的人脸后，势如破竹，直接穿透了这群人脸，刺在了那巨大的鼎上。

在它刺入此鼎的一瞬间，鳞血矛猛地一震，从其矛尖开始竟然寸寸碎裂，蔓延此矛通体后，这鳞血矛化作了无数碎片，再次落在那大鼎上。

此鼎剧震，原本苏铭的一击不可能对它造成伤害，但当这鳞血矛以碎裂为代价之时，却爆发出了其生命中最强之力，“轰”的一声巨响，使得那大鼎震动中出现了一道细微的裂缝。

与此同时，那无数的月翼嘶吼而去，在不断的“砰砰”之声下，疯狂地撞击此鼎，使得其上的裂缝越来越大。

这一切说来很长，但实际上却是数息的时间，只听一道如开天之声惊起间，那大鼎直接崩溃，裂成了两半向着大地落去。

在此鼎碎开的一瞬间，那毕图喷出一口鲜血，身子踉跄中急速后退，但他的脸上，却是露出狞笑。

“鼎杀！”

苏铭这里，也同样因那鳞血矛的碎灭，鲜血大量地从嘴角溢出。那鳞血矛是他得到的第一件蛮器，与他一同经历了风圳与邬森之战，经历了之前数日的部落迁移血战，如今在其毁灭之时，苏铭不仅仅是身体受伤，也有不舍。

但这不舍却是直接被苏铭压下，一股强烈的危机感蓦然降临，却见那分成了两半的碎裂之鼎内有大量的黑气滋生，赫然凝聚在一起，化作了一张巨大的人脸，咆哮中向着他而来。

那大脸足有十多丈长，随着其口张开，似可以生吞数个苏铭。

站在苏铭身后的阿公神色一变，猛地上前，就要推开苏铭，拼死阻挡那大脸，但苏铭却是提前一步迈出，同样还是处于阿公的身前。

他双臂伸开，立刻那些月翼一个个红着眼直奔苏铭而来，瞬间临近，一只只月翼落在苏铭的身体上，层层覆盖，更有那本属于毕图的巨大月翼随之而来。

眨眼间，在那下方的大脸吞噬而来的一瞬，苏铭的身体被大量的月翼笼罩，在这天地间形成了一只更为庞大的月翼！

这看起来是一只，但实际上，它是由无数月翼凝聚在一起形成！

"火！"一声惊天之音从这巨大的月翼身上传出，这声音属于苏铭，却也同样属于那无数的月翼。随着声音出现，从这巨大的月翼身上爆发出了极为强大的气息，这股气息不属于苏铭，而是属于这无数月翼的集合！

苏铭的身体如同这月翼的心脏，他的神智相当于这月翼的意志，他可以操控这庞大的月翼身躯，那一声"火"出口，这月翼四周月光大量洒落，化作了一片银色的火海，以这月翼为中心，在天空向着四周蔓延。

在那银色的火海轰然扩散之际，那下方欲吞噬而来的巨大人脸立刻露出痛苦之色，蓦然被火海笼罩，在那痛苦的凄嘶中，于笼罩苏铭在内的这巨大月翼十丈外，被焚烧成了一片飞灰。

几乎就是这人脸被焚烧的同时，那将苏铭笼罩在内的巨大月翼在那银色火海环绕中，向着远处的毕图蓦然飞去。

毕图面色苍白，眼珠瞪着，他直至现在还无法相信自己所看到的一切。但他毕竟是开尘境强者，具备了极为丰富的战斗经验，其身快速退后，已经将苏铭当成了比墨桑还要重要的大敌。

"青索之蛮！"毕图右手抬起，向着天空一指，其眉心血肉模糊之处顿时有一道裂缝出现，与南松施展此术时一样。但毕图的这裂缝却是直接从脸上蔓延，直至其小腹的位置，仿佛他整个人被生生地豁开一般。

一股青色的气息，浓郁地从毕图身体的裂缝内直接涌出，环绕在他四周，赫然形成了一道道青色的雾气锁链！

第34章 邪蛮降临!

这雾气锁链层层旋转中缭绕在毕图身体外，形成了一片波纹，在这半空中向着四周散去，一股极为强大的气势赫然散开。

“青索之蛮，黑山部的最强蛮术，也是与当年的乌山部斩三煞齐名，但威力更稳定的蛮术，此术在开尘境蛮士手中施展出来，威力更大！”阿公墨桑脸色苍白，凝重开口。

阿公清楚地知道，此术等同于祭献生命，即便是他，与毕图交战至今也没有逼得毕图施展此术。这一点阿公明白，这与毕图的性格有关，其性格自私，根本就不在乎其族人的死活，即便是全部都死了，只要他还在，那么黑山部依旧可以快速地扩张。

几乎就在他开口的瞬间，那被无数青色的锁链环绕的毕图，神色狰狞地一声咆哮，右手猛地落下，指向把苏铭隐藏在内的那巨大的月翼上。

那无数的青色锁链发出了“嗡”的声音，直奔那巨大的月翼而去，更是在前行中，这青色锁链不断地变大，到了最后几乎连成了一条直线，瞬息临近那疾驰而来的月翼。

其速太快，只是刹那间就出现在了这巨大的月翼四周，猛地一绕之下，竟将这巨大的月翼全身不断地一圈圈捆绑起来。

“给我死！”毕图狰狞厉吼，双手抬起，似可操控那青索，猛地合击。

顿时那捆绑住月翼的青索在一连串的轰鸣声中死死地勒紧，苏铭修为不够，没有能威胁到开尘境的蛮术，有的只是这无数月翼的强悍身躯，此刻被这青索勒住，在他的意志操控下，那月翼立刻疯狂地挣扎起来。

双方在眨眼间碰触，那青色的锁链立刻碎开了一段，但这月翼同样是身子一震，有红气升空而去，显然这般接触使得有月翼出现了死亡。

在这月翼不断的挣扎下，那青索勒得更紧，轰鸣之声回旋。每当青索碎开一段，都会让那月翼冒出大量的红气，付出极大的代价。

毕图脸上青筋鼓起，合击的双手此刻还有那么三寸的距离方可并拢，但这三寸显然极为艰难。其双手颤抖中，咬破舌尖喷出鲜血，其鲜血赫然化作了两只血色的手臂，融入其自身的双臂内，仿佛凭空多出了一股力量，使得那三寸的距离猛地缩短，成为了一寸。

与此同时，那青索之上浮现了一道道血丝，勒紧之力瞬间增大，"轰"的一声，竟死死地陷入到了那月翼的体内，使得这月翼冒出的红气一下子多了数倍。

苏铭在月翼的身体中七窍流血，他感受到了一股剧痛传来，那是无数月翼痛苦的哀嚎。

"还不死！！"毕图披头散发，正要不顾一切地加大力量，远处的阿公墨桑毫不犹豫，带着疲惫直接飞出，双手一挥间，在他身后那满身伤痕的乌蟒立刻幻化而出，张开大口咆哮，与阿公一起冲向毕图。

阿公已经重伤，此刻全身刺着七根骨针，这是祭献生命换来。他已经很难再继续战下去，如果苏铭没来，他如今已然选择血线自爆，换取黑山蛮公的重伤。

但他也知道，那黑山蛮公早就有所防备，故而始终有所保留，不愿逼得自己太紧，而是要生生地耗死他。

但此刻，这是一个机会，一个可以重创毕图，留给苏铭的机会，代价就是自身的死亡，但阿公无怨无悔！

在他冲出时，苏铭清晰地感受到一股悲壮之意在阿公身上弥漫。他的双眼红了，他即便是再冷静，此刻也焦急起来。

他焦急，因意志与这些凝聚在一起的月翼融合，故而使得这些月翼也纷纷焦急。几乎就在阿公冲向毕图的一瞬，这被不断勒紧的青索捆缚的月翼轰然间扩散开来，露出了其内站在一只月翼身上的苏铭。随着其扩散，那青索更是疾驰而来，直奔苏铭而去。

但就在这时，那扩散的月翼却是一个个吐出鲜血，更有一些直接身体爆开，化作大量的鲜血，在那环绕的青索临近苏铭的一瞬，又重新以苏铭为中心，凝聚在了一起。

只不过这一次的凝聚却并非是月翼的形状，而是化作了一个高约数十丈的巨人，这巨人的样子模糊，看不清具体的相貌，但在其眉心上却是有一个火焰的图腾。

甚至那些青索此刻也随着此巨人的出现，被其庞大的身躯紧紧地凝聚在了体内。

在这巨人出现的一瞬间，天地轰鸣，乌山五座山峰震动，就连那大地也都不断地颤抖。在那丛林内，一棵干枯的大树上，此刻有一只全身红色毛发的小猴正死死地抱着树枝，抬头看着天空，其神色露出焦急与恐惧，不断地嘶吼，但却不敢上去。

天空上，随着这巨人的出现，却见那满月的光芒一下子强烈了数倍，那月中的红散落在大地的同时，似把这大地化作了血色的黄泉。

那强烈了数倍的月光凝聚在这巨人的身上，蓦然间化作了银色的火海，似在这巨人身后形成了一只巨大的火兽。

此刻，那巨人猛地睁开双眼，其目内有血月之影，向着毕图所在猛地迈开大步。其步伐很大，赶在了阿公之前便临近了毕图，一拳轰出，身后的银色火海蓦然卷来，随之一起，直奔毕图。

毕图没有后退，而是神色狰狞，低吼一声。

“青索蛮爆！”

在其话语传出的一瞬，立刻这巨人猛地一颤，体内传出闷闷的轰鸣，是那些在其体内的青索，于此刻全部爆开，化作一丝丝的青气直接钻出，看其样子，似欲再形成那条条青索捆绑。

这青索爆开，使得巨人身子颤抖，有大量的红雾升空，其身子更是急速缩小，但那一拳却是在这巨人的坚定目光中，不顾身体的损伤，毫不犹豫地挥出。

毕图神色一变，快速后退，双手在前，也不知施展了什么蛮术，却见其双手在那一瞬间好似化作了枯木，阻挡在了前方。

轰的一声巨响，巨人一拳落于那毕图双手形成的枯木屏障上，在那声响扩散之时，毕图身子剧震，喷出鲜血的同时，其身躯更是倒卷而出。

巨人目光一闪，身体也同样似难以维持因那青索爆开形成的伤势，却依旧迈着大步，正要追赶，那被抛出的毕图七窍流血，发出了尖锐的嘶鸣。

紧接着，那巨人身体外正要凝聚成锁链的大量的青丝，立刻放弃凝聚，而是以超越了苏铭的速度直奔毕图而去，那一道道青丝钻入毕图身体的各个部位，那毕图的身躯以惊人的速度恢复。瞬间，其双臂就重新出现，面色红润，似完全恢复到了最巅峰之时！

“青索之蛮等同于祭献生命，他如今是用其生机来疗伤，也只能施展这一次，且短时间内他无法再施展青索之术！”阿公目光一凝，立刻开口。

几乎就是阿公话语说出的同时，那毕图双眼精光一闪，他尽管面色恢复如常，但那目中却是隐隐有了黯淡，只是那愤怒之意却是达到了极致。

他是开尘境，却被逼得要祭献生命来恢复，这对他来说，是不能接受的！

他根本就不看阿公墨桑，而是死死地盯着那巨人。

“能逼得老夫如此，你死后也可知足了！此战，结束了！你与你的阿公，今天必死无疑！

“墨桑，之前与你交战，老夫只是略微施展了邪蛮之法，如今，就让他与你见识一下，开尘境强者施展的邪蛮之法是什么样子！”毕图很是忌惮此刻的苏铭，他不到万不得已，不愿完全施展这邪蛮之术。此术对他的伤害也很大，且必须要自身没有丝毫伤势时才可施展，否则的话，那种代价就连他也承受不起。

苏铭所在的巨人蓦然抬起脚步，正要临近，却见那毕图猛地伸开双手，整个人向着北方跪在了半空，神色露出狂热，仰天嘶吼。

“请那天地间的邪蛮遵从约定，降临世间！”

在其话语传出的一刹那，那天空的血月似也有了暗意，整个天空的星辰瞬间黯淡下来，一股说不出的气息从这天地间凝聚而来。

一片寂静，但苏铭的心脏却是怦怦地加速跳动，他的身体此刻在那气息的凝聚中，好似被凝固了一般。

阿公墨桑面色苍白，嘴角溢出了鲜血，似也无法承受这股气息的凝聚所产生的威压。

“是谁打扰了吾的沉睡……”

“是谁召唤了吾的蛮魂……”

一个令苏铭与阿公心神震荡的声音突然浮现，这声音透出沧桑，透出阴森，让所有听到之人为之惊恐。

第35章 阿公之秘!

天地凝固,就连那风也都被静止在了半空,大地一片死寂。

毕图身子颤抖,跪在那里,向着北方的天空膜拜。

“是您的奴仆毕图在呼唤您的到来,我准备了足够的生机,以此二人为祭品,请北方的邪蛮之神降临。”

几乎就是毕图开口的同时,在他的面前,那无形的气息骤然凝聚,渐渐化作了一个模糊的轮廓。

那是一个人,一个看不清样子,甚至若不仔细看,很难看见其存在的半透明之人。

在他出现的一瞬间,阿公身了颤抖,甚至呼吸都有些急促。

苏铭在那巨人体内同样如此,他的身体无法移动,从那半透明的人影身上,他感受到了一股远远超过毕图的强大。

他的身上还有最后一粒血散,这血散是把双刃剑,若是不小心碰到其自身伤口,就等于自毁一般,故而苏铭每次使用都极为谨慎。

这是他的杀手锏,他不知道此物对开尘强者是否有效,但总要尝试一下,只不过开尘强者想要近身却是太难。之前尽管有了一次机会,但时间太短,对方快速就恢复了所有伤势,一旦使用时机不对,被对方挥开,甚至很有可能波及阿公与自己。

远处那半透明的身影站在跪拜的毕图身前,抬起了右手,似点在了毕图的额头,毕图立刻身子剧烈地颤抖,神色露出痛苦,却忍着没有发出哀嚎。但见其眉心出现了一个小孔,大量的鲜血直接喷洒出来,仿佛被那半透明的身影吸收。

很快,此人的身影不再是半透明,而是成为了血色,可以看到在其体内有一缕鲜血旋转,渐渐勾勒出了其右手小半个手指。

毕图的身躯急速枯萎,仅仅数息的时间,就仿佛成为了骸骨一般。

“不够……”那只有小半个手指有了血色，但其余的地方依旧半透明的身影，悠悠传出了进入这里三人心神的声音。

毕图似早就知晓鲜血不够一样，其双手向着大地一抓，立刻这大地震动间，乌山一下子黯淡下来，其上的所有积雪直接成为了黑色，蔓延中，山脚下丛林中的树木一棵棵陆续碎裂成灰，有白气钻出，从大地的各个角落直奔毕图而去。

那山脚下的丛林，黑色蔓延，随着其扩散，凡是被笼罩在内的生灵大都凄厉死亡，成为了白气升空。

那小猴在树上惊慌得快速疾驰，这才避开了那黑色扩散。

这些白气不断地升空，融入毕图体内，使得其身体从干枯中再次有了恢复，但同时却似有更多的鲜血从其眉心的小孔喷出，被其身前的身影吸入体内。

这可怕的一幕被苏铭与阿公看在眼中，但他们无法阻止，身体不能移动半点。

“还是不够……”那身影右手的一个手指完全成为了红色。

“这是我的全部了……请北蛮之神降临……”毕图身子颤抖，他的身体此刻无法移动，身上之前恢复的伤口再次出现，纷纷裂开。

“这次的祭献，不够……只能降临一指。”那身影缓缓开口，唯一被染红的指头抬起，向着天空一指。

立刻这天空上风云变色，却见大量的黑云滚滚凝聚，弥漫了大半个天幕，一声惊天雷霆轰轰而来。与此同时，那黑色的云层内，赫然有一道黑色的闪电呼啸间降临。

这黑色的闪电透出一股邪恶，透出一股阴森，在降临之时，似代表了死亡！

就在其降临的一刹那，苏铭胸口处那许久没有变化的黑色碎片竟突然散出了一股暖流，融入他的身体里，阵阵咔咔之声快速响起，苏铭立刻发现自己的身体竟可以动了。

他来不及多想，几乎就是那闪电直奔自身而来的瞬间，猛地一步迈出，趁着那毕图此刻无法移动身体，其身更有大量伤口的一刹那，苏铭猛地拿出血散，一步迈去，拉近了与毕图的距离，向着毕图立刻弹去。

在这血散弹出之后，他所在的这巨人已然被那黑色闪电迫近，他无法避开，右手紧握成拳，向着那闪电一拳轰去！

这一幕，在远处来看，仿佛一个巨人在怒视苍天，在那天降闪电下，要与天一

战！

那唯有一个手指成为了红色的模糊身影此刻忽然轻“咦”一声，看向苏铭的同时，其身体似无法停留在这里太久一样，渐渐散去。

随着他的散去，阿公的身体恢复了自由，他神色露出焦急，眼睁睁地看着苏铭所在的那巨人与那黑色的闪电在这半空中越来越近！

而此刻，那血散之速也同样极快，逼近毕图。

此物是什么，毕图不清楚，其冷笑中右手抬起一挥，立刻一股大风吹去，但在碰到这血散的一刹那，此散内蕴含的苏铭气血之力一炸，使得这血散直接化作碎末，形成了一片红雾，直奔毕图。尽管有一些被毕图挥散，但还是有一大部分落在了他的身体上，顿时钻入伤口，似要焚烧其鲜血。

“雕虫小技！”毕图神色一变，冷笑中体内气血一动，不知使了什么手段，竟使得那燃烧蓦然熄灭，但他的面色却是更为苍白了一些。

此刻那黑色的闪电透出一股邪恶与阴森，在出现的一瞬，似成为了这天地间的一道死亡之光，直奔苏铭而来，与其拳头碰到了一起。

没有轰鸣之声，一切都在那无声无息间，在阿公与毕图的双目里，他们看到那与闪电碰触的巨人右臂直接碎裂，形成了大片的红雾扩散，巨人的身躯随之剧烈震动，从肩部开始寸寸碎裂，并不断地蔓延，仅仅是刹那间，巨人的身体就有近八成成为了雾气。

那闪电从这巨人的身躯直接穿透而过。

“苏铭！！”阿公双目通红，正要冲出之时，却见那天空上只剩下小半身体的巨人身躯外的红雾弥漫，竟骤然倒卷，再次凝聚。更是从那凝聚中，阿公看到了苏铭的身体隐藏在了那剩下的小半巨人身躯内，他在轰出那一拳的刹那改变了在这巨人体内的位置。

但尽管如此，苏铭已然到了末路。

那将这巨人身体摧毁了大半，穿透而过的黑色闪电，此刻停留在半空，似黯淡了不少，缓缓改变方向，竟不是向着阿公，而是欲继续穿透这红雾凝聚似再有变化的巨人身躯。

毕图在远处，七窍流血，呼吸急促，用生命召唤着邪蛮之神。但同样的，让这黑色闪电发挥力量也需要他不断地祭献生命，再加上之前熄灭体内火焰，更费了他一些力量。

那一击之力的强弱，与他的修为有很大的关系，因为这所谓的一指闪电之力实际上全部都是他的力量，只不过被那奇异的邪蛮之神进行了一下变化，但归根结底还是与毕图的修为关联很大。

“怎么还不死！给我去死！”毕图脸上鼓起青筋，在其此刻干瘦的身体上，这青筋的鼓起看起来极为恐怖。

那黑色的闪电渐渐不再黯淡，调转方向，便要冲向苏铭。

阿公墨桑猛地回头，看着那伴随他交战至今已经重伤的乌蟒，这乌蟒是他的蛮纹所化，伴随了他一生的岁月。在他看向那乌蟒时，这乌蟒似有感应，也望着阿公。

阿公没有犹豫，闭上双眼，其上半身的衣服刹那间轰然爆开，露出有了岁月痕迹的身躯。在他的身躯上，有大量的血线凝聚出的乌蟒纹，此刻这乌蟒纹竟似融化，瞬息中似被洗去一样，从阿公的身躯上消失了。

在这乌蟒纹消失的同时，一个血红色的牙齿纹络赫然重新出现在了阿公的胸口，占据了其整个上身，那牙齿的尖锋正是在阿公的眉心，栩栩如生，仿佛一颗真正的牙齿！

在这牙齿纹络出现的瞬间，那远处正祭献生命操控那黑色闪电欲攻击苏铭的毕图，神色突然大变，露出骇然与震惊，更有难以置信！

这一夜，让他震惊的事情很多，血月的出现，月翼的涌现，还有那真正的火蛮之术，可与他如今所看的一幕比较——阿公墨桑身体蛮纹化作了牙齿，却是让他超过了之前的震惊。

“这不可能！！你竟有两个蛮纹！！这是不可能的，我蛮族之人，一生只能有一个蛮纹！你……你竟有两个！！”毕图露出骇然的神色，甚至这一幕的出现都让他忘记了去操控那黑色的闪电。

他不敢相信眼前所见，他更是知晓，若是墨桑有两个蛮纹之事传出去，怕是会引起极大震动。因为古往今来，他就从未听过有人能具备两个蛮纹，谁也不行，就连那传说中的蛮神，都只有一个蛮纹！

却见墨桑猛地睁开双眼，神色平静，在其身上那第二个蛮纹出现后，他右手抬起，在自己胸口扣住，猛地向外一抓，顿时在他的手中出现了一颗足有一人多高的巨大牙齿！

那牙齿透出一股森然，通体泛着白芒，被阿公拿在手中。阿公一跃而去，竟倒

退站在了那身后没有散去的乌蟒头顶上。

“这是我最后的手段……本也要施展的。”阿公露出悲哀的神色，拿着那巨大的牙齿，竟刺入到了脚下那乌蟒的头颅上。那乌蟒露出痛苦的神色，但却一动不动，任由阿公将那牙齿穿透其头颅，深深地刺入。

轰然间，当那牙齿被完全刺入的一瞬，乌蟒的双目黯淡，就此死亡。在它死亡的同时，其身躯快速枯萎，但从伤口处却有一股股黑气蓦然涌出。

随之乌蟒身体渐渐消失，那黑气大量涌现，瞬息间，当这乌蟒完全消散在了天地中，连同那牙齿也都散去时，在阿公的面前，那一团浓浓的黑雾在不断的蠕动与翻滚间，赫然化作了一个头生单角的狰狞兽头。

这兽头好似厉鬼，鼻间有一个黑色的铁环，猛地冲出，带着一股惊人的威压，竟隐隐有着开尘的气息，直奔神色大变的毕图。

第36章 刑！

毕图此刻心惊胆战，他做梦都没有想到，这世间的蛮族之人竟有能具备两种蛮纹者，他感到不可思议的同时，更对那曾经是此地骄阳之辈的墨桑有了浓浓的惧怕之感。

尤其是那墨桑第二个蛮纹出现，竟杀戮了其第一个蛮纹所化之乌蟒，形成了这么一个让人心惊的可怕厉鬼般的单角兽头，其上那散出的如开尘般的气息让毕图倒吸口气，头皮发麻，立刻双手抬起，一指那本欲冲向苏铭的黑色闪电。

这黑色闪电顿时改变方向，一闪之下直奔那黑雾缭绕的兽头而去。

阿公站在半空，闭着眼，一动不动。他身前那巨大的兽头咆哮着，黑气弥漫，天地为之变色。这是他最后的手段，也是他隐藏很深的一个秘密。

却见这黑气如烟丝扩散的兽头在那咆哮中冲向毕图，冲向那守护毕图而来的黑色闪电。这闪电发出了雷鸣巨响，刹那间临近此兽头。

二者在这半空中蓦然碰到了一起。

轰轰之声回旋，那被黑气缭绕的兽头更有咆哮夹杂其内，黑气此刻大量消散，那黑色的闪电于这兽头的眉心处停顿下来，竟无法穿透。

那兽头在咆哮中继续向前逼近，使得那闪电仿佛遇到了莫大的阻力，被逼得连连退缩。

毕图面色惨白，眼中充满了血丝。此刻是他这一生感觉最危急之时，眼看那黑色闪电不断地退后，那兽头距离自己不到百丈。

毕图双手蓦然抬起，一指点在眉心，一指点在胸口，其本就枯萎的身躯此刻竟再次似祭献了血肉与生命。他的头发本是黑色，但此刻却是瞬间成为了白发，脸上的皮肤更是开始干裂，身子摇摇欲坠。

"只是接近开尘的气息，并非真正的开尘！"毕图一声低吼，随着其身躯的改变，那黑色的闪电似获得了补充，蓦然爆发出了滔天的黑芒，竟一下子庞大了数倍，轰的一声刺入到那来临的兽头眉心之内。

远处的阿公身体一颤，嘴角溢出鲜血。他的眉心上竟同样出现了伤痕，与那兽头的眉心看起来一模一样。

那兽头咆哮，双目露出奇异之芒，竟不顾那黑色闪电的穿入，猛地向前一冲，其头颅发出轰轰之声，黑气急速地消散。那黑色的闪电透进更多，但兽头却仿佛不知道痛苦，随着其冲出，竟生生地将与毕图的百丈距离拉近至三十丈。

此刻，那黑色闪电有一半进入到了这兽头的眉心，使得整个兽头有一道道弧形的黑色电光游走，似随时可能毁灭。

但那闪电，也同样黯淡下来，仿佛那给予其威力的生机已经供应不足。

毕图嘴角流出黑色的鲜血，他猛地抬起右手，一指点在其右目上。只见他的右眼顿时黯淡，似失去了生机，随之化作了一片白色。

在他右目成为白色的一瞬，那黑色的闪电立刻再次有了强力的黑光，轰的一声，几乎大半都穿透进入到了那兽头的眉心里，而此刻那兽头距离毕图只有十丈。

远处的苏铭如今闭着眼，全身被无数月翼所化的鲜血弥漫，那些鲜血以苏铭的身体为核心，渐渐凝聚在一起，似欲形成一个奇异的血像。

随着其慢慢地形成，一股奇异的威压在这血像上扩散开来。

就在这时，那毕图神色焦急，右手抬起一指其右腿，"嘭"的一声，他的整条右腿赫然爆开，这是他祭献了右目后，再次祭献其右腿。几乎就在瞬间，那兽头距离他已然不到五丈，那黑色的闪电却是轰的一声，完全从这兽头眉心处穿过，更是

从其脑后直接穿透而出。

闪电的毁灭之力，使得这兽头的双目顿时黯淡，急速消散，但其冲击之势却未停，直奔毕图而去，五丈，四丈，三丈……其速之快，在毕图一声惊恐的嘶吼中，瞬间就看不到了其身。

所能看到的，只有那将毕图遮盖的兽头，化作了一片淡淡的黑气，凭空消散。

阿公面色苍白，睁开眼，其黯淡的目中此刻有了期待。可这期待转眼化作了绝望，他喷出鲜血，在那兽头散去的一刻，整个人如被一股大力冲击，身子踉跄后退，最终落在了这乌山五座山峰的其中一座之上，倒在那里，又挣扎着坐起。

一声猖狂兴奋的笑声从那兽头黑气散开的地方传来——那是毕图的声音，他没有死！在方才的那一瞬，他甚至认为自己注定要被灭杀，但那兽头却在他的身前不到半丈的位置被一道突然从毕图体内散出的黑光阻挡，略一碰触，消散开来。

"谁能杀我！！墨桑，你虽强，你虽有两个蛮纹，但你杀不了我毕图！"毕图气喘吁吁，内心一阵后怕。他知道若非是那神秘黑衣人临走前在他的体内留下了一股力量，那么方才他必然无法承受那兽头的冲击。

此刻他的样子极为狼狈——失去了一只眼，失去了一条腿，全身干瘦如柴，神色灰败，但他却是仰天大笑着。

"先杀了他，让你亲眼看着他死在面前，然后再收拾你这老东西！"毕图喘着粗气，抬起右手一指那漂浮在半空黯淡了很多的黑色闪电。那闪电猛地一震，开始慢慢调转方向，看其样子似在进攻前需先行锁定一般，故而每次都要进行调整。

可就在这黑色闪电调整方向欲锁定此刻闭目的苏铭的一刹那，却见苏铭的双眼猛地睁开。在他双目开阖的瞬间，他身体外的月翼处的鲜血轰然涌动，一个残破的血像蓦然间出现在了这天地之间。

此血像不大，只有四五丈高，苏铭的身体如被镶嵌一样，在这血像的胸口处。这残像不是他凝聚而出，他的身体只是提供了一个承载，使得那些月翼能把全部之力通过他的身躯来凝聚于一起，从而才可在对战中达到能与毕图交手的层次。

这血像的样子透出一股古老的气息，全身血光闪烁，却没有头颅。它是残破的，仿佛没有足够的力量让其完整地出现在这天空中。

但尽管没有头颅，却有一股恐怖的气息在这血像上缭绕，其身似穿着铠甲，那铠甲同样血色，整个人看起来似屹立在这半空中的沧桑战魂。

在它的身上，除了那恐怖的气息外，还有一股惨烈之意，似不甘心死亡的呐喊，在这天地间随着其出现而回旋。

他的手中，有一把大斧，此斧同样残破不堪，但却有滔天杀气缭绕，隐隐间似有无数哀嚎冤魂在那斧中传出。

这是那无数的月翼记忆里，它们火蛮一族曾经的九大蛮像之一，在万古岁月前被无数火蛮族人膜拜，甚至最终在火蛮蛮公的神通下，与其他八个蛮像一起，共战蛮神！

他的头颅就是被蛮神斩下，他已经死亡了万古岁月，如今出现的，是那些月翼记忆里的画面，以它们的火蛮之血凝聚而出的一个虚幻的残神。

他的名字，叫做刑！

毕图张开了口。今天这一战，让他震撼的事情太多太多，但他却没有麻木，因为这震撼的事情是一次比一次让他心惊。

没有头颅的虚幻血像残神胸口处，苏铭目光一闪间，这残神猛地向前一步迈去，天空似为之一震。

但苏铭知道，这震动是虚幻的，此残神是那些月翼的记忆凝聚而出，他或许真的具备强大的力量，但他已经死亡，更是虚幻，故而能表现出来的力量极其微小。

且更重要的是，在这残神出现的瞬间，苏铭就立刻感受到他正快速地消散，其存在的时间最多也就只有数息而已。

数息过后，此残神将散去，代价是所有的月翼全部死亡。到那个时候，他苏铭将会被打成原形，更因伤势无法压制，将会被反噬，不但再没有与毕图交手的资格，甚至命都难保。

苏铭目光闪动中，这残神一步迈去间，天地震动波纹扩散，竟一步之下到了那骇然的毕图面前，手中大斧猛地抬起，就要一斧斩下。

就在这时，那黑色的闪电呼啸而来，直奔这残神。

毕图的身子颤抖起来，他感受到的危机超过了之前面对墨桑的第二个蛮纹所化兽头，让他有种来自灵魂的恐惧。他没有丝毫迟疑，他清楚地知道，此刻自己但凡有那么一丝的停顿，代价都将是彻底死亡，形神俱灭。

所以他毫不迟疑地一指点在左腿，全身弥漫了大量的血线，那些血线形成了一个完整的月翼图腾，此刻这图腾却是轰然散开，使得那些血线无法再凝聚。他在这生死关头，选择了牺牲其开尘境，哪怕此后修为将会跌落，也总比死在这里强。

随着其开尘蛮纹的轰散，那黑色闪电刹那爆发出了其最强烈的黑光，逼近这残神！

第37章 一杆幡！！

那闪电之速，在刹那临近残神。在碰触的一瞬，雷霆之声轰轰回荡，但那残像却是半点都没有停顿，似毫不在意这黑色闪电，哪怕其全身此刻游走着无数黑色的电弧。

可虽说如此，这组成残神的月翼之血却在那凝聚了毕图牺牲开尘修为的闪电下，以更快的速度消散，使得这残像存在的时间更是瞬间缩短。在苏铭意识里，怕是当这斧头落下的一瞬，此像就会消失。

但这一斧，哪怕只是具备这万古岁月前刑的甚微之力，也足以轰杀一个区区开尘！其抬起的巨大战斧上传出了无数哀嚎之声，竟隐隐似有大量的万古岁月前死在此斧之下的厉魂出现，缭绕在那斧头上，猛地斩下。

“不！！”毕图眼中露出绝望，那战斧的落下，让他有种如万山压顶之感，没有半点抵抗之力，其身子颤抖，双手下意识地抬起，似要去阻挡死亡的来临。

其身体内，此刻更是黑光一闪，那之前帮他躲过一次杀机的黑色光芒再次浮现，在其身子外笼罩，形成了一个圆形的光罩。

这是他最后的手段，但那被无数哀嚎的冤魂缭绕的巨大战斧蓦然斩下，那黑色的光罩刚一碰到就立刻骤然破碎，甚至连半点时间都无法延缓，如不存在一样，使得那战斧穿透而过，直奔绝望的毕图而来。

眼看这毕图就要死亡，苏铭对此人的恨已然弥漫了全身。但就在这一瞬间，在那斧头落下的一刹那，却见毕图的身前虚空突然一阵扭曲，一个穿着黑衣的身

影一步走出。

其右手抬起，手中光芒一闪，出现了一个紫色的盾，与那斩下的战斧轰然碰到了一起。

轰轰之声在这一刹惊天动地，那黑衣人手中的盾碎裂，其身子一晃，后退间一把抓住绝望中带着激动的毕图，猛地退后，一连退出了百丈才停下，其容颜隐藏在那黑袍里，看不到是否受伤。

苏铭惨笑，在那战斧被阻挡的一瞬，其身体外这月翼之血组成的残神之像到了时限，如风吹灰尘一般，在这天地间化作了无数红色的尘埃，消失在苍茫中。他在此刻也感受到了一股冲击之力传来，身体向后倒卷，化作弧形，落在了那乌龙峰上，轰的一下倒在那里，喷出大口的鲜血。他身体内的伤势全面爆发，更有那之前强行提高修为造成的隐患也于此刻无法压制，如洪水一样笼罩全身。

他的眼前开始模糊，那是死亡的感觉。苏铭用他的余力狠狠地咬了一下舌尖，这才勉强让自己没有昏迷过去，挣扎着坐起，看清了那远处站在毕图身前的黑袍人。

"主上！"毕图犹有余悸，脸上露出后怕之色。他知道若非这黑袍人来临，自己必死无疑。

"倒是小看了这西盟边缘之地的部落，先是苗蛮弱脉之部的两个开尘竟能彼此气血融合，发挥出属于开尘后期的三击之力；如今又看到这小娃娃竟修炼了纯正的火蛮之术，居然让那些月翼引动了刑的残像！刚才那一击……若非你修为太弱，提供不了足够的发挥，我是……"那黑袍人传出沙哑的声音，身子微不可察地一颤，神色透着余悸。若非这毕图他还有大用，再加上看出那残神一斧的后劲不足，他是断然不会来救的，鲜血在其隐藏于黑袍内的嘴角中溢出，可没人能看到。

"祭骨境……你杀了荆南？"在另一座山峰上，阿公已经没有了交战之力，此刻看着那黑袍人，缓缓开口。

"他们毕竟是苗蛮大部而出，以苗蛮的护短，杀之定有后患。"那黑袍人看了一眼阿公，忽然笑了，笑声带着沙哑与阴森。他望着阿公，右手抬起，从怀里拿出了一个黑色的令牌，那令牌上刻着一条完整的脊骨，透出丝丝冷气。一抛之下，那令牌直奔阿公，在阿公的面前漂浮。

阿公望着那令牌，神色大变，极为难看。

“我来此，除寻火蛮遗迹外，还有一事，便是来找你！墨，你没让我们失望，若你死在了毕图手中，也就不是曾经我们中的一员了，不过你当年犯下的错误，今天，需要付出代价了。”那黑袍人说着，收回那黑色的令牌，不再去理会墨桑，而是向着苏铭一步步走去。

“没想到，竟在这里，真的发现了火蛮的传承之人……”

苏铭轻叹，他神色平静，即便是没有这个黑衣人，他估计自己的伤势如今也没有机会去恢复，等待自己的，只有死亡。

他甚至都没有去看这个黑衣人，而是望着另一座山峰上的阿公，目中露出柔和，他已经尽力了。

“一切，结束了……对不起，我没照顾好他……”阿公沉默，他没想到这一切竟是当年无意中加入的那个可怕的群体造成的，苦涩中，闭上了眼。

可就在阿公的双目闭合的一瞬间，忽然其身体猛地一颤，却见在他的身体上此刻赫然出现了一片黄色的光芒，那光芒刹那间达到了刺目的程度。一股似不属于这片天地的气息，带着一股突兀，带着一股霸道，蓦然在阿公的身体内爆发出来。

这股气息出现的一瞬，那走向苏铭的黑衣人脚步一顿，猛地回头，其隐藏在黑袍中的面孔露出了一丝骇然与震惊，他看到了墨桑的身体上爆发出了强烈刺目的黄色光芒。

这光芒在闪烁中赫然凝聚于墨桑的天灵，一声闷闷的轰鸣回荡间，却见一个只有巴掌大小的黄色小旗直接从墨桑的天灵飞出，漂浮在了他头顶七寸之处。

墨桑身子一颤，猛地睁开眼，抬头看到了那黄色的小旗，整个人愣在了那里。

“你……你怎么出现了！！”这小旗的出现，让阿公难以置信，他本以为此物一辈子都不可能出现，因为当年那给他此物之人是将此旗融入到他的血脉里，阿公这些年来尝试了无数次，却丝毫无法察觉，只能隐隐感受其存在。

阿公一脸震撼，倒吸口气，猛地看向苏铭，目中露出了恍惚，似明白了什么。

他挣扎着猛地站起身子，一把抓住那小旗，此旗更是迎风见长，在被阿公抓住的一瞬间，直接化作了三丈多高。它不再是旗，而是成为了大幡！

其颜色也是瞬间从黄变成了黑，但随着其展开，却见那黑色的幡布里竟并非漆黑一片，而是有点点星光，那里面，赫然是一片星空！

这星空透出陌生，它似不属于蛮族抬头所看的夜空，而是在某个遥远的地方，或许在那里的人抬头去看，才会看到熟悉。

那黑袍人心神剧震，一股不妙之感化作了强烈的危机，让他神色大变中猛地一步迈去，就要阻止墨桑的行动。

但他阻止不了，墨桑拿着那巨大的幡，站在那山峰顶端，右手伸出，使得此幡横着，向左侧猛地一挥，似带起了风，将那幡布完全铺展开来，起了波浪一样。在那黑衣人来临的一刹那，墨桑右手拿着的此幡已然绕着身体猛地划了一圈。

那幡布舞动，从墨桑的脸上轻柔地抚过后，再次变化，越来越大。几乎是眨眼间，那幡布里的星空霍然间闪烁出强烈至极的星光，幡布更是从阿公手里直接飞起，在天空上自行旋转舞动。

越来越大，越来越宽，瞬息间，此幡竟庞大到堪比星空，舞动之间，竟使得天地变色，风云倒卷。在一声惊天轰鸣回旋中，这幡布飞向天幕，却见那天幕，直接被这庞大的幡布取代！！

那夜空在这一刻蓦然一变，被这幡布内的星空取代，使得这一片夜空刹那间改变！

这是改天之术，这是让这片夜空消失、被那幡布的星空取代之术。在这一瞬间，苏铭愣了，他抬头望着天空，那天空的星光一片陌生。

毕图也是呆在那里，身子颤抖。他看不到熟悉的星，此刻目光所看的夜空透出陌生，那是一片他从未见过的天空。

那里面的所有星辰，没有一颗熟悉！

要知道夜晚的星空，是每个人从小到大都会天天看到，那每一颗星星都会有熟悉的感觉，它们之间的距离、它们组成的图案，都会被慢慢地留在记忆里。

若是有一天突然变化了，会被人立刻察觉，那种陌生会让人心中浮现惊慌！

那黑袍人身子剧烈地颤抖，他看着这片陌生的星空，一股恐惧油然而生，哪怕他是祭骨境强者也不例外，因为他知道一些事情……

“外域星空！这是外域的星空！！”

在这片星空出现的一刹那，阿公喷出鲜血，身子踉跄后退，却猛地大声向着愣在那里望着星空的苏铭吼了起来。

“苏铭，记住这片星空！！”喊完这句话，阿公似失去了全部力气，倒了下来。

苏铭身子一颤，看着那天空陌生的星辰。

却见那陌生的星空此刻爆发出了强烈的星光，那些星光闪烁间，竟使得那些星辰蓦然有了移动。在下方众人的目光里，这些星辰的光芒快速地连接在一起，竟形成了一个模糊的人形。

那人形之大，似占据了这片星空的全部，随着星光越加璀璨，其样子也慢慢地清晰起来。

那是一个中年男子！

在苏铭看到了这中年男子面孔的一瞬间，他的身体猛地一震，露出无法置信之色。他完全地愣在那里。

这被星光组成的巨大身影，其容颜赫然与苏铭的相貌有五分相似！！

第38章 风扫初痕

这身影闭着眼，在被星光勾勒出来后，那半空中的黑袍人发出了一声低沉的嘶吼，其猛地退后，抓着毕图的身子，就要离开这里。

黑袍人感受到了一股让他恐惧的气息从这陌生的星空内传来，这股气息让他全身汗毛竖起。这种感觉，他已经很多年没有体会到了。

此刻他根本就不去想抓获苏铭，脑海中第一个念头就是速速离开这里！

但就在他拎着毕图要离去的瞬间，那由星光组成的身影睁开了眼，其目中带着逼人的威严与冷漠。仅仅是这一道目光，就让毕图脑海轰鸣，他感到这星空中身影的目光已然超越了他之前祭献召唤而来的那北方邪蛮之神！

“他是谁！”

那黑袍人心惊胆战，那种恐惧的感觉让他顾不得其他，身子一晃中，脚下出现了大量的黑气，整个身子连同毕图迅速消失在了虚空。

几乎就是这黑袍人带着毕图身影消失的一瞬，那星空中相貌与苏铭有五分相似的男子抬起了右手，没有握拳，而是五指并拢，向着大地一掌按下。

这手掌刚一出现，便带起了一股向着下方吹去的风，这风吹过半空中黑袍人带着毕图消失的地方，立刻让这里一阵扭曲，却见那黑袍人与毕图的身影竟似被生生从逃遁中拽回逼出。他二人出现的刹那，毕图的惨叫声猛地响起。

那黑衣人阻挡在前，口中喷出鲜血，隐藏在黑袍内的面孔，一片惊慌恐惧之色。

“这是什么修为！远远超过了祭骨境……这域外强者莫非是堪比蛮魂境之人！”

天空中的手掌看似缓慢，实际上却是极快地落下，其方向正是那黑袍人与毕图所在之处，轰轰之声回荡。在其一掌按来的瞬间，那黑袍人发出了凄厉的嘶吼，一把抓住身后的毕图，在其身体内送入一股力量后，将其猛地向着那手掌抛去。

毕图根本就没有丝毫的反抗之力，其身体刹那间碰到了那手掌，体内那股被黑袍人传入的力量顿时爆发，整个人轰的一声崩溃爆开，一股强大的冲击使得四周天地一震，但……

那手掌却是丝毫没有停顿，仿佛这股力量对其来说微弱得可以忽略，穿过了那毕图自爆形成的冲击，向着那黑袍人而去。

黑袍人眼中血红，他无法避开，双手猛地抬起间，身体迸发出强大的力量，融入双臂，向着那来临的手掌猛地按去。

轰鸣之声再次回旋，黑袍人发出凄厉的惨叫，其双臂的黑色袖子立刻成为了碎片，甚至连同他身体上的黑袍都在这一刹那直接碎裂，露出了其真实面目。

这是一个老者，身体上有黑色的图腾，那图腾的样子看起来似一只眼，更是在他的背部那第十三块脊骨处，散发出一股沧桑古老的气息。

“我看出来了，这是留在那法器上不知多少年的一丝意念……仅仅是一丝意念就如此强大……此人……必定是外域星空下的极强之人！！”

老者喷出鲜血，双臂颤抖，血肉模糊，他知道如今生死攸关，身子倒卷后退时，挣扎着抬起右手，虚空一抓之下，赫然在其手中凭空出现了一张兽皮。

那兽皮拥有银色的毛发，看起来极为珍贵。此刻这老者拿着兽皮，猛地套在了身上，与此同时，他双手掐诀，血肉模糊的十指在身前划出了一个血色的图腾，那图腾的样子与其身上的蛮纹一样，是一只眼！

“化兽变！”老者低吼中，其身银光剧烈闪烁，身体在这一刹那出现了极为诡异的变化。却见他的身体在被那兽皮套住之后，顿时兽皮蔓延了全身，赫然变成了一只银色的凶兽！

这凶兽如牛，可只有一只眼，全身长满了银色的毛发，那头顶的双角更有电光闪烁，在其背部，那银色皮毛下的第十三块脊骨此刻迸发出其祭骨境的全部力量，猛地向着那来临的手掌发出了一声野兽的咆哮，直接撞了过去。

那手掌蓦然来临，在碰触这银色牛兽的一瞬，此兽全身骤然震动，其头顶的双角立刻碎裂，全身银色毛发更是直接与身体脱离，似被生生地刮去一样，有一层兽皮撕裂，竟从这牛兽身体上被全部掀开。光芒一闪，那牛兽消失，老者的身体重新幻化而出，他面色惨白，目露绝望，鲜血喷出中，被那手掌直接按在了身上。

轰的一声，那老者发出痛苦至极的惨叫，更有绝望。他知道，自己被这手掌生生击碎了蛮骨，从此之后，即便他侥幸活着，也不再是祭骨境强者。

“只是一个念意，就如此强大……”他惨笑中闭上了眼，但就在他闭目的一瞬，这片天地在这一连串的交战中却出现了不稳，如今更是因这手掌的一路按下，在那老者四周的虚空出现了大量的裂缝，这些裂缝快速蔓延，刹那间如镜子般轰然碎裂！

空间碎裂！

这天地有空间，只是无形看不到，但若是遇到强烈的轰击，则可出现那么一瞬，此后便会快速地自行愈合。

但那一瞬的碎裂会形成一个吞噬万物的虚洞，此洞有着莫大的吸扯之力，可以把四周的存在全部吸扯进去。

此刻，在这乌山之上，空间碎裂的一刹那，虚洞出现！

这是一个漆黑的漩涡，在其出现的瞬间，那黑袍人第一个被强行吸扯进去，避开了那让其绝望的一掌。

与此同时，此地四周的山峰更有大量的碎石，还有那些干枯的草木与黑色的积雪等一切之物全部飞出，涌入那虚洞之中。

苏铭的身体已经无法移动，此刻在那强大的吸扯之力下猛地被拉扯，直奔这虚洞而去，与那些碎石草木一同被吸入那虚洞内。在其被吸入的一瞬间，他看到了躺在另一座山峰上的阿公闭着眼，不知生死，也同样被这虚洞吸了过来。

这是苏铭看到的最后一幕，其眼前一黑，整个人在被吸入时，失去了意识……

这虚洞只存在了数息，就立刻愈合，消失无影，天地恢复如常，那天空的域外星空此刻也渐渐散去，包括那巨大的身影也慢慢暗淡，最终咔咔之声回荡，一杆从黑迅速变黄的幡落下，被风一吹，化作了一片飞灰。

大地轰鸣，地面出现了一道道裂缝，那些还剩下不多的黑色积雪全部碎灭四散。

一个巨大的掌印轮廓在这大地上浮现出来，更有轰鸣回旋，却见那乌山五座山峰中的一座直接粉碎，成为了飞灰飘散。

一切，渐渐平静下来。

在没有被波及的那片丛林里，有一只小猴带着焦急，急速地奔跑过来。它爬上了苏铭被卷入虚洞前所在的乌龙峰，在那山峰上，它望着天空，发出了阵阵呼唤的嘶鸣。

这嘶鸣之声持续了很久，最后那小猴苦着脸看着远处的天地，依稀间似能看到山的那一边。在它的记忆里，苏铭曾说过，想去看看山的那一边有什么。

渐渐，这小猴下了山，从此之后，再也没有人在这片山林里，看到过那红色的身影。

此地，也再没有了数年一次的血月之夜，没有了月翼。

那本五座山峰的乌山经此一战，似人的五指被齐根砍掉了一指，成为了四座山峰，且那黑炎峰没有尖。

结束了……

风圳部落里一片残破，荆南与文嫣，这两个风圳的开尘境强者在归来后，便选择了闭关，对那风圳山之事闭口不谈。

族中的大小事情全部交给了石海等人负责，甚至就连叶望几人的修行似也无法去理会了，他们的伤势太重，若非对方似有所顾忌没有斩尽杀绝，他们二人怕是无法回来。

乌山部就此成为了风圳的附属，成为了那泥石城外第七个部落，也是最弱的一个部落。整个部落里的蛮士，只有族长、北凌，再就是那残疾的瞭首。

阿公没有回来，雷辰没有回来，苏铭也没有回来……

在那悲哀中，乌山部于数日后派人去了一趟乌山，找回了南松、山痕以及其他族人的尸体，并把所看到的乌山四峰一幕告诉了族人。哀伤弥漫的他们，在苏铭与白灵约定的那一天，似巧合一样，为那些死去的族人举办了一次葬礼。

他们不知道山痕的叛变，把他与族人的尸体一起埋葬。

葬礼的那一天，天空下着混杂了雨的雪，很冷。

在那乌山部外，在那冰冷的雪雨里，有一个穿着白衣的女子默默地站在那里，摸着耳朵上的骨环，脸上满是雪与雨，不知是否也带着泪。

第39章 苏醒于陌生

天空下着雨，那雨水哗哗而落，打在一片片宽大的树叶上，发出沙沙的声音，那雨水在叶子里积了很多，顺着其脉络凝聚成一条水流，在叶尖的部位落下。

这是一片雨林，其内满地淤泥，雨水洒落在地面，形成了一处处泥洼。天空漆黑一片，唯有时而划过的闪电才能把这天地的一切在刹那间映照清晰。

那滚滚而来，又悄然而去的雷鸣，在这深夜里回旋着。

在这雨林的深处，有一片隐藏在黑夜里的山峦，那群山不高，无法与乌山的奇与险比较，矮矮的，却连绵不断。

此刻一道闪电划破长空，使得大地瞬间明亮，可以隐隐看到在那其中一座山的半腰处，似躺着一个人。

此人已经在这里数日，在这罕有人至的地方，这个人不知是如何出现，他穿着破损的兽皮，看起来极为狼狈，躺在那里，一动不动。

这是一个青年，看起来二十多岁，虽说眉清目秀，却有一道疤痕在他的脸上。

他闭着眼，身体上有大量的伤口。在那雨水冲刷下，这些伤口已经发白，没有鲜血流出。

雨还在继续，直至又过去了数日，才渐渐停下。乌云散去后，天空中迎来了明媚的阳光。

如今是夏季，在那雨水过后，大地慢慢有了一片雾升空，更有火辣辣的灼热烘烤着一切生灵。

那个躺在半山腰的青年如今依旧是一动不动。

又过去了数日，天空上盘旋着几只秃鹫，这些秃鹫目光阴冷，在天空飞舞的同时死死盯着那山腰处的青年，似有所迟疑。

终于，有一只秃鹫仿佛没有了耐心，猛地向下俯冲，来到了那青年的身体旁，翅膀扇动，低空回旋了几圈，直接落在了那青年的胸口，用它那锋利的喙，就要去啄这让它盯了好几天的猎物。

一口，一口，这秃鹫一边啄着，一边观察猎物的神色，渐渐警惕之心松懈下来。在它看来，这的确是一个死人。

紧接着，天空上其余的秃鹫一个个俯冲下来，纷纷落在这青年的身上，目露阴冷。可就在它们刚刚落下的一刹那，突然那青年猛地睁开双眼，右手抬起，一把抓住胸口那第一个落下的秃鹫，其余秃鹫一惊正要飞起，但它们的身体却好似黏在了这青年身上，竟无法飞出。

抓着那秃鹫，这青年将其放在嘴边，一口狠狠地咬住这秃鹫的颈脖，喝着其血。那带着腥臊的血液顺着他的喉咙进入身体，刺激着他因饥饿而麻木的身躯。

但这刺激，却是让他的全身终于有了一丝暖意。

很快，那秃鹫便挣扎着扑腾了几下，失去了全部的鲜血，不动了。这青年深深地吸了一口气，将手中秃鹫放在一旁，不紧不慢地抓起身体上另一只无法飞起的秃鹫，再次喝下其鲜血……直至他身体上这七只秃鹫全部死亡后，这青年的面孔，才渐渐有了一丝血色。

他躺在那里，看着天空。那天空很蓝，阳光火热，青年目中一片茫然，他，是苏铭。

在数日前的雨夜里，他已经苏醒，在苏醒的那一瞬，他依稀还能听到脑海中回荡的那似梦里呼唤他为哥哥的微弱声音，这声音一直伴随着他。

当他完全清醒时，也感受到了全身泛起的剧烈痛楚，没有丝毫力气，甚至连抬手都无法做到。

他只能躺在那里，任由雨水落在身上。那雨滴打在其全身的伤口处，痛着痛着，便麻木了。麻木的不仅是他的身，也有他的心。

这些天，他躺在原地，脑中很是迷茫与混乱，他只记得在乌山的半空，因那星空之人的一掌，出现了一个漩涡，将其吸入的一刹那，他看到了阿公闭着眼，生死未知地随之而来。

他不知道那漩涡是什么，也不清楚其为何会出现，更不知道如今自己是在哪里。但他看着那天空的烈阳，看着四周陌生的山峰，他心中有一个模糊的预感——他应该不在乌山了。

他不愿相信阿公已经死去，但他明白，阿公的伤势要比自己重很多，那最后一眼里看到的阿公闭目不动的身影，让苏铭不愿去继续想下去。他的心中一阵刺痛，仿佛永远地失去了至亲之人。

“阿公，不会死……”苏铭闭上眼，那神色上的哀伤，慢慢地被他隐藏起来。他从小到大都是在阿公的庇护下成长，没有独自一人长久地离开太远，可如今，这陌生的四周让苏铭的心有了孤独的同时，也让他不得不坚强起来。

当他再次睁开双眼的时候，看不到哀伤，他隐藏得很深，他的内心，外人看不到。他的目光平静，甚至平静得有些寒冷。

他挣扎着坐起身子，在那烈阳下盘膝闭目，默默地运转体内的气血。但这气血刚一流转，立刻便化作了剧痛，让苏铭身子一颤。但他咬着牙，没有传出丝毫声音。

他明白，自己的身体在强行突破之后又进行了连番大战，且最终重伤，已经留下了深深的隐患，这种隐患如今爆发了。

“凝血境第七层的二百四十三条血线还在，可没有痊愈前，我能发挥的……”苏铭气喘吁吁，抬起右手猛地握拳。剧痛袭来，但他的神色却是没有丝毫变化，他已经学会了去承受痛苦。

“大概可以发挥出一百条血线的实力，相当于凝血境第五层的巅峰，只是，随着时间的流逝，这种隐患会越来越大，让我越来越虚弱，直至死亡。”苏铭在那剧痛中去运转体内血线。渐渐地，当天色暗了下来，当那明月出现之时，苏铭抬头望着那月，一缕缕月光落下，在他的身体外缭绕，渐渐钻入体内，去滋养全身。

一夜很快过去，当清晨的阳光洒落大地，把夜里的一些微寒驱散，炙热重新来临后，苏铭睁开了眼，吐出了一口浊气。

他的面色比昨天要好了不少，却有种虚弱之感浮现，苏铭皱着眉头，检查了一下身体后，轻叹一声。

“若非我掌握了入微，再加上可以借月光疗伤，怕是这一夜过后，我能发挥出的血线之力会大幅减少，可就算是如此，我现在能发挥的血线之力也只剩下了九十八条。

“必须要尽快解决这一隐患，我需要足够的药石来调养。”苏铭略一沉吟，摸了摸怀中之物。他虽说之前被卷入那虚洞漩涡内，也不知在里面呆了多久，但怀里的几样物品还在。

一个破损的口袋，一根山痕死前拿着的小骨，还有族长在与他们离别前给予的一块确认部落安全的兽骨。

除了这些，还有一只骨埙，一个乌山蛮像的碎片，一个有了破损但却没有碎开的小瓶，那里面装着两滴蛮血。

望着这些物品，苏铭拿起那乌山蛮像的碎片，正是这个碎片，在爆开时从他的脸上划过，形成了一道疤痕。

望着此物，苏铭闭上眼，许久，他将所有的物品都放入那个破损的口袋里。此物或许有些蹊跷，但此刻，却是他唯一的选择。

收拾完了一切，苏铭站起身子，右手揉着眉心，露出思索的神态。他现在一切都要依靠自己，必须事事谨慎，不能出半点差错。

“此地陌生，以我如今的状态，在修为没有完全恢复前，不适合离开这片雨林。这里草木茂密，或许会有我所需的一些草药。”沉吟中，苏铭目光一闪，慢慢下了山，在这连绵的山中与那雨林内，用了数日的时间，谨慎警惕地全部搜索了一番。

“阿公……不在这里。”数日后，苏铭在一条山间小河旁坐下，捂着胸口，那里的痛，让他神色里的悲哀无法隐藏。

半晌之后，苏铭用冷漠与平静埋葬了悲伤，在那小河旁清洗着身体。看着那河水倒影里自己的面孔，那面孔不再有十六岁的稚嫩，而是透着淡淡的岁月痕迹。

“我在那漩涡里，呆了多少年……”摸着脸上乌山蛮像留下的伤疤，苏铭沉默着，将全身都清洗干净，穿上了衣衫，更将头发绑成一束，坐在那河水旁，默默地望着天空。

“那黑袍人拿出的令牌，为何阿公看了后会神色变化，黑袍人的话语里所说的……我们，是哪些人……

“毕图虽死，但通过那黑袍人的话语，这场战争的发起，另有含义……

“阿公身体里最后飞出的那大旗，化作了一片星空，那黑袍人曾失声惊呼为外域星空，何为外域……

“阿公让我记住那片星空，难道是说我的身世……”苏铭沉默着。他印象最深刻的，就是那被改变的星空里的身影，那与自己的样子有几分相似的中年人，他……是谁？

苏铭的心中隐隐有了答案，却无法确定。

“他……是我的父亲么……”

随着这些事情的发生，苏铭能感受到，在这件事上，在自己的身上，有一些巨大的谜团遮盖了四周，让他看不清。

“还有我如今是在什么地方，距离乌山有多远……”

“白灵……约定我还记得……可我无法赶去了。”苏铭闭上了眼。

“小红，你还好么……”当天色进入黄昏，隐隐暗下来时，苏铭离开了这条小河，向着雨林走去，背影透着孤独，带着蹒跚的萧瑟。

第40章 雷击木生火

这陌生的地方，夏季的炎热即便是在黑夜里也让人闷得喘不过气来，更是每隔几天便会有连绵数日的暴雨哗哗而下，使得雨林内的淤泥越来越泥泞，不好行走。

这让苏铭很不适应。他成长所在的乌山，那里虽说也有暴雨，但很少会如此，连续一个多月，雨水停息的时间不多。

苏铭的伤势越来越严重，那虚弱的感觉与日俱增，就算是以入微操控压制，以月光滋养，可随着时间的流逝，他能发挥出的血线也只有八十条那个样子了。

在这雨林深处，那尽管矮小却连绵起伏的山峦里，有一处小山上，一道天然形成的裂缝内，苏铭盘膝坐在那里。

此地没有积水，但四周的山壁却是潮湿的，把手放在上面，可以摸到冰冷的渗液，地面上有一些燃烧过后的木灰。这段日子来，苏铭就居住在这里。

这一处天然的裂缝，其内如同葫芦的形状，不大不小，可以作为避雨以及苏铭淬散之地。如这样的裂缝，在这山峦群有不少，苏铭没有费太多的时间便寻找到了这一处较为隐蔽的山洞。

“此地尽管雨水不断，可植被的生长同样因此极为茂盛，更有一些奇异的草药，甚至在邬森那里获得的七叶草也都有不少。”苏铭目光一闪，低头看了一眼前方不远处地面上的一堆草药。

这些是他在这一个月的时间冒着暴雨，在那雨林内谨慎地行走找到的药草。

“可惜这里草药虽多，却没有罗云叶，无法炼制山灵散；炼制清尘散与南离散的草药大都齐全了，唯独……烁夜枝。”

苏铭皱着眉头，这也是他这一月来始终无法炼制药石的原因。此刻从入定中醒来，仍然在想着此事。

外面的雨还在下，时而有闷闷雷霆轰轰传来，这样的声音，苏铭已经习以为常。他沉吟中向前走去，顺着裂缝走到了洞口处，第一眼就看到了那漆黑的天空上一道道闪电狰狞划过，拉成了一大片电光，紧接着雷鸣再起，似有人在天空咆哮，震慑大地。

那电光的闪烁将大地一下子照亮，但瞬间又化作黑暗，暴雨落地，有不少雨气向着苏铭扑面而来。

苏铭深吸口气，那季节的闷热略有消散。在这里，反倒比洞中更让人舒服一些，尽管潮湿却有一些清凉之感。

“没有烁夜枝，该如何淬散？难道真的要以如今虚弱的状态走出这片雨林去外面寻找不成……”苏铭的眉头越皱越紧。

许久，苏铭轻叹，就在这时，突然那天空上雷鸣轰轰持续中，一道闪电似开天而来，在划破长空的一瞬，因其距离那雨林太近，竟蓦然改变了方向，在苏铭的目中，那闪电如直线降临，轰的一声，落在了雨林内。紧接着，一股黑烟在电闪间升空，更有火光涌现。虽说很快那火光就熄灭，但苏铭在看到这一幕的刹那，却是心神猛地一震。

他的脑中在这一刻如有灵光一闪。

“那烁夜枝应不适合在这里生长，我记得此物在乌山很是寻常，每次摘取时都会有一些若火星之物闪烁，落在身上，似被火灼了一下的感觉，想来这烁夜枝应是蕴含了火的力量。而此地则是暴雨连连，一片潮湿，此药无法生长。”

苏铭在乌山的时候，不太会去如此思考，但如今，在这陌生的地方他孤单一人，一切的事情都要依靠自己。他目光闪动，盯着那雨林被闪电击中之处。

其身一晃，后退几步，回到了山洞里，抬起手从那些草药中拿出一株，苏铭凝神看去。

“这是铁芯蕊，此物……”苏铭手指在上轻轻一弹，立刻便有“当”的一声回

荡，似金石碰撞一般。

“此物内蕴含的，应该是铁石之力，所以这草药很是坚硬，寻常人不好摘取。

“还有这梓凌草，此物生长极为茂密，以前我很少去注意，但此刻看去……”苏铭拿起另一株草药，撕下一片叶子后，却见这株草药的截断处有汁液流出，但也就是一炷香的时间，那断口处的汁液凝聚，似形成了一个骨朵。苏铭知晓，若把这草药种在地上，那么用不了多久，这断口处就会有嫩叶再次生长出来，其生机让人很是惊异。

“这淬炼清尘散的五种草药，我之前没太注意，如今看来，这分明就是五种不同属性之物。

“铁石之力，生机之力，还有这烁夜的火，至于其他两种药材，也是此地最常见的蕴含了水之力与……这株药草所需不是其枝叶，而是埋在地底的根茎。”苏铭目露沉思，盯着那堆草药里一种黏着泥土的根茎。

“应该是泥土之力！”

“五种不同的属性，淬炼出那奇异的清尘散，如今缺少一味……但，若这药石的原理是这样，我或许可以……找出代替之物！”苏铭目光一闪，这个问题困扰了他一些时间，此刻在看到那雷击之后，豁然开朗。

苏铭立刻转身，整个人化作一道残影，出了这山洞裂缝后，蓦然冲进了暴雨里。雨水落在他的身上，很快就将其全身浇透，顺着他的头发流淌，但他的速度却是极快，顺着那小山疾驰，进入下方那片雨林内，向着他方才所看被雷击的地方而去。

雨林的大地一片淤泥，更有无数腐烂的树叶散发出带着潮湿的味道，在这暴雨中更是哗哗之声四起。苏铭的身子在这雨林内穿梭，在不久之后，他身子一跃，蹲在了一处湿滑的树枝上。在他的前方，他看到了一株参天大树，此树明显比其他树木要高出不少，但此刻却成了一片黑色，树枝成灰，一片残骸。

如今还有阵阵黑气散出，四周尽管雨水连连，但苏铭还是可以感受到附近残存的一股恐怖的威压。

他看了片刻，从那树枝上跃起，靠近了这黑色干枯的大树，抬手在上面摸了一下，一股温热之感传来。尽管外表摸去有雨水，但苏铭五指略一用力，猛地抓透进去，立刻感受到了其内的干燥。

"雷击之力与火有关，在那一瞬间落在此树上，使得这原本潮湿的大树一下子就水汽消散，干燥后在那雷击中燃烧。

"在这里，再没有其他之物能比眼下这燃烧过后的大树更具备火之力了。"苏铭身子一跃而起，身体上八十条血线蓦然闪烁血光，在这大树上连续拍出数下，轰轰之声回荡间，此树外皮全部碎裂爆开，露出了其内散发热气的树心。

苏铭右手成刀，猛地一砍之下，立刻将这三丈多高的树心砍断，分成数块快速放入其破损的袋子里。

但这袋子毕竟容纳有限，还有那么几块无法放入，被苏铭扛在肩上，在这雨林内疾驰，向着山洞而去。

"其实以我血液里蕴含的火应也可以，或是以火燃烧树木，以达到烁夜枝的效果，但与这天雷电火比较，还是此物更佳！"苏铭疾驰间，脑中浮现了诸多的念头，没过多久，便冒着雨回到了那处裂缝，进入到了山洞里。

苏铭略有气喘，将那干枯黑色又带着微热的几块树心放下，取出破损袋子里的那些树心。望着这些材料，他深吸口气，盘膝坐下后，调整体内气血。在两炷香的时间后，苏铭猛地睁开眼，右手抬起，心念一动间，霍的一声，却见一团火从他的右手上蓦然而起。

那火散发出炙热，烘烤四周，使得这山洞一下子有了明亮。苏铭神色极为凝重，谨慎地以那入微之术来操控手中的火焰，观察了片刻后，待那手中之火稳定下来，他左手迅速从身旁的药草堆里取出了炼制清尘散的草药，小心地将其放入右手的火焰里。

苏铭在来到这陌生的地方后，还未找到如黑炎峰那样的地方，但由于其自身气血存在了火，再加上与毕图一战后，他感觉自己有些地方似与之前不太一样了，比如这火，他不需要鲜血，就可让其出现。

所以，他才想出了这么一个以手为药鼎的淬炼之法。

清尘散，苏铭淬炼了很多次，对于每一个步骤都熟悉，只是这以手为药鼎的淬炼，他是第一次施展，在短暂的不适之后才慢慢地掌握了技巧。

那雷击树心，是最后一个放入之物。看着手中火焰内的五种材料融化融合，苏铭定气凝神，平静地淬炼起来。

第41章 遇生

第二天清晨到来，外面依旧还是暴雨不断，使得天地间一片朦胧。这小山的裂缝洞内，苏铭面露疲惫，但目中却很明亮。

他的右手上有一团黑色的液体在滚动，似要凝聚于一起，可尝试了数次，总是无法相容。

苏铭心中古井无波，操控手中的火焰，在片刻后猛地使那火焰一下子轰然增大，形成了一个火球，将其内的黑色液体完全遮盖。

半晌后，苏铭面色苍白。他在身体虚弱之时，长时间施展气血内存在的火，让他有些承受不住，此刻喘着粗气，右手上的火焰慢慢消散，最终，在他的手心里出现了三粒黑色的药石。

阵阵药香扑鼻，闻之让苏铭精神一振。他拿着这三粒药石放在面前，仔细地看了几眼。此药虽说不是青色，但那药香苏铭却很熟悉，他没有迟疑，取出一粒放入嘴里，那药石还带着火热，却伤不到苏铭。

入口即化，苏铭闭着眼，默默地感受了一番。

“有些不同，但的确是清尘散。”苏铭喃喃，将剩下的两粒清尘散收起，盘膝打坐，待身体的疲惫消散了，他望着眼前那堆草药，神色有了果断。

“清尘散既可以用这雷击树心炼制出来，那么也同样可以炼制这南离散，此散……我不知道它的效用，但想来有七成把握不会是如山灵散一样增加气血之力，毕竟打开第二道门后给出的三种药石中，纳神散可以忽略不计，山灵散为增加气血，这南离散不大可能只是效果的重复。”苏铭揉了揉眉心，他的大部分希望都放在了这南离散上，若是分析错误，就必须要在这虚弱的状态里强行离开此地，去外面寻找恢复的方法。

为了确保南离散的炼制，苏铭没有即刻淬炼，而是又休息了很久，直至外面的天色又漆黑下来。经过这一整天的休养，苏铭开始炼制这或许对他非常重要的南离散。

时间缓缓流逝，一晃就是半个月，苏铭在这陌生的地方已经停留了快两个月的时日，尤其是那最后半个月里，他的身体因炼制药石越加虚弱起来。

这南离散他是首次炼制，难免失败，可在他的不懈努力下，却是在半个月后的这一天成功了一次，炼制出了两粒南离散。

苏铭面色苍白，目光平静，望着手中那两粒明显比清尘散大上一圈的紫色药石，其上没有药香，看起来很是寻常。

略一沉吟，苏铭果断地取出一粒，没有迟疑放入口中。经过了这么多事情，苏铭已经不是一个孩童，他有自己的分析，从淬炼药石开始，除了那意外炼制出来的血散外，其余之物都没有害处，且最重要的是，他没有浪费一粒"成果"。

那紫色的药石在进入苏铭口中后，没有立刻融化，而是缓慢地化开，带着苦涩的味道，顺着他的喉咙散入体内，随后，苏铭取出一粒清尘散，服了下去。

做完这些，他盘膝闭目，运转体内气血，去感受这南离散的效果。

时间一点点过去，半个时辰后，苏铭忽然身子一颤，身体上二百四十三条血线顿时浮出，只不过其中只有八十多条为鲜红，其余的都很黯淡。

苏铭的身体颤抖得越加剧烈，露出痛苦的神色，片刻后猛地睁开眼，喷出一口黑血，那黑血落在地上，竟有一股腐烂的味道。

在这鲜血被喷出的一刻，苏铭的面色有了一些红润，身体上的那些黯淡的血线立即有近十条仿佛获得了新生，竟不再黯淡，而是慢慢有了璀璨的红芒。

许久，苏铭呼吸平复，他看着手中剩下的最后一粒南离散。

"此南离药石，有疗伤之效！若我能在部落交战前炼制出来……"苏铭闭上眼，轻叹一声。

在这雨林深处的山峦内，苏铭住了下来，他很少出去，每一次都是草药用尽，或者是没有了烁夜枝时，才会外出寻找。

好在这雨林很大，雷击树木的事情也并非罕见，往往一棵雷击树可以为他提供大量的炼制材料。

岁月匆匆，转眼便是一年。

这一年里，倒也有半年的时间没有雨水，也没有苏铭熟悉的雪，仿佛这里是一个没有寒冬的地方。

他的伤势实在是太重了，一年的时间，大量的南离散只让他身上的气血恢复

到了一百九十多条，距离巅峰还差一些。

苏铭这一年，曾有那么几次外出寻找草药时看到过一些人的足迹，甚至有一次他看到了一队十多人，在那雨林中狩猎一条巨大的蟒蛇。

这些蛮士大都是凝血五六层的样子，其中只有一个青年达到了凝血第七层，从其身边人的神色来看，此人应具备一些名望。

他们的衣着不是兽皮，而是粗麻布衣，手中大多以矛为武器，少见用弓。这些人的手腕处几乎都绑着一个黑色的铃铛，却不会发出任何声音。可那青年的手腕上却有两个。苏铭注意到，这些人中有一个凝血境第五层的少年，面色苍白，似生病的样子，被人保护在内。他的手腕上，苏铭看到了四个铃铛。

这是一个与乌山、风圳完全不同的部落，苏铭在观察他们之时，距离不敢太近，可即便是这样，还是引起了那凝血第七层的青年的注意，此人没有立刻出声，而是看似无意地在狩猎中靠近苏铭所在的地方。

他的这些举动，于苏铭看去却显得有些稚嫩。苏铭身子一晃便蓦然离去，以他的速度，这些人根本就无法阻拦。

苏铭没有去理会这些人，而是继续寻找草药，待天色渐晚后，他在回到山洞的途中又一次遇到了这群人。

此刻，他们将那带着四个铃铛的少年保护在内，在这雨林里搭建了一处简单的皮帐，似要过夜。

那凝血第七层的青年则是抱着矛靠在一棵大树上，目光闪闪，露出警惕。

在远处的一棵大树上，苏铭蹲在那里，望着这群人，产生了兴趣。他如今修为虽说还没有完全恢复，但也具备了一战之力，他想要知道这里是什么地方，这附近都有哪些部落。

但这群人显然很是排外，若他贸然前去，怕是对方不会听他的话语，而是直接杀戮。

双目闪动间，苏铭低下头，身子悄无声息地后退，消失在了雨林里。时间慢慢流逝，一个时辰后，这群人点燃了篝火驱散潮气之时，那靠在树上的青年突然神色一变，抓紧了手中的矛。

与此同时，其他的几人也立刻有所察觉。紧接着，一声野兽的嘶吼蓦然从雨林深处传来，却见一头似虎但整条脊柱长满了足有半尺长利刺的野兽猛地冲出，直奔这些人咆哮扑来。

“黑刺兽！”那群人里立刻有人惊呼，场面一时混乱。

“此兽喜火，快将火堆熄灭。”那凝血第七层的青年立刻开口，右手持矛，直奔那野兽而去。此兽实力虽强，但也只是相当于凝血第七层罢了，这青年能与其一战。

在他离开人群，与这黑刺兽交战之时，其他族人熄灭了火堆，使得这四周一下子漆黑下来。就在人们的视线有了短暂不适应的一刹那，一道身影以迅雷不及掩耳的速度蓦然冲出，直奔人群中被保护的那个少年。

其速之快，在这些人反应过来的一瞬，就已然临近那少年，没等这少年有所反抗，这来临的身影便一掌按在其颈脖，将他拍晕直接夹在腋下，一闪而去。

那些人一愣之下，立刻神色剧变，就连那青年也是面色瞬间阴沉，正要追击，但一时无法将黑刺兽逼开。这么一耽误，那夹着少年进入丛林的身影，已然远去。

苏铭在这雨林内疾驰，他的腋下夹着那少年，他与这些人没有仇，也不会无故杀人，就算是选择引来的野兽，也是这群人可以在没有死亡的前提下能驱赶走的。

他的目标，只是这个少年，此人身份必定不凡，能知道的事情也一定不少，苏铭需要知晓这里到底是什么地方，只能这么做。

“问出我想要的答案，将其放了就是。”苏铭在这丛林里闪躲，直奔远处而去，绕了一圈后，来到了一处偏僻的雨林角落，将这少年放下，蹲着身子在少年身上看了看，似有明悟。

他之前第一眼看到这少年时，便隐隐看出了一些问题，此刻细看后，有了确定。略一沉吟，苏铭从怀里取出了一粒南离散与清尘散，放入这少年嘴里，这才不紧不慢地退后几步，从怀里那破损的袋子中取出一张兽皮，将其披在了身上，盖住了身体以及面孔，坐在了离那少年不远处的一块树木上。

右手捡起身旁一块小木，苏铭轻轻一弹，此木直奔那少年眉心，没有太大的力量，但却可以将这少年“唤醒”。

那少年吃痛，睁开了眼，带着迷茫，但很快就化作了镇定，尽管面色苍白，一片病态，却没有惊恐，而是望着被兽皮盖住了身体坐在那里的苏铭。

“你是谁！”

第42章 南晨之地！

这少年的镇定不像是故意做出，是真的没有惊恐。这种神色若是在一个老人身上倒也不罕见，可一个少年人能拥有如此平静，绝非寻常。

他望着苏铭，目光没有闪烁与波动，却是微不可察地从苏铭的身上一扫而过，仿佛想要从一些细小的地方找出苏铭的来历。

苏铭坐在那里，全身被兽皮衣袍盖着，眼前这少年苏醒后的举动让他目中有了一丝赞赏，但这少年想要从他身上看出什么，却是不可能。

“你身上的伤势，已经很多年了。”苏铭没有回答这少年的问话，而是带着一丝沙哑，缓缓开口。

那少年神色不动，望着苏铭，沉默不言。他知道言多必失，索性看看这将自己掳来之人到底有什么目的。

“应该是在你出生不久，被一个强者故意所伤……”苏铭不疾不徐，继续说道。

那少年心中一惊，但神色却是依旧没有变化。

“去感受一下你体内的伤势，此刻有何变化？”苏铭平静的话语，不起半点波澜，说完后，便闭上了眼。

少年一愣，警惕地看了苏铭一眼后，略有犹豫，闭目运转体内气血。他之前苏醒后没有去察觉，此刻这一运转，猛地睁开眼，他清晰地感受到，自己体内的伤势竟有了一些好转。

尽管吃惊，但他却强自镇定，他知道自己的伤势是在五岁那年被人种下蛮术，但对方却故意让自己只伤不死，以此来拖延他父亲的修行，使得其父每隔一段时间都要消耗大量的气血来为其续命。

这种伤势极为阴毒，这些年来，他服下了大量的草药，可只能维持，无法让其好转，即便是族长、蛮公等人也都一筹莫展。若想要好转，唯一的方法就是找到那当年种下蛮术之人，将其杀了后，使得这蛮术化作无根之萍，方可成功。

但如今，他体内的伤势竟有了一些好转，这是他无论如何都没有预料到的。他的呼吸略显急促，连忙低下头，借重新查看体内伤势之际，掩盖了目中的光芒。

他曾无数次渴求上天能让他恢复，他不想拖累父亲。但这些年过去，他看着父亲渐渐苍老的容颜，有了寻死之心，若非是还有些牵挂，已然诀别。

这一次部落的族人来到这雨林里，是为部落收集药物，他跟随来，不是为自身疗伤，而是要证明自己也是族中的一员。

此刻他内心一动，抬头时不再掩饰，而是呆呆地看着苏铭，脸上露出激动与对生命的渴望。

"你……"少年深吸口气，声音有些颤抖。

"你体内伤势颇重，我也无法让你痊愈，但略有好转还是可以做到的。"苏铭睁开眼，隐藏在衣袍内的双目望着那少年，似可以看透此人内心，淡淡地说道。

少年被苏铭这目光一扫，顿时有种仿佛被看穿了一般的错觉。他自小心智不俗，之前的激动与渴望都是他故意露出，此刻听到苏铭的话语，他内心松了口气。若是苏铭言辞很是肯定的话，他反倒不会相信。

对于自己的伤势，他很了解。

"你想要什么？"这少年沉默片刻，神色恢复如常，把心中的紧张深深地隐藏起来，看着苏铭，轻声开口。

"这里是什么地方？"苏铭没有在这上面浪费心机，而是直接问出。他要获得的信息本就难免让人看出端倪，索性也不隐藏。

"这里是广邯林……"那少年轻声开口，心中却是一动，又继续说道，"广邯林很大，此地只是其一部分，再向深处，那邯山之后还有更广阔的雨林，具体有多远，我不清楚。"

"我只知道，从我来的方向出去，约半个月的路程，是邯山城，此城依山修建，因其处于去往天寒大部的必经之路，故而极为繁华。"少年说得很详细，尽管内心有所疑惑，却没有表露出来。

"天寒大部……"苏铭皱起眉头，暗叹一声。他从小去过的最远的地方就是那风圳部落，至于其他的部落，从未听说过。

"天寒大部是南晨之地两个大部之一，邯山城所在，是南晨之地的南面。"少年看了苏铭一眼，解释起来，内心对于此人的疑惑也越来越深，隐隐察觉出苏铭

应不是此地之人。这个猜测，让他对苏铭的敌意，少了很多。

他最担心的，就是对方为部落的敌对之人，如今通过一些蛛丝马迹，他放心不少。

“邯山城是哪个部落的？”苏铭话语如常，他若非是有心让这少年安心以便可以问出更多的信息，也不会让其看出端倪。

苏铭的这句话让那少年更为放心，脸上露出微笑。

“邯山城不属于一个部落，而是属于三个部落，分别是普羌部、颜戈部，还有就是安东部，由这三个部落共同控制。

“我就是普羌部的族人，前辈有能疗晚辈伤势之蛮，何不加入我普羌部，成为客家身份。我普羌部对于客家之人很是尊重，前辈若是答应，必定可有一歇之处，且能更好地了解此地，甚至若机缘巧合，还可获得拜入天寒宗的资格！”那少年说到这里，似随意地打量了一下苏铭。

“拜入此宗，太难了。”苏铭神色平静，这少年的举动都被他看在眼里，一眼就可看穿其内心。与他比较，眼前之人只是一个拉苏罢了。

少年摸了摸鼻子，讪笑道：“前辈说的是，不过进入天寒宗虽难，可也并非没有可能，邯山城十年前真的有人成功度过了考验，成为天寒宗之蛮。”

苏铭略一沉吟，站起了身子。他能看出这少年所说除了其自身身份外，其余应大都属实，这些信息本就不是什么隐秘，对方也没有必要说谎。将这些信息在脑中整理后，苏铭对于此地有了一些大概的轮廓，这里是一个与他所在的地方完全不同的区域。

关于这一点，他在夜晚时看着星空就有所发现，这里的星空熟悉中带着一些陌生。

苏铭起身，没有去看那少年，他甚至连此人的名字都没有去问。即便是对方自己说出属于普羌部，他也同样不会问。

与其比较，这少年尽管聪颖，却透着稚嫩，如没有经历过风浪的雏鸟。看着他，苏铭似能看到以前的自己。

苏铭向着雨林内走去，那少年完全愣住了。他内心已经想好了后续的很多变化，甚至已经准备了一番言辞，最终的目的是要确保自己的安全，可如今这全部的准备，都因苏铭那随意的远去，一点用处都没了。

“他竟真的只是问一些附近的信息……此人很怪，但应没有恶意……”这少年摸了摸嘴。实际上他在苏醒之时就察觉到嘴里有一股涩涩的感觉，应该是服下了一些什么。

结合其伤势的略有好转，再加上此刻看到苏铭不闻不问地离去，少年内心终于确定，眼前这个人，对自己的确是没有恶意。

“他若想害我，根本就不必替我疗伤，严刑逼供下，这些不涉及到部落隐秘的事情，我自然也会有选择地说出……

“但他却没有，反倒是先给我疗伤……还有他之前将我掳来时引出的黑刺兽，现在看来，也是他有意选择了此兽，因此兽只相当于凝血第七层左右，阿猛大哥可以对付，且不会伤害族人。”

少年脑中念头百转，眼看苏铭的身影就要消失，连忙起身快跑几步。

“前辈留步！”

他的声音在这雨林内传出，却没有让苏铭停下脚步，其身一晃，从少年的眼中消失。

这少年追了一段路程，没有什么发现，脸上不由得起了懊悔之意。

“唉，这人怎么走得这么快，我是谨慎过头了，错失了疗伤的机会……”少年越想越是后悔。

此刻，远处雨林里有嗖嗖之声传出，这少年没动，他能感受到那是族人在接近。果然没过多久，那凝血第七层的青年一步冲出，其身后跟着其他族人。

看到少年平安，这些人都松了口气。那叫做阿猛的青年走近后低声询问，少年却只是摇头，没有开口，更没有提及与苏铭的交谈。他有自己的想法，且不再犹豫，而是坚定下来。

雨林内，苏铭默默地走着，眼中带着迷茫，向着前方的山峦而去。

“南晨之地。

“邯山城。

“天寒大部……天寒宗！”苏铭不懂什么是天寒宗，但通过那少年的话语与神色，他隐隐有些明白。

“这天寒宗，应该是一个与部落不同的存在……

“这里是南晨之地，距离我的家……有多远……”苏铭轻叹着，他只记得那黑袍人说过，乌山是西盟区域，风圳部是苗蛮弱脉。

第43章 不犯往过!

与此地部落蛮士的短暂接触已经过去了两个月，苏铭依旧选择留在此地，整日里淬炼南离散，使得其伤势慢慢向着痊愈进展。

此刻，他正盘膝坐在那洞穴内，吞下了南离散后，默默地打坐，身体上的二百四十三条血线除了十条依旧黯淡无光，其余的全部迸发了生机。

一年多的时间，大量的南离散终于让他当初那严重的伤势与隐患渐渐得到恢复和消除。这一年多里，他总是会想起部落，想起阿公，想起小红，想起白灵。

还有雷辰。

苏铭不知道如今部落怎样，不知道小红是否还在乌山快乐地玩耍，不知道白灵在自己没有履行约定后，是否还在等待。

每次想到这些，苏铭的心中都会感到阵阵刺痛。独自一个人在陌生的大地上，看着那天空的月，他想家，想他不愿相信会死亡的阿公，还有那熟悉的一切。

可家的具体位置，他没有线索，唯一知道的就是西盟区域，苗蛮弱脉风圳部落。

但西盟与南晨之地显然有着极远的距离，具体的路线，他没有答案。

“我需要一张去往西盟的地图！

“并且，只有让自己变强，才可以有寻找到家的能力……只有让自己变得更强，才可以让那黑袍人所谓的他们付出足够的代价！”

这一年多的时间，苏铭总是在思索部落与黑山的一战，这一战里有很多他当时忽略的细节，这些细节全部指向那黑袍人。

苏铭睁开眼，从入定中醒来，看着漆黑的四周，一种孤独的感觉弥漫而来。这种感觉他体会了一年多，却还没有习惯与适应。

在那洞穴里待了许久，苏铭默默地走出，在那洞口裂缝外，他看着天空的月，四周一片寂静。他坐在地上，呼吸着依旧略有些潮湿的空气，从怀里取出了一个

拳头大小的骨埙，轻轻地抚摸着。

不知过去了多久，一缕埙曲仿佛在这天地间回旋，那呜呜的声音透出一股悲伤，久久不散。

苏铭不会吹奏起伏的音律，那骨埙上有一些裂缝，也无法被吹出声音，它已经损坏了。这声音，不是奏出，而是存于苏铭的心中，他拿着骨埙，闭着眼，就可以听到那心中的曲。

这是此地唯一可以陪伴他的声音了，他听着仿佛真的存在于耳边的埙曲，似可以从那里找到不再陌生的熟悉。

每当寂寞时，都会想起那曾经的美好……

每当孤独时，都会忆起那往昔的快乐……

许久，当天空的月到了最明亮之时，苏铭闭着眼，坐在那里，他的身体上泛着月光，渐渐地，有一只只似月光组成的虚影，从他的身体内飘出，环绕在四周。

那些虚影是一只只月翼，月翼是火蛮一族的蛮公施展大神通之术换来的永生之身，却被蛮神以万古一造之术改变，沦为人不人兽不兽之体，更经历了万古岁月，那往昔的神通之力减少了很多，使得它们的永生似也有了破绽。

但，与毕图及那黑袍人的一战却不足以将它们抹杀，毁去的只是身体，它们的魂依旧还环绕在苏铭的四周，隐藏在他的身体内，在这月光下浮现，除非遇到修行火蛮之人，否则外人看不到它们的存在。

这一点，苏铭并没有确定的答案，是他通过与这些月翼之魂的感应明悟的。

这，是如今苏铭最大的依持，也是他不在意那两个月前被问询的少年是否会将他的存在告知于人的原因。

他不想无故杀戮，但若是有人来寻他的麻烦，就要有面对死亡的准备。

当天空的月渐渐散去，清晨的阳光隐隐从天边泛起之时，阵阵呼喊之声从那山下的雨林内弱弱地传来。

“前辈……前辈……”

“前辈，我错了……前辈……”

苏铭神色平静。这个声音，在这两个月来几乎每隔一段日子他都能听到。这片雨林很大，山峦众多，要寻找一个人，不说如大海捞针，但也差不了多少。

这声音属于那个少年，两个月前，苏铭离去时就已经料到了后续的变化，那少年不外乎是在说与不说之间选择。

说了，或许会引起其部落的重视，会有强者来临。但这广邯林之大，想要找一个人不容易，且他苏铭若想避开，更是寻找艰难。

最重要的是，这些人是有求于他，以那少年的聪明，若是如此阵势，想来不但得不到好处，反而会引起苏铭的不悦。

这少年没有让苏铭失望，在这两个月里，他多次独自一人来此呼唤苏铭。

苏铭听着那远处传来的呼喊，没有去理会，起身回到了洞穴内，继续淬炼南离散，调息身体的伤势。

又过了数日，那声音才慢慢消失。

半个月后，当苏铭身上的血线只有九条黯淡之时，他再次听到了雨林内传来的微弱声音。

“前辈……前辈……”

这声音持续了两天，还在继续，苏铭从入定中睁开眼，露出沉吟的神色。

“同样的错误，我不会犯第二次了……”苏铭似想起了什么，走出洞穴，换上了兽皮衣衫后，身子一晃，向着那雨林内疾驰而去。

雨林中，少年脸上始终带着懊悔，更有谨慎与警惕，手中拿着一把黑色的骨刀，此刀散发出阵阵寒意，是他用来防身之物。

毕竟他独自一人离开部落来到这里，是一件很危险的事情，若是遇到了敌人，有此刀在，也可起些作用。

一边在这雨林内疾驰，他一边喊着这段日子里重复的话语。

“前辈……前辈……”

许久之后，他喘着粗气，靠在一旁的大树上，神色颇为无奈。

“莫非那怪人离开了不成，否则的话，这都快三个月了，应能听到我的喊声啊……唉，他若是没有离去，就是不愿见我了。”少年长叹一声，脸上露出苦涩，看了看四周，咬牙向着前方继续行去。

“前辈……你到底在不在啊！”眼看太阳就快落山，天空中有了明月的虚影，少年神色气馁，向着天空再次大喊了一句。

“在。”少年声音刚刚落下，其身后传来了冰冷的话语。这话出现得太过突然，把那少年吓了一跳，起身猛地向前一跃，转身露出警惕的同时，手中的刀已然举起。当他看到身后那站在一棵大树枝条上的身影时，顿时露出惊喜之色。

“前辈，我找你找得好苦啊，这都三个月了。”少年连忙收起骨刀，激动地望着苏铭被兽皮遮盖的身影,快走几步后,向着苏铭一拜。

“请前辈救我,晚辈方木,之前有所隐瞒,实际上我是安东部族人,我阿爸是安东部族长,只要前辈能缓解晚辈身上的伤势,晚辈及家父一定厚报。

“此刀就是晚辈对之前隐瞒之过的赔礼,还请前辈收下。”叫做方木的少年极为诚恳,在向着苏铭所站之处一拜后,连忙将那黑色的骨刀双手递出。

那骨刀散发黑芒,透出一股森然气息,显然并非凡品,而是一件类似鳞血矛的仿蛮器,此物对小部落来说极为珍贵。

苏铭目光一闪,通过这少年送出此刀,不难猜出,那掌握了邯山城的三个部落必定是中型部落,绝不可能是小部。

身子一晃,苏铭走到了方木面前,看了方木一眼后,拿过那黑色的骨刀,没有动用气血之力,而是以体内存在的月翼之魂无形融入,立刻就使得这骨刀黑光剧烈地闪烁,其上的寒气瞬间消失,整个骨刀更是刹那成为了红色,似被燃烧,一股炙热猛地散开,竟让这四周的树木一下子仿若燃烧,干枯了一般。

那炙热扑面,让方木连连后退,露出震撼的神色。他看不出苏铭的修为,但知道就算是族中的同辈强者也无法使得这把刀散发出如此之威,只有他阿爸那样的人物当年在把此刀给他时,曾显露出类似的惊人效果,但不是炙热,而是寒冰。

“莫非……莫非他是开尘境!”方木口干舌燥,内心很是庆幸自己没有将此事告诉任何人,而是独自前来,否则引起此人的不悦,后果将会很严重。

苏铭的神色方木看不到,越加觉得神秘。就在这时,苏铭左手猛地抬起,以迅雷不及掩耳之势,将两粒药石在方木还没有看清之时便按入其口,气血略微一动,就将这两粒药石溶化,方木连形状都没有感觉到,嘴里便有了热流融入体内。

“给你十五息的时间记住这药草,下次前来,取千株换疗伤之物!另外,我不喜有人窥探,只此一次!”苏铭话语平静,但却透出沙哑的阴沉,右手拿着骨刀一挥,旁边一棵大树的树皮立刻脱落,表面出现了一株草药的形状,那样子正是炼制山灵散所缺的一味草药——罗云叶!

随后他不去理会那方木,而是起身向着半空一步迈去,其脚下有月翼无形之魂,踏着那一个个月翼之魂,苏铭如踏空而去。

他脚下的月翼之魂外人看不到,在方木看来,苏铭整个人似凭空走向了天际,这让他睁大了眼,倒吸口气。

“真是开尘么……”许久,他才反应过来。但他很快就回想起了苏铭离去时的后半句话，愣了一下后，立刻四下看去，却见在那雨林内缓缓走出一个强壮的身影。

“阿爸！”方木揉了揉眼，很是吃惊。

那大汉穿着蓝色的衣袍，神色凝重地走到方木身旁，望着苏铭离去的方向，皱起眉头。

“伤势有好转吗？”他沉声开口。

方木心中忐忑，连忙感受体内的伤势，发现真的再次好转了一些，立刻点头。

“阿爸，你一直跟着我么，那前辈竟能发现你，难道真的是开尘？”

“不像……他体内气血有……”那大汉皱着眉头，还没等说完，突然旁边那树干上的罗云叶图案，慢慢化作了碎屑，飞散开来。这是苏铭入微之力的强大之处，对于每一丝气血之力，他都能做到极为精妙。

“正好是十五息……这是开尘入微！！”那大汉双目瞳孔猛地一缩。

“完了完了，我还没记住这草药的样子！”一旁的方木立刻焦急地道。

“那是罗云叶，我帮你去弄。此人，你记得要恭恭敬敬，不能得罪，见他如见族中长辈，这或许是你的造化。”那大汉深吸口气，尽管还有所怀疑，但也有了七八成相信，回头严肃地叮嘱起来。

第44章 夺灵散

苏铭此刻已远离方木所在的地方，在这雨林内疾驰，他神色如常，内心没有丝毫波澜起伏，但警惕心却极高，若四周有风吹草动，他会第一时间察觉。

实际上他并没有发现方木的父亲，那番话语和举动，大都是防患于未然。他在乌山时曾遇到过类似的一幕，那是在面对司空时，他只看到了眼前的司空，而没有想到这样身份的族人会引起较大的动静，岂能在强者的目光下独自追来。事后被阿公指导，想到了当时忽略的事情。可那是在乌山，有阿公的关注，危险程度不大，但如今在这陌生的环境里，没有阿公的保护，一切都要依靠他自己，不能出任何差错。

他尽管没有察觉有人跟随方木，但此事疑点很多，以苏铭的聪颖，几个月的时间足够他分析得彻彻底底。

一个凝血境第五层的少年，还有伤在身，怎么可能会数月之内多次独自一人来到这片雨林，且每次都很是安全？即便是这少年想这么做，但他的亲人也必定有所察觉，暗中跟随，也可以理解。

还有，这少年的伤势略有好转，且途中被自己掳走，此事即便是少年不说，那些跟随其一起进入雨林的族人，也必定会上报。

种种蛛丝马迹，让苏铭不难猜出，这方木身后必定有人暗中跟随，其目的就是要找到自己。如此，苏铭才会数月之后，方不疾不徐地出现。

那少年所赠之刀的不凡，更是让苏铭确信，这安东部绝非小型部落，而是一个中型部落，这样的部落，这少年高贵的身份，都使得其独自一人前来成为了不可能之事。

苏铭断定有人隐藏在四周观察着自己，之所以没有轻举妄动，是因苏铭接过那把刀后，以月翼之魂展开了炙热火焰之力，给人造成一种似开尘的错觉。

再加上他踏着月翼之魂如踏空而去时，以心动入微之术在那大树上留下了痕迹与十五息的话语，这番举动，将会被人看成是警告。

苏铭要的，也正是这种让人迟疑的警告之意。毕竟这一切的前提是他让那少年的伤势一次比一次好转，在这前提下，他就占据了完全的主动，配合让人拿捏不准的修为，便可保证他的安全。

苏铭神色平静，没有立刻回到裂缝洞穴，而是在这四周绕了数圈，直至天空完全漆黑下来，明月高挂之时，他才回到洞内。

盘膝坐在洞内，苏铭右手抬起向前一挥，顿时便有一些无形的月翼之魂散开，弥漫在那洞口的方向。这一年多的时间，他便是以这种方法来提防出现意外。

“若一切顺利，也快到了我离开这里之时。”坐在那里，苏铭目露思索，仔细地想了一下之前的举动后，便沉浸在气血运转之中。渐渐地，他的身体上血光闪动。

这种长久的修行、疗伤，是枯燥的，并非人人都可以忍耐得住，但苏铭却在这一年多的时间里渐渐习惯了，习惯了独自一人在这寂静的洞穴内默默地疗伤。

不断地淬炼南离散，不断地服下药石疗伤，体内当初的伤势在这时间的流逝里，慢慢地恢复。

一个月后，在那雨林里再次有了呼唤前辈的声音，这一次苏铭同样让其等了数日，直到某个夜晚才去见面。

为方木疗伤之后，取回了他所需的罗云叶，同样地，他再次提出了另一种草药的数量。

那方木神色极为恭敬，对于苏铭的要求几乎全部满足，更是把这四周三个部落很多不算隐秘的事情大都告知给苏铭，使得苏铭了解得更为全面，包括这三个部落的各自独特的蛮术。

二人的这种交易，在此次之后便有了一定的基础。

这雨林内的药草尽管很多，但若用来炼制药石，往往还是难以全面，但有了方木，一切迎刃而解，苏铭淬炼药石的速度也慢慢提高了起来。

甚至就连烁夜枝，那方木也在他父亲的默许下硬生生地从邯山城换来了不少，拿来孝敬苏铭，他来到这里的次数也多了起来，有时候还带来不少生活用品，比如一些样子看起来很是不凡的衣衫。

这几套衣衫，是方木的父亲提醒他准备的，考虑到苏铭喜欢用兽皮袍子遮盖面部的癖好，故而这些衣衫也大都是如此。

一共三套，粗麻布衣与其根本就无法比较。

“墨前辈，这些衣衫可是我费了很大的劲才从邯山城里定制的，我们部落里只有蛮公与族长等不多的人才拥有。”方木大献殷勤，让苏铭对其的好感略有增加，但以苏铭的谨慎，他们的见面依旧是不固定时间，且从不告诉对方自己居住的洞穴所在。

这样又过了半年，如今苏铭在这雨林内已经整整滞留了两年，他的伤势，在一个月前完全恢复，二百四十三条血线一出，立刻便具备了凝血境第七层的磅礴之力。

山灵散也在拥有了完备的草药后被苏铭炼制出了不少，吞食之后，其修为也得以恢复，开始稳定地增长起来。

有了足够的药石，苏铭有了新的想法，此刻在他的手中有两种药石——山灵散与南离散。

它们的数量都不少，均有十多粒的样子。看着手中的药石，苏铭沉吟了片刻后，露出果断。

“应去看看打开第二扇门后，还会出现什么！”苏铭收起药石，摸了摸一直伴随他来到此地，那脖子上的黑色碎片。

这神秘的黑色碎片带给了苏铭数种药石，让他的伤势痊愈，修为得到提高，如今他具备了打开第二扇门所需的药物。果断中，苏铭闭上了眼，按照之前进入那奇异空间的方式，在这较为安全的裂缝之洞内，苏铭的全身瞬间起了黑芒，那黑芒化作幽光，渐渐将其全身笼罩后，剧烈的一闪之下，消失无影，连同苏铭的身体也都消失。

还是那片雾气蒙蒙的天地，昏暗中，苏铭很快就适应下来。在那雾气里，他直奔前方，渐渐在那雾气中看到了熟悉的山与那山下的通道。

望着此山，苏铭默不做声。走入通道，四周的图案依旧，没有丝毫改变，他穿过了那被打开的第一扇门，没过多久，便来到了那第二扇门所在的地方。

按照之前打开第一扇门的方法，苏铭上前几步，从怀里取出南离散与山灵散，一一放入门上的小孔里。

当那些小孔内的丹药全部都放入后，苏铭退后几步，凝神看去。

此门的所有小孔渐渐散发出强烈的光芒，那光芒扩散，轰轰巨响回荡四周。很快，这第二扇门慢慢向后开启，露出一道缝隙，渐渐完全打开，在轰的一声后，露出了门内的通道。

苏铭目中透着冷静，没有轻举妄动，而是等那门完全开启。那通道的颜色有些发红，四周墙壁也有红芒闪烁，一片寂静。

又等了半晌，苏铭抬起脚步，慢慢走进这通道，只见通道的四周墙壁上雕刻着一幅幅炼制药石的情景。苏铭之前打开第一扇门时，便发现这墙壁上雕刻的似乎是淬炼的技巧，若能掌握，对淬炼药石的帮助很大。

他不疾不徐地一边走着，一边牢牢记住那一幅幅雕刻上的画面。也不知过去了多久，当那雕刻画面结束后，他的前方出现了一个不大的密室。

第三扇门，赫然在这密室之内。

此门之上，只有一种药石的图案。苏铭目光闪动，看了一眼这药石图案下的小孔。因之前有过两次经验，苏铭通过三种药石的炼制，已然猜出这奇异之地存在的一扇扇门所需的开启条件，那药石的数量便代表了此种药石炼制的难度。

数量要求越多，则越为简单。

此刻看去，苏铭皱起了眉头——那药石图案下，只有两个小孔！

“此药……怕是除了纳神散外，最难炼制的了。”苏铭皱着眉头走上前，右手抬起按在那门上，在这一瞬间，那让他熟悉的脑中涨痛之感再次浮现，随着此门的光芒闪烁，苏铭的脑海里一幅幅炼制此药石的画面不断地浮出。

许久，苏铭右手一颤，似被一股反震弹起，其身连续退后数步，猛地抬头，他的双眼露出了震惊之芒。

“夺灵散！”苏铭倒吸口气，此番他脑海中传承而来的信息里，除了炼制此散的方法与其名称外，第一次出现了有关此散功效的介绍。

“夺纳虚灵入此石散，溃可伤人，凝可养魂！”苏铭目光一闪，仔细记住了这夺灵散所需的药草后，闭上眼，脸上露出复杂的表情。

“此散的炼制，需要的这些草药很是……

“且不是以寻常之鼎，而是要以将死之人身体为鼎，再次种下所需草药后，以此炼制……

“且炼制不能用寻常之火，而是以尸气凝聚，引动天雷降临，以此炼制而成，同样也可避开此药石炼制而出后的天地异象。”苏铭沉默片刻，深深地看了那石门一眼，转身向着外面走去。

“尽管炼制艰难，且成功率不高……但此散一旦炼制出来，其威力……”苏铭脑海中浮现对此散的介绍。

“夺虚灵，这虚灵应该就是蛮纹所化之物，如黑山族长的血熊，如山痕的刀……怕是开尘以下，无人能抵抗……就算是开尘，也并非没有击杀之力，这哪里还是什么药石……”苏铭目光闪动，走了出去。

那雨林深处的裂缝之洞内，此刻幽光闪烁，苏铭的身体慢慢浮现出来。他坐在那里，摸着脖子上的黑色碎片，陷入沉思。

“一共需要十九种草药，其中绝大部分我都认识，阿公给我的图鉴上都有，只有一种很是陌生……不过这还不是重点，重点是这十九种草药竟有三种不需成品，而是要以强大野兽的骨去种下……让其借骨生长。

“所谓强大的野兽，那传来的信息里所显示的，竟是相当于开尘境强者的凶兽……”

第45章 走出

“该是去一趟这邯山城的时候了。”这一天清晨，苏铭从入定中苏醒，神色中依旧还残留了一夜思索的复杂心绪，他的内心已经有了决断。

整理了一番身上的药石，苏铭看了看这洞穴四周。在此地居住了两年，他没有打算就此不回，这里的一切他已经熟悉，是一个很好的修炼之所。

“方木所说附近的信息，应九成是真的，但也要亲自验证一下，尤其是那普羌部！且……这邯山城既是去南晨之地天寒大部的必经之路，其内说不定会有通往西盟的地图。”苏铭走出了洞穴裂缝，站在外面，风带着湿气吹来，如今又到了他两年前来到这里时遇到的雨季。

摸了摸怀里那破损的袋子，此物在这两年里没有丝毫变化，里面的空间碎裂的地方也没有蔓延，使得苏铭放心不少。

那袋子里除了他炼制的大量药石外，还有不少是他在这两年里猎取的野兽皮毛与骨脏之物。通过方木，苏铭了解到，这南晨之地的部落与他们西盟有些不同，这里对于草药的需求尽管不小，但更多的却是从一些野兽身上获取。

比如他第一次看到方木时，他们正猎取那条蟒蛇，就是要取其毒胆，还有蛇骨之类，用来炼制药物。

做完充分的准备工作，苏铭身子一晃，直奔山下雨林而去。

当夜晚来临时，在这片雨林的边缘，苏铭第一次从其内走了出来。他穿着一件天蓝色的长衫，一头黑发在雨风中舞动，在他的前方是一片茫茫草原。

此刻天大地大，可四周除了他，却没有第二个身影。实际上这片雨林本就很少有人前来，以往就算有人，也大都是为获取炼制药物的材料而来。

苏铭默默前行，其速之快，如一道长虹呼啸，只是这长虹没有升空，而是紧贴着大地，向前一闪而去。

“方木曾说，沿这个方向需要十天的时间。”苏铭早就从方木那里知晓邯山城所在的方位，且对此城的一些细节也都了然于心。

“这是一个混乱的城池，由三个部落共同操控，因其所在为枢纽之处，故而强者众多……而这三个部落的管理也比较松散，会从来到此城的强者里选择客家，以厚礼相邀。”苏铭目光闪动，速度越来越快。

南晨之地以山峦为主，在这一片苍茫的大地上，那无数的山峦堪称十万乃至更多，说它是山峦之地毫不为过。

那一个个部落也大都是环山而建，与西盟区域完全不同。

因整个南晨之地的部落众多，各种奇异的蛮术层出不穷，其中强者也相应不少，再加上天寒大部的存在，尤其是那天寒宗的建立，为这南晨之地的强盛提供了一个强大的基础。

天寒宗，它不是部落，而是一个宗门，一个属于蛮士的宗门！只要是南晨之地的蛮士，无论来自哪一个部落，若能通过天寒宗的考验，就可拜入此宗。

这天寒宗在南晨之地极富盛名，传闻颇多，据说最早是在六千年前，由天寒部的蛮公在外人的帮助下建立，随着时间的流逝，当那曾经还是中型部落的天寒慢慢壮大成为了整个南晨两个大部之一后，这天寒宗更是因之崛起。

号称十万蛮士尽在天寒！

整个南晨之地，天寒宗第一个打破了部落之间的限制，将蛮族之术开放，使得那些资质极佳之人都可以成长为强者。

据说，天寒大部之所以能成为南晨巨头，也与这天寒宗有密切的关联，此宗还有传闻，说是其内的一切都是模仿那神秘莫测、修行与蛮族迥异的外域之地。

传闻在那外域之地，没有部落，都是一个个宗门。

因这天寒宗的成功，在这数千年来，整个南晨之地也掀起了一场宗门之风，大量的部落纷纷效仿，尤其是以另一个与天寒齐名的大部海东部为甚，组建了海东宗，两大宗门常有摩擦。

同样地，除了小型部落外，那些但凡具备了一些实力的中型部落，也都在这效仿中组建了各自的部落宗门。

只不过这样的宗门，实际上还是以本部的蛮士为主，排外之心无法消散，至多也就是开放了一部分传承的蛮术，用来吸引来自八方的客家强者加入，以此增加各自部落的力量，大都是相互利用，且时刻存在提防之心。

这些事情，苏铭在这大半年里与方木的数次交易中已然探明。这南晨的奇异，他倒也没有太过意外，毕竟他虽说来自西盟，但从小到大也只是在乌山附近罢了，对于整个西盟的了解反倒不如现在对这南晨的知晓。

邯山城，准确地说就是在这样的环境下建立的，实际上它的存在虽说已经有两千年的历史，但被这普羌、颜池、安东三部占据，也仅仅只有不到四百年的时间。

苏铭曾听方木说起，在他们部落的木简上记录着四百年前的那场大战，当时的邯山城被一个极为强盛的中型部落邯部掌控，此后衰败，被麾下三部吞噬，邯山城的统治权也易手。

之所以要抢此城，是因谁占据了这座城池，谁就具备了与天寒宗联系的资格，且在这附近八方，占据了邯山城就等于成为了此地的霸主，享有一些方木都不知晓的特殊权利。

只不过这三个部落实力相差不多，无力再战，否则的话，到手的邯山城怕是又要易主，故而当年三部首领定下了盟约，共同操控此城。

但不是以部落来操控，而是以三部组建的宗门。

苏铭脑海浮现这一幕幕他从方木那里知晓的信息，在数日后，站在一处山峰之上，看着前方。此刻是黄昏，在那昏暗的天地间，在那不远处，有一座高山。

其上没有任何草木，而是一个山城，通体山石，极为雄壮，远不是那风圳泥石城可以比较。这是苏铭从小到大看到的最震撼之城。

他站在那山峰上，望着此山城许久，深深地吸了一口气，目中露出明亮之芒。他联想到为何阿公在年轻的时候会多次外出，离开乌山去游历——只有看得更多，只有见识了这真正的天地，一个人才算得上成长了。

否则的话，长的只是身体，而不是其魂。

那山风呼啸着扑面而来，吹起满头长发，苏铭盘膝坐了下来。在这里，他明显感觉到体内大量的月翼之魂似有了躁动，此刻盘膝中他双目闭上，片刻后猛地睁开之时，在他的瞳孔内出现了血月之影。

那血月之影很淡，外人看不到，可此刻在苏铭的眼中，这片天地却蓦然一变！

他看到在那山城之上，赫然有三团雾气泾渭分明地漂浮着。

那三团雾气，分别是红、黑、白！

而同样在这邯山城的外面，目光尽头可遥遥而望的方向，环绕此城，有三座

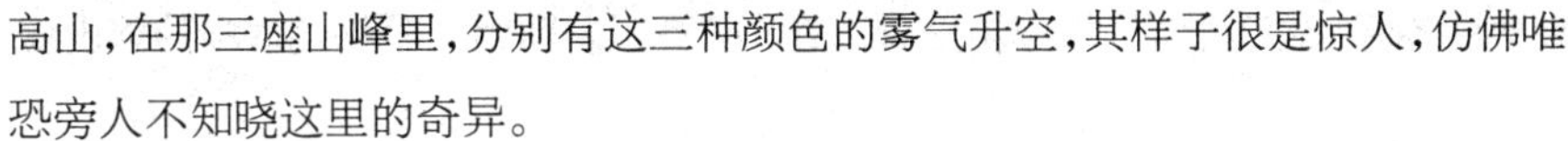

高山，在那三座山峰里，分别有这三种颜色的雾气升空，其样子很是惊人，仿佛唯恐旁人不知晓这里的奇异。

在那邯山城左侧远处的高山，其雾为红，隐隐可见在那红雾里似有一个女子的面孔，透出阴寒，使人望去难免心神震动。

在那邯山城右侧，另一座山峰则是一片白雾，云遮雾罩的同时，也有肃杀之意四起。在那白雾里，时而有一条巨大的白色蝎子身影若隐若现，可以模糊地看到，那蝎子的尾巴上似有一个黑色的铃铛。

最后一座山峰，则在邯山城后方，此山黑气弥漫，透出一股死亡之意，阴森无比的同时，在那雾气里似显现出一具盘膝而坐、通体漆黑的骸骨。

“黑色为普羌部，红色为颜池部，至于那白色，便是安东部！”苏铭喃喃自语，双目中的血月之影逐渐消散。

这三座山峰虽说看起来距离不远，但若寻常人行走，往往需要数日。

有三条目光看去略细的铁链赫然从那邯山城的山峰蔓延，与这三个部落所在的山峰连接在一起，在那铁链的下方则是万丈深渊，若是坠落下去，除非是开尘境，否则必死无疑。

这三条铁链似因太高，在那山风中摇晃。

更远的地方，被铁链连接的那三座分属不同部落的山峰后，依稀还能看见这铁链似穿透而过，延伸到更远的地方，只不过那里被雾气遮盖，目光的尽头一片模糊，看不清了。

“这三部散开威压，笼罩邯山城，显然是以此来展现实力，震慑旁人的同时，也可更好地吸引客家强者的加入。”苏铭盯着那被黑气缭绕的邯山城后方山峰，那里，是普羌部所在。

第46章 邯山城

“方木所说，没错……这普羌部的确与那邬森一样，都是以死气修行，但看起来显然不是邬森可比的。”苏铭望着远处，起身顺着山路向着那黄昏中的邯山城而去。

“若真把那夺灵散炼制出来，从此之后，我倒也符合了旁人所说的邪蛮身份……”黄昏中，苏铭的身影被拉出很长的影子，那身影里有孤独的同时，也有一股坚定与执着。

黄昏的阳光带着余暖，照耀在这片山峦大地上，苏铭迎着那夕阳，走向这陌生的邯山城。

此城远看很是雄壮，如今随着苏铭的临近，那城池看起来更是磅礴惊人。以山为城，融山之高化作威压，形成一股强烈的压迫之感，可以让一切靠近此城之人，在山脚下清晰感受到。再加上此城之上环绕的那三团雾气，更起到了威慑之效。如此一来，就算是自身修为不凡之辈，来到这里也不由得会谨慎行事。

苏铭看着那邯山城，深深吸了一口气，神色平静，一步步顺着那山路向上走去。在这邯山城下，有八条宽阔的台阶，扶摇直上，与在半山腰开始出现的城池八门连接。

若要进此城，就必须顺山阶而去。

此八门，只有四门是对外开放，其余四门则分属掌控此城的三个部落之用，剩余的一个则被称为客家之路。那条山阶与所通之门，只有这三个部落和客家强者方可行走，以此来强调这三个部落的强大与对客家强者的吸纳之心。

苏铭初来此地，顺着那通往寻常之门的山阶缓缓走去，此阶一路无人看守，直至苏铭走到了半山腰，看到了那邯山城八门中的一门。

此门呈拱形，有两尊约十多丈高的巨大石像耸立旁边。这两个石像属于蛮族，似在厮杀，尽管不动而立，却有一股肃杀之意扑面。

此门就是以这两个石像连在一起的双臂为框，组成了门的形状。在那高处，这两个雕像连在一起的双臂所形成的门框上，此刻有一个穿着灰色衣袍的青年正斜靠着，一条腿耷下随意地晃动着。

这青年腰上挂着一个令牌，蓝色的底上还有一抹红色。他闭着眼，似在假寐，手边有一个青色的葫芦，一股酒气散开，似风也无法吹散。

看着此门，苏铭目中精光一闪，这是他此生所见最壮观的城池。牢牢地记住了这城门的样子，苏铭迈起脚步，直接踏过此门。在他进入这邯山城的一瞬，一个懒洋洋的声音悠悠而来。

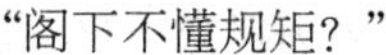

“阁下不懂规矩？”

说话之人正是那青年，此人睁开眼，拿着身边的青色葫芦喝了一口，似醉眼朦胧地扫了苏铭一眼，苏铭的衣着让他双目略有清醒。

苏铭神色平静，在这男子说话的同时，右手抬起一弹，便有一枚白色的石币飞出，直奔那青年而去，被此人一把抓住。

从方木那里，苏铭早就了解到，这邯山城任何人都可以进入，只要缴纳一定的石币。且按照停留的时间，石币收取也会越来越多。

青年收起石币，扔出一块灰色的令牌，便又靠在那里，喝着酒，假寐起来。

接过令牌，苏铭将其挂在腰上，此牌颜色有所划分，黑、红、白三色除了三部族人外，其余人不能用，客家强者为蓝底，按照分属不同部落，添加一色。

至于寻常出入此城者，则是灰色，其上的光泽，若是黯淡了，则表示无法在此城停留，除非再花费石币增加时间，否则的话，一旦被此城的护卫发现，便会严惩。

且进入此城者，令牌需要挂在身上显眼的地方。

苏铭始终默不做声，挂着那灰色的令牌，走过此门后，进入邯山城内。一股喧闹之声扑面，与在门外的寂静似分割成了两个不同的世界，让苏铭略有惊异。

邯山城行人众多，在这环绕山峰修建的城池内有着诸多的铺子，一片繁华的景象，那些屋舍也都是山石修建，泥石城根本就无法与其比较。

行走在这邯山城内，苏铭望着四周，这里的景物都让他有陌生之感，那繁华，那喧闹，似与他的沉默格格不入。

一片片屋舍，一片片店铺，甚至还有那高达十多丈的巨型建筑，此地的行人，苏铭几乎没有看到穿兽皮者，最次也是粗麻布衣，且颜色很多，更有不少如他一样，穿着那明显要名贵不少的衣袍。

“相当于近十个泥石城那般大小。”苏铭平静地走在这邯山城的山路上，目光扫过那一个个从身边走过的行人。

“这里普通人不多，大都是蛮士……且修为都不弱。”苏铭行走间，不断地观察着。很快天色渐晚，但此地的繁闹却是不减。

依照在风圳泥石城内的阅历，再加上从那方木口中的了解，苏铭尽管第一次来到这邯山城，却没有显得迷茫，而是有选择地在观察中，找到了一处曾听方木提起过的地方，那里是专门为外来者提供住宿的阁楼。

阁楼内在这个时间极为热闹，苏铭始终神色冷漠，进入后目光一扫，此地有诸多桌椅，他平静地走到一处空位，坐下后便有人带着笑脸前来。

几句交谈，苏铭对于这里便有所明白，订下了一个居住歇息的房间，选择了一些食物后，又点了其他桌子上大都有的酒，便坐在那里望着窗外，似在沉思。

但他的双耳却是听着四周人们谈论的话语，那一句句话语有不少都对他无用，但也有很多似在说着有关此城的一些细微之事。

“最近几个月，这邯山城应会更加热闹，那普羌、颜池、安东三部不知怎么，竟加大了对客家的吸纳。”

“你来此地没多久，不知晓。这三个部落明争暗斗，每隔一段时间都会增强对客家的吸纳，欲学曾经的天寒大部，以此来壮大自身。”

“不过这对我们来说倒是一个机会，听说那颜池部选出了族女十人，以姻亲的方式吸纳客家，要知道这颜池部的女子对于我等修行有帮助，这一次颜池部可是下了本钱。”

“可惜我等不是开尘强者，否则的话好处更多，我听说玄轮大人当年加入普羌部的时候，普羌部可是拿出了一尊蛮像赠送！”

时间慢慢流逝，苏铭坐在那里，喝着那让他略有皱眉的酒水。此物很是辛辣，让他极为不适，但喝着喝着，却有种奇妙的感觉油然而起，渐渐也就习惯了。

他知道这里的一切对自己来说都很陌生，所以进入此城后，便一直在观察，在聆听。此刻坐在这里已经快两个时辰，外面的天色已经完全黑了，但这邯山城却是灯火通明，就连这阁楼里也不例外。

他一边喝着酒，一边听着此地之人的交谈，对于这邯山城的了解也越来越多了。

“方木曾多次暗示若我加入安东部，成为安东部客家，会有大礼相赠，且满足诸多的条件。如此吸纳客家，必定有些原因。”苏铭抿了口酒，又默默地听着四周的议论。直至午夜时人少了，他正要起身去房间歇息，突然神色一动，没有起身，而是拿起酒再次喝了一口。

却见从那门外走进一人，是一个三旬左右的汉子。让苏铭没有离去的原因，是此人身上穿着的竟是兽皮。

这是苏铭今天于这邯山城内看到的第一个让他有些熟悉的衣着，此人面色有些发白，紧紧皱着眉头，走入这里后，在距离苏铭较远的一处坐下，点了一些

酒，在那里默默地喝着。

他的神色露出犹豫、迟疑，还有一丝惊慌。

“此人最次也是凝血境第十层之人，甚至很有可能达到了凝血境的巅峰，距离开尘只差一步。”苏铭不动声色，这大汉尽管没有气血散开，但那隐隐存在的威压却让苏铭能清晰地感受到。

时间又过去了半个时辰，那汉子一口一口喝着酒，一言不发，但双目内的挣扎却是越来越激烈，甚至时而抬头看向门口，似在等着什么人的到来。

随着时间的流逝，当这里只剩下他与苏铭，连那招待客人的伙计都趴在桌子上昏昏睡着时，这汉子的脸上露出失望的神色，似随意地扫了苏铭一眼后，默默地喝着酒，其神色的迟疑也渐渐化作了果断与狠辣。

苏铭不愿惹眼，在此刻起身，向着此地的后院走去。通过这段时间的观察，苏铭已经对这里有所了解，知晓那后面便是专门给外来者准备的歇息之处。忽然那门口似有一阵风吹来，烛台的灯火一下子忽明忽暗地闪烁起来。

与此同时，一个穿着白色衣衫的女子缓步走进，这女子看起来年纪不大，脸上有一层白纱，看不清样子，只能看到她的双眸若星空一样，有种奇异的魅力。

第47章 是他！

喝酒的汉子看到这女子，立刻露出惊喜的神色，站起身子，似要说些什么。那女子目光平静，坐到这汉子的对面，双眼从要离去的苏铭身上扫过，似没有在意。

“行吗？”那汉子似很忐忑，没有坐下，而是低声说道。

“你不够资格，但我给你争取了一天的时间，去证明自己具备资格。”

苏铭离去了，这是他临走前听到的最后一句话。那二人没有避讳，但苏铭不愿参与一些与自己无关的事情，尽管他隐隐看出这汉子与那女子之间似有什么隐秘，但此事与他无关。

一夜无话，在第二天清晨时，苏铭从打坐中睁开眼，整理了一下衣衫，便离开了房间。清晨的邯山城有一片薄薄的雾气，走在外面似踏着云雾而行，颇有一种神奇之感。

经过昨天的观察与聆听，苏铭对于这邯山城的了解更多了一些。走在街道上，抬头看着此山城，此城准确地说有四层多高，他如今所在的是那最底处的第四层，范围也是最大。

往上的第三层，限定了修为，若修为不够，无法走上去。至于第二层乃至那第一层，则需具备一定身份才可进入。

“在那第一层上面，山巅之处，则是此城的摘星塔，那里唯有开尘强者，且成为了三部任意一方的客家后，方可进入。”苏铭目光看向山城顶端，许久收回，在这第四层的范围内，走向一家家贩卖草药的铺子。

炼制山灵散与南离散的草药，苏铭没有去购买，他这一次来到这邯山城，主要是为了寻找是否有去往西盟的地图，还有那炼制夺灵散的草药。

整个一上午的时间，苏铭在这一家家店铺内进进出出。此地的草药颇为全面，价格却比风圳贵上不少，好在有方木孝敬，苏铭的石币还算充裕。

“炼制夺灵散的草药，还缺五种……”在晌午之时，苏铭目露沉思，走向去往此城第三层的入口。那里同样是一座雄壮的大门，门内有幽光闪烁，附近有数十人，一副看热闹的样子。

苏铭看到有一些此地的蛮士从那门中顺利地走过，但也有不少似修为不够，在进入时被生生弹开，尽管神色不忿，无奈之下却不再尝试，而是走向那些看热闹的人群，似买了什么物品，这才顺利地走进那山门幽光内。

观察了片刻，苏铭抬起脚步，走近那山门所在。他的到来，立刻吸引了附近那些看热闹之人的目光。苏铭神色如常，一步迈入那幽光里，但就在这时，他立刻感受到一股排斥之力凭空出现，落在身体上，似被人用力推了一把，踉跄中退后几步，无法进入。

“限制修为在凝血境第八层……”苏铭眉头一皱，退后中根据那股排斥之力，判断出了进入此门去往第三层的要求。

“又一个没有本事，偏偏还要尝试的家伙，你，说你呢，过来。”那四周看热闹的十多人中，立刻有人向苏铭喊道。

苏铭冷冷地看去，那说话之人只是一个凝血境第五层的中年男子，他见苏铭望来时神色带着不善，立刻眼睛瞪起，露出了腰上挂着的一块白色的令牌。

“嘿，看起来还挺倔呢，这通行令本来只需一千石，你若想进入第三层，一千三百石！”那中年男子冷哼中，从怀里取出一个巴掌大小的石片，在手中一晃。

苏铭收回目光，没有理会这中年男子，而是看着那山门幽光，再次迈出脚步，向前走去。

他的这一举动，不但让那中年男子冷笑起来，更是引起了四周与其一样贩卖那通行令的三部族人的注意，纷纷看去，哄笑起来。

“有好几天没看到这样的人了，方林，一千三百石可不能卖啊！”

“这家伙居然让方林赶上了，他赚了。如果是我，没有两千石不卖，要么就来买，要么就别想进去，谁让他修为不够呢？”

这十多人显然彼此熟悉，此刻哄笑间已有了默契，绝不会有人低价卖出，而是帮着一起抬高价格。

他们的笑声也引起了四周人的注意，尤其是那些无法通过此门者，大都是露出同情之色。

苏铭临近山门，没有踏入，而是右手抬起按在了那幽光上，再次感受到那股排斥之力。

“两千石，你拿出两千石，老子就把这通行令卖给你。小子，我可告诉你，你不是第一个找事的，今天你要是不买，按照我们的规矩，你下次来，就算我不在这里，你也要花更多的石币才能……”那安东部的中年男子大声喊道，但其话语还没说完，却是戛然而止。

其旁那些人也是纷纷一惊，不再哄笑，而是愣愣地看着那山门，露出惊讶的神色。

却见苏铭明明站在那里没动，只是右手按在那幽光上，可这幽光却是剧烈地闪烁起来，似有一股无形之力冲入其内，使得这幽光如一张被拉扯的布，竟深深地凹陷下去，其上大量的涟漪四散，仿佛无法承受一般。

这一幕，使得那些贩卖通行令的三部族人纷纷倒吸口气，那中年男子更是面色瞬间变得苍白起来。他们多年在此地赚取石币，每天要看到太多的人在这里进出，可谓是见多识广，这种幽光凹陷，他们也看到过几十次，但每一次出现这样的异变，都是开尘境强者造成的！

开尘强者一进入此门，那幽光就会被拉扯，最终如被撕开一般。

在他们的寂静中，苏铭面前的山门幽光突然出现了一道裂缝，他缓缓收回抬

起的右手，平静地向前一步走去，从那裂缝处迈入后，这山门幽光才渐渐恢复如常。

山门外一片沉默，那中年男子紧张中故作镇定，他身边的三部族人愣了半晌，纷纷同情地看向这中年男子。

“招惹了开尘境……方林，你好自为之吧。”

“没想到他竟是开尘境，他看起来有多大年纪？”

“我从未见过此人，这位前辈一定是最近才来邯山城的。”

那中年男子有些心慌，虽说强自镇定，但内心的害怕却是让他不敢再继续卖这通行令，赶紧匆匆离去，内心颇为后悔。他眼光一向很准，否则也做不了这一行，明明看到苏铭第一次失败，根据那反弹的力度猜测出苏铭的修为，才会出言，却没想到竟会看错。

“这……这不是欺负人么，你说你明明是前辈，一次过去不就得了，何必来为难我……”那中年男子越想越是委屈。

此刻苏铭走进了那山门内，踏入到了这邯山城的第三层。他回头看了一眼山门处的幽光，露出沉思之意。

“看来这入微操控应不是寻常凝血境可以掌握的……我第二次以入微操控的气血，很简单地就走了进来，且这幽光凹陷，明显与其他人进入时不一样。”苏铭沉吟中向前走去，顺着山路展现在他前方不远处的，便是这邯山城的第二层，其内建筑不算太多，行人也少了一些，但每一个人都是凝血第八层以上，甚至那些建筑也都磅礴大气不少，隐隐有威压散开。

显然，这些建筑里有强者坐镇。

尽管是晌午之时，但此地却没有第四层那般吵闹。苏铭走在这些铺子外，忽然目光一闪，其神色露出一丝奇异，但很快就消散。

这是一间出售野兽身上材料的铺子，一股血腥的气息弥漫着，那铺子里盘膝坐着一个老者，闭着眼，在他的右手腕上有数个黑色的铃铛。

这店铺不大，在右侧的墙壁上，九根黑色的木钉，钉着一只磨盘大小的蜘蛛，这蜘蛛通体紫色，已经死亡，但它却有九条腿！

那第九条腿颜色赤红，明显与其余肢体不一样。

“这是炼制纳神散的三种材料之一！”苏铭收回目光，向着此铺走去。

就在苏铭将要踏入此铺的一刹那，突然这邯山城的天空中那漂浮的三团雾气似出现了惊变，蓦然翻滚起来，更有轰轰之声闷闷回旋。

这突然的变故，立刻让那铺子里的老者猛地睁开眼，不仅是他，这第三层内几乎所有人全都是心神一震，齐齐抬头看去。却见那三团雾气翻滚越加剧烈，与此同时，在这环山而建的城池里，在那第一层之上，在那山巅之处的摘星塔内，突然有一阵透出沧桑之感的钟声回旋八方。

咚……咚……咚……

这钟声似掀起了无形的波纹音浪，滚动四周，不但吸引了这第三层之人的注意，引起了第四层众人的哗然，甚至连上方的第二层之人也纷纷凝神望去。

“钟鸣三声，这是有人要闯邯山链！！”

“很久没见有人敢闯邯山链了！失败者大都死亡，可一旦成功，就可让三部满足其一个要求！”

“要求还是其次，最主要的是若能成功，则必定被该部奉为首席客家，地位远非那些寻常客家能比，甚至我听说，这是天寒宗历次来邯山城收取宗门弟子的标志之一！”

“这闯邯山链者，要去闯哪一个部落的生死链？”

苏铭耳边阵阵议论之声哗然而起，却见在那山峰顶端，与山峰连接的三条铁链中心此刻出现了一个身影。

“是他！”苏铭看清了那个身影，目露沉思。

第48章 和风

这身影站在那山巅之处，风从其身上吹过，掀起长发飘舞。他站在那里，身上穿着兽皮衣衫，一股粗犷之意扑面而来。

此人，正是苏铭昨天夜里所见的那个大汉。

无数条血线在这大汉身上浮现，形成了一股磅礴的气血之力，似可以卷动四周，形成一股仅次于开尘的威压。

他，未及开尘，但其身的血线之多，密密麻麻之下显然已经超过了寻常蛮士七百八十一条的限制，看上去足有八百多条。

此刻的他，神色凝重，透出果断与坚定，更有狠辣与一股豁出去的决心。

“是和风！”

“竟是他，我听说过此人，他修为已经到了十层，但三次冲击开尘境失败，虽说如此，可此人的实力之强，足以成为邯山城内不算三部之人里，五个开尘强者下的第一人！”

“他可是邯山城很少见的从小部落来的人，且不知为何，总是喜欢保留其在小部落时的兽皮衣着，不过若我看，也就是哗众取宠罢了，且他自不量力，也敢去闯邯山链？”

“这邯山链除了十年前的苍岚成功走到了安东部的第六条铁链，被天寒宗收为门人外，就罕有人成功过！”

苏铭看着那山巅上的大汉，神色平静，但双目却是隐隐有了闪动。这邯山链之事，他没有从方木那里听闻过，如今第一次听到，记在了心里。

“邯山城数百年来，一共有六十五人闯邯山链，这和风是第六十六人，不过这六十五人里，成功的只有五人罢了。”一个苍老的声音从这第三层的人群里传出，说话者正是之前苏铭要进入的铺子内的那老者。

这老者缓缓走出，看着上空的和风，缓缓说道。

“失败，大都会死亡，但也并非绝对。”那老者神色平静，喃喃着。

此时，不但是这邯山城内一片哗然，无数人目不转睛地凝望，甚至在那咚咚的钟鸣下，环绕邯山城的三个方向被铁链连接的那三部山峰里，同样有人影晃动，显然是和风的举动引起了他们高度的重视。

几乎每个人都在猜测，和风要选择哪一部的铁链去闯。

山巅上，三条铁链交错之地，和风双目精光一闪，第一眼看向了那与普羌部相通的铁链，其目中露出一股寒意——那里不是他的选择。转而看向了颜池部所在的山峰，在他看去，那远处的颜池部山峰上弥漫了浓浓的红色雾气，那雾气里似有一个女子的面孔若隐若现。

深吸口气，这粗犷的大汉猛地抬起脚步，向着那颜池部的铁链一步步走去。

随着他的举动，邯山城立刻“响”起了嗡嗡哗然之声，无数目光凝聚下，却见这和风一步步走到了那与颜池部山峰连接的铁链处，便要落下。

一股庞大得足以影响到邯山城内所有凝血境蛮士的威压，蓦然间从那第二层上爆发出来。与此同时，却见一个身穿紫衣的身影疾驰而起，竟踏着虚空，似要向那山巅上欲闯邯山链的和风而去。

“和风！！”那紫色身影飞出，随之便是一声低喝。

其喝声如雷，轰轰回荡间震耳欲聋，那山巅上的和风更是身子一震，猛地看去，眼中露出仇恨与惊慌交错的复杂神色。

“开尘境……”苏铭盯着那紫色身影，深吸口气，只是如今的他已经没有了当初第一次看到开尘境时的那般敬畏。

“玄轮大人。”

“邯山城除了三部外，五个开尘境之一的玄轮大人。”

阵阵惊呼的声音回荡，显然这里的绝大部分人都没有料到，在有人闯邯山链之时，竟会出现这样的变故。

那紫色身影踏着虚空，眼看就要临近山巅，但就在这时，那和风欲去的与颜池部山峰连接的铁链尽头，那被红雾弥漫的颜池部里传出了一声冷哼。

这冷哼之声似遥遥而来，但落在那紫色身影的耳中，却是让他身子蓦然一顿。他没有停下身子，而是疾驰间赫然临近山巅上的和风，右手抬起，五指成爪，一把抓去。

和风面色苍白，但没有闪躲，而是盯着来临的紫色身影，目中的惊慌散去，化作了滔天般的仇恨。

那紫色身影一抓来临，在碰到这和风的一瞬，突然在和风身上有一片红色的雾气凭空而出，缭绕之下形成了一道雾气之幕。

轰的一声巨响，那紫色身影的右手与这红雾之幕碰到一起，紫色身影一震，倒卷退出数十丈外，露出身形。这是一个穿着紫袍的中年男子，其神色阴沉，透出杀机。

“颜鸾，你是何意！”

“本座不管你与和风有甚私仇，但他既选择走我颜池部铁链，你就不可伤他。这是当年三部的约定，想必普羌部也不会同意你破坏约定。”一个冰冷的女子声音从那远处的颜池部山峰内缓缓传出。

整个邯山城一片安静。苏铭站在那里，望着这一切，脑海中闪过昨夜这叫做和风之人，在焦急紧张中等到的那个穿着白衣戴着面纱的女子。

“不是一个声音，或许是两个人……昨夜那女子曾言，其争取了一天的时间，让对方去证明有资格，看来，这和风就是要以闯邯山链来证明了。

“不过，他证明的是什么资格……加入颜池部的话，似也不需费如此周折，毕竟闯此链，一旦失败死亡居多。”苏铭看着那山巅上的和风与紫色衣袍的玄轮，不需去猜，便可从这些话语里知晓这二人仇恨不浅。

“这玄轮应知晓很多，怕是也担心这一点，所以才在此刻出手，不顾这邯山城内的三部严令禁止私斗的规定。”苏铭目露思索。但此事与他无关，略一思考也就不再理会。

紫袍男子玄轮神色越加阴沉，但显然有些忌惮这说话的女子，可若要放弃却有些不甘。如苏铭所想，他的确是不得不此刻出手，否则的话，一旦对方死亡，他想要获得之物便有了波折。

在他认为，对方是不可能成功的。

此刻，却见那另一座山峰被黑色雾气缭绕的普羌部里，那盘膝打坐的骸骨中，有阴沉的声音回荡而起。

“玄轮，邯山城禁止私斗！”

“好，但此人曾杀了我的随从，他死后的尸体，你普羌部要帮我找到！”那紫袍男子沉默片刻，冷笑中大袖一甩，身子落向那山巅，没有再出手，而是盘膝坐下，看着叫做和风的男子，笑容越加阴冷。

“你是我普羌部的首席客家，此事可以。”那被黑雾缭绕的山峰内传出森森的声音。

苏铭看着这一幕，目光落在了那叫做和风的大汉身上，仔细地看了几眼，这和风正向着铁链一步迈去。

随着其身一动，四周人群一个个顿时忽略了之前的一幕，而是凝神望去，毕竟这样的事情在邯山城内也并不常见，数百年来只有六十多次罢了。

就连那紫袍男子玄轮，也是冷冷地看去，目中透出狠辣，盯着和风的身影，看着其渐渐走到铁链上，随着那铁链的晃动摇摇欲坠。

就在和风踏上这铁链的一刹那，四周大地轰轰震动，却见在他脚下的铁链与那远处的红雾颜池山峰的连接处，下方的无尽深渊里，蓦然有八根足有十多丈粗细的巨大石柱从这深渊内冲出，支撑起了那铁链，更是将这铁链分割成了九段！

时间慢慢流逝，苏铭看不出这铁链上有何端倪，但见和风神色极为凝重，每走出一步仿佛都用了全部力气，身子颤抖着，脸上青筋鼓起，张开口急促地呼吸。

很快便过了一个时辰，这一个时辰里，整个邯山城很是寂静，几乎所有人都在望着和风的身影，此刻的和风在这铁链第一段上已经走了近三成的距离。

盘膝坐在其后山巅上的紫袍男子则是皱起眉头，不知在想些什么。

渐渐地，一个时辰，两个时辰……当整个下午都过去，天色进入黄昏，那夕阳的光芒洒落，使得和风的身体看去如成为了身影之时，他走出了第一段铁链的大半。

就在这时，和风不知施展了什么手段，却见其身蓦然间有磅礴的气血之力迸发，瞬间强烈到了极致，更隐隐有一丝开尘的气息突然而起。

“他果然是多次冲击开尘之人，尽管始终没有成功，但体内却是有了一丝开尘气息，且……他竟在这里，去尝试再次冲击开尘！”

“他敢闯这邯山链，必定是有所准备，选择在这个时候冲击开尘，即便是失败了，但那一瞬间的爆发却可以让他走得更远。”

“不过我有些奇怪，就算是凭着冲击开尘获得那一瞬间爆发，走过了这第一条铁链，但这铁链共有九条，他此后那些如何去走？”

四周传来低声议论，苏铭目光一闪，隐隐把握到了一个关键，神色平静，眼中有了明悟。

“他不是要闯全部的邯山链，而是只走这一段，以此来证明其资格……到底是什么资格呢？”

第49章 寒菲子

那山巅上，玄轮双目闪动，似突然想到了什么，其瞳孔猛地一缩。此刻和风的身影在气血磅礴中竟突然地快了起来，顺着那铁链疾驰，一步便是数丈，很快就直奔那铁链第一段的尽头，看其速度，似用不了多久便可成功走到第一段的石柱上。

“他不是要闯这邯山链！”玄轮面色一变，脑中起了一个让他觉得不妙的念头。

“不对，此事不对！他是要以此来证明什么，莫非是……”玄轮猛地睁大了眼，脑海中的那个猜测无限放大。眼看这和风距离第一段的石柱已经不远，玄轮目中闪过一丝狠毒。

他突然抬起右手，点在了自己的眉心，向外一拉之下，立刻有三缕黑气从其眉心被拽出，在其身前赫然化作了三个瑟瑟发抖的模糊身影。

看上去，那三个身影是两个老人与一个少女，他们的脸上都露出了痛苦的神色，似在哀嚎，却没有声音传出。但玄轮的一指，似打破了他们的禁锢，让这三个身影那凄厉的声音蓦然间回旋在了四周。

“风儿……”

“哥哥……”

那声音突然出现，让所有观望之人不由一愣。与此同时，那豁出了一切，距离第一段铁链尽头不远的和风突然一颤，猛地回头，眼中流着泪水，看到了那玄轮身前的三缕身影。

看到和风止步，玄轮内心松了口气，冷哼中右手在那少女的身影上一捏，故意让那少女发出凄厉的惨叫，仿佛其全身已被撕裂，正被一点点地吞噬。

那声音回旋，让所有目睹之人心神一震。

苏铭看着这一幕，皱起了眉头，暗叹一声。他早就猜出，这和风是一个有故事的人。

和风身子颤抖，死死地盯着远处的玄轮。外人看不到他的表情，只能看到他在沉默了片刻后，猛地转身，继续向前走去，但他的身子颤抖得越加剧烈。

就在这时，又一声凄厉的惨叫传来，那惨叫中还夹杂着足以让人撕心裂肺的呼唤。

“风儿……救我……”

玄轮的手捏碎了那少女的黑色身影后，又捏向了一个老人的身影上，慢慢地捏着，直至那惨叫微弱后……看到和风那颤抖的身子似无法前行，玄轮又捏在了最后一个黑色身影上。

在那让人心惊的惨叫声里，苏铭看到铁链上的和风喷出一口鲜血，一脚落空，整个人向着下方的万丈深渊跌落。

苏铭看着这一幕，想到了自己的部落，想到了迁移中的一幕幕惨剧，想到了那毕图的狰狞。

“野兽若是不强，则会成为人们的食物。一个人若是不强，则会被强者左右命运，即便是反抗，也起不到太大的作用……这，就是弱肉强食。

“想要改变一切，就必须要让自己……成为强者！”苏铭的目中没有同情，有的是坚定与执着。

和风惨笑着，身子急速向着下方的深渊坠落。他闭上眼，有太多的事情没做，他的仇还没有报，但这些仿佛没有了机会。

玄轮站起身，快走几步站在那山巅上，嘴角露出冷笑。他只等对方摔死后，借普羌部的力量，将对方的尸体找回。他深知这铁链下的万丈深渊内存在着一股可怕的力量，即便是他也不敢轻易踏入，唯有这三部之人才可在某种特殊的仪式下安然出入。

但就在这时，一声轻叹在这天地间悠悠而起，却见一道白色的身影从那邯山城的第一层里走出，这身影娇柔，是一个女子，她脚下有一片白云，似托着其身，化作一道白色的长虹直奔那铁链下坠落的和风而去。

其速之快，转眼就临近，和风的身躯落在了白云上。玄轮目光一闪，盯着那女子，却没有开口，仿佛有些忌惮。

这女子救下和风，就连那普羌部内也没有丝毫声音传来，仿佛默认了她的举动。

这女子穿着白衣，脸上戴着一幅白纱，看不清容颜，但她的双眸却是很美，似蕴含了某种奇异的魅力，让人望之便会沉醉其内。

苏铭心神一动，这女子正是他昨夜看到的与和风交谈之人，但此刻的她似与昨天不太一样。

“玄轮前辈，此人早年曾与颜菲相识，故而颜菲出手相救，还望前辈不要怪罪。”那女子声音很是动听，却蕴含了一股冷意，如寒风吹过，让人听后便会感到隐隐寒冷。

“无妨，老夫若是早知此事，之前也就不会干涉了，此事是误会，不过我与他毕竟有仇，还望你理解。”玄轮脸上挤出微笑，神色温和。

“前辈与此人之事，颜菲自然不会参与。”那女子说完，脚下白云一晃，带着那昏迷的和风，飞向了远处的颜池部山峰。

玄轮在那里沉默了片刻，大袖一甩，也回到了第二层。

与颜池部山峰连接的铁链下，那八个巨大的石柱此刻在阵阵轰鸣间慢慢沉下，最终消失于那万丈深渊内，那铁链失去依托，又开始随风晃动起来。

直至一切恢复如常，在这黄昏里，苏铭望着那女子远去的身影，耳边传来了四周人低声的议论。

“是寒菲！”

“颜池部的天骄之女，更是被天寒宗某个长老看重，属于半个天寒宗门人，据说早就该收入门中，但她却要求暂缓，等下次天寒宗收取弟子之时再进入天寒宗。”

“此事我也听闻，但即便是这样，她依旧被人尊称为寒菲子，这可是无上的荣称，听说是天寒宗那位长老所赐。”

“这都不是什么隐秘了，天寒宗收取门人，挑选极为严格，且门中弟子唯有历代的最强三人，才会被赐予‘某某子’的称呼。”

“听说她已经具备了九百多条血线，是那种注定能开尘之人，玄轮尽管是开尘强者，但面对天寒宗，还是敬畏得很。她脚下的那白云，应该就是颜池部的传承至宝，此宝据说千变万化，名为云颜……”

时间不长，人群渐渐散去，许是这一天出现的变化太多，在这第三层的人们大都没有了买卖的心思，很快这里的人就少了很多，还有一些铺子也是早早关门。

苏铭没有离去，而是走向那之前看中的店铺，这店铺内的老者盘膝坐着，见苏铭走来，便看了过去。

“我见你在晌午之时就欲进来，可被那闯邯山链之事打断了。”老者平静开口。

苏铭点了点头，在这铺子内四下打量起来。

“看中什么就直接开口，这铺子内没有我不知晓之物，你不会有拣漏的机会。”那老者看了苏铭一眼，皱起眉头。

苏铭又点了点头，一指墙壁上那九腿蜘蛛的第九条腿。

“我要此物！”

“九纹蛛的第九条腿，此物是其全身精华所在，极为罕见，我这里不要石币，你拿什么来换？若寻常之物，就不要拿出来了。”老者望着苏铭，冷冷说道。

“以此物！”苏铭也不废话，右手伸入身后衣衫内，直接取出一把黑色的骨

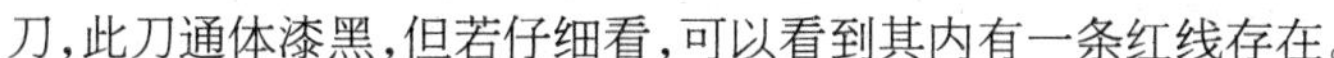

刀，此刀通体漆黑，但若仔细看，可以看到其内有一条红线存在。

此物，正是方木所赠骨刀。

将此刀放在地面上，向着那老者一推，老者神色一动，抓起后仔细地看了几眼。

“安东部的仿蛮器……”老者抬头，目光在苏铭身上扫过，有些拿捏不准苏铭的来历，他知道这种骨刀外人很少拥有，唯有安东部才会有，能得到此刀之人，必定与安东部有所关联。

“此物除了换取这蜘蛛的第九条腿，还需加上此骨！”苏铭似随意地一指那老者旁边架子上一个拳头大小的黑色骨头，奇异的是，在那骨头上有一片寒霜散发着冷意，显然留下此骨的绝非寻常之兽。

“太荆兽的内骨……这把刀只能换取一样，换不到两种。”老者微微一笑，看出了眼前之人的重点显然更倾向于这内骨，似因那把刀的原因，他的神色不再那么冰冷，略有缓和。

“你仔细看看此刀。”苏铭望着老者，平静地说道。

那老者一怔，闻言低头再次看去，其双目略有收缩，看到了这刀内那条红线。握住此刀，他一挥之下，立刻一股寒气散开，但在那寒气的深处却存在着一股炙热，寒与热交融，似融合在一起。

片刻后，苏铭从这店铺内走出，他的手中拿着九纹蛛的第九条腿，还有那黑色的骨头。那老者猜得没错，这骨头的确是苏铭更在意的。

准确地说，这两种材料都是他必得之物，一个是炼制纳神散所需，另一个则是夺灵散之物。

“没想到此地竟有这两种物品，虽说暂时用不上，更是用了那如今唯一的仿蛮器换来，但……”苏铭目光一闪，脑海中浮现出那老者右手腕上的数个黑色铃铛。

第50章 苏铭的试探

“此人是安东部之人……如果方木被我疗伤之事安东部族长已然知晓……”

苏铭默默地向前走去，脑中沉思着，他记得阿公曾教过自己，遇事要多去思考，若想不通，可以站在对方的立场，按照对方的思路琢磨下去，或许会有新的发现。

“若我是安东部族长，应能看出自家孩子的变化，会跟随而来……但至今他没有现身，或许就说明了我之前提防时的入微之法起到了作用。

“同样的，我若是安东部族长，我会迟疑，猜测不定，在迟疑与犹豫中，看到自己的孩子伤势每次都会好转时，我若没有十足的把握，应该不会冒险验证与得罪一个猜测中的开尘者，这对我，没有好处。

“在这样的情况下，若是我看到自己孩子当初送出的骨刀被族人拿了回来，我会怎么想？”苏铭揉了揉眉心。他来到这陌生的南晨之地，一切都要依靠自己，在修为不足之时，就需要动用心机来弥补部分差距。否则的话，一个陌生人在这里很难立足，除非甘于平淡。可那样的话，苏铭不知道自己需要用多久的时间才可以回到家乡。

只是他的经历还是太少，做不到更好，只能有限地去思索，不能暴露自己，可一旦露出，就必须要果断行动。

“安东部，我从以方木为引开始，一步步进行下去，当我修为到了一定程度，就可以此为契机，在这里初步立足。

“对于安东部，我从未露出丝毫敌意，更为方木疗伤，我的善意已经表露出来，如今可借这把刀来试探一下安东部的反应，也好有所应对。”这些事情不是苏铭初始的想法，而是他在和风闯邯山链前，看到那铺子的老者手腕有黑色铃铛后，用了大半天的时间，在目睹和风与玄轮之事的同时，脑中慢慢琢磨出来的。

他还是阅历不足，否则的话，这些事情只需转念便可明悟。可如今，却需要用

时间来弥补，做不到老练如狐。

比如有关以方木为引之事，他尽管与其第二次见面时过程看似平静，行为老练，更有试探话语以及威慑，行事从容稳重，没露太多破绽，能将方木之父震慑住，看起来绝不像是一个少年所为，但实际上，这是苏铭用了几个月的时间思索分析与准备的结果，有了十拿九稳的把握后，才能做到的，这也是他为何等方木多次来到雨林、多次呼唤之后才出现的原因。

否则的话，他大可在方木离去又归来后，第一次呼唤时就出面，不必等几个月。

如今也同样是如此，依靠时间来弥补他阅历上的不足，即便是今天没有遇到和风闯邯山链之事，苏铭也会在观察后离去，等想明白了再回来。

此刻他在脑中把此事又分析了一遍，确定没有遗漏后，便离开了这第三层，在天黑之时，回到邯山城第四层的居所。

盘膝坐在那比风圳泥石城要奢华不少的房间内，苏铭陷入沉思。他从来到这陌生的南晨之地后，近两年的时间里不知不觉养成了时常思索的习惯，阿公这些年对他的教育也在此刻渐渐显露出来。

“安东部还需再继续接触，火候还远远不够，把这条路走下去，最终会成为我的选择之一。但在这邯山城，不能只留一条路，还需准备其他的抉择，如此才可让我安心。”苏铭默默地坐在房间中，他眼下除了要寻找一张通往西盟的地图外，还要尽快让自己立足于此地，以便寻找阿公。

尽管这个希望比较渺茫，阿公或许已经死去，但苏铭不愿相信。

“通往西盟的地形图，其内必定是包含了大半个南晨之地，这种地形图绝非寻常之物，更不是一个中型部落可以拥有，此物应是极为珍贵，且不会让人轻易就可看到……”苏铭暗叹。

“要完成这一切，归根结底，还是要让自己先活下去……且不是如和风，而是像玄轮一样，以强者的姿态活下去。”苏铭目光微不可察地一闪。

“邯山城里，一共有五个开尘境强者，那玄轮是其中一人……而且他还是普羌部的首席客家，如此看来，其余四个开尘境强者应也都分属不同的此地三部。

“除了他们外，凝血境的蛮士更是不少，且其中绝大部分都是非三部族人，这么多人常年滞留在这邯山城里，必定有所图，方木曾说，天寒宗历次收取宗门之人都会来这邯山城一趟。

“此事尽管吸引人，但总觉得，似还有一些隐秘存在于邯山城，吸引如玄轮般的强者长久滞留。”苏铭摸了摸下巴，在他的下巴处有了一些柔软的须发，那是一个少年在岁月中留下的第一个属于成年的痕迹。

“以我如今的修为，二百四十三条血线，凝血境第七层，在这邯山城里只能算是中段罢了。凭着我的入微操控，我可与凝血第八层一战！勉强可算凝血中期巅峰而已。”苏铭沉默着，双眼里却隐隐有月影一闪。

“不过，我有月翼之魂，若在月光下如乌山时不惜重伤为代价，展开全部月翼之魂……”苏铭闭上眼，隐藏了目中的月影。

“这是我的杀手锏，不到万不得已关乎生死，决不能动用。”

“还有那寒菲子，很奇怪的一个称呼，听之前四周人议论，似乎只有天寒宗历代弟子里的最强三人才会被赐予这一称呼。”苏铭略一思索，便不再去琢磨。与他无关的事情，他不会在上面浪费心机。

脑中渐渐平静后，苏铭沉浸在了打坐之中，体内气血缓缓运转。不知不觉地，已是深夜，外面一片寂静，整个邯山城似进入了沉睡。

不知何时，阵阵闷闷的雷霆从外传来，紧接着，哗哗的雨水落地之声让人分不清是从天上传来，还是从大地上回旋，仿佛交缠在一起，形成了雨幕。

这个季节，是多雨的。

那大雨倾盆，很快就将邯山城笼罩在内，更有大风呼啸，卷着雨水落在房间的窗户上，打得那些窗上的皮纸啪啪作响。

房间里没有烛火，一片漆黑，但在这雷声轰鸣里，被时而出现的闪电映照得忽明忽暗。苏铭，睁开了眼。

他起身走上前，默默打开了窗，外面一阵雨风扑面，吹起他的头发。望着窗外的黑夜与雨水，他沉默地站在那里，一动不动。

“不知道乌山在这个时候，是什么季节……两年，真快……”苏铭喃喃自语。

“部落怎么样了……阿公，是否还在人世……”苏铭独自一人在陌生的地方，很孤独，那种孤独的感觉让他学会了用沉默来保护自己。

苏铭摸着脸上的疤痕，站在那里，许久，许久……直至他在邯山城的第二个夜晚悠悠而过。清晨之时，雨水依旧笼罩天地，街上行人不多，地面的雨水顺山而下，走在上面很滑。

苏铭没有继续停留于邯山城，他已经买到了所需的不少药草，尽管炼制夺灵散还缺少一些，三个兽骨也只买到一个，但第三层与第四层已经没有他所需之物，除非是那第二层。

不过此层不但对修为有所要求，更要成为客家身份后才可进入，苏铭考虑片刻后便放弃，离开了邯山城。

这是他此生第一次来到邯山城，平淡无奇，普普通通，尽管也引起了一些人的注意，但总体来说如同一个小石头扔入湖泊里，只荡出些许涟漪。

来时天空明媚，走时雨水成帘。

背对着邯山城，苏铭的身影渐渐消失在了远方，没有停顿，而是展开速度，在这雨幕里向着那雨林深山疾驰而去。

苏铭没有刻意去寻找南晨的地形图，因为邯山城的众多店铺里，根本就没有任何一家贩卖此物。

通过听到的交谈与信息，苏铭慢慢地也摸索出，哪怕只是附近八方的地形图，也只掌握在三部手中，且极为珍贵。

前路渺茫，一切艰辛，从平凡中如何成为强者？苏铭不清楚未来在何方，他只知道，平静地走下去，让自己的修为越来越高，当到了一定的程度，眼前的迷茫就会被霍然撕开。

他沉默地走着，速度不快不慢，并非直奔雨林，而是多用了几天的时间绕了几个圈，确定无人跟随后，这才走向那熟悉的雨林深处，山峦的裂缝洞。

雨水始终不断，冲洗了他的足迹，形成了天然的防护，当苏铭在数日后回到了那裂缝之洞时，他的全身已经湿透，雨水顺着头发流淌。

走入洞内，苏铭体内气血运转，一丝丝热气扩散全身，仿佛化作了火，很快，一股白雾从苏铭身上升空而起。他湿漉漉的衣衫慢慢干了，但有很多褶皱，看起来有些狼狈。

第51章 来自安东族长的礼物

白雾缭绕时，苏铭的目光在这洞穴四周扫过，尤其是在几个特殊的地方多看了几眼。那些位置，他临走前布置了一些细微的野兽毛发，这些毛发很轻，有丝毫风动都可被吹开，通过它们被吹开的距离，苏铭就可以隐约判断出风的大小。

在洞口的位置，在那地面上他也有布置，此刻观察后，确定在自己离开的这些日子里，应无人到来。

“好在有此物，否则的话，真不太方便。”苏铭搓了搓头，随着其体内气血里散出的火热，他的头发慢慢不再湿漉，从怀里拿出了那个破损的小袋，将其打开后，把里面那些从邯山城买来的草药与材料倒出来。

一一查看后，确定没有减少，苏铭这才放心。这小袋子的内部空间有破损，故而这两年来苏铭尽管经常使用，却总是不太安心。

“淬炼夺灵散，应该放在首位，此散一旦炼制出来，对我的帮助极大，甚至在不方便召唤月翼之魂时，可用此物作为杀手锏。

“只是淬炼此散，要求实在是太高了……草药还是其次，我在邯山城第三层也找到了一些，如今只差三种，可堪比开尘境的兽骨，却是只有一块。”苏铭拿起材料里的那块黑色的骨头，其上寒气很重，拿在手里一片冰冷。

“不过，虽说是相当于开尘境的强大凶兽之骨，却没有其他时间上的要求，并非是要亲自杀了那样的凶兽取骨，如此来说，这样的骨头尽管不多，但应能买到。

“除了这些，还需要寻找一个将死之人，此人尽管没有修为上的要求，但既然炼制此散的材料都如此难寻，显然是修为越高，炼出来的夺灵散也就品质越好……不知若是能找到那种开尘境的将死之人，淬炼出的夺灵散会有如何表现……”苏铭目光闪动，但很快就化作叹息，他知道自己有些异想天开了，这根本就是不可能的事情。

“至于淬炼此散不能使用火，而是需尸气来炼化，这尸气的来源，我也已经想到。普羌族修炼死气，他们那里一定储存有浓郁的尸气用来修炼。”苏铭又想了想，便把此事压了下来，毕竟淬炼夺灵散还有很多材料没有准备好，此事需从从长计议。

“如今修为已经恢复，便要用山灵散提高修为。”苏铭深吸口气，尽管外面雨水连天，洞内却有阵阵火热弥漫着，那火热来自苏铭的右手慢慢燃起的火焰与其内的数种草药。

枯燥地炼出丹药，苏铭默默地吞服那一颗颗山灵散，在体内消散后融入气血里，运转之中弥漫全身，使得血线在平稳中慢慢地增加着。

在这雨林的深山内，苏铭又开始了很少外出、整日修行如同闭关的生活，时间慢慢流逝，转眼便是半个月。

这半个月里苏铭从未走出洞口半步，他有足够的草药去炼制山灵散，在这半个月里，他体内的血线从二百四十三条增加到了二百四十九条。

修行的速度不快不慢，却胜在稳定，且每多出几条血线，苏铭都会略作停顿，以心动入微操控圆润之后，方再次进行下去。

如此一来，尽管血线增加不多，但苏铭的实力却是与日俱增。

他沉默的时候更多，此刻的他若是被乌山部的族人看到，都会感到有些陌生，无法一眼认出。他的相貌不但有所改变，更重要的是整个人的气息与曾经的他大不一样。

那是一种蜕变，一种润物无声的成长。

在他的脸上，有一道细细的疤痕，与双目平行，距离眼睛有两指宽度。那疤痕本可愈合，但苏铭不愿。

他总是会摸着脸上的疤痕，在洞里默默地望着黑暗之处。

半个月后的一天，苏铭盘膝坐在裂缝洞内，吞食了山灵散，运转体内气血，将其融化吸收，从外面传来了熟悉的声音。

“前辈……前辈……”

苏铭没有立刻理会，而是过了数个时辰，当外面的天空漆黑下来，月光出现后，他体内的山灵散全部被吸收，才缓缓睁开眼，目光平静地起身，穿上遮盖全身的兽皮衣衫，慢慢地走了出去。

雨林深处，距离传来方木呼唤之声不算太远的地方，因为下过雨的原因，四周一片潮湿。

苏铭站在一棵大树旁，目光在四下扫过，这里是他选择的地方。谨慎的苏铭只有找到一个觉得安全之地后，才让方木前来。

这么做，可以起到一定的防护作用，避开或许并不存在的陷阱。

目光从四周收回，苏铭右手抬起在前一挥，立刻便有那无形的月翼之魂散开环绕四周，更是让这里的月光似无形中凝聚了更多。

“方木，来此地！”做完这一切，苏铭缓缓开口，其声音不大，却带着穿透之力，向着四周回荡。

话语传出，苏铭安静地站在那里，隐藏于黑暗中，一动不动。

时间不长，阵阵哗哗之声传来，却见一旁的雨林里有一道身影快速跑来，正是方木，他已经熟悉了苏铭的神秘与习惯，顺着声音找到这里对他来说不难。他气喘吁吁，看着站在黑暗中的苏铭，在他看来，苏铭似与这漆黑的夜融合，只能看到模糊的轮廓。

“方木参见墨前辈。”方木连忙抱拳，向着苏铭一拜后，把身后扛着的一个大袋子取下，打开放在一旁，露出了里面诸多的罗云叶。

苏铭的目光从那袋子上扫过，右手抬起向着身旁大树一按，此树立刻震动，部分树皮脱落下来。在苏铭手指的划动间，有三种草药的图案在那树干上被画了出来。

“若能找到这三种草药，任何一株，都可换取三次疗伤，若你能全部弄到，且付出足够的代价，你的伤势，我或许有把握治愈！”苏铭缓缓开口。

方木身子一顿，脸上没有露出异常的神色，但内心却很紧张。这种紧张不是因为害怕，而是激动。若是换了他在第一次遇到苏铭时对方这么说，他一定不会相信，可如今在方木的内心里，对于苏铭的话却奉若神明。

“前辈莫要戏我，我这伤势自己明白，被种下了蛮术，就连阿爸与蛮公都无法驱除，只能慢慢压制下来，想要根除实在太难，除非前辈能找到当年害我之人……”方木沉默片刻，故作镇定地笑道。

“你上前来。”苏铭沉默了片刻，平淡地开口。

方木的心再次颤动了一下，毫不犹豫地走了过去。刚一临近，苏铭立刻右手抬起，猛地一把抓在了方木的肩上，一股冰冷的气息蓦然顺着他的手传入到了方木体内。

这股冰冷透出一股寒，让方木身子一震。但这寒意刚过，却是化作了一丝火

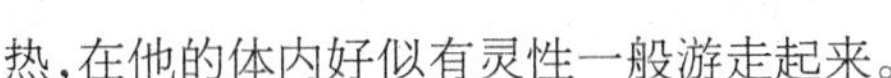

热，在他的体内好似有灵性一般游走起来。

还没等方木详细感受，苏铭已然抬起了手。方木心知对方的怪癖，不愿旁人靠近身子，连忙后退几步，紧张地看向苏铭。

“我没有十足的把握，只有七成。”苏铭沉声说道。

“七成……”方木深吸口气，果断地点了点头，看向那树干上的三种草药，将它们的样子深深地牢记。

“另外，你还需找到两块兽骨，必须是相当于开尘的凶兽之骨。”苏铭缓缓说道。

方木没有询问苏铭所需这些材料的用途，而是点头记住。眼见对方说完这些话后似要结束这一次的见面，方木立刻露出恭敬的神色，向着苏铭一抱拳。

“前辈，方木来此之前，家父曾有叮嘱，让我带给前辈一物，还请前辈一定收下。”方木说着，从怀里取出一个黑色的铃铛，在苏铭的面前捏碎，却见一片雾气缭绕，瞬息散去后，露出一个白色的木盒。

那木盒看起来很是普通，被方木双手递过。

方木也很好奇这木盒里装的是什么，这是他此番来时，他阿爸把此物给他，让他在几个族人的保护下，于雨林内与苏铭见面时递交之物。

“打开吧。”苏铭目光落在那木盒上，对于方才黑色铃铛碎裂后的一幕颇为惊奇，脸上却没有显露出来。

方木闻言立刻将这木盒打开，看了一眼后，顿时愣了一下。那木盒里，放着一把骨刀，这骨刀散发出阵阵寒意，在其内有一道红线若隐若现，正是苏铭在邯山城内用来交易之物。

望着此刀，苏铭神色如常，右手抬起虚空一抓，这把骨刀飞起，被他拿在了手中。

“回去替我谢谢你父亲。”苏铭拿着这把归来的骨刀，取了那一袋子罗云叶，身子向后飘然一退，消失在了黑暗中。

方木颇为不解，他认识这把刀，却想不明白：明明此物自己曾送出，为何会出现在阿爸手中，且还让自己再次送了过来。

第52章 许兄，快走！

雨季到了尾声，雨水渐渐少了，平日只偶尔一场小雨，淅淅沥沥的，似不舍离去。

苏铭已经习惯了这里的潮湿。方木之父把骨刀送回的举动，验证了苏铭的猜测，让他内心有了振奋。这股振奋，给了苏铭在这陌生之地第一次自信。

从引出方木，直至以刀换物，最后刀被送回，这看似寻常，但实际上却是苏铭的心机体现，一步一步从陌生茫然里开辟出了自己的优势，与那方木之父以猜测其修为的前提下，进行了一次短暂的“交流”。

苏铭表达了适当的善意，方木之父送回骨刀，是对苏铭善意的回应，也算是一种认可。

刀虽非名贵，可其内蕴含的意义，却是不同。

将此刀收入破损的口袋，苏铭“安静”下来，在这属于他自己的洞内持续地淬炼，将自己的修为在稳定中一步步增强。

山中岁月，一晃便是数月，苏铭体内的血线也增加到了二百六十条之多。这一日，他盘膝坐在洞中，全身血光闪动，有七条雾龙从其七窍散出，滚滚而动间，盘旋于头顶。

时间不长，那盘旋在一起的七条雾龙突然震动，不知遇到了什么事情，竟一扫平稳，刹那间“砰”的一声在苏铭头顶崩溃，化作了无数细丝散开，使得苏铭双目蓦然睁开。

他目中有惊疑之色一闪而过，右手迅速抬起在那散开的大量雾丝中狠狠一抓，顿时那些雾线在卷动中顿了顿，齐齐凝聚而来，落在苏铭右手内，慢慢融入手心，最终消失不见。

苏铭神色阴沉，缓缓起身，一晃之下就出了此洞。站在洞口外，此刻天色已暗，明月高挂，只不过仍有稀薄的云烟，使得大地在这月光下一片朦胧。

苏铭站在那里一动不动，神色却越来越凝重，他体内的气血仿佛不受控制，有了逆转的迹象，他的头发更是无风自动，但并非是向后飘起，而是穿过其耳边与脸颊向前飘起，似乎在那黑色的天幕深处，存在着吸扯之力的奇异之物，吸动苏铭的头发。

地面上，那些沾了积水的沙石如今在那积水的颤动波纹下，也慢慢地移动着，发出沙沙的声音，向着前方移去，更有一些腐烂的枝叶此刻竟蓦然飘起，在无风中诡异地打着卷儿，升空而去。

苏铭双目露出精光，入微之术笼罩全身，将体内气血的躁动压下，盯着远处的天幕，神色凝重里带着沉思。

“这是开尘境在施展蛮术！距离应该不远，否则的话不会在这里就感受如此清晰。”苏铭正思索时，忽然远处的天空传来了一声闷闷轰鸣，这轰隆隆的声音在这黑夜如同雷霆乍现，掀起阵阵回音。

紧接着，有一道长虹划破天际，在距离苏铭较远的地方，向着这片雨林深山的后面，那无尽的山林内疾驰而去。

那个方向，是这片雨林真正的深处，苏铭也曾去过一次，但那里的潮湿是外面的数倍，且不分季节，故而形成了一股让人闻之便会作呕，且心绪不宁的气息，时间略长一些，就会让人气血难以运转，因其内蕴剧毒。

所以苏铭去过一次后，便立刻止步，不再轻易踏入。

此刻那长虹疾驰，其内有一个身影，这身影看不清样子，但那长虹的光芒黯淡，显然此人的身体已经到了“末路”，前行中更是喷出了数口鲜血。

一股隐隐似开尘的气息从这身影上弱弱地散出，极不稳定，让苏铭有种此人时而是凝血巅峰，时而是开尘初期的错觉。

“这是……”苏铭双目一闪，整个人如一把利剑将要出鞘，右手抬起在身前一挥，顿时便有月翼之魂无形散开，笼罩四周。

几乎就是苏铭这举动的瞬间，在那天空的深处，又有一道长虹轰轰而来，这长虹看起来是被一片浓雾笼罩，疾驰间，其内站着一个人影，此人同样看不清相貌，但那滔天的杀气却丝毫不掩饰地显露出来。

在天空疾驰而过的一刹那，其脚下的黑色雾气翻滚中，此人右手抬起，正要一指点向远处的苏铭。他一路追杀而来，并不顺利，心绪烦躁下途中也遇到了几人，都被他不假思索直接击杀，取这几人的气血使得自身脚下这片雾气速度更快一些。

苏铭的存在，即便之前在洞内，此人就有所察觉。在他想来，一个区区凝血第七层的蛮士，杀之如捏死蝼蚁，他甚至都没有太过留意，便要一指索命。

可就在这一指将要落下的瞬间，这黑雾上之人神色蓦然一变，他清晰地感受到，那下方山峦上的苏铭竟在这一刹那，身体外存在着一股让他心中一惊的感觉。

这么一惊之下，他不愿节外生枝，冷哼中收回手指，全部心思放在了前方逃遁之人上，死死地追去。

苏铭站在那里，额头沁出了汗水，面色略有苍白，但他的双眼却平静如古井。方才那一刹，若非是他反应快速，展开月翼之魂震慑，怕是那黑雾上之人的一指会让他受到无妄之灾，尽管不会丢了性命，却很麻烦。

"他是玄轮！！"苏铭深吸口气，双目闪动。他本无法认出对方身份，但那一声冷哼，苏铭熟悉，他在邯山城对这玄轮的印象极为深刻，始终记在心里。

"他追杀之人，有八成可能就是和风！"苏铭的目光落在远处的雨林深处，能清晰地看到那两道长虹之间的距离很快拉近，随之便是轰轰巨响，显然二人正在生死交战。

"和风竟突破了！当初此人被寒菲子带走，没想到在这里再看到时，他不但被玄轮追杀，更有所突破……玄轮会追杀至这里，若和风没有突破，怕是途中就会陨落。"苏铭神色阴沉，此事本与他没有丝毫关联，可这二人追逐之地正是这片雨林，且看那玄轮的霸道，方才若不是苏铭反应快，难免被卷入其中。

"罢了，此地无法再留下去，唉……"苏铭暗叹，身子一晃快速回到了洞内，将所有物品收入破损的口袋内，猛地冲出此洞，向着那山下雨林疾驰。

"和风就算是有所突破，看样子也绝非玄轮对手，一旦玄轮将此人斩杀，若是就此离去还好，可若回头又来寻我霉头……此事赌不得。"苏铭有了决断，身影在这雨林内疾驰，决定提前去往安东部。

"虽说如此会将我的计划打乱……"苏铭颇为不悦，明明与自己无关，可却殃及池鱼，这片雨林是天然的屏障，其内草药众多，心里难免不舍。

"等避开这事后，或许还能回来……"苏铭疾驰中，立刻把脑中这个念头遏制住。玄轮的性格，苏铭经过方才之事略有一些了解，分明就是喜怒无常之辈。

正疾驰中，苏铭身后的轰鸣之声不断地回旋，更隐隐传来凄厉的嘶吼。

"此事有些奇怪，这片雨林这么大，且四周可去的地方这么多，和风为什么偏

偏要来这里，希望只是巧合。”苏铭眼中寒光一闪。

“若不是巧合，便是和风有意引玄轮来此，莫非此地存在什么对他有利的变数？”苏铭百思不得其解，脚下速度更快，要远离这是非之地。

可就在这时，在其身后那片雨林深处，轰鸣之声回荡间有一个焦急的声音蓦然而起，这声音显然是以特殊的蛮术传出，带着一股穿透之力，可以传至很远的距离，足以让苏铭听到。

“我来拖住玄轮，许兄……快走！和某拜托之事，藏物之处，便是对许兄的报答！”那声音回荡，笼罩四周的同时，却是并未扩散太远，而是直指苏铭此刻疾驰的方向。

“嗯？哼，雕虫小技！”雨林深处与和风交战的玄轮听闻此话目光一闪，冷笑中继续出手，但其右手食指却是蓦然抬起，向着苏铭所在之处蓦然一指。

这一指之下，其身边的黑雾顿时扭曲，化作一个狰狞的鬼脸，咆哮着直奔苏铭所在方向迅速飞去。

苏铭奔跑间目中露出杀机，此刻他已然反应过来，这是那和风阴毒之处，以此逼迫，让自己不得不出手相助。

否则的话，自己就算是离去，也难逃追杀。

这话语里破绽太多，可苏铭心知肚明，和风根本就不怕话语里存在的破绽，他只是想要让玄轮听到而已，如此一来，哪怕玄轮明知道九成是假，也会在猜疑中，事后追杀而来。

“卑鄙！！”苏铭握紧了拳头，他自从来到这陌生的地方后，一切都较为顺利，尽管始终保持谨慎与警惕，可还是与那些老谋深算之辈差距不小。

苏铭猛地回头，在他的身后，呼啸尖锐，那黑雾所化鬼脸狰狞临近，距离他不到百丈。

第53章 和风，许某来了！

“和风此人竟如此阴险！但他凭什么如此确定我能对其产生帮助？我与他准确地说只见过一面，就是在那深夜里的酒坊内。

“且他又凭什么竟能知晓我在这片雨林里，逃到此地后算准了玄轮的性格，必定会将我引出。

“他也一定算到了我不会参与此事，要么选择不动，要么选择离去，故而他察觉我要远离后，便口出此言！

“若说这些只是巧合，也并非没有可能，但这种巧合也未免太逼真了一些！

“他这是要利用我来分散玄轮的注意，他断定我可以抵抗，算出我只有两个选择，一个是灭杀了这来临的黑雾鬼脸后，为了自保与避开日后的麻烦，出手与其一同迎战玄轮，且就算是我为表明心志，反过来去帮玄轮，这和风也定有后续手段，以达成其毒辣之目的。

“第二个选择，便是对付了这鬼脸后，再次选择匆匆离去，这样一来，就坐实了他之前的话语，会给我留下很大的隐患，更会让玄轮再次分心，甚至和风或许还有办法让玄轮改变念头，过来追杀我。

“再加上这和风之前突然来到雨林，让我措手不及之下，于玄轮出手之际散开了月翼威压，以此震慑，尽管避开了那一指，却把自己推到了和风的阴毒计划之内，如此一来，就算是我不敌装死，那玄轮都不会相信。”

“这是个死局！和风，我与你无冤无仇，你为自保，如此害我！难怪阿公曾多次告诉我，人心险恶！”苏铭第一次深刻地体会到了这一点，他本以为只要自己不露出敌意，便可避开一些事情，让自己安全，但如今和风却用行动告诉了苏铭，有些时候，即便不露敌意，即便是相互陌生，也会因其他原因送命。

与和风比较，苏铭还是过于稚嫩，尽管有些心机，但只经历了部落的惨剧，只

经历了山痕的叛变，没有经历过这种人心的险恶。

实际上在这件事之前，苏铭对于和风，内心还有过同情。

“一切都是因为自己过于弱小，如果我成为了强者，这和风岂敢如此阴我！”黑雾鬼脸来临的一刹那，这些念头在苏铭的脑海中闪过。危急关头，苏铭被逼得展开了全部思绪，这与修为无关，这个局的解开需要他的反应之力。

“战，胜不了，会被利用。逃，走不掉，会被追杀……败亡，除非是真的死亡，否则无人会信……和风，这三条路既然你都给我封死，那么就让我苏铭闯出第四条路！”苏铭目光闪动，几乎那黑雾鬼脸尖吼来临的刹那，苏铭右手蓦然抬起，在他的手中赫然出现了那把骨刀。

其身不退，而是向前一步迈去。这一步落下，天空明月似猛地大亮起来，月光弥漫在苏铭全身，蓦然间化作了一股火焰，使得苏铭前行之际仿佛全身燃烧，形成了一片火海。

一刀直奔那黑雾鬼脸蓦然而去，更是在这一刀落下时，苏铭身体外的月翼之魂出现，笼罩其身，使得苏铭的身体竟踏空而起。没有人能看到，此刻苏铭的脚下有月翼之魂，在他的身体四周，同样存在着大量的月翼之魂。

他的刀与那雾气鬼脸瞬息碰触，轰的一声，苏铭喷出鲜血，身子踉跄后退，手中的骨刀直接碎裂，化作了大量的碎片四散。他身体外那些无形的月翼之魂一震之下却没有散去，而是再次凝聚于苏铭身体外。

那雾气鬼脸在苏铭喷血退后时，发出刺耳的尖啸，如被狂风撕扯，四分五裂中，化作丝丝雾气散开。

“和风兄快走，许某之前惭愧，如今被点醒，拼了性命也要为你拖住玄轮！”苏铭说完，身子猛地向前冲去，月翼在其四周，直奔那雨林深处的交战之处而去。

与玄轮厮杀的和风听闻此话，眉头一皱，但此刻危急，他来不及多想，却见玄轮冷笑中，不知施展了什么手段，其四周的黑雾赫然分出了一半，直奔苏铭。

那一半的雾气内有凄厉的嘶吼，在半空化作雾丝，缭绕间蔓延，如绞杀一般向着苏铭猛地笼罩过去。

那雾丝如密集之雨，更因这天空漆黑，使人难以看清楚，只看见这无数的雾气所化丝线纠缠间，将这天地笼罩，猛地一缩之下，就将苏铭笼罩在内，其样子与毕图的青索之蛮颇有几分相似。

轰轰之声顿时回荡，那大量的雾丝猛地一缩，就将苏铭的身体完全盖住，并不断地凝聚，赫然形成了一个如发团之物。

此物足有数丈大小，其上无数丝线缭绕，封得密密实实，不露其内半点，只能隐隐听到其内传出了一声凄厉的惨叫，那声音属于苏铭。

鲜血从这发团下方滴落，尽管不多，可看起来依旧是触目惊心。

和风心中一惊，连忙后退，玄轮冷笑逼临，右手抬起向着那发团一指。

"不管他是不是你的同伴，中了老夫的发如丝，也……"还没等玄轮话语说完，那天地间漂浮的发团随其一指，渐渐散开。

可让玄轮一怔的是，当那发团打开后，里面竟没有苏铭的身影，唯有不多的鲜血存在，随发团打开滴落下来。

就连和风也是一愣。

在他们二人的眼皮底下，苏铭消失了，无影无踪，竟让他们没有丝毫发现，仿佛凭空而去，显然是以特殊的方法远遁离开了这里，因其太过突然，使得交战之处一下子变得寂静。

和风面色立变，内心失去了判断，但紧接着便露出高深莫测的微笑，身子一晃，正要逃遁，此刻玄轮怒极，猛地转身，直奔和风而去。

轰鸣之声回荡，许久，一声凄惨的吼声传出，却见和风喷出鲜血，全身血雾弥漫，面色惨白，已然是将死般模样，轰的一声落下。在他落地的一刹那，全身明亮光芒突然闪烁，那光芒刺目，让满含杀气追来的玄轮瞳孔一缩。

就在这时，却见在那强光里，和风整个人似燃烧气血，猛地冲出，在这黑夜化作一个不断散出光芒的骄阳，其速一下子暴增数倍，竟以一种让玄轮都为之心惊的速度直奔远处而去。玄轮神色变化，右手抬起在身上连点数下，疾驰追击而去。很快，二人所化的两道长虹就远离了天边，向着更远的地方加速消失于目光尽头。

时间慢慢流逝，半个时辰后，四周一片寂静，在这下方被瘴气弥漫的雨林里，一团淤泥中伸出了一只手，这手一片干枯，如死人之爪，挣扎中露出了一个身影。

这身影没有头发，脸部完全凹陷下去，看起来如同骸骨，双目里一片黯淡，挣扎着爬出后，似用尽了全部的力气，喘息起来。

喘息中，他更是嘴角不断地溢出鲜血，那鲜血的颜色发黑，且带着腥臭之气。

"玄轮，你想不到我和风还有后手，对你的追杀，我准备得极为充分，虽说浪费了就连寒菲子都不知道的一具替身之傀，祭献了我大量的鲜血与生命，但只要我还活着，便一切足矣，你一定会死在我的手中。阿爸，阿妈，还有族人们，我会为

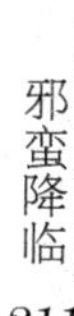

你们复仇！！”那干枯之人，赫然正是和风！

“可惜那个神秘青年竟不知用什么方法逃离了这里，否则的话，我的计划会更完美一些，也不会让自己如此虚弱。

“要尽快恢复，以我那替身之傀的速度，玄轮要追上只需数日，等他发现异常必会迅速返回，时间对我来说并不充足。

“但我也同样因祸得福，竟突破了凝血，寒菲子所说的方法果然有效，若是不追求血线最大程度的圆满，不去奢求九百五十条以上，那么在危机下的爆发，置之于死地后，可有机会达到开尘境。

“如今只要我修为有一丝恢复，我便是开尘强者，能画下自己的蛮纹！有寒菲子相助，我终于可具备成为十六暗魂组的外围资格。”和风深吸口气，他此刻无法移动身体，虚弱到了极限，若非是在那淤泥下修为恢复极慢，且担心时间拖延久了被玄轮赶回来察觉，他不会挣扎着出来，此刻唯有躺在那里慢慢疗伤。

“我需要三天的时间！”和风右手艰难地抬起，慢慢伸入怀中。怀里光芒一闪，一个小瓶被他拿了出来，那小瓶通体透明，可以隐隐看到里面有一些液体。

正要用牙齿将这小瓶的塞子咬下，和风的身子突然一僵，整个人如被静止一般，一动不动，他全身汗毛猛地竖起，一股强烈的危机感骤然降临。带来这股危机与让他心慌的，是一个冷漠如寒风的声音。

“和风，许某来了，取你所说报答之物。”

和风的心神震动，他看到在不远处的雨林内慢慢走来一个身影，那身影透出一股寒冷，如不化之冰，随着其到来，一股威压扩散开来。

来人正是苏铭！

第54章 最后一个问题

这雨林的深处，因岁月沉淀的潮湿以及腐烂，形成了一股瘴气，这股瘴气随呼吸进入身体，可让人的身体酸软无力，甚至时间长了，可以使得体内气血失去活力，渐渐散去，昏昏欲睡。故而对于这片雨林，四周部落大都只在外围寻找材料，很少会深入，唯有修为强悍之辈在进入后随时运转气血，方可抵消这瘴气之毒，才会时而进入深处探寻。

此刻，在这雨林深处，无形的瘴气弥漫下，和风一动不动，双目瞳孔猛地收缩。他此刻极为虚弱，根本就没有丝毫反击之力，毕竟玄轮是开尘境强者，且心智也不俗，想要将其瞒过，和风要付出极大的代价，唯有精疲力竭之后，才可让玄轮心神略有放松，以此成功。

如今看到苏铭竟突然出现，和风大吃一惊。但他非寻常之辈，早年遭遇部落大变，九死一生，此后经历种种，早就练就出了一副不属于他这个年龄应有的心机。尽管紧张，但几乎刹那就恢复如常，即便是仔细去看他的神情，也很难发现其变化。

“兄台说笑了，之前和某是无奈之举，唉……”和风望着走来的苏铭，苦笑起来，话语间见苏铭脚步不停，一步步逼近，内心咯噔一下，虽神色依旧如常，但内心除了苦涩，更泛起了悲凉之意。

“我知道不管怎么解释，兄台都不会原谅我，但在兄台出手了结和某之前，可否听我解释一下……和某早前本不认识玄轮，只是与他随从在一次偶遇下成为好友，我邀请他回部落，却没想到引来祸端，玄轮杀我双亲，杀我阿妹，灭我整个部落，我与他有不共戴天之仇！

“我不能死，兄台，我之前是万不得已，我身上背负着血海深仇，我的生命不属于自己，在我的身体内有所有部落的亡魂，他们陪伴着我，等着我去为他们复仇！

“兄台，我知道我之前的行为卑鄙，可我没有办法，但凡有一丝解决的方法，我都不会无故将你拉下水。”和风惨笑，神色中带着悲哀，带着对那玄轮滔天的恨。

苏铭站在和风身前数丈外，体内气血运转，平静地望着此人。他之前第一次看到这和风是在酒坊，对方的衣着引起了他的注意，那熟悉的感觉化作了一丝好感。

第二次相遇是在邯山城第三层，他看到此人闯邯山链，看到了其果断与坚毅，更是看到了玄轮在捏碎此人双亲之魂时，他的悲哀与那喷出的一口鲜血。

那个时候的苏铭尽管目中没有露出同情之意，但心里却是隐藏了同病相怜的感受，只不过不会轻易显露出来。

第三次相遇，就在今日。

见苏铭保持沉默，和风脑中迅速念头百转。他手中还拿着疗伤的小瓶，但却不敢喝下，怕引起对方的反应，他依旧苦笑，右手忽然松开，那疗伤用的小瓶落在了一旁的淤泥上，却没有陷入进去。

“兄台，此事终归错误在我，和某这小瓶里有一些疗伤之药，送给兄台，至于我……”和风深吸口气，挣扎着抬头，看着远处的天空。

“那里，走出千里后，是我部落的方向……可如今成为了废墟，兄台，我不知道你叫什么，但我求你一件事情，若你执意要杀我泄恨，在我死后，请把我埋葬在那里，我身上的所有物品你都可拿走，作为我做错事情的补偿。

“若你……原谅我这一次的错误，给我留下向玄轮报仇的机会，我和风愿与兄台签下南晨盟约，甘愿成为兄台随从。”

“和某之命，在兄台手中，请兄台定夺吧！”和风苦涩的目中带着不舍与遗憾，闭上了眼，似等待那冥冥中他不知晓的答案。

但，在他的体内，却是借着这些时间，正在凝聚气血，且他是用特殊的方法，根本就很难被人察觉，凝聚的速度越来越快。在他闭着的双目里，更有一缕杀气，外人看不到。

“此人虽说神秘，看起来似也有二十多岁的样子，但心机却是过于稚嫩，被我几句话就轻易拖延了时间，哼，若是他出现时就立刻出手，我断然没有丝毫反抗的机会，便被其所杀，不过现在嘛……此人既没有太多心机，或许还可被我继续利用一下。”和风闭目，脑中念头从未停止转动，内心冷笑。

“你是如何知晓我在此地，又是如何判断出我会对你与玄轮之战起到帮助？”苏铭望着闭上眼的和风，淡淡开口。

和风内心再次冷笑，他觉得苏铭不但稚嫩，更还有那可悲的同情心与怜悯心，以至被自己的话语打动，所以才会主动提出问题，给了自己再次蓄势的机会。

“此人……很像多年前的我，唉，可惜，他若不出现也就罢了，既然走到了我的面前，就断然没有活着出去的机会。他若死了，也可方便我后续的计划，让玄轮迟疑不定。”和风睁开眼时，目中却是一片坦诚，没有丝毫虚伪之意，反倒有一如既往的苦涩。

“我所在的部落是一个小部落，族人大都穿着兽皮，远远比不上中型部落，更不用说这邯山城了。

“我从小就羡慕那些中型部落的人，羡慕他们可以不用穿着兽皮，羡慕他们有仿蛮器。”和风轻声开口，喃喃着。

“但我只是羡慕，没有嫉妒，有的是决心，我想要让自己的部落壮大，想要让自己变强……我的部落，有一种特殊的术，凭着此术，那个时候的我可以成为一些中型部落的客家，以此慢慢壮大自己的部落。

“此术没有名字，似不归于蛮族，传承也都模糊，部落里的人都已经不知道此术因何而来，它的作用，就是可以不通过气血，而是一种冥冥中的感觉，来分辨一个人的强大与弱小。

“且这种感觉如记忆一样，若有心去记，可以化作一个烙印，只要对方距离不是太远，都可以模糊感受得到。也正是此术的存在，使得我这些年来躲过了玄轮的数次追杀。当日在那酒坊内，深夜时只有你我二人在喝酒，那个时候我就注意到了兄台，你看起来虽说只是凝血境第七层，但，在我用此术的感应下，却是在你身上感受到了堪比开尘的可怕气息，当时我就知道，你若非是身上怀有至宝，就一定是隐藏了修为。

“于是我在你身上留下了一个精神烙印，这烙印很是奇妙，与我蛮族之术大为不同，所以你无法察觉。

“我在被玄轮追杀时，凭着感应来到了这里，想寻求兄台庇护。此术看似弱小，但实际上用处很多，我看兄台也非附近部落族人，此术我怀里有木简，你可先取走查看我是否说谎。”这些话并非缓说言辞，和风的心机极深，就算是要拖延时间，也不会在这些地方露出破绽，而是配合其苦涩的神情，似追忆一般，说一些让人同情的话语。

为了拖延时间，和风可谓是动之以情、晓之以利——成为随从，奉送全身之物，交出这奇异的术法，他不信苏铭不动心。

“兄台还有什么要问的么？但凡和某知晓，一定告知。”和风神色诚恳，望着苏铭，虚弱地开口，但实际上，他此刻体内那凝聚出的光点却是越加强大起来，他之所以有着一击必杀苏铭的自信，是因他之前看到苏铭在玄轮的一击下消失，本以为此人远遁，但却没想到竟还在此地。由此，他就可以判断出，苏铭绝非是自身隐藏修为，而是拥有一件强大的法器，其实力实际上还是凝血第七层而已。

若是距离远了，他和风还会迟疑，但这么近的距离，他自信可以在对方没有发动那法器前击杀对方，但前提是让眼前这个稚嫩且没有心机之人失去提防之心。

“此人应还会问我，玄轮为何苦苦数次追杀，毕竟我与玄轮二人差距太大！这里面无论是谁，都能看出一些端倪。

“且就算他不问这个问题，估计也会询问我与寒菲子的关系，当日寒菲子救我时，此人就在下面看着。”和风已经想好了答案与对策，就等苏铭发问，他会选择在回答之时，故意说出一句让对方失去警惕的话，趁机出手！

“我最后一个想问的……”苏铭看着和风，话语一顿，和风神色如常，但内心却是再起紧张。

“是你准备好反击了吗？”

这淡淡的话语落在和风耳中，让他心神轰然一震，但神色却化作茫然，似对苏铭的话语不解。

就在他露出这茫然之色的瞬间，和风忽然睁大了眼，目光似穿透了身前数丈外的苏铭，看着其身后的天幕，神色露出骇然，身子更是一颤。

“玄轮！！”

在这话语出口的一瞬，和风更是猛地张口，却见一道幽光从其口中蓦然飞出，那幽光一闪，其速之快，眨眼直奔苏铭而去。

第55章 邯山城的绝密！

仓促出手，和风唯有一搏。他被苏铭的言辞点出了内心，不好判断对方是试探还是真的知晓，但此刻他没有时间去思索，而是提前发动了反击。

他体内的这幽光已经准备就绪，此刻幽光一出，若是苏铭上当回头去看，那么必定难以躲开。

但和风小看了苏铭！

苏铭根本就没有回头，在和风出手的一瞬间，身体外月光蓦然降临，在身前形成了一道月光之幕，在他四周的那些无形的月翼之魂，更是将苏铭的身体笼罩在内。

那幽光小球刹那碰到了月光之幕，发出剧烈的闪烁，其速略有减缓，但此幽光是和风的临死反击，尤其此刻他已踏入开尘境，尽管虚弱不堪，可这最后一击的威力却是不弱。

光幕碎裂，这幽光穿透而过，落在了苏铭的身体上，却诡异地从苏铭的身躯内再次穿透，落在了远处的雨林里，没有声息传出，但那片雨林十丈范围内却是瞬间成为了飞灰，如凭空消散一般。

而此刻，那被幽光穿透的苏铭身体却是略有涣散，在其旁再次出现了一个苏铭，另一个身影则虚化，消失了。

这一切都是刹那间发生，难免让人出现错觉。

“我最擅长的，是速度。”苏铭缓缓开口，看着那一脸难以置信的和风，向其一步步走去。在方才那一瞬，苏铭凭着提前的准备，凭着月光之幕的略作阻挡，将那幽光完全闪躲开来。

和风沉默着，死死地盯着苏铭，他此刻已经绝望，便不再掩饰，目中渐渐露出了狰狞与果断。

“你既早看出我的准备，为何给我机会？”和风躺在那里，阴沉地问道。

“因为，我要的是一个将死的你。”苏铭走近和风，回答了他的这个问题。

“要将死的我？吃了亏后，心机长得倒快，但你还是稚……”和风双目瞳孔收缩，狰狞地笑了起来，他知晓今日必死，但死前说什么也要将这杀自己之人拉着共赴黄泉。他唯独可惜的，是没有手刃玄轮。

此刻和风便要不顾一切，将气血自爆，要知道他尽管虚弱，但就算是再虚弱，他也是踏入到了开尘境，体内气血就算是再黯淡，也有活跃之处，只要气血活跃，那豁了出去，也能自爆。

可就在他要自爆的瞬间，神色却大变，这种变化是他此番在苏铭面前从未出现过的，这种变化代表了他的信念崩溃，其话语更是戛然而止。

“这……这……怎么会这样……”和风面色惨白，如同一个要自刎之人突然发现手中的刀成为了软绵绵的布条一般。他发现自己体内的气血不但黯淡，而且失去了活跃，如同一潭死水，根本就无法让它们崩溃自爆。

苏铭蹲下身子，看着躺在那里一脸茫然的和风，叹了口气。

“在心智上，我比不过你，你从见我第一面就开始算计，直至如今。但最终，你还是遗漏了一点，就是这雨林的瘴气。

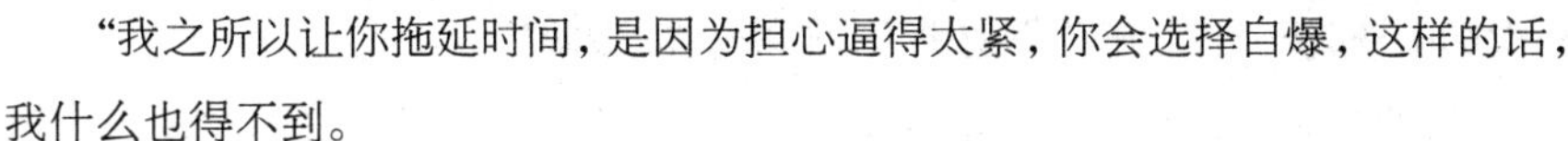

“我之所以让你拖延时间，是因为担心逼得太紧，你会选择自爆，这样的话，我什么也得不到。

“这瘴气，你说话越多，脑中念头越是转动，心脏跳动越是加快，呼吸就会越加急促，吸入的也就越多。

“若你体内气血大范围地运转也就罢了，可以抵消这或许在你全盛之时忽略的瘴气，甚至就算你在此地疗伤，因气血同样在大范围运转，也不会被这瘴气所伤。

“但之前你不敢这么做，小心谨慎，尽管凝聚了那一道幽光反击，却吸入了太多瘴气，这瘴气可以让你的气血失去活跃，从而很难自爆。”苏铭望着和风，平缓地说道。他自始至终都是体内气血运转，这一点和风早就看出，以为是苏铭谨慎，却没想到是因为这瘴气。

和风苦笑，这一次的笑容是真的。

他望着苏铭，眼前有些模糊，却强行让自己不昏迷过去。看着苏铭，他依稀间似看到了曾经的自己，但显然，眼前这个青年比自己更加冷静。

“死在你的手中，我和风无怨，可惜我的血仇无法去报……我不知道你的名字，就称呼你为许兄好了，许兄……”和风呼吸急促，坚定的意识如今也有些涣散，挣扎着咬了咬舌尖，让自己再次强行清醒。

“许兄，求你帮我杀了玄轮，回我部落祭祀亡灵。我会答应你一切条件，你要将死的我，不外乎是炼制傀儡，此事我想若是我自愿的话，对你好处更大，你承诺会帮我杀了玄轮，我和风自愿任你处置！！

“我不要求你现在就去杀他，只求你在修为足够之时，帮我达成此愿！”和风的呼吸越加急促，喘息着，带着期待，望向苏铭。

“而且我不会让你白做此事，我有重宝相赠！！玄轮之所以灭我部落，始终追杀于我，还有那寒菲子之所以会救我，正是因为这重宝！

“此宝我藏在了一处隐秘之地，不敢留在身上，且因我部落擅长烙印之术，就算是寒菲子也难以用蛮术知晓我的记忆，而且她与玄轮又似不愿更多人知晓，这天地间，唯有我知道那隐秘所在，所以我才能在其中周旋。

“既强得不果，他们二人便一个施恩，一个追杀，本以为可以将我掌控在内，但他们小看了我和风！我早就看出他们二人绝非表面那样，而是联合起来故弄玄虚罢了，但他们之间也有矛盾与猜忌，相互隐瞒，于是便给了我机会，我只需闯一次邯山链,便一眼看出他们的关系,那番做作,太假!

“在他们的身后,一个是颜池部,一个是普羌部,这两个当初的奴部,当我和风痴傻呢!

“他们算计我，我也在利用他们，若非是我需要借寒菲子相助进入十六暗魂组,成为他们的外围成员,我在这邯山城还能得到更多的好处。”和风眼前已然模糊，这些话语他在心里隐藏了很久，今日在这绝望时仿佛解脱，在那脑海眩晕的感觉下,对苏铭一一说出。

“许兄，我和风所在的部落是一个小部，族人只有不到二百，但很少有人知晓,我的部落是数百年前占据了邯山城的邯山部暗中的分支,邯山部被三个奴部灭杀,但我们却存留了下来。

“可如今，也只剩下了我一人……在我邯山部的传说中，邯山部的先祖当初并非是这蛮族之人,其身份很是神秘,在这里定居,数千年后形成了邯山部。

“我拥有区别于蛮术、察觉你气息的术法,这是祖先遗留下来的,先祖更留下了几样重宝,赐予后辈族人,但有三件当年被三个奴部抢走,还有一件便是我所说的重宝！”

苏铭望着和风,听着其混乱的话语,渐渐知晓了一幕缭绕这邯山城的神秘故事。

“邯山城，它是属于我邯山部的，是我部的先祖修建，是我部创立，在邯山城邯山链下的深渊里,更隐藏了一个让那三个奴部都渴望进入的地方。

“那里，是我邯山城先祖坐化之地！”和风喃喃，望着苏铭，目中的期待更浓了。

“我不恨这三个奴部，部落的生生灭灭，弱肉强食此乃天定，我也不恨寒菲子,她尽管目的也是得到重宝,却对我礼遇有加,我本也打算最终若实在不行,便将此物给她。

“我恨的,只有玄轮,是他杀了我的亲人,屠了我的部落,杀了他,答应我,帮我……杀了他！！”

苏铭沉默片刻，他淬炼夺灵散不需要将死之人的意愿，甚至若有怨气，效果似会更好,但此刻,苏铭看着和风,点了点头。

“若我修为足够杀他,我答应你,会帮你复仇！”

“许兄，谢谢……”和风闭上了眼，喃喃地说了一句唯有苏铭才听得到的声

音，告诉了苏铭藏宝之处。

“我怀里还有一物，此物本有三个，被玄轮抢走一个，我送给寒菲子一个，这最后的，给你了……”和风说着，整个人“昏迷”过去，一动不动。

苏铭抱起和风的身体，捡起地上的小瓶，没有在此地停留，向着远处急速而去，他没有离开这片雨林，而是向着深处更远的方向，消失无影。

在他想来，相比于外面任何地方，这片广阔的雨林或许是更安全之地。

身影于这雨林内闪烁游走，苏铭脸上带着复杂。和风的心机很深，从其只言片语里苏铭可以深刻体会，且这邯山城内竟存有这样的隐秘之事，也印证了苏铭之前的猜测：为何邯山城强者总是聚集于此城，为何那三个部落长久吸纳客家。

“和风……”苏铭暗叹此人的算计，让自己几乎没有了退路，唯有按照其一步步指定的路线行走，若非是在危急之时，苏铭想到了数次进入那黑色碎片空间的方法，怕是如今处境难料。

第56章 大收获

时间紧迫，玄轮随时可能去而复返，一切猜测与分析都会出现意外。经历了和风之事，苏铭承认在这些心机上，自己与那些老谋深算之辈有不小的差距。

这世间之事，有时候不是自己认为可以便可以的。

他抱着昏迷的和风，在这雨林内一边运转气血抵抗那瘴气的侵入，一边疾驰而行，在天色渐亮之时，苏铭已然用他擅长的速度深入到了这片雨林的更深处。

这里树木茂密，枝叶宽大，密集之下，就算是天明，阳光落下时也被这茂密的枝叶分割得支离破碎，使得这雨林里颇为漆黑。

更因此深处越加潮湿，瘴气浓厚不少，使得一些奇异兽虫之类也渐渐多了起来，苏铭亲眼看到如蟒蛇一般的蜈蚣在淤泥内游走，看着让人心惊胆战。

还有不少奇花异草，散发出香甜的气息，但这气息若是不察之下多闻了几下，便会有种要把五脏六腑都呕吐出来的感觉，那香甜，化作了诡异。

已是晌午，苏铭在这雨林内疾驰中，耳边听到了阵阵无法形容的悦耳歌声，那歌声带着美妙的旋律，如少女在轻声呢喃，让人听后不由沉醉其内。

苏铭时刻保持警惕，体内气血随时都在运转，很快就清醒过来，否则的话，后果不堪设想。在他清醒时，他一眼就看到自己竟不自觉地走向几十丈外一棵腐烂的大树，那树上有一只白色的鸟儿，身后五彩之光斑斓，但在那五彩之光下却有一张森森大口若隐若现。

这一路走去，苏铭心惊不已，他看到了太多从未见过之物，在天色再次黄昏时，苏铭的前方，出现了一片山峦，在这山峦后依旧还是雨林，不知其最深处到底还有多远。

但苏铭不敢继续前行了，那山峦后的雨林内，必定还有更多的可怕之物，不是如今的他可以抵抗的。

目光一闪，苏铭带着和风，在这雨林内的山峦里，选择了一处天然形成的裂缝钻了进去。

这里本是野兽栖息的地方，洞内有一些蜕下的皮，带着一股淡淡的腥臭气息，苏铭双目一扫，便确定这里应是一条类蟒之兽所在之处。

“蟒皮干枯，此地气味很淡，这蟒蛇应很久没有回来，或许已经死在了外面。”苏铭略一沉吟，将和风放下后，便把那些蜕下的蛇皮堆积到了洞口旁，以其上的气息，来避开一些奇花异草珍兽怪虫的干扰。

做完这些，苏铭心里依旧有些紧张，但仔细想了想，便慢慢放松下来。此地距离玄轮与和风交战之处已经很远，玄轮能找到的可能性不大。

且一时之间，苏铭也想不到更好的地方，沉吟之下，唯有这里或许更为安全。

沉思中，苏铭把目光放在了一旁的和风身上。一路走来，和风吸入了更多的瘴气，若非是强悍的修为，再加上此人已经开尘，怕是在那重伤之下，如今早就死亡。

此刻他尽管还有一口气，却无法苏醒过来，随着时间的流逝，会渐渐走向死亡。

选择此地，苏铭除了避开玄轮外，另一个目的就是借助此地的瘴气，使得和风一直虚弱。毕竟此人修为颇高，一旦他有所恢复，必然不会如之前那样诚恳，虽说苏铭并不畏惧重伤的和风，但却无法阻止其自爆，可有了这瘴气不断地侵入，便可免此麻烦。

“他之前曾说，怀里有一物要给我。”苏铭没有轻举妄动，和风的心机之深，苏铭很有体会，此刻仔细地回想了一下和风昏迷前的话语与举动后，盘膝坐在那里，等待天色从黄昏流逝。

时间不长，外面更为漆黑，苏铭所在的山峦很矮，只是略有起伏，大都被茂密的雨林覆盖着。

这雨林上空的天幕也沦为了黑暗，虽有明月高挂，可月光却如白天的阳光一样，只能支离破碎地洒落。

尽管如此，苏铭在夜里依旧可以感受自己的状态达到了最好，这才起身来到和风的面前，再次谨慎地打量了一番后，挑开了和风的衣衫，在其怀里看到了一个紫色之物。

在看到这紫色之物的一瞬间，苏铭神色一变，目光凌厉起来，直勾勾地盯着和风怀里的物品，渐渐地，他的双目里露出了迷茫与追忆。

“此物……”苏铭脑海中浮现了一个本被遗忘的人，那是一个尖嘴猴腮的老者，这老者贩卖着各种稀奇古怪的草药，还卖给了苏铭一个破损的口袋。

“到底是什么……”许久，苏铭蹲下身子，从和风的怀里将那紫色之物拿起，放在了面前，这紫色之物，赫然是一个与苏铭那破损口袋几乎一模一样的袋子！

只不过，这紫色的袋子上没有丝毫破损，很是完整，苏铭的口袋与其比较，着实不如。

“同样的袋子……玄轮抢走一个，和风赠送给寒菲子一个……邯山部的先祖，还留下了四样重宝，被颜池、普羌、安东各抢走一个，还剩最后一样重宝，被和风藏了起来……

“邯山城下处，隐藏了最大的隐秘，那里，是这当年邯山部的先祖坐化之地。如此来看，包括这个袋子，也都是邯山城先祖的遗物么……”苏铭目中越加迷茫，这紫色的袋子，让他隐隐觉得其上似有了一层深深的谜团。

沉默中，苏铭看着手中这紫色的袋子，若是其他之物，苏铭没有见过，还需琢磨一段时间才可慢慢打开，可此物他却不用。

苏铭目光一闪，左手抬起在那口袋上一拍。这一拍之下，立刻从这袋子上传来一股反震之力，苏铭一愣，此事他没有遇到过。这反震之力很是虚弱，在苏铭体内气血运转入微之下，没过几息就散去。

苏铭的左手拍在口袋上，脑中一震，浮现出了一个足有十多丈大小的空间。

苏铭闭上眼，许久后缓缓睁开，目中有难掩的惊喜一闪而过。他左手抬起时，其手中光芒一闪，出现了一排木简，这木简看起来是古物，尽管没有破损，却有一股岁月之感显露出来。

此物正是和风之前所说那与蛮术完全不同的术法，可把一个人的气息看透，化作烙印，只要距离不是太远，便可清晰锁定。

把此物放在一旁，苏铭左手又有光芒闪烁，在他的手心里出现了一块白色的骨头，这骨头通体森白，出现之后其上似有重影，让人第一眼看去似会恍惚，甚至在耳边还会听到一声声凄厉的嘶吼，但当苏铭清醒过来时，一切都消散。

“此骨不知来历，不知属于人还是兽，但在其上能出现这种奇异的变化，说不定也可以用来种草。”苏铭盯着手中骨头，右手抓着那紫色的袋子，向着旁边一倒。

哗的一声，大量的物品顺着那紫色袋子被倒出，微光闪闪。虽说这洞内光亮不足，但苏铭却看得很清楚，那些物品中绝大部分都是石币，白色不多，大都是杂色的低阶石币，但这么一大堆，价值同样惊人。

“足有数万枚！”苏铭深吸口气，这是他见过最多的财富了，但很快，他的双目就盯着那堆石币里两枚红色之石。

尽管洞内略黑，却无法掩盖这两个红色石币的光芒。

除了这些，苏铭还找出了数个小瓶，里面装着不同的液体，有的香甜，有的无味，有的则是恶臭，还有几个散发着清香。

若仅仅这样也就罢了，但在这堆物品里还有一张兽皮，那兽皮上记录了两种蛮术，苏铭看后，双目越加明亮。

“可惜没有蛮器……也难怪如此，和风与玄轮一战，必定是把所有能用之物，大都使出了。”苏铭喃喃中，忽然目光一凝，落在了这堆物品中两个明显有些特殊之物上。

一个是巴掌大小的石盒，通体白色。

另一个则是一张黑色的面具，这面具不知何物做成，在苏铭看去时，仿佛目光都要被吸进去一样。

苏铭首先拿起这白色的石盒，仔细地看了几眼后，略有动容。他不知道这里面装的是什么，但这盒子的材质竟完全是白色的石币炼化后凝聚而成，且这石盒看起来不大，但实际上颇重。

“这得需要多少白色石币……”苏铭愣了一下。他没想到石币竟还有如此用法，在他感觉，这只是买卖的钱物罢了，但如今这石盒的出现，让苏铭觉得自己之前的想法有些错误。

“莫非，这些石币并不仅仅可以买卖，而是还有其他的一些用处。”苏铭内心一动，将这石盒打开，在看到其内之物后，他身子一震。

“这是……”

第57章 一张兽皮

苏铭渴望成为开尘境，对于开尘境的了解，除了那卷兽皮革书外，更多的是来自阿公这十多年来的一些言辞。

苏铭知晓，所谓开尘，是当体内凝血之线到了一定程度后，一次天翻地覆的改变，这种改变如化茧成蝶一般，把体内凝聚的血线外散，形成蛮血，在自己的身上，用自身的蛮血画出一个纹。

每个人的纹都不一样，这世间没有完全一样的蛮纹，即便是看起来相似，但也有差距。至于画下什么样的蛮纹，则因人而定，寻找那冥冥中的感觉。

同样地，若找不到这种感觉，就需刻意地去画下蛮纹，可一旦如此，则在实力上便要弱上不少。

有一些明明可以踏入开尘境，但依旧还是选择没有画下蛮纹者，是因为他们不愿留下遗憾，故而强行停滞在那个阶段，苦苦寻找那种说不出的感觉。

蛮纹一旦画下，此生无法改变，且纹络越是繁琐，修行就越是艰难，比不上那些蛮纹简易之人。但尽管艰难，可若能大成，则复杂蛮纹者会超出同阶，颇为强大！

至于踏入开尘境的成功程度，与凝血之线的数量有必然的关联，血线越多，越可成功，且数量越多，踏入开尘初期之时就越是强大。

若能达到九百五十条以上的血线，一旦迈入开尘，等闲开尘初期都将无法抵抗，实力虽说还不如开尘中期，但在开尘初期里堪称强者。

只不过血线的数量大都只是七百八十一条左右，就算是再次增加，也很难达

到九百条，如此一来，除非是有大决心、大毅力、大机缘，且对自己极为自信，或者是有部落保护，否则无人能在那漫长的岁月里，在坚持增加血线中而不陨落。

况且，血线到了一定程度，也并非是依靠时间可以再次增加，往往十多年也难以增加一条。

开尘难，可说简单倒也可以相对简单，不求追寻那九百条以上的血线，在八百条左右开尘者也并非没有，一切因人意念而异。

一旦开尘，不管以何种方法，在画下了蛮纹后，都需借助蛮纹最初之力，在自己的身体内祭炼一样物品，此物将会成为开尘境强者一生中第一个本命蛮器！

此蛮器对每一个开尘境之人都颇为重要。

故而那些修为在凝血境巅峰，有机会随时踏入开尘之人，都会提前准备好这样物品，以防一旦开尘后没有较好的祭炼之物，给自己带来不便与遗憾。

除非是那些强悍部落的天骄，他们不需去准备，自有长辈为其提前准备好所需的一切，毕竟开尘对任何一个中型部落而言都是大事。

对于这样的物品，苏铭曾听阿公在一次偶然中说起过，为了提前让此物能与自身在祭炼时不出现排斥，需提前凝聚自身一滴鲜血滴在此物之上，且每过一段时间都要进行如此动作，只有这样方可产生气血相连之感，避免日后开尘时出现意外。

此刻在苏铭手中那白色的石盒里，有一片白色的菱形叶子，这叶子形状虽说古怪，但其上脉络清晰，的确是一片叶子。

那叶子上有一滴鲜血，这鲜血所剩不多，已有些黏稠。在这叶子的脉络里，有近三成的位置已经成为了红色。

“这是和风为其开尘准备的祭炼之物！”苏铭望着那盒子里的白色叶子，目光闪动。此物的价值远远超过了那些石币，甚至可以说无法估算。

对于开尘时有所准备之人或许作用不大，可对那些没有太好的准备之人而言，此物的价值足以让他们散尽家财。

且此物被和风用这价值不菲的石盒放着，显然绝非凡品。他毕竟是当年邯山部之人，尽管邯山部灭亡，但既能留下如这紫色袋子之物，又能留下一样重宝，也必然会留下极好的开尘祭炼之物。

盯着石盒内那叶子，苏铭右手抬起在上轻轻一弹，气血之力涌入，震动之下，那叶子上的黏稠鲜血立刻被弹起飞出，在半空化作一团火焰，直接燃烧无痕。

虽说其上没有了和风的血，但在那叶子的脉络里还存有一些已经融入的，短时间无法将它们逼出，但苏铭有耐心。

“若我没有找到更好的，如真有开尘那一天，便以此物作为祭炼。”苏铭郑重地将这石盒盖上，目光落在了最后一件物品上。

那张似乎可以吸收目光的漆黑面具。

拿起这面具，苏铭看了半晌，也没看出有何端倪。苏铭沉吟中低头看了一眼昏迷的和风，起身走到他身旁，把这面具缓缓地向着和风的脸上盖下。

苏铭格外警惕，在这面具盖上和风之脸时，留意着其身体的变化，但过了许久，也没有丝毫变化。

这面具盖住和风脸上后，和风仿佛变了个人，尤其是这面具上没有全部五官的位置，唯有双目那里有两个窟窿，使得其整个脸透出一股阴森之气。苏铭皱起眉头，正要把这面具摘下，忽然神色一动。

在他的目光里，和风的身体竟渐渐有了飘渺之意，似有些模糊，唯一清晰的就是那张面具。

苏铭轻“咦”了一声，将这面具从和风脸上取下，仔细地看着和风的身体，更在他体内以气血观察，确定了和风与之前没有丝毫变化后，这才放下心来，退后几步，便要将这面具戴在自己的脸上尝试一下。

但苏铭又略一迟疑，没有戴上，而是看了几眼后，收入那紫色的袋子里。

“和风这人心机太深，不得不防！”这些物品里，最可疑的就是此面具了，但他也无法确定。此刻全部收齐后，望着昏迷的和风，取出了淬炼夺灵散所需的那些药草，上前在和风的身体上戳出血洞，按照脑海中的炼制方法，一个个种在了上面。

那些草药苏铭看不出有什么奇异的地方，可种到和风身体上，却一个个以肉眼可见的速度迅速枯萎，很快就消失在了那一个个血洞里。

目睹这一幕，苏铭没有意外，反倒目中有精光闪过。在他脑海中存在的淬炼夺灵散的步骤里有过眼前的描述，这说明和风的身体符合淬炼的要求，且应是那种很好的种草之体。

这些草药尽管枯萎，但实际上却是在和风体内留下了种子，以此身为鼎在慢慢地生长，当到了一定的程度，就可淬炼。

不疾不徐将所有草药都种下后，苏铭盘膝坐在一旁，取出从邯山城买来的那

黑色骨头，又拿出了和风袋子里的白色之骨，对比一番，从袋子里取出了两种药草，以种骨之法，种在了上面。

短时间看不出端倪，苏铭便把这两块骨头与和风放在一起。

“若这白色骨头可以使用，那么我淬炼这夺灵散便只差三种草药与一块兽骨了。那三种草药，不知方木能寻找到几种。”苏铭想了想，便不再去思索此事，而是拿出了和风袋子里的兽皮与那木简，在这寂静的洞内看了起来。

“和风所说的那隐藏其重宝之地，倒也不急前去，等一切都安全后，再去取来不晚，就是不知到底是一个什么样的宝贝……”苏铭一边看着木简，一边思索。

时间慢慢流逝，很快就是两天，这两天里，苏铭时而去观察自己的“药鼎”，时而去看那两块骨头上种植的草药，更留意外界变化，除此之外，其余的时间则是学习这木简上的烙印之术。

此术如和风所说，很是奇妙，且修炼起来并不困难，只不过这烙印之术使用的并非是体内气血之力，尽管苏铭已经掌握此术，但却不得要领，无法施展。

他此刻右手抬起，很是生涩地摆出一个动作，似掐着手指，向前连连推出数次，却没有半点感觉。

“这是什么术法？”苏铭挠了挠头，看向一直昏迷的和风，打消了将其唤醒的念头。此人如今昏迷时身子都在隐隐颤抖，似极为痛苦，若是被唤醒，说不定会再生波折，尤其是此刻玄轮或许已经复返。

将木简收好，苏铭定下心，拿起和风袋子里的那张兽皮。这上面记录了两种蛮术，苏铭数日前曾匆匆一扫，此刻凝神看了起来，很快，他神色里便有了疑惑。

“二十条血线就可以修行的蛮术，在九十九条后便可将这两种蛮术发挥到最大……这张兽皮根本就没有用处，除非是和风部落之物，被他留下以作追忆。”苏铭仔细看了看这兽皮，便将其放在一旁，皱着眉头，望着昏迷的和风。

“此人心智不俗，若说留下一件带着回忆之物，倒也可以理解……但……我总觉得有些不对劲。”苏铭一把抓起身边的兽皮，再次凝神看去，可依旧没什么发现。

“难道是我猜错了……”苏铭目光一闪，把那兽皮放在鼻间，闻了一下，顿时双眼猛地亮了起来。

但就在这时，突然一阵闷闷的轰鸣从外隆隆而来，阵阵野兽的嘶吼夹杂在其内，似外面的雨林里出现了什么变故。

苏铭立刻收起兽皮，警惕地来到洞口旁，谨慎地向外看去。

第58章 红色草地

外面不是黑夜，可虽说如此，但雨林内依旧阴暗，一声声闷闷的轰鸣从远处遥遥传来，夹杂着鸟兽嘶吼，仿佛在遥远的雨林里有惊变出现。

苏铭站在那洞口旁，神色冷静，凝神望着。

时间慢慢流逝，这轰鸣之声持续传出，更是从远及近，越来越清晰，似有人从远处正急速接近。

苏铭右手握拳，眼中渐渐起了寒光，身体却是依旧不动，在那洞口旁如化作了雕像。

许久，当那轰鸣之声似距离此地不算太远之时，慢慢平静下来。但这平静只是片刻，便有一声远远超出之前的巨响轰然而起，苏铭的目光透过那雨林里无数宽大的树叶间隙看到了外界天空上拔地而起的一道身影。

那身影距离苏铭所在的地方不近，只能模糊看到。

那身影仰天一声低吼，吼声里带着无法形容的怒气，化作一道长虹，向着远处疾驰，很快就不见踪影。

此人，正是玄轮。

直至对方远去后，苏铭整个身子才松懈下来，目中寒光渐散。他当初选择留在雨林，也有所迟疑，考虑到这片雨林虽说很危险，可也同样是最容易被忽略之地。

且这里太大，哪怕开尘强者，想要全部搜寻也绝非易事，甚至很有可能无法做到。

目睹玄轮远去，苏铭没有轻举妄动，而是悄然回到了洞内。他已经打定主意，若非是绝对安全，否则不会轻易离开。

沉默中，苏铭盘膝坐下，复杂地看着昏迷的和风。经历了和风之事后，苏铭对于人心险恶有了更深的体会。

他揉了揉眉心，在这寂静的漆黑山洞内，露出了疲惫。他疲惫的不是身体，而是心。

半晌后，苏铭打起精神，拿起方才观察有所收获的那张兽皮，放在鼻尖再次闻了一下，一股血腥气味扑面而来。

“兽皮本身自然会存在一些血腥味，但随着时间的流逝，这味道会越来越淡，直至消失。这兽皮显然已经保存了很久，其上不可能会出现这样浓的血腥。”苏铭双目闪动，望着手中的兽皮，喃喃自语。

“除非，得到这兽皮的人时常在上面淋洒一些鲜血，所以才会有这样的气味久久存在。若此物是追忆部落族人之物，应不会有这样的举动……”苏铭抬头看了和风一眼，目露沉思。

“或许是我猜错了，但若是我猜对了，此物，就绝非表面看起来这么简单！”苏铭站起身，拿着兽皮来到和风身旁，略有踌躇，但很快就有了决断，一指点在和风手臂上，划开一道伤口，挤出了其体内如今所剩不多的鲜血。犹豫了一下，他没有用尽这些鲜血，而是只取出一点涂抹在了这兽皮上，退后几步，凝神观察。

和风的鲜血刚一涂抹在兽皮上，立刻就被吸收入内。在苏铭后退看去时，那兽皮已经把和风的鲜血全部吸收，上面赫然出现了一个个气泡，更有一丝丝黑气扩散，整张兽皮仿若起了无数泡沫，很快就蔓延全部位置，那黑气也随之越来越多。

苏铭立刻松手，将这兽皮扔在地上。在他的注视下，这黑气在片刻后达到了极为浓厚的程度，将这兽皮全部笼罩在内。

苏铭体内气血运转，保持警惕。但随着时间的流逝，这黑气仿佛没有了继续滋生壮大的动力，渐渐散了开来，慢慢缩小，最终消散，露出了地面上没有什么变化的兽皮。

苏铭皱起眉头，目光在那兽皮上扫过，一眼就看到其上方才被他涂抹的那滴鲜血如今已经消失。

“鲜血不够么……”苏铭看了看昏迷的和风，脑海中浮现方才这兽皮生出黑气的一幕。这一次他没有迟疑，咬破舌尖，向着面前这兽皮喷出了一口自身之血。

这一口鲜血落在那兽皮上，顿时其上气泡大量出现。与之前相比，黑气的弥漫直至笼罩，在时间上缩短了大半之多，显然是因有了足够的鲜血作为动力的缘故。

瞬间，笼罩在兽皮外的黑气向着四周猛地扩散，化作了一道环形的黑色波

纹，在散开至十丈后，消失在了这山洞的岩壁上。

与此同时，苏铭的呼吸急促，在他的面前，因雾气的散开，露出了其下那张兽皮。但此刻这兽皮上没有半个字迹，只有一个复杂的图案，这图案看不出是什么，仿佛残缺了很多，但却通红一片。

就在苏铭目光凝望在这图腾兽皮上的一瞬，立刻这兽皮诡异地扩大，以肉眼可见的速度竟向着四周霍然蔓延，刹那就从和风身下蔓延而过，更是同样从苏铭的脚下蔓延，笼罩了四周十丈的范围，使得这十丈里成为了红色的世界。

苏铭没有闪躲，他站在那红色的十丈范围内。在方才的一刻，他的眼前一阵恍惚，脑海中出现了一幕奇异的画面。

在那画面里，他好似来到了一处奇异的天地，他看到了一片平原，在那平原上站着一个身体模糊的男子，他穿着长衫，脸上戴着黑色的面具，背着手，似望着天空。

天空上，赫然有数百道长虹呼啸而来，那每一道长虹内都散发出不弱于开尘的气息，甚至更有一些，其强大的程度远远超过了开尘。

这数百道长虹内的绝大部分，都在临近的一刻使得天空五彩斑斓，一道道术法之光浮现，随后降临，逼近下方那男子，这一幕，让人看之心撼。

苏铭心神震动，茫然地望着这一切，那平原上戴着那熟悉的黑色面具的男子，右手抬起，手中出现了一张巨大的兽皮，横铺之下，随风飘扬间按在了大地上。

在这兽皮落在大地的一刹那，顿时整个大地轰鸣一震，却见这兽皮急速膨胀，向着四周快速蔓延，转眼之下，方圆百里内赫然就被这兽皮蔓延而过。

这百里的大地已然不是平原，化作了一片血红之色，似在那上面长满了一些红色的植物，使得这百里内外迥然不同。

一股阴森之意，扑面而来。

那数百道术法之光蓦然来临，可没等临近那面具男子，就在此人上空仿佛落在了无形的屏障之上，一一黯灭。

此时，这戴着面具的男子右手虚空一抓，立刻就有一根足有七尺长的森森骨牙出现，被他拿着狠狠地刺在了身旁的这红色草地上。

那巨大的牙齿刺入大地的一瞬，立刻成为了红色，一条三头血龙从牙齿上幻化而出，咆哮着向天空那数百道长虹而去。

紧接着，那戴着面具的男子再次取出一根利牙，刺入另一侧的红色草地内，那牙齿瞬间通红，其上赫然有一个虚影幻化，这虚影透出一股阴邪气息，竟与苏铭当年所看毕图召唤的邪蛮有几分相似。

此虚影迈步而起，直奔天空那数百道长虹而去。

天地轰的一声回荡，苏铭猛地睁开眼，额头沁出汗水，呼吸急促，渐渐清醒过来。四下一看，自己还在那山洞内，但他的脚下十丈范围内，却出现了一片红色的草地。

这草地之红，与他在那恍惚中看到的一幕，除了大小的差距外，一模一样。

苏铭心脏怦怦跳动，许久才缓过劲。望着脚下十丈范围的红色草地，他的双目内渐渐露出了明亮之芒，其身向前一晃，踏过这十丈，走到了洞口，回头看去时，那洞内没有半点红色，仿佛一切都是虚幻，甚至就连洞内的和风也都不见踪影，这山洞里一片空旷。

苏铭又退后几步，走入被红色草地铺盖的洞内，一切恢复如常，和风依旧昏迷着躺在那里。

“难怪和风能在其部落灭亡后存活至现在，多次逃过玄轮的追杀，他尽管心智不俗，但若非有这件宝物，怕是很难生存至今！

“此物或许真的如我方才幻觉所看的威力，但如今显然已经残破，可虽说如此，它的作用在也是颇为惊人。

“这和风……一身是宝啊！”苏铭深吸口气，他长这么大，还是第一次获得如此多的贵重之物，而这些，原本全部都是属于和风的。

“就是不知为何这一次玄轮追杀他时，他没有拿出这件宝物来隐藏自己。”苏铭看了看这十丈范围内的红色草地，身子再次向外走去，离开了这山洞。时间不长，他疾驰而回，在他的后面，有一条数丈长的蜈蚣狰狞着追击而来，当苏铭迈入这红色草地范围后，那蜈蚣也同样追了进来。

苏铭目光闪动，退后几步，盯着那被引来的蜈蚣。却见此蜈蚣在进入这十丈范围后，立刻绕起了圈子，仿佛看不到就在面前的苏铭。

过了半晌，那蜈蚣焦急地嘶吼起来，苏铭脸上露出兴奋的神色。他已经确定这件兽皮的隐藏效果应该是极为强大，此刻右手抬起，向着那蜈蚣一指，顿时蜈蚣的身子扭曲挣扎了数下，就此死去。

但在其死亡的一瞬，苏铭忽然目中精光一闪，露出诧异的神色。

第59章 安逸中的惊变

这条蜈蚣在死后，尸体竟融化开来，其四周的红草地诡异地蠕动，很快就如吸收一般，将这蜈蚣尸体融化，消失在了苏铭的面前。

苏铭望着这一幕，心惊之余，却没有感受到什么危机，反倒是有种全身暖洋洋的舒服的感觉，似这十丈，完全属于自己一般。

这种感觉说不清楚，却让苏铭觉得很安全。

沉吟中，他盘膝坐了下来，目光落在昏迷的和风身上。此人尽管也在这草地上，却没有融化的迹象。

"莫非只能融化死物？"苏铭摸了摸下巴，脑中浮现出那戴着面具的男子身影。

"他戴着的那个面具，与和风袋子里的面具一模一样，但我总感觉两者似存在一些差别……和风曾说其邯山部的先祖并非蛮族，来历神秘，在和风身上又发现了这两样物品，莫非……那戴着面具之人就是和风的先祖……"苏铭想了想，此事没有头绪，便渐渐不再思索，而是平静地坐在这里，拿出山灵散吞服后，默默地增加体内气血之力。

时间渐渐流逝，转眼过去了三个月。

这三个月里，苏铭感受到了四次外界的震动。这显然是玄轮猜疑之下展开了寻找，不过这四次全部集中在前两个月里，最后一个月外界极为安静。

许是与玄轮的危机有些关联，苏铭修炼的速度也提高了不少，如今体内的血线已经达到了二百九十一条，距离凝血第八层要求的三百九十九只差一百多点。

不过到了这个时候，苏铭也发觉了山灵散的一个弊端，此散他在长久吞食之下，效果正慢慢地减弱，似用不了多久，很有可能再无作用。

对于此事，苏铭虽说无奈，但也能理解，否则一直吞食下去，只要有足够的时间，岂不是多少条血线都可以增加。

“按照山灵散药效减少的程度来看，应该是在我达到了凝血第八层后，此药就会完全无效了。”苏铭坐在这山洞的十丈红草范围内，感受着体内血线的运转，喃喃自语。

“好在南离散的效果依旧，可以用来疗伤……至于修为，难道没有了山灵散，我苏铭就无法修炼了不成！”苏铭露出坚毅的神色。

“我还有两滴蛮血……除此之外，还有血火叠燃之术！”想起血火叠燃，苏铭深吸口气，此术修炼极为艰难，且过程痛苦，让人很难忍受。

“当年第四次叠燃带来的力量，都用在了引动月翼出现上面，我的血线没有增加……至于第五次叠燃，我如今在这南晨之地要谨慎一些。这四周强者众多，若被发现，或许会有麻烦。”苏铭抬头看向那山洞口，神色变得阴冷起来。

“玄轮，我不知道你是否已经离开，抑或真有耐心在这雨林外等待，不管你在还是不在，我索性就留于此地。”

苏铭起身，走到和风身旁。这三个月来，和风始终昏迷，即便是他有清醒的迹象，但大量的瘴气却阻碍了他的好转。如此一来，使得和风的伤势永远无法恢复，但偏偏苏铭还要为其疗伤，让他不死。

如今在他的身体上看不到伤口，可在他的体内，苏铭种下的那些草药已经以和风血肉为滋养生根发芽，在他身体里茁壮生长。

在和风身旁的那两个一黑一白的骨头上，也同样有两株嫩芽出现，看来那白色的骨头也符合种草的要求。

“还差三株草药，一个兽骨……可惜我短时间不会出去，不过以方木的聪明，应不会轻易放弃。”

照顾了一番夺灵散的“药鼎”，苏铭又盘膝坐好，右手在身前掐出一个古怪的姿势，向前连续推出数下，最后还是失望了。

“莫非真要将和风唤醒询问这烙印之术到底如何施展不成？”这三个月的时间里，苏铭多次尝试此术，他虽已经完全掌握，可始终无法施展。

此术引动不了气血，仿佛所需的是另外一种力量，但苏铭却不具备，他为此还特意去观察了和风体内的气血运转，想要找出原因，却没有任何发现。

和风与他一样，体内都是只有气血之力存在。

“他到底是如何施展此术的呢……”苏铭想了很久，没有什么头绪，只能将其放下，沉浸在山灵散的服用之中。

雨季已经过去，炙热尽管还在，却渐渐弱了不少，岁月如这雨林内的宽大叶子，也有凋落的时候。

不知不觉地，又过去了三个月，苏铭在这雨林内已经滞留了半年之久，这半年里，他要时刻运转体内气血，只有这样，才可以避免瘴气的侵入。

他也发现了如此做的好处，就是体内的气血增加的速度比外面要快上不少。

半年的时间，那一黑一白两块骨头上的嫩芽已经成为了小草，嫩绿的颜色散发出夺目的光芒。只不过随着它们的生长，这两块骨头却慢慢地黯淡下来，似全部的精华都被那两株小草吸走了。

至于和风……他已经完全成为了药鼎，在他的身体上，长满了一株株药草。

苏铭慢慢地发现，在没有准备足够开启下一扇门的药石的情况下，强行进入那奇异的空间，会出现排斥之力。这半年里他觉得这或许是自己避开危机的最好方法，又尝试过几次，但只成功了一次，那股排斥之力很强，且随着他体内血线的增加，越来越艰难。

在这三个月里，他体内的血线也增加到了三百三十七条，山灵散的效果又弱化了不少，往往需要吞下数粒，才可达到以往一粒的作用。

不过好在苏铭如今药草足够，以自身之火淬炼，在这洞内倒也不缺药石。

更是在这半年里，苏铭时而外出，引来一些虫兽，在这十丈范围内的红色草地上杀戮后，让这片草地去吸收。

之所以这么做，除了苏铭想要看看这片草地吸收死物若到了极限会出现何种变化外，还有一个原因，就是每隔数月这十丈草地的范围都会缩小，而且草的色泽也会变得黯淡，可吸收了死物后却会有所恢复。

甚至有些时候，还会有一些虫兽自行来此，显然是没有察觉这里已经被苏铭占据，而是按照以往的习惯来此歇息。

除了这些，余下的时间苏铭都用在了那烙印之术上面，不断地尝试与寻找施展的方法，直至一天，苏铭在思索了许久，依旧没有丝毫头绪之时，他想到了一个方法。

他想到了在和风的袋子里那大量的石币，尤其是那存放开尘祭炼的叶子所在的石盒本身就是由诸多的白色石币炼化而铸成。

他当时还颇为疑惑，猜测石币或许并非仅是买卖之物，而是另有其他用处，此刻想到，脑中顿时灵光一闪。

“难道和风施展这烙印之术，是需外物相助……”苏铭拿出紫色的袋子，从里面取出一枚白色的石币。此物圆润，握在手里有微暖之感，以前苏铭没有太过注意，如今仔细观察，渐渐看出了这石币的不同。

“这种石头，能在整个蛮族流通，甚至没有听说过有假货存在，必定有其常人不知晓的秘密……我以前忽略了这一点……”苏铭目光一闪，握住此石，右手极为熟练地掐出一个古怪的姿势，按照练习了数百次的方法，向着前方轻轻一推。

这一推之下，苏铭顿时清晰地感受到，从那白色石币内有一股陌生的气流被吸入身体内，以一种与气血运转不同的路线直奔自己的右手，顺着其右手掐出的手指在那里一转之后，立刻壮大了数倍，猛地回缩。这一次是直奔自己的头部，苏铭来不及停止，脑中轰的一声，被这陌生的气流涌入脑海。

他的眼前一花，看到了一幕与他以往所看不同的世界。

方圆百丈一切存在，都于苏铭心中浮现，他看到了九十多丈处的淤泥下，一只蜈蚣正悄然游走而过。

他看到了五十丈处的宽大树叶下，隐藏了一只手掌大小的飞虫，正龇着利齿，盯着一只在树下警惕走过的小兽。

他更是看到了山洞中始终昏迷，被药草覆盖的和风，其头部内有一团幽光在悄悄地吸纳身体上那些药草根部处的药力，似以此壮大着幽光，更是从其眉心蔓延出一丝延伸至洞外。

在被看到后，这幽光立刻剧烈地颤抖起来，苏铭仿佛听到了带着惊慌的叫声。

“欸？”苏铭目光一凝，就在这时，他忽然神色一变，一股危机感蓦然涌现而出，这危机并非来自和风，而是来自……一个穿着白色衣衫，戴着面纱走来的女子！

寒菲子！

第60章 寒菲子！

“和风，你我本不相识，无冤无仇，是你招惹我在先，只为一己私利，要利用我，置我于死地，我没立刻杀你，反倒答应帮你复仇，但到了此刻，你还妄想害我！！”苏铭眼露杀机，在和风身上，他不但体会到了人心险恶，更是于此刻深刻明悟了自己的不足。

他绝不相信这寒菲子是偶然路过！

这一切，必定是和风暗中指引，且如今苏铭在这烙印之术下，看到了和风身体头部的那团幽光，这幽光如今颤抖，那惊慌的声音一般情况是听不到的，唯有此刻苏铭在这种状态下，才可听闻。

看到这些，苏铭若是再想不明白，他就不是苏铭了！

若非是他想到了施展这烙印之术的方法，否则怕是直至寒菲子走到了面前，都还蒙在鼓里，茫然不知对方是如何找来。

一身冷汗。

苏铭不假思索，按照那烙印之术操控的方法，瞬间就把这蔓延的百丈范围急速收缩，凝聚在身边化作五丈，将和风笼罩在内，身子站起一步迈出，指尖狠狠地点在和风眉心，立刻让他头部内那幽光似被重创，有些黯淡，却没有消散，那从眉心蔓延出的细线同样有些黯淡。

苏铭正要将其斩断，但他的手一顿，目光闪动，脑中念头快速转动。

“寒菲子能找到这里，已近百丈，如今就算斩断和风与外界的联系，也没有作用……反倒打草惊蛇，让寒菲子有了准备。

“和风重伤，尽管可以通过这种方法和外界取得联系，但他有六成可能也就仅仅是保持联系罢了，可以指引对方找到这里。

“只有四成可能，他会将此地的一切告知对方，不过他重伤之下，还要担心被我发现，所以减少一成，很有可能寒菲子根本就不知道我的存在！

“玄轮也不大可能会把这详细的事情告知，这么说来，寒菲子找到这里，在她的意识里，这里只有和风，且和风必定是受伤无法外出，为了躲开玄轮，以此方法将她叫来，是为了让她帮助疗伤。

“如果真是这样，寒菲子应不会将此事告诉旁人，她……很有可能是独自一人！且看之前寒菲子进入百丈后的神色，没有太多警惕，如此一来，可能性再减一成，此事我分析的正确性便可达到八成！

“八成，足够了！”苏铭被形势所逼，在这短暂的数息内用了全部心智去快速分析，甚至让他头部隐隐涨痛，但此刻不是拖沓之时，苏铭立刻扶起和风，掰开其双腿，将此人摆成盘膝的样子后，蹲下身子，隐藏在和风身后。

他身体本就比寻常蛮族要瘦小不少，此刻隐藏，外人从正面看去，看不到苏铭。

与此同时，苏铭脚下这片红色草地更是在他的心念中急速收缩，转眼间就化作了一小块，只在苏铭脚下存在，就连和风也都暴露在了草地之外。

紧接着，苏铭的烙印范围也随之收缩，但除了笼罩自身外，也将和风笼罩在内，这是为了防止他示警。有这烙印范围，若和风示警，苏铭会第一时间阻断。

做完这一切，苏铭深吸口气，双目露出寒光。他体内气血运转，达到了极致的同时，身体中的月翼之魂散开，紧紧地贴在了皮肤上，这一次，他动用了全部的月翼之魂。

甚至他的右手抬起，冥冥中感应三煞所在，只等那关键的一瞬，就会雷霆出手。

在他的口中，此刻蕴含了一口鲜血，这鲜血是乌血尘所需！

“她没到开尘，我并非没有一拼之力！”苏铭心跳渐渐缓慢，整个人完全平静下来，一动不动。

山洞外，一身白衣、戴着白纱的寒菲子距离这山洞有七十丈，她神色平静，身姿绝美，哪怕走在这潮湿弥漫了瘴气的雨林内，哪怕地面淤泥翻滚，一片丑陋，依旧夺目绽放，似与此地格格不入，这里的一切无法对她造成半点沾染。

寒菲子的双眸如星光一样，让人看之便会忍不住沉浸其中，无法自拔。她脸上明明有面纱，但所有看到她的人大都会有些恍惚，如看到了梦中绝美的女子。

她轻步向前走去，美丽的双眸望着前方的山体裂缝，她能感受到和风散出的联系就在那里。

和风这个人，在她看来，除了能让自己获得那件重宝外，更有其他用处，比如这奇异的联系就很是不俗。另外此人的心机很深，这奇异的术法始终不外传，这也是她寒菲子赞赏的地方。

但也仅仅是赞赏罢了，她觉得此人在失去了其余的价值后，倒也可以成为自己的麾下，以后进入寒山宗后，能对自己有所帮助。

正走去时，她忽然秀眉一皱，玉手抬起。在她的手指上有一个黑色的指环，那指环看似寻常，但却有一条细线从前方的裂缝洞内蔓延，与之连在一起。

此刻，这细线突然有了波动，黯淡了不少。

这个时候，也正是苏铭一指点在和风眉心之时。

寒菲子脚步顿了一下，站在那里，神色依旧平静，望着前方的裂缝，似在思索。片刻后，她身姿一动，飘然间临近，在那裂缝洞口的十丈外又一次停了下来。

“和兄，颜菲来了，还请出来一见。”寒菲子声音冰冷，却蕴含了一股异样的磁性，让人听后不由得心猿意马。

裂缝山洞内一片寂静，没有半点声息传出，寒菲子目中光芒微微一闪，略一迟疑，玉手抬起间，其手中光芒闪烁，一片巴掌大小的白云出现，向前飘去，顺着那裂缝进入到了山洞里。

苏铭隐藏在和风身体后，一动不动，仿佛没有看到那进入洞内的白云一样。这白云飘在半空，环绕四周一圈后便飞出此洞，落在了寒菲子的手上。

寒菲子玉手轻握，那白云散去，在她的眼前浮现出之前这片白云所看到的一幕。她沉吟了一会儿，抬脚走向那裂缝，在进入时，其身体外云气环绕，显然有所提防。

随着其脚步声的临近，苏铭依旧不动，但双眼的寒光却是越来越浓。

很快，寒菲子便走到了山洞内，一眼就看到了盘膝坐在那里的和风，更是看到了如今和风身体外那长满的草药，其双眸不由得一缩。

她站在原地，没有继续迈出，而是过了数息后，全身云气蓦然扩散，化作一股冲击，直接就在这山洞内弥漫开来，使得这山洞仿佛一震。紧接着，其身猛地向后退去，看样子，分明是有所察觉，要离开这山洞。

她这一退，苏铭几乎下意识地就要出手。之前寒菲子进入山洞后，他便一直全神贯注，对方虽说站在那里数息的时间，但其所在却并非最好的出手位置，若能再走近一些，苏铭的把握会更大。

如今其退后的举动，如同机车牵引一样，使得苏铭正要本能地出手，却生生地遏制住，额头沁出汗水。

“这寒菲子与和风一样，都是心机深沉之辈……她之前已经用那白云在洞里有所查看，怎能不知晓和风全身长满药草的样子，她进入后，根本就不会惊讶！

“她退后的举动，是在试探，且此女方才站在那里的举动，很是奇妙……那数息的时间，可以让人不由得全神贯注于其动作，一旦关注后，她猛地后退，就可让人本能地被牵引，随之出手……

“试探的方式，竟可以这样，我学会了。”苏铭之所以没有中计，与他在乌山的部落之战经历有关，那一场凄惨的战争，让他的信念更加坚定。

他既决定要等待关键时机出手，就绝不会轻易改变，故而之前才会生生忍住，倒并非是一下子看出了端倪。

寒菲子退后数步，目光闪动，见没有出现意外，心神略有松懈，脚步停下，又向前走去。这一次，她距离和风的距离渐渐拉近。

“看来和风是中了玄轮的某种蛮术，已经生机快灭，好不容易逃走，只能躲藏在这里，于昏迷前散出与我的联系，让我来救他。”望着盘膝坐在那里的和风，寒菲子内心默想，又走近了几步，想要去仔细观察。

她的目中所看，和风的身后是一片空旷，没有丝毫人影。当她走到离和风身体约一丈之时，不知想起了什么，双眸猛地睁大，其身以极快的速度就要后退。

“不对，此地裂缝在雨林深处，瘴气沉积应会很浓，且和风分明是昏迷，无法驱散，可这里的瘴气却很稀薄……

“还有雨林内的裂缝，往往是虫兽栖息之地，可这里却半只没有，和风已经昏迷，怎么可能会让虫兽不敢前来！此地，有诈！”寒菲子心神一震，暗道不妙，便要后退。

和风身后隐藏的苏铭目光一闪，在寒菲子退后的一瞬间，他脚下那红色草地骤然蔓延。

出手！

第61章 学诈

几乎就是寒菲子娇躯退后的刹那，苏铭脚下的那片红色草地以极快的速度猛地蔓延，转眼间就超越了寒菲子，从其脚下向外覆盖而过，铺盖了这山洞十丈的范围。

此刻的寒菲子正好在那十丈之内。

寒菲子只感觉眼前一花，她目中的一切在这一刻全部改变。外人不知晓她看到了什么，但从其目中露出的惊疑之色里，可以判断出如今寒菲子必定是心神震动。

苏铭不出手则已，出手就是雷霆一击！

苏铭与寒菲子无仇，但他心知肚明，若不是自己提前知晓了危险，怕是当这寒菲子走入山洞后，茫然不知的自己定然会被杀戮。

这与仇隙无关，这是利益使然！

和风就是一个巨大的利益，单单是苏铭从其口袋里得到的好处，就足以让很多人发狂，更不用说还有那件重宝！

在寒菲子被那片红色草地笼罩的一瞬，苏铭一直抬起的右手已然找到了如今三煞所在，猛地向西北方蓦然一斩而落。

在这右手斩落的刹那，苏铭体内的血线骤然凝聚成为一条，从体内瞬息涌散而出，归入那西北方向，消失无影。

在他右手落下的同时，被红色草地覆盖在内，神色有了变化的寒菲子，目中起了杀机，玉手抬起间，身体外立刻云雾缭绕。但就在这时，那云雾却是轰的一声，竟从中间凭空被豁出了一道巨大的裂缝，这裂缝内清晰地露出了寒菲子的身影。

尽管白纱遮掩，但她仍是面色苍白，眼中露出更深的惊意，她清楚地知道自己施展的这片云雾看似寻常，但实际上很难被破开，即便是部落里的长辈，除非动用强大的蛮术，否则也轻易难以撕裂。

但眼前这看不到的敌人不知用什么方法竟能做到这一点，此人绝不能小看。更让她心惊的，则是随着此云雾被斩开，一股强烈的危机感蓦然而来，似有一道无形的裂口正向自己吞噬而来。

寒菲子来不及施展太强的蛮术，这一切都是瞬间发生。危急关头，她咬破舌尖，一口鲜血喷出，赫然在她的面前化作了一个血色的蛮像。

准确地说，这蛮像是一个女子的身影，看不清面孔，但在出现的一瞬，却是爆发出了刺目的光芒，似与苏铭那斩三煞之术无形碰触，发出了轰轰巨响。

与此同时，寒菲子右手抬起一点自己眉心，顿时在她的眉心处有金光一闪而出，洒落间，仿佛将其整个身子变成了金色。这金色一出现，她猛地向后退去，一步之下，似踏着虚空一般，竟走出了苏铭十丈范围的红色草地。

但显然，施展这金光走出，对于寒菲子来说也付出了不小的代价。在走出的一刻，她嘴角溢出鲜血，却没有半点停顿，就要冲出这山洞。

她已经打定主意，只要能离开对方布置的山洞，在外界，她若能缓过一口气，便会将这偷袭算计自己之人千刀万剐！

但苏铭岂能让她安然离去，这红色草地困不住对方，斩三煞也被那女子蛮像冲散，可苏铭这雷霆一击还有后续。

几乎就是寒菲子要冲出，距离那洞口不到数丈的一瞬，苏铭整个人向前一步迈去，以极快的速度蓦然临近，其神色阴冷，前行中右手抬起向着寒菲子一指。

这一指之下，立刻环绕在苏铭身边的那些月翼之魂发出了常人难以听到的嘶吼，齐齐而出，凝聚在一起，形成了一个巨大的拳头。这拳头无形，但寒菲子却能清晰感受，她双眸一闪，右手抬起在身体外快速地画了一圈，顿时云雾凭空出现，形成了一个云圈，与那月翼之魂凝聚的一拳眼看就要碰到。

但就在这时，苏铭嘴角露出冷笑，烙印之术猛地向外扩散，方圆百丈在其心中涌现的同时，更是把这百丈的范围向着寒菲子齐齐收缩。

这是此烙印之术记录里唯一的一种攻击手段，至于效果如何，苏铭无法判断，尽管是第一次施展，但此刻不得不用。

那百丈烙印范围收缩几乎是眨眼间便完成，在全部笼罩于寒菲子之身的一瞬，寒菲子的身子蓦然一颤，露出痛苦的神色。她头部有种针扎一般的剧痛之感，更因这痛苦的突然出现，她身前那云圈出现了涣散的迹象，还没等她强行让其稳定，月翼之魂组成的拳头便与之碰触了。

“轰”的一声闷响，那云圈崩溃，月翼凝聚的一拳，穿透这云圈，直接轰在了寒菲子的胸口。

金光一闪，寒菲子的嘴角再次溢出鲜血，但目中的寒冷却是更浓。她身子倒卷，借着这股力量，直接退出了这裂缝山洞。

但就在她退出此洞的瞬间，苏铭随之冲出。他的身影在寒菲子看去一片模糊，这与苏铭的速度有关，但更重要的是此刻在寒菲子的身上，凝聚了苏铭的烙印之术，这术法唯一的攻击手段很强，不断地刺痛寒菲子的头部，让她眼前一片模糊，神色极为痛苦。

二人一前一后，如两道长虹冲出那裂缝山洞。但苏铭速度略快，追上后他一语不发，将口中那始终含着的一口鲜血猛地喷出。

这口鲜血是苏铭的蛮术乌血尘所化，此刻喷出后，立刻形成了大片的红色尘雾，笼罩苏铭的前方，带着一股惊人的呼啸与穿透力，直奔寒菲子而去。

寒菲子面色大变，从她进入那山洞直至现在，也就只有数息的时间，她甚至连敌人都看不清，便被对方这接二连三的手段所伤，这种事情，让骄傲的她很难接受。

苏铭的这口鲜血扑面，寒菲子后退中右手向前一挥。她只要能阻挡片刻的时间，从这完全的被动里掌握一丝主动，便可展开反击。

但从开始到现在，她却没有丝毫机会能掌握主动，对方的攻击如暴风雨一样，不但没有减少，反而越来越剧烈。

“只要给我一个机会！！”寒菲子右手一挥，雾气蓦然而出，竟形成了一片五彩斑斓，与那片血雾碰触后，这血雾立刻发出滋滋的声音，顿时消散。

寒菲子正要借此机会反击，但苏铭好不容易制造了这个战场，占据了完全的主动，不会给她这个机会。

在喷出那口鲜血之后，苏铭便双手伸开，四周的月翼之魂凝聚，在其身体外不断地覆盖。尽管看起来他是单独一人，却升空而起，如踏空一样，右手握拳，默不做声地一拳轰向乌血尘后的寒菲子。

这一拳，不但包含了苏铭此刻的全部气血之力，更多的是他身体外那些无形的月翼之魂，化作一个巨大的拳头，轰然落下。

这一拳，断掉了寒菲子要反击的时机，使得她不得不再次被动抵抗，全身云雾环绕，与苏铭这一拳碰触。

轰轰之声不断地回荡，天空中，苏铭身体模糊，一拳比一拳快，轰向寒菲子，寒菲子完全被动，在一次次的抵抗中后退，目中露出滔天寒意，却不得不退。

在她的感受中，对方的每一拳里都包含了两股力量，第一股为气血之力，可以忽略不计，但那第二股力量却是诡异中让人心惊。

它攻击的不是身体，是体内之魂，让被苏铭的烙印之术刺痛的寒菲子有种要魂飞魄散之感。

就在这时，苏铭一拳轰去，体内月翼之魂齐齐而动，将寒菲子再次逼退数十丈后，他首次开口，阴沉沙哑的声音，回荡四周。

"和风，你将她引来，如今还不出手，更待何时！"

此言一出，若是和风能听到，定然要大吼一声"卑鄙"，只不过此刻和风是听不到的。

寒菲子在听到这句话后，其神色终于露出了惊慌与愤怒。她之前就有所怀疑，此刻不假思索，下意识地整个人猛地后退，化作一道金光疾驰。

她身份高贵，不愿冒险，一个堪比开尘的神秘敌人就已经让她失去了先机，处处被动，若是和风再出手，她除非放弃血线圆满，立刻选择开尘，否则的话，很难取胜。

苏铭没有追，他面色苍白，嘴角溢出鲜血。这一战他尽管占据了先机，但每一次落在寒菲子身上的攻击，都会被其身体外的金光吸收，更是诡异地反弹，让苏铭不断受到伤害。

"此女被我烙印之术刺痛，又被月翼之魂震动，再加上之前中计始终被动，心神错乱之下，被我以和风之言惊退，但她绝非常人，怕是很快就会反应过来。"苏铭身子一晃，直奔裂缝洞口而去，将那两个骨头收入袋子里，一把抓起和风的身体，冲出这裂缝之洞，向着雨林的更深处疾驰而去。

一炷香后，天空中一片云雾呼啸而来，那云雾上，寒菲子的神色如万古寒冰。她身子落下，站在这方才交战之处，死死地盯着雨林深处，眼中露出煞气。

她从小到大从未吃过如此大亏，更是第一次被人逼退，甚至连对方的样子都没看到，这让她无法接受。

"此人修为不高，但出手却很是诡秘，竟隐隐能与开尘媲美……他心机也同样不俗……但不管你是谁，只要你还留在这邯山城附近，我一定能找到你！"寒菲子的神色渐渐平静，但那股对苏铭的煞气，却始终存于目中，久久不散。

第62章 它叫储物袋！

苏铭抓着和风，在这雨林展开全速疾驰，更一边吞下南离散疗伤，直至过了一整天，这才松缓下来。

这雨林越是深处，便越存危机。途中苏铭便看到了数种让他头皮发麻的植物与凶兽，好在他速度极快，这才远远避开。

这片似没有尽头的雨林里，苏铭再没找到小山，没有山洞歇息。但这里却有诸多粗大的树木，有的大树甚至足有十人环抱之粗。

寻找了一棵这样的大树，苏铭将树干内掏空，形成了一个可以居住的方寸之地，展开红色草地防护后，把和风放在一旁，自己盘膝坐下，闭目疗伤。

但他在疗伤之时，手中却拿着一块石币，保持自己的烙印之术施展，笼罩四周百丈内，谨慎地防备着。

直至天色渐晚，外面漆黑一片之时，苏铭才睁开双眼，阴沉地看向旁边昏迷的和风。

和风全身长满药草，若是把他放在这雨林里，很像植物，就算是有人路过，也很难认出这是一个人。

苏铭盯着和风半晌，一指点在他的眉心，立刻在和风的眉心上便有一团黯淡的幽光飘出，这幽光若是苏铭没有施展烙印之术，是看不到的。

但此刻在他的目中，却清晰地看到在那幽光里有一个小人，这小人的样子分明就是和风。只不过此刻的和风一脸惊恐，身子颤抖，向着苏铭连连叩拜，求饶之意很是明显。

“我本想让你不受痛苦地死去。你的仇，我会帮你报……可现在，我改变主意了。”苏铭缓缓开口。

那小人颤抖得越加剧烈，脸上带着恐惧，张开口，顿时在苏铭的脑海中，便有和风飘忽的微弱声音传来。

“许兄饶命，和风知道错了，这一次真的错了，求许兄给我一次机会，给我一次机会！”和风声音微弱，但话语间透出的哀求意味却是很浓。

“给我一个不杀你的理由！”苏铭右手抬起，在他的食指上凝聚了一丝他施展的烙印之术。

看到苏铭的举动，和风立刻尖叫起来。他与苏铭数次的接触，每一次都吃了大亏，对苏铭已然有了畏惧，再加上此刻看到苏铭那阴沉的神色，更是有种大难临头之感。

“许兄，你……你若杀了我，那重宝你就得不到，这重宝隐藏之地，我之前告诉你的是假的……”

苏铭冷冷地看着和风，右手食指向其慢慢点去，正因其动作缓慢，所以给和风造成了更强大的压力，那种生死间的压力让和风信念崩溃，他能感受到，眼前这个青年似与自己第一次看到时不一样了，仿佛经历了这些事情后，在心智上成熟了不少。

“你别杀我，那重宝我给你，完全给你……还有我知道邯山先祖坐化之地的一些秘密，这些事情就连那三个部落都没有全面了解……”和风急速开口，但苏铭的食指却没有停顿，距离和风已经不足七寸。在这无形的威压下，和风露出绝望，他立刻再次开口。

“我知道这红色草地正确的使用方法……我还知道那面具的秘密，我……我……我对你有用，我知道邯山城三个部落之间的关系，还有他们中的重要人物。

“我在邯山城还有房舍，在这附近还有洞府，很隐秘，别人找不到，我都给你……

“我……”和风已然语无伦次，颤抖中看着苏铭的手指距离他越来越近，如今已经是只差三寸。

“我阅历比你多一些，我可以对你产生帮助，这附近的一切我都了解，有我相助，你在这里会如鱼得水……”和风最后几乎是尖声叫喊，绝望地闭上了眼，苏铭的手指，在他身体一寸外停顿了下来。

“我不信你。”苏铭缓缓开口。

和风立刻睁开眼，目中露出对生命的渴望，仿佛此刻苏铭的这句话是他在死亡前抓住的最后一根稻草，他不能松开。

“你相信我，我可以认你为主，这个很容易的，你……你把烙印之术凝聚成一点，印在我身上，与我融合在一起后，我只能成为你烙印之术的一部分，你只需心念一动就可杀我，我无法反抗的。

“而且我马上就是开尘境，对你的帮助很大，我们可以去杀了玄轮，用他的身体作为主人炼制傀儡之物……我……”

没等和风说完，苏铭蓦然一指点去，按在了和风所化这幽光小人的眉心，在和风一声凄厉的惨叫中，眼看这幽光小人快速黯淡，数息之后就会消散。一旦消散，和风将是真正的死亡，就算是其身体依旧有生机，但实际上这世间已经没有和风这个人了。

“到了这个时候，你还要害我！”苏铭阴沉开口。

“我没有……这次真的没有……”和风惨叫中，话语越来越虚弱，其幽光已经散去了大半，脸上露出苦涩，慢慢闭上了眼。

就在幽光小人要完全散去的一瞬，苏铭目光闪动，将烙印之术凝聚一点，融了进去。

和风所化幽光小人立刻从消散中稳住，露出痛苦的神色，但其睁开的目中却是带着惊喜与对生命的渴望。他没有反抗，任由融合，在一炷香后，当他所化的幽光小人稳定下来后，跪在了苏铭的面前，露出恭敬的神色。

与此同时，苏铭的脑海中多出了一道思绪，这股思绪仿佛与和风相连，只要心念一动，便可将其完全抹去。

“我知你心中不甘。”苏铭望着幽光小人，缓缓开口。

“小人……不敢……”和风苦笑，看着苏铭，再次低下了头。

“我可给你一个机会，若你全心助我，百年之后，我会给你自由。”苏铭平静地说道，看着和风。

和风听闻此话，猛地抬头，望着苏铭。

“主人此话可真？”

“你我没有深仇大恨，自始至终都是你在算计我，我都是在反抗，为何要骗你？”苏铭冷冷说道。

和风沉默着，片刻后他目中露出果断的神色。

“主人可拿出我……我储物袋里的那个面具，此面具是仿造先祖之物，虽说无法相比，但戴上之后，施展烙印之术，不需拿着灵石。”

“储物袋？灵石？”苏铭一愣。

“主人不知晓并不奇怪，那袋子很少有人认识，小人也是从族中的典籍里才知晓,那是先祖留下之物,叫做储物袋。

“至于灵石,就是我们蛮族的石币。”和风在旁解释。

苏铭看了和风一眼,从怀里取出那紫色的袋子,从里面把面具拿了出来。

“主人的确很谨慎,这面具若是你之前戴上……”和风苦笑着。坦然说道,尽管没有说完，但苏铭已经明白，他看到和风似很吃力地抬起右手，在那面具上一点，顿时这面具竟同样在眉心处散出了幽光，那幽光被和风一吸之下，完全吸入体内,使得其黯淡的身体很快就饱满起来。

“还请主人再拿出储物袋里的一枚红色的灵石。”和风轻声说道。

“你如今的样子,是什么？”苏铭没有立刻取出,而是看着和风,缓缓开口。

“我也不太清楚,这是长久修炼烙印之术后所化,在先祖留下的典籍里,曾说过这种状态叫做灵体,尽管很弱,但惟有修炼这烙印术的开尘境才能具备。

“若是达到了祭骨境,修炼这烙印术之人,体内存在的灵体就被称为灵婴,甚至若能再强的话,达到了传说中的蛮魂境,则可称之为元神。

“可惜很多典籍都被当年三部抢走，剩余的那些，也被玄轮夺去，否则的话，主人可以亲自看看。”和风低声说道。

“你要那红色的灵石,做什么用处？”苏铭沉吟片刻,目光冰冷。

“主人放心，小人既决定认主，又有百年约定，便不会背叛，小人索要红色灵石,是要以此融入我的灵体内,借它之力,与这面具再次融合。此后主人戴着此面具，便可不需拿着灵石就可施展烙印之术，只需当这红色灵石散碎后，再换一个灵石就可以。

“而且这面具具有改变气息的效果，小人只用过两次，且看到之人都已被我杀了,主人就算是戴上,也不用担心会被人认出与我有关。

“我也能以此面具为依附，对主人提供我阅历上的帮助。”和风话语很有条理,显然已经从之前的惊慌崩溃中恢复了过来,再次成为了那心机颇深的和风。

苏铭目光闪动,盯着和风,许久之后忽然开口。

“不用了，我还是习惯拿着石币施展，至于这面具，我还有其他用处，至于你的栖息之处……”苏铭右手抬起虚空一挥，立刻便有月翼之魂大量出现，这月翼之魂外人看不到，和风却是在看到后神色立刻一变，但不敢反抗，任由那些月翼之魂狰狞而来,将其环绕,似形成了严密的封锁,猛地拉入苏铭体内。

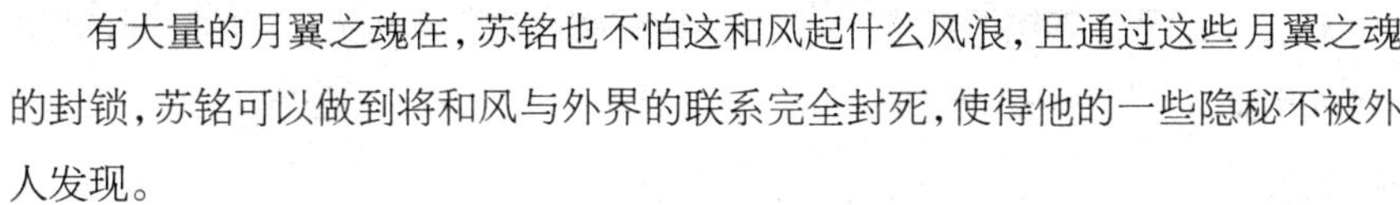

有大量的月翼之魂在，苏铭也不怕这和风起什么风浪，且通过这些月翼之魂的封锁，苏铭可以做到将和风与外界的联系完全封死，使得他的一些隐秘不被外人发现。

做完这些，苏铭脸上露出疲态。这些日子来与和风的一幕幕，让苏铭不仅是身体，更是心中泛起疲累之感。

第63章 凝血第八层!

“如今这里，应算安全了。”苏铭喃喃，将那黑色的面具收起，闭上眼，沉浸在了打坐之中。一晃数日，在诸多的南离散下，苏铭体内的伤势已经痊愈。

他沉默了半天的时间，放弃了离开此地的念头，而是在这里住了下来。红色草地向着四周蔓延十丈，将此地完全覆盖后，隐藏了他的存在。

时间慢慢流逝，一个月，两个月，三个月……直至四个月后，苏铭始终没有外出太远，在这树洞内默默地以山灵散增加修为。

这数月里，他时常与和风沟通，了解了很多事情，更是听着和风这几年的经历，引以为鉴。

那片红色的草地，依旧还是十丈。和风曾告诉苏铭，若是这片草地吸收了足够的“精气”，可以增加范围，但这草地只要铺展开，就会快速吸收操控者的气血，那恐怖的吸收之力远非常人可以承受。范围越大，吸收就越惊人，和风便承受不了，所以很少使用。

他还告诉苏铭，这块兽皮最早时所化草地足有方圆十里，但那个时候邯山部除了蛮公等有限的几人外，无人能承受那股吸收之力，几乎瞬间就会被吸尽气血而死。

就算是蛮公等人，也施展不了太久时间，直至岁月流逝，这兽皮所化草地慢慢枯萎，邯山部族人才渐渐可以有更多人去使用，不过也同样因为草地范围缩小，变得只能防护，没有了其他作用。

这一点倒是让苏铭很奇怪，他已经连续铺展这红色草地快一年的时间，却从未遇到过此物吸收操控者气血之事。不过此事苏铭只在内心思索，没有询问和风。

化作这片草地的那张兽皮，苏铭也问出了来历，此物果然如他所预料，是邯山部的那位先祖遗物之一，只不过因其吸收气血的恐怖让人难以接受，慢慢也就被人忽略。

且在苏铭巧妙的随意问询中，发现了一个让他不解的事情，那就是在铺展这兽皮化作红色草地的一瞬，他脑海中出现的幻觉似乎和风从未经历过，甚至仿佛在和风之前，一代代掌握此兽皮的邯山部族人，全部都与和风一样，不然不可能不留下一些蛛丝马迹。

“此事，若非和风有所隐瞒，就是……我与这兽皮所化草地有些关联……”苏铭想不出所以然，只有这两个答案。

但他很是谨慎，没有去寻找血肉来扩大这草地的范围，不过心里却是对那邯山城深渊下当年坐化的先祖起了兴趣。

数月的时间，苏铭体内的血线也增加了不少，这与外界的危机有关，但更多的是因为这雨林深处的环境，那越来越浓的瘴气使得苏铭气血运转也受到了影响。

他如今体内的血线在运转之时，已然达到了三百七十多条，距离三百九十九条的凝血境第八层，已经很是接近了。

不过山灵散的效果此刻也已经很微弱，按照苏铭的分析，最多支撑自己再增加二十条左右血线，便会完全失效。

至于和风身体形成的药鼎，在这数月里也茁壮地成长，隐隐达到了淬炼的要求，若不是还差一个兽骨与三株草药，便可淬炼了。

雨林深处的生活很是平静，苏铭从来到这南晨之地后，大多时候都是自己独自一人，也已经习惯了这种孤独的感觉。

默默地修炼，直至在这树洞内又过去了三个月后，这一天，苏铭盘膝而坐，其身体的血线达到了三百九十八条。他双目紧闭，身体上血光闪烁，几乎将这大树都穿透了，若不是有红色草地遮掩，外面可清晰看见。

时间不长，在苏铭的身上，第三百九十九条血线蓦然而出，在其出现之后，苏铭的体内立刻爆发出一股强悍的气息，他睁开了眼，目中一片平静。

凝血，第八层。

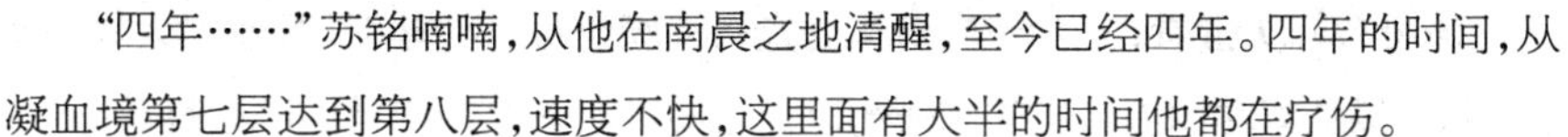

“四年……”苏铭喃喃，从他在南晨之地清醒，至今已经四年。四年的时间，从凝血境第七层达到第八层，速度不快，这里面有大半的时间他都在疗伤。

“山灵散在一个月前血线三百九十七条时失去了作用，这一个月我不依靠山灵散，缓慢地增加了两条血线，这才达到了凝血第八层……

“修行之路，的确艰难。”苏铭面露执着，感受着体内的磅礴气血。

“药石之助毕竟有限，也无法长久，山灵散失效，对我来说或许也是一件好事，从此之后，避免过于依赖！

“且我还有两滴蛮血，这两滴蛮血应可让我的血线暴增一次！此后，便要寻一个地方，血火叠燃！

“不知这第五次叠燃，我的血线能增加多少……”对于血火叠燃的霸道，苏铭了解得很是深刻，以往的几次，那几乎是仅次于翻倍的增加，但同样，其艰难的程度与危险也是极高。

沉默片刻，苏铭从储物袋里取出一个小瓶，目中的冷漠融化，透出柔和与追忆。

这小瓶是当年阿公亲手给他的，里面装着风圳蛮公荆南的两滴蛮血。

握住小瓶，苏铭闭上眼，他忍不住想起了阿公，想起了部落，想起了雷辰、小红与当年的一切，还有那雪地上，拉着自己的手，巧笑嫣然的倩影。

“苏铭，在这雪中，我们走下去，是不是会一路走到了白头……”

苏铭身子一颤，脸上的那道疤痕似充血一样，越加清晰，许久才慢慢黯淡。他睁开了眼，目中一片死寂，没有了柔和，而是回归平静，只是那平静的深处隐藏了无人看到的伤。

“结束了……”

苏铭低着头，打开手中的小瓶，放在嘴边一口喝下，有一滴蛮血滴落，在他的口中融化。他再次体会到了阿公的保护，怕他冲动喝下全部蛮血，故而每次只能使用一滴。

“阿公，苏铭不再像小时候那么冲动了……”苏铭运转体内气血，去吸收这一滴蛮血的力量，来让自己的血线再次增加。

时间一天天过去，一个月，两个月……很快，又是三个月。

这天清晨，苏铭收起了脚下的红色草地，将两个骨种完成的骨头收入储物袋里，又将药鼎也同样放入后，走出了这树洞。

他没有回头去看，一步步向着远处走去。脚步每一次落下，都使得大地的淤泥颤动，似从苏铭体内传出的威压可以让这些淤泥内存在的异虫远远避开。

一年半的时间，苏铭已是脱胎换骨，当初被逼逃到这里时，他身上有二百多条血线，后来达到了三百九十九条，山灵散失效后的这三个月里，他把两滴蛮血全部吸收，如今的血线……

"和风，你说的藏宝之处，还有多远？"苏铭走在雨林内，每一步迈出都有数丈之远，他穿着蓝色的长衫，行走间地面诸多奇虫避开，甚至附近一些古怪的花草与鸟兽也都在那威压下不敢接近。

"主人，从这里前去，大概需要半个月的时间，那是我一处洞府所在，不过很是隐秘，外人绝难发现。"在苏铭的脑海中回荡着和风略带恭敬的声音，还有惊疑，似对苏铭如今的修为变化很是吃惊。

苏铭神色冷漠，一路不再说话，默默地行走了数日后，从这雨林的深处走了出来。随着其走出，瘴气渐渐稀薄，到最后已经完全散去。

他可以看到不远处，自己当年居住的疗伤山洞。

玄轮不在，寒菲子也已经不在，这片雨林很大，出路更是四通八达，很少有人可以完全监控，且最重要的是，在和风被苏铭的烙印同化后，和风当年在玄轮与寒菲子身上留下的烙印，苏铭也可以感受得到，若是这二人接近，他可以提前发现。

之前和风若非是听了寒菲子的话，一番算计后，借危机来开尘，也不会让玄轮追到，从而落得如今的下场。

正要走出这片雨林，去往和风所说的藏宝之地，忽然苏铭脚步一顿，想了想，身子一晃，来到了一棵大树上面，盘膝坐下，双目闭合，烙印散开中，开始了打坐。

对于苏铭的举动，和风颇为不解，但他却没有打扰。这半年时间里，他一直很小心，他感觉苏铭的心思越来越让他摸不准了。

日出日落，一天天过去，苏铭始终盘膝坐在那里，一动不动，仿佛在等待着什么。和风越来越好奇，有几次想要询问，但想到这半年多里苏铭的阴沉，便忍住了。

直至一个半月后，在这雨林内，有一个声音遥遥传来时，苏铭睁开了眼，嘴角露出了微笑。

"前辈……前辈……"

第64章 邯山重宝

方木一脸沮丧，他不知道为什么，那神秘的墨前辈于一年多前不再理会自己，任由自己数次来访，一次次地呼唤，可最终还是黯然而回。

他不知道自己什么地方做错了，总是在回想之前最后一次见面时的一幕幕，分析来分析去，他觉得似那把骨刀的原因。

此事他在半年前忍不住和他父亲说了起来，他阿爸沉默着没有开口，但数日后，他阿爸告诉他，对方已经离开了这片雨林，走得很匆忙，似遇到了意外。

方木听闻此话，沉默了很久。他也想过放弃，但那最后一次会面时，苏铭的话语中有七成把握让其痊愈之言，让方木不甘心就这么放弃。

尽管父亲明明已经告诉自己，对方已经离开了，但方木还是每个月都会来这里一次，连续数日呼唤，期望能有回应的一天。

一年多的时间，他几乎从未间断过，他觉得这是自己唯一的机会了。

方木知道自己的举动阿爸都看在眼里，因为阿爸每次在他前往雨林时，依旧让族中的强者保护，按照以往的习惯，停留在雨林外。

脑中回想着这一切，方木长叹一声，独自一人走在这雨林里，时而习惯地呼喊着。

"前辈……前辈……"方木来到他与苏铭最后一次见面的地方，看着四周，神色黯淡。

"我让你准备的草药，准备好了么？"一个平静的声音，悠悠地在方木身后传来。这声音尽管突兀，但在这雨林里却仿佛本就应该存在似的，有种与这里融合在一起之感。

方木一愣，猛地转身，看到了在当年那同样的地方站着的熟悉身影。

"前……前辈！！"方木身子一颤，眼中露出狂喜，呼吸都急促起来，有些无法置信。

“堪比开尘的兽骨晚辈已经准备好了，只是……”方木看着苏铭，生怕对方再次失踪，立刻焦急地解释着。

“只是那三种草药都是罕见之物，我阿爸帮我寻找了好久，也只找到了两种，最后一种名为天籁枝的药草，在南晨之地已经灭绝了很久，除非一些特殊的地方，外界很难找到。”方木说着，立刻从怀里拿出一个黑色的铃铛，当着苏铭的面将其捏碎。

黑雾一散，在方木的面前出现了两块紫色的兽骨，还有两株散发着璀璨之芒的药草。

苏铭大半个身子都隐藏在黑暗中，在那里看着方木以及其面前的兽骨与药草，沉默下来。

“前辈，你再给我一些时间，我……”方木心脏怦怦跳动，颇为紧张。

“我要你寻找这些草药，是为了淬炼一种药液，这药液对我很有用处，也可间接帮你驱散体内的蛮术之伤。”苏铭缓缓开口。

“如果缺少一样，此药液很难淬炼出来。”

方木咬了咬牙，向着苏铭抱拳一拜，抬头时神色凝重。

“前辈，我阿爸曾说过，这天籁枝并非无法获得，在邯山城下的深渊里存在一处三部的隐秘之地，在数十年前，包括我安东部在内的三部族人曾进入过一次，在那里面获得过一株天籁枝，但这一株药草被颜池部所得，据说已经入药了。

“据我阿爸分析，在那里应还有天籁枝存在，且半年后的万古一造之日，也正是十年一次邯山大雾之时，三部族人每十年的这个时候，都是开启邯山地下通道的时间，届时三部会派出族人与客家前去……

“我阿爸会在那个时候帮我安排族人去里面寻找一株天籁枝……还请前辈再等半年！”

“哦？”苏铭神色如常，脑海中向和风探询。

“主人，此子所言没错，我邯山部先祖坐化之地有很强的禁制，莫说是他们，就算是我也无法在其他时候进入，只有每十年一次的万古一造之日，整个南晨之地都会起雾，在这个时候，先祖坐化之地的禁制会被无形地削弱不少，人可以进入。

“这三部数百年来应进入过多次，他们的目的不外乎就是要得到先祖的遗物，毕竟先祖当年除留下四样重宝外，其余宝物都随身留在了其坐化之地。

“当年的事情我只是听闻，不知晓具体情况，只知道邯山部在先祖死后便遭受了这三部的反叛，先祖坐化之地不会那么简单，否则这三部如今早就取走了全部宝物，不会多次进入……显然他们还没有太多收获。

“主人，这或许是一个机会，若你能进入先祖坐化之地，有我相助，应会有所收获。而且这三部之所以长期吸纳客家，也正是为了进入那里做准备。

“三部族人毕竟曾是邯山部附属，据说当年是被先祖强行驱使，且留下了奴役的烙印，对于先祖来说，三部族人世世代代皆是奴仆，所以他们在进入先祖坐化之地后，必定会有不适。但若是外人，则没有这些限制。”和风情绪有些低落，解释着。

“既是这样，为何这三个部落当年可以灭了邯山部？”苏铭脑中传出意识。

“此事莫说是主人，我与族人们也困扰了很久，但那毕竟是数百年前的事情了，具体当年发生了什么，已经很少有人清楚地知晓……但我猜测，当年之事必定有外人参与！”和风沉默片刻，低声说道。

苏铭目露思索，他对于这邯山部先祖坐化之地本没有太多兴趣，但那红色草地的奇异，他与旁人在草地上的不同，却让他在惊奇的同时，对这个邯山部的先祖有了猜测。

“我便再等你半年，半年后，你若能拿出大籁枝，我便兑现承诺！”苏铭看向方木，平静地说道。

“在去三部隐秘之处前，你可来此一趟，我有些事情对你交代。”苏铭身子向前一步迈去，方木眼前一花，看不清苏铭的身影，只感觉口中一凉，似有异物入口融化，散及全身。

等他反应过来时，四周一片寂静，苏铭已经离去，地面上的兽骨与药草都已不见。

苏铭整个人化作一道长虹，并非在天，而是在这雨林里疾驰。

“主人，为何不趁机要求跟随进入？”和风忍不住出口问道。

“你很想让我去？”苏铭向前迈步行走，其速极快，随意在脑中传出意识。

“主人误会了，小人没有这个意思。”和风心神一震，连忙不再发问。

一路和风不再开口提及此事，而是指示方向，告知苏铭他藏那件重宝的位置，半个月后，在距离邯山城已然不远的一片连绵不绝的山峦中，苏铭站在一处山峰上，低头看着下面。

这四周一片苍凉，看不见丝毫人影，此地更是偏僻，少有人来，山风很大，呜呜地吹在身上，使得苏铭的长发和衣衫飘动起来。

在他的前方，是一处处山坳形成的山谷，看其山谷众多，被草木覆盖。

“主人，我的洞府就在前面第七个山谷内。”和风的声音在苏铭的脑海里回荡。苏铭目光闪动，沉吟片刻后，直奔那第七个山谷而去。

这第七处山谷远远一看呈凹形，其内草木众多，更有不少鸟兽。谨慎地一步步走入此山谷，苏铭四下打量起来，这山谷颇为安静，两旁的山岩有不少裂缝，其内长满了植被。

双眼在这山谷内扫过，苏铭的手中出现了一枚白色的石币，握住石币其右手掐出印记，立刻方圆百丈内的一切景物尽在他脑中浮现，风吹草动、蛛丝马迹，悠然于心。

很快，他的目光便凝聚在了右侧山岩中段一处不大的裂缝上，双目微微一闪。

在那裂缝内，苏铭清晰地看到有两只大雕，那里显然是此鸟的栖息之处。

“你隐藏得倒也仔细，这里就是你所说的洞府？”苏铭平淡地说道。

“鸟兽栖息的地方很容易被人注意，但也同样很容易被忽略，尤其是在这偏僻的深山，如这样的雕鸟很多。”和风的声音在苏铭脑海浮现，很是小心谨慎。

苏铭烙印之术全部凝聚在那条裂缝内，仔细查看之后，没有发现异常，这才身子一晃，直奔这裂缝而去，瞬息进入其内。那两只雕鸟一惊，飞起正要嘶鸣，被苏铭的烙印之术刺在了头部，强行飞出后，便掉落山谷内，昏迷过去。

走到洞内右侧，苏铭低下身子，看着地面，右手在上蓦然一拍，那处地面震动下碎裂开来，露出了里面隐藏的一个巴掌大小的玉盒。

这玉盒并不出奇，上面雕刻着一些花纹，苏铭没有立刻拿起，而是仔细看了几眼，神色却是越来越凝重。

此盒的材质竟也同样是由石币铸化而成。

“邯山部先祖留下的重宝……到底是什么呢……”苏铭盘膝坐下，望着此盒。

对于里面装有的宝物是什么，他曾问过和风，但和风的回答比较模糊，他曾打开过一次，但只看到一道青光，光芒过后，这盒子便自动关上，任凭他如何开启，都无法再打开。再加上他害怕自己在不具备持有此宝的修为时，会因此物而陨落，所以考虑再三，才把此宝隐藏于这里，准备等自己开尘后再取出尝试打开。

第65章 区别的待遇

苏铭平复自己的呼吸，目光炯炯，望着面前这看似平凡的石盒，盘膝坐在这和风曾经的一处洞府里，内心有些紧张。

他对于这石盒里的物品有很深的期待，他想知道能让颜池部、普羌部以及安东部当年为之反叛而抢夺的四件重宝里的这最后一件，到底是什么。

这四样重宝可以让三部掀起杀戮，如今剩余下来的这一件更是让玄轮为之疯狂，让那寒菲子也心动不已，甚至他们都不敢外传。

这样的宝物，让苏铭更为紧张。

“此物本不会属于我……”苏铭内心默道。他能来到这里，只能说是机缘巧合，和风的计策将他生生拉入这一团漩涡里，一步步，从避玄轮，夺和风，直至与和风一次次的交锋，最后甚至还与寒菲子险战。

直至那个时候，他还没有完全获得此物的位置，和风之前所说的，与如今苏铭找到的地方完全不同。

唯有当和风为奴之后，苏铭才获得了真正的藏物之地，这才来到了这里。

看着眼前的石盒，苏铭露出复杂的神色。一年多的时间，他经历的事情不多，但此事的波折却是不少，此刻想来，也有唏嘘。

深吸口气，苏铭压下了心绪，右手抬起慢慢放在了这盒子上，正要将其拿起，就在他的右手与这盒子碰触的一刹那，从这石盒内有一声尖锐的嘶鸣蓦然而起，这嘶鸣之声带着一股强烈的穿透之力，在出现的刹那，竟起了一层无形的波纹，向着四周蓦然扩散。

咔咔之声回荡，却见这山洞四周的岩壁在这一瞬出现了无数道裂缝，那一道道裂缝很深，其中更有一些仿佛贯穿了山岩，露出了阳光。

若仅仅如此也就罢了，但见在苏铭的四周，以那石盒为中心的地面同样在咔咔声回荡间出现了一道道裂缝，蔓延至整个山洞。

这突如其来的变化让苏铭心神一震，同样也让和风大吃一惊。他有些茫然，不知到底发生了什么，他当年碰触这石盒，甚至将其打开时，也没有出现这样的事情。

“主人，这……这……”他生怕苏铭误会，连忙就要解释。

但苏铭没有理会他，而是闭着眼，盘膝坐在那里，保持右手碰触这石盒的动作，许久之后长长地呼出一口气。

“我知道。”苏铭沉声开口，他相信和风的确不知此事，且最重要的是，那一声突然出现的嘶鸣，尽管让这山洞处处出现裂缝，让这地面出现诸多沟壑，却没有对他造成丝毫伤害。

此刻那石盒里依旧还有嘶鸣传出，这嘶鸣的声音在和风听来很是刺耳，仿佛灵体都要不稳，但在苏铭感受下，却是连他自己都不知道为什么……竟有一丝亲切！

这嘶鸣的声音仿佛是在欢呼，是在激动，如被尘封了数百年后，终于等到了让其苏醒之人。

这是一种很奇怪的感觉，但在苏铭的心中却是非常清晰。

他能感受到，这石盒里之物在呼唤自己……

他的心脏怦怦急速跳动，每一次跳动都引起这石盒内之物的嘶鸣越来越响亮。到了最后，这石盒竟自己震动起来，其内传来砰砰之声，似那里面的宝物要冲出一样。

阵阵青光闪烁，从这石盒的开启缝隙里散出，把苏铭的脸都映照得略有青意。和风看着这一幕，已然目瞪口呆，他无法置信这本属于他们邯山部的重宝，竟在苏铭仅仅是用手碰到盒子，便如具备了灵性一般，表现出如此状态。这让他脑中一片空白，茫然起来。

他甚至隐隐有些心痛，仿佛自家供奉了数百年之物对自己毫不理会，但有一天看到了外人，却是激动得如看到了主人。

这种荒谬的感觉，让和风完全愣了。

盒子内青光闪动中，嘶鸣之声越加剧烈，仿佛在焦急地催促苏铭将盒子打开，让它出来一样，苏铭感受的那种呼唤之意也越来越强烈。他深吸口气，右手按住那石盒，一拍之下，按照和风教的方法送出了烙印之力。

那石盒一震，顿时开启。

在其开启的一刹那，青光轰然扩散，将这整个洞府全部笼罩在了青色中。与此同时，一道更浓的青芒从那盒子内急闪而出，嘶鸣之声呼啸，在这洞府内的半空中疾驰，化作了一道道青色的长虹。

更有一股凌厉之意扑面，使得这洞府四周的岩壁上，裂缝哗哗而出，弥漫了几乎全部位置，这凌厉的气息，让苏铭全身汗毛竖起，口干舌燥，立刻有种面对开尘的错觉，体内血线猛地爆发出来，似要去对抗，甚至在他感觉，这股气息隐隐更有超过开尘之意！

但就在苏铭体内气血正要散开的一瞬，那仿佛宣泄一般的青芒，却是一闪之下，直奔苏铭而来，其速之快，就算是以速度见长的苏铭也无法避开，心惊刚起，这青芒如穿梭了空间一般，直接出现在了苏铭的眉心处。

苏铭额头沁出汗水，望着眼前的这片青芒。这一次，他清晰地看到了这到底是一个什么样的重宝！

这是一把剑！

一把可以自行飞舞的剑！

一把通体青色，上面刻着苏铭从未见过的复杂图案的剑！

它只有七寸大小，手掌可握，通体森寒，透出一股凌厉至极的气息，其边缘位置锋利无比，仿佛微微一动就可从苏铭的眉心如刺入树叶一般穿透而过。此刻不仅是苏铭紧张，和风更是紧张得不得了。苏铭若死，他也会随之死亡，但更重要的是，他对于此剑那种害怕的感觉要远远超出苏铭，甚至在此剑如今临近下，他有种灵体要崩溃的错觉，仿佛无法承受此剑哪怕气息的逼近。

山洞内一片寂静，唯有青芒闪动，苏铭盘膝坐在那里，一动不动。他的眉心处，这七寸小剑漂浮，同样不动。

和风的身心被恐惧弥漫，那是一种他从未感受过的恐惧，甚至比死亡还要严重，如同天敌所对一般。从那剑上传来的威压，让和风颤抖。

时间慢慢流逝，约一炷香后，苏铭压下心中的紧张，望着眼前这把小剑。他能感受到此剑似没有恶意，自己在观察它的同时，它仿佛也在观察自己，似乎自己身上有什么让它疑惑的地方。

许久，苏铭在和风极度的紧张中，慢慢抬起了右手，伸开手掌，放在了面前。

那青色的小剑似有些迟疑，忽然一闪，离开了苏铭的眉心，在这洞府的半空回旋几圈，直奔苏铭右手手掌而来，慢慢地落下，发出了一声剑鸣！

苏铭这才松了口气，目中露着兴奋，一把握住此剑。就在他握住的一刹那，却是掌心一痛，那小剑猛地刺破他的手，青光一闪居然顺着伤口钻入苏铭体内。

苏铭全身一震，那把青色的小剑在进入他的身体后，青光扩散，化作了一股冲击在他身体里猛地扩散。

这一散之下，那些隐藏的月翼之魂齐齐钻出，就连和风也都尖叫着飞出，不敢接近苏铭。在和风的目中，此刻的苏铭头发无风自动，盘膝间身体上的衣衫飘舞，神色尽管平静，却有一股让他惊恐的气息似正慢慢苏醒一般。

仿佛这股气息本就存在于苏铭身上，却一直沉睡，如今这把小剑钻入，将这气息从沉睡中……唤醒了！

苏铭身子颤抖，但却没有痛苦的神色，而是皱着眉头，仿佛很不适应。他清晰地感觉到，在自己的身体里，这把小剑回旋穿梭之下，仿佛在寻找着什么。

阵阵青光自苏铭身体内透出，使得此刻的他看起来已被青芒笼罩。

但就在这时，苏铭忽然身子剧震，一种无法形容的痛猛地从他体内如洪水滔天一般掀起。这种痛，是那小剑在苏铭的身体中仿佛终于找到了它想要寻找的地方，散发出似要穿透苏铭身体的剑气造成。这股剑气在他体内游走，硬生生地在苏铭的身体里，开辟出了一条血肉之路！

这条血肉之路似本就存在于脉络，但在苏铭的体内却是如同闭塞一般，或许永远也不会被打开，可如今这剑气顺着脉络移动，生生地将这本闭塞的血肉之路冲开。

苏铭脑中“轰”的一声，身体颤抖中，从皮肤上沁出了鲜血。在他的体内，此刻赫然出现了一条蛮士身上根本就不可能出现的脉络之线，这条线环绕其全身所有位置，起点在他的腹部，终点在其头部。

这把青光小剑顺着此脉络游走数圈，最后出现在了苏铭的头部。他可以感受到其存在，却没有再起痛楚，反而随着那脉络的开启，全身泛着暖洋洋的舒服之感，更是在此时，苏铭的身体似与以往大为不同。尽管闭目，尽管还没有掐出印记维持那烙印之术，但他却是对方圆二百丈的范围，了然于心！

他的额头处，渐渐出现了一个剑的印记，一闪一闪，透出威严。

和风在一旁看着苏铭，神色呆滞，他直至现在都还难以明白，为何这自家的宝物对苏铭与对当年尝试打开石盒的自己，有如此区别的待遇。

好在此刻他是灵体，否则的话，很有可能在想不明白且不甘心下，会郁闷得喷出一口鲜血。

第66章 凝血后期

苏铭睁开眼，其目中第一次露出如星辰一般清澈的深邃之意。他尽管盘膝坐在这洞府内，但却给了和风一种仿佛苏铭与这四周融合在一起的感觉，明明看得到，可在感应上仿佛不存在。

尤其是苏铭的双目，更是让和风内心一震，这种目光，他在玄轮身上都没有看到，唯有寒菲子这天骄之辈，才拥有这种让人望之便会沉浸其内的错觉。

“主人？”和风很是紧张，此刻他看到苏铭有种全身刺痛之感，仿佛苏铭全身散出凌厉，让自己无法控制地畏惧。

苏铭转头看向和风，在他的目光与和风接触的一瞬间，和风身子蓦然颤抖，下意识地连连飘出数丈，身子仿佛要崩溃，甚至有种被利箭穿透，直指自己内心的错觉，一切念头都在对方这一眼之下显露出来，无法隐藏半点。

“主……主人……”

苏铭微微一笑，身上的威压顿时散去，目光也平静下来，恢复如常。活动了一下身体，苏铭站起身，吐出一口长气。

“走吧。”苏铭右手向着和风一抓，立刻和风便被吸扯而来，连同那些欢呼的月翼之魂再次回到了苏铭的身体里。

不过这一次根本就不需要月翼之魂去提防和风，和风自己便老老实实，一动也不敢动。在苏铭的身体里，他再次感受到了那小剑的存在与威压，在那恐惧下，他对苏铭也起了深深的敬畏。

这种敬畏来源于苏铭的神秘，直至现在，和风都无法想明白，为何自家的宝物看到苏铭，如看到了失散多年的主人一样。

甚至和风已经无法判断苏铭的修为，他不知道苏铭有多少条血线，但隐隐猜测，此刻的苏铭有这青光小剑，怕是就算遇到了玄轮都可以一战不败。

苏铭走出这山洞，此刻外面天色已是晌午，阳光明媚，洒落在身上，暖洋洋的。苏铭站在那里,看着蓝天白云,目中慢慢起了精光。

“机缘,隐藏在危险之中……这一次我能获得这把剑,也为之付出了代价。但这一切,值了!”苏铭右手抬起摸了摸眉心。在他的眉心上,那剑的印记还在闪动,但随着苏铭的抚摸,很快其闪动的频率越来越缓,片刻后消失无影。

“此剑让我有亲切之感,它对我也没有排斥……还有那红色的草地旁人使用吸收气血难以维持,但我用来却是没有这种感觉,反而有种在内很安全的感触……

“这两种件品,都是邯山部先祖的遗物……莫非我与他有什么关联……”苏铭闭上眼,迎着风,站在山洞口不动。

“此剑在我身体里……开辟出了一条血肉之路,此路……竟可以让我从这天地间吸收维持烙印之术的力量!”苏铭猛地睁开眼,这才是他除了那小剑外,此番最大的收获。站在这里,他可以感受到四周的天地有一丝丝气息飘然而来,顺着自己的汗毛钻入。只不过如今只是涓涓细流,但想来若持久下去,总有一天可化作惊涛骇浪。

“这是一种与气血之修完全不同的修行……我之前修炼的是凝聚血脉,化作血脉之力,使得身体强壮,具备莫大的身体力量,此为凝血。

“而这种修行显然修的不是血脉,而是一种这天地间冥冥存在的气息,既然这样,我可将这种修行称之为凝气!

“凝血可让我力大无穷,以血施展诸多蛮术。至于这凝气,如今用处只有两个,但非常强!”苏铭没有掐诀,更没有取出石币握住,只是心念一动间,立刻方圆二百丈的风吹草动全部浮现脑海。

与此同时,苏铭眉心那散去的剑印再次闪烁,青光一起,那把小剑蓦然从苏铭眉心飞出,如闪电一般呼啸直奔远处,其速之快,肉眼看不到。

阵阵青虹环绕苏铭二百丈内,游走不断,可也仅仅只能在二百丈范围,离开这个距离,这青光便黯淡,似飞行不稳。

但在苏铭看来,二百丈,足够了。

不过动用这小剑也并非这么简单,仅仅是数息的时间,苏铭便有种头部涨痛、眼前模糊之感,体内那刚刚被开辟出的脉络里好不容易凝来的气,直接消散一空,使得他脑中显示的方圆二百丈不断地缩小,显然是消耗太大造成的。

“五息为适中,若超过这个时间,我承受起来会很艰难。”苏铭赶紧将那小剑收入眉心。此刻头部痛得厉害,可这四周的天地气息吸纳却没有办法加快,只能让它们慢慢地被自己身体吸入后,存于脉络中。

“这种凝气的修行应该不会这么缓慢，或许是我没有吸纳的方法，所以如今只能这个样子。

“……邯山部的先祖或许拥有加快吸纳的方法。”苏铭右手在怀里的储物袋上碰了一下,立刻手中出现了一枚白色的石币。他明显感觉到这石币里存在着同样的气息,正快速地被身体吸收,他的头痛渐渐消失,恢复正常。

只不过那白色的石币却是黯淡了一些。

“难怪寒菲子与玄轮都在抢夺,这种与凝血不同的修行,若配合好了,威力不凡……看来，真要去一趟邯山部先祖的坐化之地……”苏铭身子向前一步迈去，离开了这山洞,并未回归,而是向着这片深山的更远处疾驰而去。

“山灵散已经失效，蛮血也都吞食，如今我气血充足，血线增加不少，正是血火叠燃之时！一旦可以成功，我的修为会再次增加，从此之后便不再是弱者，配合凝气小剑与月翼之魂,全力之下,开尘……战胜不了么？”苏铭充满了期待,更有执着。

连续近半个月的疾驰,苏铭距离邯山城已经很远。这里一片空旷,天空很蓝,大地山峦连绵,只闻鸟兽嘶吼,不见人影闪动。

这么一片苍茫之地,是苏铭为自己准备的闭关之处。他要进行第五次血火叠燃,要让体内的血线再次增加。

血火叠燃时,会引动天地变化,出现异常,但在这片罕有人迹的大地上,这种变化被旁人察觉的可能性会大幅降低。

在一处山峦之顶,苏铭盘膝坐在那里已经七天。这七天他一动不动,沉浸在体内气血运转之中,等待……满月的到来。

又过了三天，当夜晚降临之时，天空一片漆黑，但在那天幕上，一轮明月高挂,此月非牙,而是圆月!

在这满月的一刻,坐在此地十天不动的苏铭睁开了眼,体内的和风已经被他的烙印笼罩,使其看不到外界——苏铭的隐秘不愿让旁人知晓。

他的双目里有月影映照，抬头看着天空的圆月，苏铭深深地呼出一口气，体内气血轰然运转,更有“砰砰”之声回旋四周。

这是苏铭在吸收了所有蛮血后,第一次将体内气血全部爆发出来。

四百条血线瞬间弥漫苏铭全身，红芒闪烁，将这山顶都染成了红色。苏铭神色凝重，目中的月影越加清晰，其体内的血线再次展现，从四百条直接达到了四百六十条。那血线密密麻麻，覆盖苏铭全身，使得他四周的血光更浓起来。

可这还不是苏铭如今的巅峰，他深吸口气，双目内刹那间就有了血丝。这些血丝并非是因愤怒与激动出现，而是在苏铭全身气血达到巅峰运转造成的。

紧接着，苏铭身体上的血线又一次更多地浮现出来，四百七十条，四百八十条，四百九十条……直至达到了五百一十条后，一股强悍的感觉从苏铭身体上蓦然展现。

这，就是他吸收了所有蛮血后，如今修为的最强表现！蛮血本无法起到如此巨大的作用，苏铭之所以可以增加这么多血线，与他这些年来服用山灵散有很大的关系。尽管山灵散已经失效，但沉积在他体内的那些零散残渣也蕴含了一些效果，在蛮血的刺激中如净化了全身一般，潜力大范围地被开拓，所以才会如此惊人。

凝血境第八层之后，达到第九层、第十层、第十一层的血线已经没有了固定数量，但凡突破了五百条血线，都称之为凝血后期。

尽管称呼一样，可实际上每个人都有不同。五百条血线是凝血后期，七百八十一条血线也是凝血后期，九百条血线还是凝血后期，甚至九百四十九条血线，也同样叫做凝血后期。

唯有九百五十条血线之后，才可被称之为凝血境圆满！只不过这样的人并不多见。若能达到九百八十条以上血线，则是传说中的凝血境大圆满，这样的人即便是大部落里也都罕见。

苏铭体内气血全部展现出来，他望着天空的明月，双目蕴含了火，整个人似燃烧起来，远远看去，如同一个火人。

他神色平静，右手慢慢抬起，咬破指尖后，有鲜血流出，蓦然点在了他的左目瞳孔之上。那鲜血与火的碰触，点燃了苏铭的强者之念。

这一刻，血火叠燃！

第67章 出关

日出日落，白云无痕，五个月的时间一晃流逝。

五个月里，这片深山出现了数次剧变，大地时而震动，无数鸟兽远远散开，仿佛这里被划作了一道禁地。

更是有大量的树木平白干枯，似失去了生机，成为了枯干，且这范围之大，几乎笼罩了方圆数十里。

从天空向下看去，枯萎的树木下，露出的地面竟出现了无数龟裂，如同干旱一般。这种奇异的现象在这南晨之地是颇为罕见的，这里雨水众多，断然不会出现旱裂之事。

若仅仅如此也就罢了，更让人心惊的是，在这片大地上，每当月夜降临，都会有阵阵嘶吼传出，这嘶吼的声音不像是人发出，且肉耳也难以听闻，但只要具备一定的修为，距离近了，都会有所感应。

尤其是月圆之夜，这种嘶吼会极为强烈，就连天空的月光都会大量地降临在这里，甚至地面上的那些沟壑中也会有热气升空，仿佛这大片的深山正被无形的燃烧烘烤。

这一天黄昏之时，在这片似禁地的范围之外，出现了四个身影，这四人很是谨慎，停步不前，当首一人是个老者，他穿着蓝色衣袍，身体干瘦，骨骼很大，全身充满了一股阴森之气，其身后的两男一女倒并非如此，尤其是那女子，更是与这老者的阴森相反，容颜很美。

“阿爸，这里就是您说的地方？”老者身后，一个四十多岁的中年男子小心地开口。

“没错，两个月前为父路过此地，看到这里地形诡秘，大量的草木枯萎失去生机，甚至就连大地都干枯了，这种罕见的事情，若为父没有猜错，应有宝物出世！”那老者目光阴森，缓缓开口，其修为不俗，尽管没有开尘，但也到了凝血后期。

至于他身后的三人，除了这开口说话的中年男子是凝血第七层外，其余二人都是凝血第五层。

“此地的奇异，为父没有告诉部落其他人，我们一家在部落地位寻常，在如今这万古一造之日也没有资格进入圣地，这与为父修为难以达到开尘有关，为父的希望都放在了你的身上，若能获得这件宝物，或许对你以后有用。

“尤其是如今临近万古一造之日，整个南晨雾气已起，部落里都在忙于进入圣地，不会来注意我们的行踪。”那老者看了一眼远处的天地，此刻黄昏，能看到在远处有一片淡淡的雾气存在，若是能在高处俯视大地，可以看到这整片南晨大地无尽的范围内，有大量的雾气缓缓滋生着。

中年男子深吸口气，点了点头。

“至于刀儿与姗儿，你们两个小辈跟在后面，此地尽管没有死气散出，但那些干枯的树木已经失去生机，死气在内，你们可以吸收入体，会有好处。”老者看了看天色，低声开口道。

“此地每当夜晚会有变化，我当初观察了数日，曾进去过一次，在千丈止步。但这一次我借来部落的死髓珠，应可进入深处。”那老者目中有期待之意。

“阿爸……”旁边的中年男子似有些迟疑，看了一眼老者后，低声开口，“阿爸，这里会不会并非是宝物出世，而是某个前辈在此地修行，我们若是判断错了，怕是……”

“呵呵，你有这样的顾虑很好，为父之前也曾这么想过，但当初进入并未引来灾祸，且最关键的是，这里的草木与大地只是失去了生机，却没死气散出，若真有前辈在此修行，引动如此异变，岂能不用这些死气？

“唯有宝物出世，才可解释这一现象。”老者话语间，黄昏流逝，整个天空漆黑下来，一轮弯月在空，月光洒落。

“不用多想，我们进去！”老者深吸口气，带头踏入这片枯萎的大地丛林内，他身后那中年男子谨慎地跟随。至于那两个年纪不大的小辈，带着兴奋跟随在后，一路上不断地吸收这失去生机的树木里存在的死气，神色越加期待。

四人行走不快，随着走过一处处充满了裂缝的泥土大地，看着那些干裂的地面与大片枯萎的草木，那老者神色还算如常，但那中年男子却是渐渐沁出汗水。

“草木干枯也就罢了，大地这般碎裂，这……这块地面失去了生机，俨然成为我们普羌部族人很好的修炼之处，若能在这里修行……可惜此地死气不够活跃，这一点比不上部落……"中年男子深吸口气，打消了这个念头，反倒对那宝物有了更深的期待。

至于那一男一女两个小辈，此刻已经胆战心惊，不再有兴奋与期待，而是紧张起来。

就在这时，忽然一声声嘶吼从四人远处的一座山峰上传来，这嘶吼之声尖锐，旁人听不到，唯有到了一定修为才可感受。

那老者神色一变，显然听到了这一声声嘶吼，至于那中年男子，也是隐隐听闻，体内气血不受控制地运转，让他的心脏怦怦加速跳动。

他尚且如此，更不用说那两个小辈了，这二人面色瞬间苍白，他们尽管听不到这嘶吼，却有种心脏要被撕裂的错觉。

老者冷哼一声，右手伸入怀里，取出了一个黑色的珠子。这珠子刚一出现，四周便有阵阵黑气凭空从草木与大地内飞出，直奔这珠子而来，凝聚在内，化作了一道黑色的光幕，将四人笼罩在内。

"我当初就是走到这里，如今有这死髓珠，应可无妨了，否则的话，这诡异的嘶吼会越来越强烈，让人心烦。"老者一边说着，一边向前走去。

其余三人连忙跟在后面，随着那黑色的光幕，渐渐走入这片大地的深处。此刻月光下，那山顶一片朦胧，看不清晰，即便是有这光幕隔断，但阵阵嘶吼之声依旧能隐隐传来，看其传出的方向，正是在山顶。

"山顶，宝物就在那里！"老者压下内心的激动，快走几步，带着身后三人冲上了此山，向着山顶快速接近。

此山光秃秃的，草木早就枯萎成灰，无数裂缝弥漫山体，使人走在上面有些触目惊心。此刻这老者却没有在意这些，随着不断的接近，很快就来到了这山顶的朦胧之处。

但就在这一刹那，老者的脚步突然一顿，他身后那中年男子的脸色瞬间苍白，更是露出骇然之色，他们的目光尽头，十丈外的此山巅峰，那里没有什么宝物，而是一个盘膝打坐的人！

此人面对着他们，却看不清容颜，一片模糊，尽管如此，却有一股强烈的威压笼罩四周，让老者与那中年男子的心脏止不住地快速跳动，这不是激动造成的，而是紧张。

甚至在这身影四周，天地仿佛扭曲，从那些扭曲中有一声声嘶吼传出。

老者双目瞳孔收缩，心惊之余，正要后退，那盘膝的模糊身影却是缓缓地睁开了眼。

那是一道深邃的目光，冷漠中透出寒意。在看向那老者的一刹那，老者脑海轰的一声，体内气血不受操控地运转，猛地后退，一把抓住身旁如遭雷击一般面色惨白的中年男子，带着身后那两个无法承受这目光威压的小辈，急速后退。

但他们刚刚退出不到五十丈，四人全部身子一震，一股凌厉的气息凭空出现，无形地将这四人锁定，在他们的四周，更有大量的月光笼罩，化作了一股强烈的危机，弥漫四人心中。

“开尘，此人一定是开尘强者，否则绝不可能做到这一点，仅仅是目光就具备如此威力……”老者脚步停顿，全身沁出冷汗。他有种感觉，若是自己再退，必死无疑！

“前辈，我是普羌部族人，之前鲁莽，请前辈莫要怪罪……”老者连忙向那山顶盘膝的身影抱拳，紧张之下，神色颇为恭敬。

四周一片寂静，连那之前可闻的嘶吼如今也都消失。这寂静随着时间的流逝，让四人越发紧张起来。

“普羌部……留下你手中的珠子，滚！”这寂静让那老者感到仿佛度过了数年之久，此刻听到对方的话，毫不犹豫地将那黑色的珠子放在一旁，赶紧带着身后三人快速后退，心脏怦怦跳动，有种劫后余生之感。

四人一直退到这片枯萎的范围之外，再疾驰了数个时辰，才缓了下来。那老者面色苍白，回头看向身后，露出心悸之色，方才可谓是生死悬于一线。

他旁边的中年男子更是呼吸急促，看着老者，低声开口："阿爸，他……他是开尘强者？"

“不是寻常的开尘强者，我看此人应是开尘中期！”老者犹豫了一下，迟疑地说道。

“开尘中期？那岂不是和蛮公一个层次？整个邯山城只有三个开尘中期强者，他……”中年男子倒吸口凉气。

他身旁那两个小辈此刻也是心惊不已，后怕更浓。

“此事不要外传，这等强者不是我们可以招惹的，好在此人不屑杀我们，否则的话……”老者内心一颤，连忙闭口，带着三人再次疾驰。

山峰上，苏铭默默地坐在那里，在他的手中，有一个黑色的珠子，正是老者留

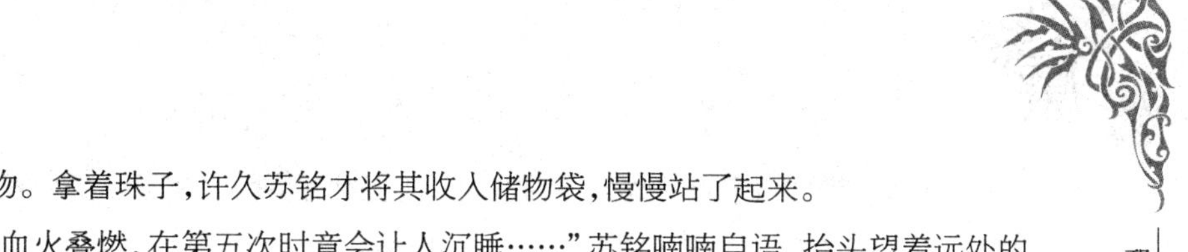

下之物。拿着珠子，许久苏铭才将其收入储物袋，慢慢站了起来。

“血火叠燃，在第五次时竟会让人沉睡……”苏铭喃喃自语，抬头望着远处的天地。尽管是黑夜，但他依旧可以看到，在那天地之间，有一层淡淡的雾气正弥漫扩散。

“主人，你沉睡了五个多月……如今已经临近万古一造之日，整个南晨会在接下来几天渐渐被大雾笼罩……”在苏铭的脑海中，和风小心谨慎地开口。他在这五个月里尽管被限制了对外界的感应，但随着苏铭的沉睡，他虽说无法离开苏铭的身体，却可以感受到苏铭正慢慢地变强。这种强，让和风心惊不已，对苏铭越加感到神秘莫测起来。

第68章 拜访安东

苏铭的神色没有变化，平静地坐在那里，看着远处天地的雾气。那雾气尽管看起来略微稀薄，但因绵延了无尽范围，看不到尽头，不由得给人一种雾海之感。

这种独特的天气是苏铭从未见过的，他在乌山十多年，除了清晨外，很少有雾气弥漫的时候，更不用说如今所见这般遮盖天地的大雾了。

“万古一造之日……”苏铭低下头，他的长发将面部盖住，坐在那里一动不动，仿佛要再次沉睡了一样。

“主……主人，万古一造之日，是三部开启邯山城通道的时候，如今时间已经有些来不及……”和风迟疑了一下，还是低声开口。

苏铭没有说话，直至又过去了半个时辰，天地间的雾气更浓了一些时，苏铭抬起头，缓缓地站起，站在这山巅之上，头发被清风吹动，在脑后飘舞，露出了面孔上那一道淡淡的疤痕。

望着天地间的雾气，苏铭右手伸入怀里，拿出时，手中出现了一套黑色的罩头长衫，替换了身上褶皱的衣衫，接着，他从储物袋里再取出一物。

此物，正是那黑色的面具。苏铭将面具戴在了脸上。

顿时，苏铭的气息蓦然改变，若有若无，不仔细感受很难察觉。这面具漆黑一片，使得苏铭整个人看起来透着一股阴森诡异。

看不到表情，看不到神色，唯有双眼的冷漠从这面具的双目处透出来。再加上如今的苏铭一身黑袍，长发与头部都被隐藏在了衣袍内，唯独这森然的面具在外，一股神秘之感飘然而起。

和风看着此刻的苏铭，愣了一下。不知道为什么，他总感觉这个样子的苏铭仿佛曾经在什么地方见过，但还没来得及思索，苏铭的身子便向前迈去。

来的时候，以苏铭的速度，虽说并未展开全力，也用了近一个月的时间，如今回去之时，在这苍茫的雾气内，苏铭只用了六天！

六天的时间，他从这闭关之处回到了邯山城的范围，尽管还没有到邯山城，距离也不远了。

这一路走来，天地雾气越来越浓，此刻已经看不到太远的地方，四周望去全部都是浓浓的雾气。在这雾气弥漫的时日里，鸟兽归隐，似不敢外出。

整个大地一片寂静，唯有苏铭前行的呼啸之声，是这附近唯一的声音。

又用了三天的时间，苏铭向着邯山城疾驰而去，其速之快，已经让和风起了诸多猜测。

三天后，苏铭站在了第一次去往邯山城所在的山峰。望着前方在雾气内若隐若现的邯山城，还有其四周三座山峰，苏铭目光一闪，向着安东部所在之峰走去。

安东部的山峰被雾气笼罩，但也只是笼罩了外围而已，其内部雾气稀薄了不少，可以大致看清。

此山很大，高耸于大地，再加上此刻雾气缭绕，人在山脚下看去有种自身渺小的感觉。苏铭站在安东部山峰下，抬头看了半晌，在他的前方有一条足有十丈宽的台阶，直至山顶。

这是通往安东部的唯一道路。

“错过了与方木之约，唯有来这里了。”苏铭收回目光，低着头，向着那台阶走去。

就在他的脚步刚刚踏上安东部山峰台阶的一刹那，一股强大的威压轰然降临。这威压不是蛮士散出，而是整个山峰之势压下，与此同时，一个威严的声音从此山内缓缓传出。

“来者止步！我安东闭部一月，谢绝所有访客！”

苏铭脚步停下，目光平静，望着眼前这直通山顶的台阶。他能感受到这股压力里面蕴含了一股不容置疑的威严，若是违抗了这威压，便如同与安东部为敌。

“主人……我们还是离去吧，这是安东部的护族蛮像所散之力，笼罩整个山峰，此刻在这万古一造期间，安东部定然守卫森严，绝不允许旁人来犯……

“我们还是不要硬闯……如果主人要进入邯山城的通道，小人有一个方法，可以达成主人所愿。”和风赶紧开口。他清楚地知晓如今邯山三部的强大，若换了是他，绝不会来到这里，而是用其他的方式进入邯山通道。

“主人不要冒险，这里……闯不得。”和风见苏铭没有理会自己，连忙再次开口。他生怕苏铭年纪小，阅历不足，去闯安东部。在他看来，这根本就是没有任何意义的事情，平白让自己灰头土脸不说，甚至很有可能惹怒安东部，得不偿失。

苏铭沉默许久，然后收回看向那山阶的目光。

“我自有决断。”苏铭缓缓开口，抬起脚步，向着那台阶走去。

在他的脚步第二次落下的一瞬，这山峰似有轰鸣回荡，那威严的声音再次传出。

“硬闯者，废去修为，驱出邯山，来者好自为之！”

这威严的声音渐散，可来自此山的威压却是瞬息间庞大起来，使得这四周的雾气都为之退避。

“主人！”和风想不明白，正要劝说，但苏铭的脚步已经又一次迈出，顺着山阶一步步走去。

和风不懂苏铭，在和风的想法中，悄然潜入邯山通道才是最好的方法。这与其身份有关，他不愿完全暴露出来，为自己平添更多的麻烦。

但苏铭没有这么想，邯山三部把持邯山城数百年，进入这隐秘之处也已经不知多少次，这种事情，以三部之间的防备，若说没有固定的人数，是不可能的。

不但人数固定，甚至很有可能都相互认识，如此一来，一旦出现不相识之人在那坐化之地里，必定会被所有人围攻。

这种事情一旦发生，将会成为三部的死敌，且这种隐匿的行为必定比苏铭如今闯安东部还要恶劣，尤其是被发现后，等于是把自己送入绝路，就算可以逃出，就算有面具隐藏真正的身份，也难免有被察觉出的可能。

这，才是冒险！

这条路，和风可以选择，毕竟他之前与寒菲子有交易，且还是邯山部所剩唯一族人,知晓有其他方式进入坐化之地,不会发生意外,但苏铭毕竟是外人,他若选择这条路,风险太大。

“同样是进入那里,与其冒险藏头露尾,不如堂堂正正!”苏铭目光一闪,有了决断。站在原地,他深吸一口气,向着那山顶传出了自己的声音。

“墨某前来拜访安东部族长。”

他话语轰轰,传遍四周,更传向了山顶,形成了巨大的回音,久久不散。

时间慢慢流逝,这山峰的威压突然消失。苏铭微微一笑,抬起脚步,向上走去。

安东部是一个中型部落,其内族人很多,以山为家,苏铭一路走来,看到了不少安东部族人,这些人一个个冷冷地望着苏铭,却没有上前阻止。

此山准确地说,没有山巅,山顶处一片平坦,如山峰被削去,一处处建筑林立,环绕之下形成了一个山中部落。

山腰处同样有着大片空地,一些建筑依山修建,如盘山路一样直至山顶。

不过这里显然并非安东部唯一的部落之地,站在这里,透过山外的雾气,可以模糊地看到远处的一座座山峰上都存在着这样的地方。

在苏铭的前方站着一个少年,正是方木。他看到苏铭后,先是一愣,他从未见过苏铭的真容,此刻看到这面具,略微迟疑。

“墨前辈?”方木退后一步,看着苏铭,露出警惕的神色。

“带路吧。”苏铭沙哑的声音传出。听到这个声音,方木这才松了口气,恭敬地向着苏铭抱拳一拜。

“前辈,你上次说让我半年后去寻你,可我去了后,你又不在……”方木一边在前面带路,一边对苏铭委屈地说道。

“有些事情耽搁了时间,所以我这次直接来到你们安东部。”苏铭的声音带着笑意,看着安东部的族人与那奇特的建筑,脑中不由得想到了乌山。

一路上,有不少族人都和方木打着招呼,充满了善意,但在看向苏铭时,却是纷纷冷漠下来。在苏铭的观察下,他看到这安东部的族人里蛮士很多,其中达到凝血境第七层者更超过了风圳部。

时间不长,在方木的介绍与引路下,苏铭来到了一处修建在山体内的阁楼旁,这阁楼足有十多丈高,有三层,气势磅礴,远远看去如一个巨大的野兽头颅正狰狞地向天空咆哮一样。

“我阿爸在里面，他让我接前辈来此……”在那阁楼外，方木停下脚步，犹豫了一下，在苏铭身旁低声说道。

“前辈，我姑姑回来了……她是天寒……”还没等方木说完，从那阁楼内立刻传出了一个男子的冷哼。

方木话语一顿，讪笑着退后几步。

“墨兄，小儿无礼，不要介意，还请进来一叙。”从阁楼内走出了一个相貌与方木有几分相似的中年男子，正含笑望着苏铭。

第69章 客家

这中年男子穿着青衫，脸上带着微笑，身子极为魁梧，站在那里如同小山一般。他的双臂很长，整个人尽管没有散发气血，却有一股威压若隐若现。

他望着苏铭，苏铭也同样在打量此人。

“无妨，方木这孩子，我很喜欢。”苏铭平静开口，抬起脚步向前走去。他与方木父亲之间有十多步的距离，随着走近，苏铭清晰地感受到眼前这大汉身上的威压缓缓地增强着。按照自己的步伐，当走到此人五步之内时，这威压会达到最强。

这是试探，一种明明白白的试探，没有隐藏的念头。这大汉站在那里，含笑看着苏铭走来。

此阁楼是安东部族长的居所，这里只有强者才能踏入，即便是在部落里也是如此，寻常之人唯有在外待着。

在距离安东部族长九步之时，苏铭的右脚忽然向前迈出一大步，这一步之下，直接跨越了一丈，蓦然踏入到安东族长身前五步之内。那安东族长全身衣衫猛地膨胀，使得苏铭脚步一顿，似无法落下，身子仿若要退后一般。

但就在这时，苏铭双目露出奇异之芒，与安东部族长双眼对望。这大汉身子一晃，脑海突有刺痛感，体内散出的威压不由得有了松懈。

在这松懈的刹那，苏铭的脚步落了下来。

“墨苏，见过安东族长。”苏铭抱拳，向着眼前大汉一拜。

这青衫汉子神色如常，退后一步，让出了进入这阁楼的通道，同样向着苏铭抱拳。

“墨兄，你我虽说初见，但方某却有一见如故之感，你若不见外，直接称我方申就是，来，墨兄，请！”方申哈哈一笑，神色很是热情。

“方兄，请！”苏铭点头，与方申一同踏入这阁楼。

方木在不远处看着这一幕，内心松了口气。他很少看到父亲如此待人，可见墨前辈获得了父亲的认可。他想了想，没有离去，而是在门外等候。

阁楼内摆设很是简单，没有太多的奢华物品，一切都是石制，反倒有种自然的感觉。在一张石桌旁，方申请苏铭坐下后，亲自取出一些草叶，用热水冲泡后倒入杯子里，放在苏铭的面前。

“墨兄，这几年小儿的伤势，有劳了，方某无以为报，这草木叶虽说珍贵，可用来招待墨兄还是不够，望墨兄不要介意。”方申神色带着感激，看向苏铭。

苏铭看了眼桌子上的杯子，那里面的水是热的，草叶在其内漂起，看起来很是寻常。但类似之物，苏铭并非第一次看到，他当年在风圳部落里曾陪在阿公身旁，看到阿公与荆南喝着相似之水，也曾注意到阿公喝此水时的一些动作。

“方木这孩子的伤势已经沉积多年，墨某只不过是略作缓解罢了。”苏铭看似如常，实际上内心有些紧张。这安东族长的修为苏铭已经看出，此人尽管没有开尘，但体内的血线竟足有九百多条。

按道理来说，对方若想开尘，不会很难，但如今还没开尘，必然是所图极大，想要等血线圆满后再去开尘。如此一来，哪怕是开尘初期，也能有与寻常开尘中期一战之力。

血线如基础，数量越多就越是牢固，厚积薄发之下，着实惊人。

不过，这些不是苏铭紧张的缘由。他紧张的是从小到大，甚至来到这南晨之地后，他大都是独自一人，没有太多与人接触的经验，尤其是这种坐下来攀谈的事情，更是很少。

且对方的身份，恐怕就算是荆南看到，也会很客气。

方申笑了笑，抓起杯子，喝了一口，却很是不喜那水面上漂着的草叶，把一些草叶顺嘴也喝到了口中，生生咽了下去。

“此人修为依旧难以捉摸……说他不是开尘吧，却有那入微的操控，气息更

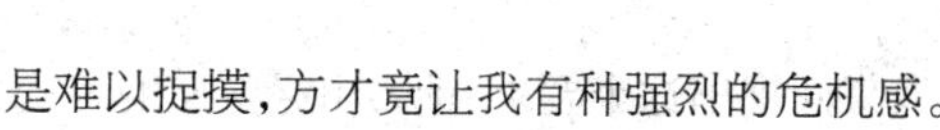

是难以捉摸，方才竟让我有种强烈的危机感。

“可若说他是开尘，但之前他走入我五步之内，分明有些勉强。但他刚才看的那一眼却让人心惊，让我有种被看穿的错觉，竟让我气血出现不稳……

“此人，神秘！不过他似乎有些紧张？”方申放下杯子，看着苏铭。

“如今是万古一造之时，整个南晨起了大雾，也是我邯山三部一个重大的时间段，所以山门关闭，此事望墨兄理解。不知墨兄来我安东部，所为何事？”方申微笑开口，嘴里有一片草叶之前没有咽下，说话之时再拿起杯子，喝了一口后才咽了下去。

“这玩意喝起来很麻烦，是方木他姑姑带回来的，墨兄若是不习惯……呃……”方申正说着，言辞一顿。他看到苏铭拿起杯子轻轻一晃，便将那些草叶很巧妙地晃散，使得它们有一部分沉入杯底，剩下的部分贴着杯边。把玩了一会儿，苏铭却没有去喝，而是放了下来。

方申立刻注意到苏铭的手是两指环绕此杯，以掌心依托，看起来颇有一股优雅的感觉，不由得眨了眨眼。

同样的动作，他从其妹身上看到过，甚至他妹妹也曾教过他该如何去喝，如何拿着杯子，但方申觉得麻烦，不屑去掌握。此刻看到苏铭的举动，再想起自己之前抓着杯子，还把草叶喝入口中，难免有了尴尬。

“墨某来此，是想成为安东部客家。”苏铭此刻心中慢慢不再紧张，他学着阿公当年的动作，仿佛有种自己变成了阿公的错觉。

“哦？”方申抬头看着苏铭，神色似笑非笑。能成为安东部的族长，他绝非如表面看起来这般粗犷毫无心机。

对于这样的人，苏铭知晓自己的心机在对方看来根本就是儿戏，他知道自己有不如人的地方，索性保持神秘的同时，直截了当。

“墨某想要进入邯山城下的隐秘之地，也就是天籁枝所在的地方。”苏铭平静地开口说道。

方申目光微不可察地一闪，他没想到苏铭竟如此直接。实际上苏铭来此的目的，方申早就有所猜测。

此事他不能一口回绝，毕竟眼前之人首先是治疗方木伤势之人，其次他与苏铭也并非首次打交道，二人在这几年里都知晓对方的存在，且当年还有送刀与还刀之事的接触。

若非是这些缘故，但凡一个陌生人来此提出这个要求，他方申必定拒绝。

“给我一个理由！”方申望着苏铭，神色严肃。对于苏铭，他在这几年也有过详细的调查，毕竟此人与方木接触，这件事情让方申极为重视。

调查的结果早就出来，综合方木的描述与自己的判断，他有九成确信，眼前这个神秘的墨苏并非邯山附近之人，而是来自其他地方，对这里并不熟悉，也没有太多可能早就知晓邯山城的秘密。

最重要的是，此人似乎没有恶意。

这不是一朝一夕的观察所得，而是四年多来，苏铭的低调与行为给方木与方申的感觉。

足够且神秘的修为，善意的表达，身份来历与邯山无关，这些都是让方申看重的地方，所以他给了苏铭一个机会，一个劝说自己的机会。

“我之所以和方木说有七成把握治疗其伤，是因我正在炼制一种药液，这种药液对我很重要，它的作用之一，便是让方木的伤势有可能痊愈。

“不过炼制这种药液，如今尚缺天籁枝。实际上我让方木代为寻找的草药，是以后炼制所需要的。

“邯山城的隐秘之地，既然有天籁枝，那么很有可能也存在其他草药，若我能多找到一些，炼制的药液对我的帮助会更大。”苏铭缓缓开口，他没有把重点放在这药液对方木的疗伤效果上，这样的话语只会给人受要挟般的反感，且没有丝毫用处。反倒不如主要强调对自己的好处，侧面透露一些让对方自己联想的思绪。

“邯山隐秘之地存在危险，你修的是什么蛮术？”方申沉吟片刻，忽然开口。

“杀伐之蛮。”苏铭眯起双眼，平静回答。

“我儿受的是什么伤？”

“至少是开尘中期强者蛮纹化灵之伤！”苏铭当年在观察方木伤势时，便以入微之术察觉了这一点，所以才会认为夺灵散可以间接治疗。当年他还不太确定，此刻修为提高后，回想之下，有了明确的答案。

至于安东部如何招惹了一个开尘中期强者，这里面有何渊源，苏铭没有那么多的好奇。

“你若进入隐秘之地，找到额外的草药，治疗木儿的伤势，会有几成把握？若没找到，又会如何？”方申再次开口。

“前者根据实际情况，八成以上，后者……依旧还是七成。”苏铭沉吟了一下，

回答道。

“墨兄，既来我安东部，就在此居住一些时日吧，此事方某还要斟酌！”方申沉默片刻，起身向苏铭抱拳。

苏铭站起身子，向方申回礼后，转身走出这阁楼。

他离去片刻后，从这阁楼二层走下了一个女子。

“沧兰，此人你怎么看？”方申转身，看向那坐在苏铭之前位置上的女子。

第70章 消失的……那些年

这是一个穿着紫色长衫的女子，她五官小巧，看起来很是秀丽，身姿不高，娇小中楚楚动人。

她肤色很白，仿佛吹弹可破，此刻坐在苏铭之前所在的地方，闭着眼，睫毛很长，一颤一颤的，使得整个人充满了一种与寒菲子完全不同的气质。

这种气质既不同于寒菲子的冰冷，也不同于白灵的野性娇美，而是给人一种很安静的感觉，如空谷幽兰一般。

她的容颜很美，看不出年纪，坐在那里，仿佛与这阁楼融为一体。

方申望着眼前这个女子，目中露出溺爱。这是他唯一的妹妹，自幼在部落里并不受人重视，修为更是不高，其安静的个性也往往会让人将她忽略掉。

但谁也没有想到，就是这么一个看起来柔弱的女子，竟为了一个部落中只有方申知道的原因，以凝血境第七层的修为，毅然在十年前去闯邯山链！

对于邯山城三部来说，邯山链是为外人摆设的，他们的族人根本就不需要去经历。每一次天寒宗招收弟子时，都会来这里从三部中的天骄之辈里选择，尽管数百年来只有不到十人从三部中被选走，但这毕竟是一个希望。

可若没有被选中，还想要进入天寒宗，就需与外人一样，以闯邯山链去获得资格。

没有人料到，就连方申都没有想到，他的妹妹方沧兰，以其凝血第七层的修为，选择了去闯邯山链。

那十年前的一幕幕时常在方申脑海浮现，最终，这本无人太过注意的女子以其莫大的决心与坚毅，不知以什么方法闯到第六条铁链，获得了成为天寒宗弟子的资格。

看着自己的妹妹，方申知道她尽管外表柔弱，但实际上内在的坚强就连他都自叹不如，因为他，没有这个勇气去闯邯山链。

“他目前不是开尘。”沧兰睁开双眸，轻声开口。

“目前？”方申眉头一皱。

“但他没有说谎，他的确可以治疗木儿的伤势。”沧兰抬起玉手，拿着苏铭之前拿过的杯子，平静地说道。

“欸？”方申看向沧兰，沉声道，“此事也是我疑惑的地方，就连你都无法驱除的伤势，他那药液怎么可能会做到这一点？”

沧兰低下头，神色有些凄凉，闭上了眼。

“我……我不是那个意思，唉，你……”方申连忙上前，想要解释，却不知该怎么开口。

“哥哥，此事错在我……但这天下很大，奇人异士很多，我看这墨苏并非狂言，我坐在这里，可以体会到他的一些思绪，对于疗伤这一点，他没说谎。”沧兰睁开眼，恢复了平静，望着方申，轻声说道。

“而且此人来历神秘，他方才饮用此草叶之水的方法看似简单，可实际上就连我在进入天寒宗前都不知晓。

“他的举动尽管生涩，但很正确，他必定是看过有人这么做。而在南晨之地能做到这一点的……并不多，我若非是师尊恩宠，时常为她老人家泡制，也是接触不到的。”

方申皱起眉头，若有所思。

“另外……”沧兰放下手中的杯子，目中露出一丝奇异，喃喃开口，“他尽管没有开尘，但他给我的感觉，比寻常的开尘初期还要强烈一些……在他的身上，似存在开尘强者的怨念……此人，或许杀过开尘强者！而且还不止一个！”

方申听闻此话，为之一愣，猛地看向沧兰。若非此人是他的妹妹，他对其蛮术很是确信，听到这番话，他必定是不信的。

“杀过不止一个开尘强者？”

沧兰闭上眼，右手按在眉心上，整个人渐渐在方申的目中模糊起来，片刻后才恢复如常。沧兰睁开眼，神色有了一丝疲惫。

“他身上有两道开尘的死气，第一道是在近五十年前，这气息很淡，却弥漫不散，但奇怪的是在这时间上竟给我两种感觉，一种是五十年前，另一种则是四年前，让我有些分不清……

“至于第二道死气则很清晰，是在一年前左右……可同样很淡。”沧兰露出疑惑，很是不解。

听着沧兰的话语，方申的神色越加凝重起来。他了解自己妹妹的蛮术，此术可以说是天寒宗三大蛮术之一，若非是沧兰的天资恰好能学此术，更有其师尊恩宠，绝难学得。

尤其是想到沧兰的师尊，方申内心起了敬畏。

“所以我怀疑，他或许曾经达到了开尘，此后因一些意外，修为跌落，所以才造成了模糊。”沧兰犹豫了一下，轻声说道。

“这么说，此人的神秘还超出了我之前的预料，如此一来……需好好琢磨，到底让不让他加入进去……沧兰，你先休息，此事我要与蛮公商议。”方申说着，便打算离开阁楼。

“哥哥，天寒宗这一次收弟子，不会从我安东部选择，也没有选择普羌部，只会带走一人，就是颜池部的颜菲。

“此事已经有了决断，我也不好参与，不过下一次招收门人时我会给木儿预留一个位置。至于这墨苏，我建议可以让他进入那里，不过需派人监视，若他能将木儿治愈，可成为我安东部真正的客家。”沧兰按着眉心，轻声说道。

方申点了点头，转身离开了阁楼。

阁楼内只剩下沧兰一人，她默默地坐在石椅上，正要起身休息，却犹豫了一下，重新坐好，右手抬起虚空一挥，顿时在她的手中出现了三块白色的兽骨。

这三块兽骨上有无数细小的文字，看不清晰，密密麻麻散发着幽光，透出一股岁月之感，显然是极为古老之物。

“这墨苏到底什么来历？师尊曾说我的先言禾蛮之法已经修炼到了第七层，这在天寒宗内也不多见，但在这墨苏身上，竟第一次出现了模糊……一个人，怎么可能在时间上，会有两种不同……

“这唯有一种解释，就是此人的记忆里，对于那第一个死去的开尘境之人的时间，是四年……而实际上，却并非这样！

“这种事情，我是首次遇到……”沧兰想了想，便咬破指尖，滴出鲜血按在了面前这三个兽骨上面，那三个兽骨立刻将鲜血吸收。其上幽光一时大亮，将这阁楼笼罩在那幽色中，更是让沧兰的面孔都泛起了幽色。

“此事若能弄明白，或许对我会有些启发……我不信借师尊给我的先言禾蛮三器都看不清晰。”沧兰双眸一闪，低声喃喃了一些复杂的词语。这些词语生涩难懂，旁人就算是听到也会茫然，甚至若是听的时间略长一些，都会陷入混乱。

时间流逝，一炷香后，沧兰双目幽光一闪，面前这三个兽骨顿时飞起，在她的眉心旁急速旋转。沧兰闭上眼，身体很快就模糊起来，到了最后几乎消失，这阁楼内更是出现了大量的空间扭曲。

但这状态只持续了三息的时间，就立刻出现了剧变！

“这……这……这不是五十年！！”沧兰的身躯从模糊中变得清晰起来，她平静的容颜此刻被一股在她身上罕见的惊恐取代，那惊恐中透出了一股骇然与无法置信。

“这不是五十年……这是……”沧兰眉心前那三个骨头在此刻“轰”的一声，竟全部碎裂爆开，仿佛有一股无法形容的力量阻止沧兰的行为。

在那三个骨头碎裂的瞬间，闷闷的轰鸣之声回荡，这整个阁楼内的所有石制之物顷刻粉碎。与此同时，这阁楼更是“轰”的一声，寸寸碎裂之下，成为了飞灰。

沧兰喷出一口鲜血，整个人倒退数步，俏脸一片惨白，愣在那里，仿佛失了魂。

这突如其来的变故立刻惊动了整个安东部，吸引了全部的目光。只见几道长虹呼啸，疾驰而来，甚至更远处的山峰竟也有长虹来临。

安东族长是第一个到来的，他的身边还有一个穿着蓝袍的老者，那老者双目炯炯，让人望之便会不由得低头，不敢去看。

“发生了什么事情！”方申露出焦急的神色，看向沧兰。

至于那老者，则是皱起眉头，仔细看了看四周后，神色忽然一变，凝重起来。

“这里存在一股……无法形容的气息……寒沧子，刚才发生了什么事情？”

沧兰站在阁楼废墟之中，慢慢地闭上眼，许久才缓缓睁开，目中有了神智。她看了看四周，这阁楼本是山体的一部分，此刻毁去，就如同这山被挖出了一个大洞，在那边缘地方还有无数裂缝延伸，似这山都会不稳一样。

她心中一颤，沉默了片刻，复杂地回头望向远处。在那里，她看到了人群中由方木陪伴的苏铭，显然这里的剧变也引起了对方的注意。

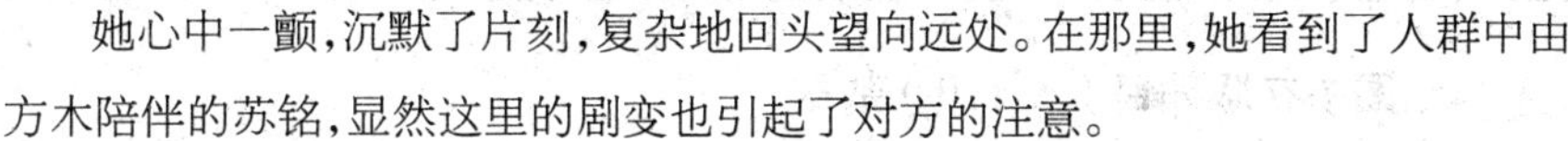

“没什么，我看到了不该看的事情……哥哥，我要求你，让他成为我安东部的客家。”沧兰没有建议，而是直接要求，说完，她看都不看那蓝袍老者，转身带着疲惫，向着远处的苏铭走去。

方申一愣，这是他第一次听到沧兰如此语气说话，面对身旁老者的疑惑，低声对其说了几句。

敬请期待《求魔 3》

鄂新登字 04 号

图书在版编目（C I P）数据

求魔. 2,邪蛮降临 / 耳根著. —武汉:长江少年儿童出版社,2014.2
ISBN 978-7-5353-7008-2

Ⅰ. ①求…　Ⅱ. ①耳…　Ⅲ. ①长篇小说—中国—当代
Ⅳ. ①I247.5

中国版本图书馆 CIP 数据核字(2014)第 026479 号

书　　名	求魔②　邪蛮降临			
©	耳根　著			
改　写	孙　璘　王小芹　陈露露　兰季平　蒋　静　赵襄玲　李荷君　徐　艳　柴黎黎　王珊曼　万　丽　朱永红　吴幼文　田佳子　周　莲　叶　凯　汪　凯　罗　静　高　蓓　陈　超　曾　蕾　胡早霞　谈　晶　李文海　宋　磊			
出版发行	长江少年儿童出版社	业务电话	(027)87679199 (027)87679179	
网　　址	http://www.hbcp.com.cn	电子邮件	hbcp@vip.sina.com	
承 印 厂	中印南方印刷有限公司	经　　销	新华书店湖北发行所	
印　　数	1-15 000		印张	17.75
印　　次	2014 年 5 月第 1 版,2014 年 5 月第 1 次印刷			
规　　格	680 毫米 × 980 毫米		开本	16 开
书　　号	ISBN 978-7-5353-7008-2		定价	28.00 元

本书如有印装质量问题　可向承印厂调换

裁决
七十二编
一个外表天真纯朴、一脸迷糊的大头男孩，跟着暴躁的矮人“练出”了好脾气，跟着傲慢的精灵学会了谦虚，跟着爱撒谎的侏儒学会了诚实，跟着野蛮人学会了礼仪……
当这个无法修炼斗气的乡巴佬，从南方小城走上历史舞台的时候，他立志要成为最伟大的骑士。

罪恶之城 II
背负着沉重的期望，那身具恶魔和精灵血脉的少年毅然走向毁灭与重生的位面战场。放不下的执念支撑着他踏过熔岩，冲破深冰，更在绝域战场中纵横杀戮，只为打倒遥遥前方那个巍巍身影……
烟雨江南·全新力作
他们是天使，
他们也是魔鬼，
他们是所有矛盾的集合
一个“随性”的少年，因性格原因选学了无人问津的光系魔法，却无意中踏上了命运的巨轮，一步一步成为了传说中的大魔导师。正是在他的努力下结束了东西大陆的分界，让整个大陆不再有种族之分，成为了后世各族共尊的光之子。
光之子

为了虫族母巢，罗峰来到母隆星域，谁知竟遭到暗杀者的攻击。罗峰带领同伴度过种种危险，开始执行宇宙公司下达的最高任务，他将对一些强者进行种种审判，也经历了内心的挣扎，甚至名单中还包括自己的父亲……
我吃西红柿
吞噬星空3
THE LEGEND OF SPACEWALKER
天蚕土豆
萧炎遇上了由吞天蟒幻化的美杜莎，这个美丽且危险的女人会与其擦出怎样的火花？为了寻找恢复灵魂力量的七幻青灵涎，萧炎易容前往了纳兰家，尝试治疗纳兰桀终究能否成功？然随之而来的炼药师大会也缓缓地拉开了帷幕……
斗破苍穹

武动乾坤
天蚕土豆
大炎皇朝天都郡炎城青阳镇，一个落魄的林氏子弟林动，在山洞间偶然捡到一块神秘的石符，从此林动的命运开始改变！